MIRA®

Umwelthinweis:
Dieses Buch wurde auf chlor- und säurefreiem Papier gedruckt.

Adonis auf Abwegen

MIRA®

MIRA® TASCHENBUCH
Band 25285
1. Auflage: Mai 2008

MIRA® TASCHENBÜCHER
erscheinen in der Cora Verlag GmbH & Co. KG,
Valentinskamp 24, 20350 Hamburg
Deutsche Taschenbucherstausgabe

Titel der nordamerikanischen Originalausgaben:
Wicked/Skin Deep

erschienen bei: Harlequin Enterprises Ltd., Toronto
Published by arrangement with
HARLEQUIN ENTERPRISES II B.V./S.àr.l.

Konzeption/Reihengestaltung: fredebold&partner gmbh, Köln
Umschlaggestaltung: pecher und soiron, Köln
Redaktion: Stefanie Kruschandl
Titelabbildung: Corbis GmbH, Düsseldorf
Autorenfoto: © by Harlequin Enterprise S.A., Schweiz
Satz: Buch-Werkstatt GmbH, Bad Aibling
Druck und Bindearbeiten: CPI – Ebner & Spiegel, Ulm
Printed in Germany
ISBN 978-3-89941-466-0

www.mira-taschenbuch.de

Tori Carrington

Prosecco um Mitternacht

Roman

Aus dem Amerikanischen von
Christian Trautmann

MIRA®

1. KAPITEL

Lektion 1: Mut zur Veränderung

Verflixt, woran lag es nur, dass diese Frau ihm immer wieder die Ruhe raubte? Michael Romero rieb sich nachdenklich den Nacken und beobachtete Kyra White, die zwei Tische von ihm entfernt saß. Sie waren in der Lolita-Bar, einem beliebten Lokal in Tampa, Florida, das hauptsächlich von den Angestellten der umliegenden Firmen besucht wurde. Dazu gehörte auch das Architektenbüro, in dem sowohl er als auch Kyra arbeiteten. Er war einer der vier Inhaber, während sie die Buchführung machte. Als sie vor vier Jahren bei „Fisher, Palmieri, Romero und Tanner" angefangen hatte, waren ihr während der ersten Woche eine Reihe kleiner Fehler unterlaufen, und seine Partner hatten sie wieder entlassen wollen. Doch Michael hatte erkannt, wo das Problem lag – in ihrer Angst, den Job nicht gut genug zu machen –, und hatte sich ein wenig um sie gekümmert. Worüber er jetzt froh war, denn sie hatte sich als eine hervorragende Kraft entpuppt. Und es hatte nicht lange gedauert, bis sie die besten Freunde wurden, was ihn in seine derzeitige heikle Lage versetzte. Nämlich, dass er eine Frau begehrte, die für ihn tabu war.

Aber Kyra hatte auch etwas an sich, das ihn von Tag zu Tag mehr faszinierte, während sie nicht die leiseste Ahnung hatte, in welche Richtung seine Gedanken gingen.

Erschwerend kam hinzu, dass sie wieder einmal mit einem dieser Trottel zusammen war, mit denen sie sich ständig umgab. Doch aus einem unerfindlichen Grund hielten diese

Beziehungen nie lange. Sein Blick glitt über ihr langes braunes Haar, ihr schönes Gesicht und ihre schlanke Figur, die sie unter einem weiten Rock und einer viel zu großen Bluse verbarg. Merkwürdig, wenn er mit ihr allein war, wurde er selten von erotischen Gedanken heimgesucht. Dann war sie für ihn nur seine beste Freundin, voller verrückter Ideen und bereit, selbst über seine dümmsten Witze zu lachen.

Doch in Augenblicken wie diesem überlegte er, ob der Typ, mit dem sie dort am Tisch saß, überhaupt ahnte, wie glücklich er sich schätzen konnte, seinen Mund auf diese vollen rosafarbenen Lippen pressen zu dürfen, und ob er überhaupt die leiseste Ahnung hatte, wie man eine Frau wie sie behandelte – wie man sie an den richtigen Stellen berührte, sie streichelte, bis ihr Atem stoßweise kam und ihr Körper sich auf dem Höhepunkt aufbäumte.

Oh, verdammt.

Michael löste den Blick von Kyra und musterte jetzt Trottel Nummer … wie viel? Irgendwann hatte er aufgehört, ihre Liebhaber zu zählen. Wann war das gewesen? Bei Typ Nummer zehn? Aber seitdem hatte es noch den einen oder anderen Mann in ihrem Leben gegeben. Er würde diesen hier einfach als Nummer dreizehn bezeichnen. Craig Holsom, ein aufstrebender junger Anwalt, wirkte äußerst selbstgefällig, aber auch attraktiv, das musste der Neid ihm lassen. Kyra ging inzwischen seit drei Wochen mit ihm aus. Ein Rekord für ihre Verhältnisse. Im Moment schien Holsom allerdings nur Augen für eine wohlproportionierte Kellnerin hinter dem Tresen zu haben. Michael ballte die Hände zu Fäusten. Am liebsten hätte er Holsom einen Schlag ins Gesicht verpasst.

Frustriert griff er stattdessen nach seiner Bierflasche und

nahm einen großen Schluck. Er hätte nach der Arbeit heimfahren sollen, statt mit Kyra in die Lolita-Bar zu gehen. Vor allem, da er gewusst hatte, dass sie sich mit Holsom hier treffen würde. So war ihm nichts anderes übrig geblieben, als sich bei den beiden zu entschuldigen und sich an einen anderen Tisch zu setzen. Heute war die Entschuldigung eine nicht existierende Verabredung gewesen, denn schon vor zwei Stunden war er von Jennifer Polansky versetzt worden, weil sie Überstunden machen musste. Sie hatte die Verabredung verschieben wollen, doch da er nicht sonderlich interessiert war, hatte er sie auf später vertröstet.

Michaels Blick glitt wieder zu Kyra. Er hatte bereits herausgefunden, dass das, was er für sie empfand, zum Teil aus seinem Bedürfnis heraus entstand, sie zu beschützen. Es gab ihm Befriedigung, zu wissen, dass er sie besser als sonst jemand kannte – abgesehen vielleicht von ihrer Schwester Alannah. Er bewunderte ihre Stärke, seitdem er wusste, dass sie in einer schäbigen Zweizimmerwohnung in einem Vorort von Memphis aufgewachsen war und ihre Eltern früh verloren hatte. Bereits mit zehn Jahren hatte sie arbeiten müssen – Babysitting, Hunde ausführen, Zeitungen austragen. Und später hatte sie gekellnert, damit sie und ihre ältere Schwester Alannah etwas zu essen hatten.

„Es hätte alles noch viel schlimmer kommen können“, war einer ihrer Lieblingssprüche.

Und sie war der lebende Beweis dafür, dass es tatsächlich stimmte.

Aber warum sie das demonstrieren wollte, indem sie sich ständig Männer zulegte, die ihrer unwürdig waren, überstieg sein Fassungsvermögen. Immer wenn er sie darauf ansprach, lachte sie und erklärte ihm, dass es nun einmal so wäre. Sie fühle sich halt zu solchen Männern hingezogen.

Und Michael war jedes Mal da gewesen, um sie wieder aufzurichten, wenn einer dieser Trottel ihr den Laufpass gegeben hatte, wie sie es alle irgendwann taten.

Als ob er es geahnt hätte, sah er jetzt, dass Kyra plötzlich ganz blass wurde. Holsom erklärte ihr etwas, womit sie anscheinend nicht gerechnet hatte.

Oh, oh.

Nun legte sie die Hand auf Holsoms Arm und sagte etwas zu ihm. Michael wünschte, er säße näher an ihrem Tisch, um lauschen zu können. Andererseits brauchte er die Worte nicht zu hören, um deren Bedeutung zu verstehen.

„Warum?“, schien ihr Blick zu fragen.

Holsom nahm ihre Hand von seinem Arm und legte sie auf den Tisch, ehe er diese wohlwollend tätschelte. „Es ist vorbei“, sagte Trottel Nummer dreizehn jetzt laut und deutlich.

Sein Stichwort. Michael stand auf, obwohl er es inzwischen leid war, den edlen Ritter zu spielen. Vor allem, weil er niemals den traditionellen Dank der Prinzessin bekam.

Kyra sagte erneut etwas zu Holsom, der daraufhin entrüstet aufsprang.

Zeit für Michael, einzuschreiten. Aber er fürchtete, dass er bereits zu spät kam.

„Ach ja?“, rief Holsom gerade mit hochrotem Kopf. „Nun, du bist im Bett ungefähr so lebhaft wie ein toter Fisch.“

Kyra starrte Craig Holsom an, als wären ihm plötzlich zwei Köpfe gewachsen. Was im Moment sogar stimmte, denn ihr wurde so schwindelig, dass sie doppelt sah.

Er gab ihr den Laufpass.

Und er hatte sie beleidigt.

Nur wusste sie nicht, was schlimmer war. Okay, als Holsom ihr sagte, es sei vorbei, war ihr die Bemerkung entschlüpft, etwas, das nie existiert habe, könne nicht vorbei sein, und dass Sex mit ihm mit einer Eieruhr messbar sei – er würde genau fünf Minuten dauern. Daraufhin hatte Holsom sie vor allen Leuten mit einem toten Fisch verglichen.

Kyra schloss die Augen und rieb sich die Schläfen. Das durfte doch nicht wahr sein. Nicht nach allem, was ihr heute sonst noch passiert war. Sie war schon von dem Klopfen ihrer Vermieterin geweckt worden, die sich darüber beschwerte, dass Kyras Wecker zu laut sei. Dabei hätte sie schwören können, dass der Wecker noch gar nicht geklingelt hatte. Während der Mittagspause dann hatte sie erfahren, dass in der Reinigung ihre sämtlichen Kleidungsstücke verloren gegangen waren. Abgesehen von dem, was sie am Leibe trug, besaß sie jetzt kaum noch etwas. Und zu guter Letzt war sie am Nachmittag über eine Unregelmäßigkeit in den Büchern gestolpert, die sie ihren Job kosten konnte, wenn sie den Fehler nicht schnellstens fand.

Um das Schicksal nicht noch mehr herauszufordern, hatte sie bereits mit dem Gedanken gespielt, die Verabredung mit Craig abzusagen, war dann aber zu der Überzeugung gelangt, dass es eigentlich nicht noch schlimmer kommen könne.

Wobei sie sich gründlich geirrt hatte.

Das leise Kichern der anderen Gäste riss sie aus ihren Gedanken. Langsam öffnete sie die Augen und sah zu Craig hoch, der mit einem allzu selbstgefälligen Grinsen ihren Blick erwiderte.

Michael hatte recht. Craig war ein Idiot. Das einzige Problem war, dass Michael immer recht hatte.

Aus dem Augenwinkel sah sie, dass er von seinem Tisch aufgestanden war. Der liebe, zuverlässige Michael. Gut, denn sie brauchte ihn, um hier zumindest mit einem letzten Rest von Würde hinauszukommen.

Kyra erhob sich jetzt auch, doch ihre Knie zitterten so sehr, dass sie schon fürchtete, sie könne ihren Stuhl umstoßen. Craig grinste noch immer. Merkwürdigerweise war sie gar nicht so traurig, dass er ihre Beziehung beendet hatte, eher erleichtert.

Was bedeutete das wohl?

Es bedeutete, dass sie ihn schon vor drei Wochen zum Teufel hätte jagen sollen, als er im Supermarkt ihre Haut mit der eines Pfirsichs verglich. Was für eine billige Anmache, dachte sie jetzt. Und ungefähr so originell wie der Typ selbst. Dieser Versager hing wahrscheinlich ständig im Supermarkt herum, um Frauen aufzureißen.

Kyra schaute sich in der Bar um und bemerkte, dass fast alle Augen erwartungsvoll auf sie gerichtet waren.

Also hob sie stolz den Kopf und lächelte Craig herausfordernd an. Zu ihrer Zufriedenheit registrierte sie, dass sein Grinsen verschwand und er auf einmal eher ängstlich wirkte. Und dazu hatte er allen Grund.

„Ja, Craig, aber lieber ein toter Fisch als ein hoffnungsloser Fall, trotz Viagra."

Damit schob sie ihren Stuhl unter den Tisch und stieß dabei gegen Craigs Stuhl, der umkippte und ihn mit der Rückenlehne an seiner empfindlichsten Stelle traf. Er schnappte nach Luft und griff sich mit beiden Händen zwischen die Beine.

„Tut mir leid", meinte Kyra. „Ich wollte dir nicht …"

„Lass uns gehen", unterbrach sie eine tiefe Stimme. Michael, der inzwischen an ihren Tisch gekommen war, nahm sie bei der Hand und zog sie hinter sich her.

„Du Biest!" Craig hatte die Beleidigung vermutlich herausbrüllen wollen, doch es kam nur ein hohes Piepsen heraus. Kyra fand, dass die Stimme zu ihm passte.

Michael blieb abrupt stehen und wandte sich nach Craig um. „Wenn Sie sie noch einmal so nennen, können Sie sich gleich einen Termin beim Zahnarzt geben lassen."

Um nicht noch mehr Aufsehen zu erregen, war es jetzt Kyra, die zum Ausgang drängte, und als sie schließlich beide draußen standen, atmete sie erleichtert auf. Vorsichtig sah sie zu Michael, der noch immer ziemlich wütend schien. Eine Locke seines tiefschwarzen Haares fiel ihm über die Braue, und sein von Natur aus dunkler Teint wirkte im schwindenden Licht noch dunkler.

„Ich hatte nicht vor, ihn … na ja, du weißt schon, mit dem Stuhl zu treffen."

„Dabei war es so passend." Seine Mundwinkel zuckten. Er war wirklich umwerfend, wenn er so amüsiert lächelte. „Habe ich dir schon mal gesagt, dass du wirklich keine glückliche Hand bei der Auswahl deiner Freunde hast?"

„Bei jeder sich bietenden Gelegenheit."

„Na, dann hab ich es wohl nicht laut genug gesagt." Er zeigte mit dem Daumen hinter sich. „Warum du dich von solchen Typen wie Holsom ausnutzen lässt, wird mir immer ein Rätsel bleiben."

„Wer sagt, dass er mich ausgenutzt hat?", gab sie gereizt zurück, wandte sich um und ging zum Parkplatz. Mit jedem Schritt, den sie machte, schwand auch der letzte Rest von Schadenfreude, und Ernüchterung trat ein. Craig hatte gerade ihre Beziehung beendet. Schlimmer noch, er hatte sie beleidigt.

„Oh, oh. Jetzt ist Schluss mit lustig. Phase Nummer zwei kommt." Michael stöhnte hinter ihr.

Kyra drehte sich zu ihm um und stieß ihm einen Ellenbogen in die Rippen. „Halt den Mund."

„Na, so ist es doch immer. Erst kommt der Spaß. Denn wir wollen doch ehrlich sein, der Bruch zwischen dir und deinen Freunden ist immer eine Quelle der Belustigung."

„Freut mich, dass du dich amüsierst."

Die Grimasse, die er jetzt schnitt, zeugte vom Gegenteil. „Dann kommt die Trauerperiode. Unabhängig davon, wie wenig die Trottel es verdienen, bist du jedes Mal verletzt, wenn man dir den Laufpass gibt."

„Das ist ja wohl normal, oder?"

Michael blieb neben ihrem roten Mustang stehen, nahm ihr den Schlüssel aus der Hand und öffnete für sie die Tür. Sofort drückte sie den Knopf, um das Verdeck herunterzulassen.

„Danach kommt Phase Nummer drei – das Essen", fuhr er unbeirrt fort. „Mindestens eine Woche lang stopfst du alles in dich hinein."

Sie lächelte. „Wenn ich mich recht erinnere, gefällt dir diese Phase."

„Ja, vielleicht ist dieser Teil wirklich nicht so schlecht", meinte er grinsend.

Sie stieg ein, und er schloss die Tür hinter ihr.

„Sie verdienen dich gar nicht, weißt du das?"

Kyra nahm ein Gummiband von ihrem Rückspiegel und band sich damit das Haar zusammen. „Was soll diese Standpauke? Ich meckere doch auch nicht mit dir, wenn du mit einer deiner Freundinnen Schluss machst."

Er lachte leise. „Vielleicht liegt es daran, dass ich nicht derjenige bin, der getröstet werden muss."

„Ach, ich verstehe", gab sie im gleichen amüsierten Ton zurück, weil sie sich dann einfach besser fühlte, wenn sie mit ihm so reden konnte. „Während ich nichts weiter bin als ein kleines Häufchen Elend."

„Stimmt."

Jetzt musste sie lächeln, obwohl ihr eine Träne über die Wange lief. Ärgerlich wischte Kyra sie weg. Zwar wusste sie, dass Craig Holsom es nicht verdiente, wenn sie um ihn trauerte, aber eine Abweisung war eine Abweisung, egal wie man es betrachtete.

Michael hatte recht: Sie war eine Närrin. Auch wenn er ihr das noch nie laut gesagt hatte.

„Hey." Er griff ihr unters Kinn und hob es an. „Alles klar mit dir?"

Sie nickte schniefend. „Natürlich."

Zärtlich wischte er ihr eine weitere Träne ab. „Na, wie ist es? Bist du bereit für den üblichen Trennungsausflug?"

„Dafür lebe ich."

„Okay, dann fahr hinter mir her. Ich habe etwas Neues entdeckt."

Kyra sah ihm nach, als er mit federnden Schritten zu seinem Wagen ging. Groß, mit breiten Schultern, schmalen Hüften und pechschwarzem, glänzendem Haar war Michael Romero ein ungemein attraktiver Mann. Zudem wusste sie, dass er einen guten Schuss Indianerblut in den Adern hatte, was ihm einen exotischen Anstrich verlieh.

Er blieb neben seinem Auto stehen, wandte kurz den Kopf,

und sie bewunderte sein markantes Profil, das sich gegen den Abendhimmel abhob. Sie schnappte nach Luft, bevor sie schluckte.

Er ist dein bester Freund, ermahnte sie sich.

Michael legte Kyra die Hand an den Rücken und schob sie vor sich her in den kleinen Buchladen. Gleich, als er ihn entdeckt hatte, hatte er gewusst, dass sie davon begeistert wäre. Und er sollte recht behalten. Während sie mit großen Augen die vollgestopften Regale bewunderte, die fast jeden Zentimeter des Raumes einnahmen, schien sie Holsom und das Auseinanderbrechen einer Beziehung, die von Anfang an zum Scheitern verurteilt gewesen war, vergessen zu haben.

„Oh", meinte sie fast andächtig. „Wie herrlich."

„Ich dachte mir schon, dass es dir gefallen würde", sagte er und schaute auf seine Uhr. „Ich gebe dir genau eine halbe Stunde Zeit."

Sie stöhnte.

„Na gut, fünfundvierzig Minuten. Sonst gehe ich ohne dich."

Sie strahlte ihn an und gab ihm einen Kuss auf die Wange, ohne zu wissen, welch einen Aufruhr der Gefühle sie damit bei ihm auslöste. „Du würdest niemals ohne mich gehen." Schon war sie zwischen den Regalen verschwunden.

Michael folgte ihr und verfluchte sich dafür, dass er sich wie Kyras guter Freund benahm, obwohl er sich immer mehr wünschte, er wäre ihr Liebhaber.

„Hast du das schon gelesen?", fragte sie ihn, als er bei ihr angekommen war, und zog ein Buch heraus.

Er schüttelte den Kopf. „Nein. Werde ich auch nicht."

Sie lächelte geheimnisvoll und sagte: „Dann weißt du nicht, was dir entgeht."

Das ist ja das Problem, dachte er, und sein Blick heftete sich unwillkürlich auf ihren lächelnden Mund. Er wusste sehr wohl, was ihm entging.

Kurz entschlossen nahm er ihr das Buch aus der Hand, stellte es ins Regal zurück und ging weiter.

Nein, nein und nochmals nein. Auch wenn die Versuchung groß war, durfte er nicht zulassen, dass sich ihre Beziehung in diese Richtung entwickelte. Dafür war ihm ihre Freundschaft inzwischen viel zu wertvoll.

Als Kyra in seiner Firma angefangen hatte, war er zu der Zeit gerade gebunden gewesen, sonst hätte sich womöglich schon damals eine Liebesromanze zwischen ihnen entwickelt. Manchmal bereute er es, dass es nicht so weit gekommen war, doch dann war er wiederum froh darüber. Denn das Chaos, das aus einer Affäre unweigerlich entstanden wäre, hätte mit Sicherheit dazu geführt, dass sie nicht nur die Firma verlassen, sondern dass er auch die bisher für ihn wichtigste Beziehung in seinem Leben verpasst hätte.

Als Einzelkind, dessen Mutter aus Peru und dessen Vater aus Spanien stammte, verbrachte er viel Zeit damit herauszufinden, wer er wirklich war. Und auch wenn Kyra ihm bei dieser Suche nicht unbedingt half, so bestand sie zumindest darauf, dass er diese Suche hin und wieder vergaß. Und dafür würde er ihr ewig dankbar sein. Sei einfach du selbst, sagte sie ihm immer wieder, du bist niemandem Rechenschaft schuldig. Und so empfand er auch. Jedenfalls dann, wenn er mit ihr zusammen war.

Meistens. Jetzt blickte er auf die Uhr und überlegte, um wie viele Minuten sie sein Zeitlimit überschreiten würde.

„Tick, tack", sagte Michael hinter Kyra.

Sie schaute auf, sah, dass er auf seine Uhr tippte, und nickte. Dann lief sie weiter am Regal entlang, wobei sie mit dem Finger über die einzelnen Buchrücken strich. Schließlich blieb sie stehen und holte tief Luft. Sie liebte den Geruch von Büchern. Und nicht nur das. Eigentlich liebte sie alles, was mit Büchern zusammenhing. Das Rascheln, wenn man sie durchblätterte, den dumpfen Laut, wenn man sie zuschlug, die bunte Vielfalt der Einbände. Ob Romane, Sachbücher, Gedichtbände oder obskure literarische Raritäten, der Text zwischen den Buchrücken war ihr egal; sie las alles.

Es gab kaum etwas, das sie lieber tat, als sich in einen Liebesroman zu vertiefen. Vor allem, wenn sie gerade selbst eine gescheiterte Beziehung hinter sich hatte. Natürlich erklärte Michael ihr, sie sei verrückt, Liebesromane zu lesen, wenn ihr eigenes Leben schon einer Seifenoper glich.

Sie lächelte, als sie jetzt zu der Abteilung mit den Liebesromanen kam und ein Buch nach dem anderen prüfend herauszog.

Habe ich. Kenne ich. Interessant, aber nicht das, was ich im Moment brauche. Sie überflog die Titel, las die Namen der Autoren, betrachtete die Cover und schob die Bücher wieder zurück. Michael hatte ihr vor einiger Zeit eine Mitgliedschaft in einem Buchclub geschenkt. Sie vermutete, dass er es getan hatte, um sie nicht immer auf diese Expeditionen in die Buchläden begleiten zu müssen. Sie war noch immer Mitglied, doch das Stöbern in einem Buchladen gab ihr eine viel tiefere Befriedigung. Es war ein schönes Gefühl, von Dutzenden von Geschichten umgeben zu sein, in denen es von Charakteren nur so wimmelte, mit denen sie sich identifizieren konnte.

Es gaukelte ihr vor, nicht allein auf der Welt zu sein.

So wie jetzt. Okay, vielleicht schmerzte es sie doch mehr, als sie zugeben wollte, dass Craig sie verlassen hatte. Aber was sie am meisten schmerzte, war seine Bemerkung über ihre Fähigkeiten im Bett. Oder besser gesagt, ihre mangelnden Fähigkeiten. War sie wirklich so schlecht? War das vielleicht der Grund, warum sie so oft sitzen gelassen wurde? Sie schnitt eine Grimasse. Das könnte stimmen, wenn sie mit wenigstens einem bescheidenen Prozentsatz derjenigen geschlafen hätte, mit denen sie ausgegangen war. Aber das war nicht der Fall. Die Wahrheit war, dass sie dazu keinerlei Lust verspürt hatte.

Sie war am Ende der Liebesromane angelangt und wandte sich der nächsten Abteilung zu. Noch mehr Liebe, allerdings die Sachbuchkategorie. Sie zog ein Buch mit dem Titel „Fünfzig Wege, deinem Liebhaber zu gefallen" heraus und blätterte darin. Ihre Augen weiteten sich, als sie die anschaulichen Zeichnungen am Anfang jedes Kapitels betrachtete. Sie stellte das Buch zurück und nahm sich das nächste vor.

„Sex Kitten 101" lautete der Titel.

Bevor sie ihr Interesse daran infrage stellen konnte, hatte sie das Buch schon aufgeschlagen und las die Inhaltsangabe. Wörter wie „Veränderungen", „neues Verhalten" und „mit alten Gewohnheiten brechen" sprangen ihr ins Auge. Sie dachte daran, dass Michael ihr Leben mit einer Seifenoper verglich, in der immer wieder dasselbe passierte.

Sie sah von dem Buch hoch und erhaschte einen Blick von sich in dem großen Schaufenster. Die Sonne war inzwischen untergegangen, sodass das dunkle Glas wie ein Spiegel wirkte. Kyra schluckte und betastete das alberne Gummiband, mit dem sie ihr langes glattes Haar zusammenhielt, zupfte an ihrer viel zu großen Bluse. Schlicht. Unauffällig. Sie hatte diese Aufmachung bewusst gewählt, weil sie glaubte, dass es zu ihr passte. Jetzt warf sie einen Blick auf das Buch und fragte sich, ob eine Veränderung nicht längst überfällig war. Und vielleicht war der „Sexkätzchen-Ansatz" genau das Richtige.

Sie drehte das Buch um und las den Klappentext. „Reagieren Sie nur, statt zu agieren?" Kyra nickte. „Sind Sie es leid, dass Ihnen immer dasselbe Gesicht aus dem Spiegel entgegenschaut?" Oh ja. „Möchten Sie einmal eine Ihnen nahestehende Person schockieren?"

Sie wandte sich zu Michael um, der sich im Moment bei den Reisebüchern aufhielt. Sein dunkles Haar war zerzaust, dafür sein weißes Hemd so tadellos wie immer, und die gut geschnittene Hose schmiegte sich perfekt an seine langen Beine. Kyra schluckte und schaute wieder auf das Buch in ihrer Hand. Michael würde sich wahrscheinlich über ihre Wahl amüsieren. Er war ein Selfmademan, der es ohne die Hilfe anderer geschafft hatte. Das hatte Kyra zwar auch, aber es bestand ein großer Unterschied zwischen einer Buchhalterin und dem Teilhaber eines sehr erfolgreichen Architektenbüros.

Sie strich über den Buchrücken und überlegte, ob es wirklich so gut wäre, radikale Veränderungen an sich vorzunehmen. Wenn sie ehrlich war, musste sie zugeben, dass sie trotz ihrer häufig wechselnden Freunde nicht besonders erfahren war, was das andere Geschlecht anging.

Andererseits konnte es vielleicht ganz amüsant sein, diejenigen zu schockieren, die ihr nahestanden. Das Bild von Craig, der auf Knien angekrochen kam, um sie um Verzeihung zu bitten, besaß einen gewissen Reiz. Aber aus irgendeinem Grund war es Michaels Gesicht, das sie vor sich sah, wenn sie sich vorstellte, die Ratschläge des Buches zu befolgen.

Wer nicht wagt, der nicht gewinnt, sagte sie sich.

„Fertig."

Michael schaute von dem Reiseführer auf und sah Kyra erstaunt an.

„Du hast ja heute einen Rekord aufgestellt."

Sie strich eine Haarsträhne zurück, die sich aus ihrem Zopf gelöst hatte, und zuckte mit den Schultern. „Heute habe ich mich auch schnell entschieden", meinte sie und hielt ein Buch hoch. „Es ist mir sozusagen ins Auge gesprungen."

Als er nach dem Buch greifen wollte, zog sie es zurück. Irritiert hob er eine Augenbraue. „Was ist los? Normalerweise bist du doch ganz versessen darauf, mir zu zeigen, was du dir ausgesucht hast."

„Das hier ist nur für Frauen."

„Ist wohl weibliche Pornografie, was?"

Lachend schob sie sich an ihm vorbei und ging zur Kasse. Neugierig folgte er ihr.

„Komm schon." Er beugte sich vor und flüsterte ihr ins Ohr: „Lass mich die schlüpfrigen Sachen sehen."

Sie schüttelte energisch den Kopf.

„Du weißt doch, dass ich es sowieso irgendwann sehen werde. Also kannst du es mir auch gleich zeigen."

„Nein." Sie legte das Buch mit der Rückseite nach oben auf den Kassentresen und zahlte hastig. Nachdem der Kassierer ihr das Buch in eine Tüte gesteckt hatte, verließ sie schnellen Schrittes den Laden.

Michael beeilte sich, ihr zu folgen. „So", meinte er, als er sie bei ihrem Wagen eingeholt hatte. „Fühlst du dich nun wenigstens besser?“

Sie nickte. „Viel besser. Danke.“

Er schaute auf die Uhr. „Worauf hast du jetzt Lust? Kubanisch oder lieber Meeresfrüchte?“

„Offen gestanden bin ich nicht sehr hungrig. Ich denke, ich fahre direkt nach Hause.“

Michael kniff misstrauisch die Augen zusammen. Kyra war eine schlechte Lügnerin. „Ist das Buch so gut?“

Ihr Lachen klang gezwungen. „Fahr du auch nach Hause und mach dir in der Mikrowelle etwas warm, wenn du Hunger hast. Wir sehen uns dann morgen in der Firma.“

Er zögerte einen Moment, bevor er schließlich nachgab. „Okay. Gute Nacht.“

Sie griff versöhnlich nach seiner Hand. „Danke. Du weißt schon. Für alles.“

„Wozu sind Freunde da?“

„Hm.“ Sie sah ihn eigenartig an. „Ja, wozu?“

Damit stieg sie in ihren Wagen, warf die Tüte mit dem Buch auf den Beifahrersitz und ließ den Motor an. Dann fuhr sie davon, ohne Michael noch einmal zuzuwinken wie sonst.

Michael rieb sich das Kinn und ging zu seinem Auto. Warum kam es ihm so vor, als hätte Kyra gerade eine stillschweigende Abmachung zwischen ihnen gebrochen? Und warum beschlich ihn ein ungutes Gefühl, während er sich gleichzeitig freute?

2. KAPITEL

Irgendetwas stimmte nicht mit Kyra. Dieser Gedanke ging Michael immer wieder durch den Kopf, während er sich am nächsten Tag durch den dichten Feierabendverkehr von Tampa schlängelte. Er fluchte laut, weil ein anderer Fahrer ihn schnitt. Dieses Verkehrschaos trug nicht gerade zu einer besseren Laune bei.

Schon gestern im Buchladen hatte er den Eindruck gehabt, dass Kyra sich anders verhielt als sonst. Dieser Eindruck hatte sich noch verstärkt, als er sie abends anrufen wollte und nur der Anrufbeantworter angesprungen war. Und heute im Büro war sie so in ihr Buch vertieft gewesen, dass sie sogar ihre Mittagspause vergessen hatte. Und noch immer wusste er nicht, was das für ein geheimnisvolles Buch war. Als er sie dann nach Feierabend zu einem Drink hatte einladen wollen, hatte er feststellen müssen, dass sie bereits eine Stunde eher gegangen war.

Was war nur los mit ihr? Ärgerte sie sich über ihn? Unwahrscheinlich. Sie schien nicht einmal sonderlich bedrückt wegen ihrer Trennung von Craig Holsom. Was noch merkwürdiger war, denn normalerweise war sie eine Woche lang niedergeschlagen und tröstete sich mit Essen über das Ende einer Beziehung hinweg, auch wenn die Beziehung selbst nicht länger als eine Woche gedauert hatte.

Vielleicht hatte er gestern zu schnell aufgegeben. Vielleicht brauchte sie ihn. Vielleicht hatte er die Signale falsch verstanden, und sie hatte die Nacht damit verbracht, in ihr Kopfkissen zu weinen.

Bei dem Gedanken trat er unwillkürlich aufs Gaspedal.

Craig Holsom und das Dutzend anderer Trottel, mit denen sie sich eingelassen hatte, verdienten nicht eine Stunde in Kyras Gesellschaft, geschweige denn eine ihrer Tränen.

Er sollte es mit Bestechung versuchen. Zum Beispiel mit einer Packung Eiscreme. Womöglich konnte er Kyra dann dazu bringen, dass sie sich ihm anvertraute. Kurz entschlossen hielt er am nächsten Laden an, besorgte ihr Lieblingseis und fuhr damit zu ihrer Wohnung, die im ersten Stock eines älteren Mietshauses lag. Immer zwei Stufen auf einmal nehmend lief er die Treppe hoch und klopfte erwartungsvoll an ihre Tür.

„Kyra?“, rief er.

Keine Antwort.

Nanu? Ihr Mustang stand doch vor dem Haus. „Ich weiß, dass du da bist, also kannst du auch aufmachen.“

Es bestand natürlich die Möglichkeit, dass sie Holsom schon durch den nächsten Trottel ersetzt hatte. Der Gedanke machte ihm mehr zu schaffen, als ihm lieb war.

Leise fluchend klopfte er erneut.

„Was soll der Lärm! Es gibt hier Leute, die wollen in Ruhe fernsehen. Können Sie nicht leise sein?“, brüllte Kyras Vermieterin von unten.

Michael drehte sich um und spähte durch das gewundene Treppengeländer direkt in Mrs. Kaminskys hageres Gesicht. Er fand es immer wieder erstaunlich, wie solch eine dünne kleine Person mit so einer gewaltigen Stimme gesegnet sein konnte. „Entschuldigung, Mrs. Kaminsky, ich werde mich bemühen, leiser zu klopfen.“

„Tun Sie das!“, schrie sie so laut, dass beinahe das ganze Treppenhaus erzitterte.

Michael wandte sich wieder Kyras Tür zu. Warum Kyra

sich mit dem alten Drachen abgab, war ihm ein Rätsel. Merkwürdigerweise schienen ihr die Einmischungen ihrer Vermieterin nichts auszumachen. Vielleicht deshalb, weil sie so wenig elterliche Einmischung in ihrem Leben erfahren hatte.

„Kyra?", sagte er und legte die Hand auf den Türknauf. Er ließ sich drehen. Typisch für Kyra, die Tür nicht abzuschließen. Andererseits käme wahrscheinlich sowieso kein Dieb ungeschoren an Mrs. Kaminsky vorbei.

Er stieß die Tür auf und schaute sich in der Wohnung um. Mit den großen Räumen, den hohen Decken und dem auf Hochglanz polierten Holzfußboden wirkte sie hell und freundlich und machte somit fast die tyrannische Vermieterin wieder wett. Aber nur fast. An Kyras Stelle wäre er schon längst ausgezogen.

„Kyra?" Erstaunt betrachtete er die verstreuten Kleidungsstücke auf dem Boden. Er runzelte die Stirn und hob den Rock auf, den sie heute im Büro getragen hatte. Kyra war sonst penibel ordentlich. Es sah ihr gar nicht ähnlich, die Sachen einfach hinzuwerfen. Er öffnete die Tür zum Schlafzimmer einen Spaltbreit und äugte hinein. Leer. Wo steckt sie, fragte er sich und sah sich wieder suchend um. Plötzlich fiel sein Blick auf eine kleine Schachtel, die vor der geschlossenen Badezimmertür lag. Er ging hin, hob sie auf und klopfte an die Tür.

„Kyra, bist du da drin?"

Ein Quieken verriet ihm, dass dem so war. Er besah sich die Schachtel und stellte fest, dass es die leere Verpackung einer Blondierungscreme war.

Das Schloss klickte, und er trat einen Schritt zurück, in der Annahme, dass Kyra jetzt herauskam. Doch anscheinend hatte sie nur abgeschlossen, damit er nicht hereinkam.

„Kyra, was, zum Teufel, ist los?“, rief er ungehalten.

„Geh weg“, befahl sie ihm.

Michael lehnte sich gegen die Tür und seufzte. „Du hast dich über mich geärgert, stimmt’s? Das ist der Grund, warum du gestern nicht mit mir essen gehen wolltest, und warum du heute im Büro kaum mit mir gesprochen hast.“

„Sei nicht albern.“

Er schaute auf das Eis in seiner Hand und überlegte, ob er es in den Gefrierschrank legen sollte. „Wenn ich etwas gesagt oder getan habe, das dich verärgert hat, dann entschuldige ich mich dafür.“

„Nicht nötig.“

„Ich verstehe. Liegt es daran, dass es nichts gibt, wofür ich mich entschuldigen müsste? Oder meinst du damit, dass mein Verhalten nicht zu entschuldigen ist?“

Ein leises Kichern drang durch die Tür, und er fragte sich, was daran wohl so lustig war.

„Kyra, komm bitte raus. Ich spreche nicht so gern durch Türen.“

Stille.

Oh, oh. Das war schlimmer, als er befürchtet hatte. Und er wusste wirklich nicht, was er jetzt noch tun sollte. Seufzend lehnte er sich wieder gegen die Tür.

Plötzlich öffnete sie sich nach innen, und er fiel ins Badezimmer.

„Kannst du nicht aufpassen?“, fauchte Kyra ihn an und bemühte sich, selbst auf den Beinen zu bleiben.

Nachdem er sich aufgerappelt hatte, hätte er sich fast wieder auf den Boden gesetzt. Aber diesmal nicht wegen der Tür, sondern wegen Kyra.

„Nun?“, fragte Kyra und konnte ihre Aufregung kaum verbergen, während Michael sie nur fassungslos ansah. „Was denkst du?“

Er machte ein paar Schritte rückwärts und bewegte den Mund, doch kein Ton kam heraus.

„Ganz schön krass, oder? Ich habe mich selbst kaum wiedererkannt.“

Und das stimmte. Wer hätte gedacht, dass ein paar Stunden ein ganzes Leben verändern konnten? Kyra strich sich über ihr frisch geschnittenes Haar und fühlte sich noch immer ganz beschwingt, weil die langen Haare endlich ab waren. Aber die freche Kurzhaarfrisur war nicht alles. Oh nein. Noch beim Friseur hatte sie beschlossen, auch die Haarfarbe zu wechseln, und hatte sich eine Packung Blondierung gekauft. Sie hatte schon immer wissen wollen, ob es stimmte, dass Blondinen bevorzugt wurden. Jetzt würde sie es herausfinden.

Und dann war da noch ihre neue Garderobe. Da sie sich ohnehin neue Sachen hatte kaufen müssen, um das zu ersetzen, was in der Reinigung abhanden gekommen war, war sie mit dem Scheck, den die Reinigung ihr als Entschädigung ausgestellt hatte, einkaufen gegangen. Doch sie hatte sich von all den Läden ferngehalten, die sie normalerweise bevorzugte. Stattdessen war sie in kleine trendige Boutiquen gegangen und hatte die Ratschläge der Verkäuferinnen befolgt. Das, was sie jetzt trug, war ihr Lieblingsoutfit: ein pinkfarbenes, eng anliegendes Top und einen Minirock aus schwarzem Lackleder.

Anfangs hatte sie sich gefühlt, als würde sie kaum mehr als ihre Unterwäsche tragen. Doch je länger sie es trug, desto wohler fühlte sie sich. Nicht nur in ihrer neuen Kleidung, sondern auch mit ihrem neuen Look. Und die Sachen hatten ihr auch geholfen, eine wichtige Entdeckung zu machen: Sie besaß Brüste. Natürlich hatte sie immer gewusst, dass sie welche hatte, ihr war nur nicht klar gewesen, wie sexy sie aussahen, da sie sie meist unter weiten Blusen und unattraktiven BHs versteckte.

Michael sah plötzlich ganz blass aus. Besorgt ging Kyra auf ihn zu, wobei sie mit ihren hochhackigen Schuhen fast gestolpert wäre. An die musste sie sich auch erst noch gewöhnen.

„Geht es dir gut?“, fragte sie, nahm ihn beim Arm und führte ihn fürsorglich zum Sofa. Er ließ sich darauffallen und starrte Kyra weiterhin nur an.

Plötzlich kicherte sie und überraschte sich selbst damit. Sie kicherte sonst nie. Sie wusste nicht einmal, wie man das machte. „Ist wohl ein bisschen gewöhnungsbedürftig, was? Die Verkäuferin meinte, der Rock müsse ohne Strumpfhose getragen werden, aber ich finde, diese schwarzen Strümpfe geben dem Ganzen erst den richtigen Pfiff. Findest du nicht auch?“

„Ich …“

Kyra stützte die Hände in die Hüften, drehte sich hin und her und genoss es, sich in diesen raffinierten körperbetonten Sachen zu bewegen. Sie fühlte sich sinnlicher als je zuvor. „Na, was wolltest du sagen?“

„Ich habe dir Eis mitgebracht“, stotterte Michael und hielt ihr die Packung hin.

„Hm. Meine Lieblingssorte. Aber ich fürchte, wenn ich jetzt etwas davon esse, platzt mir eine Naht oder so.“

„Oder … so.“ Michael nickte zustimmend.

Sie nahm ihm das Eis aus der Hand und stöckelte damit in die Küche, wo sie es in den Gefrierschrank stellte.

Eine Minute später war sie wieder da und postierte sich herausfordernd vor Michael. „Und?"

„Und …" Er räusperte sich. „Und was?"

Sie verdrehte ungeduldig die Augen. „Du hast meine Frage noch nicht beantwortet. Wie findest du mich?"

Er runzelte die Stirn und schaute überallhin, nur nicht zu ihr.

„Oh, komm schon, Michael. Sieh mich an."

„Nein."

Seine störrische Haltung brachte sie zum Lachen.

Er räusperte sich wieder. „Das wäre so, als würde ich meine eigene Schwester nackt sehen. Wenn ich eine hätte, natürlich. Aber …" Er verstummte und hielt den Blick angestrengt auf die gegenüberliegende Wand gerichtet.

„Das ist nicht gerade die Reaktion, die ich mir erhofft hatte."

Endlich schaute er sie an, und Kyra vergaß zu atmen. Ein so leidenschaftlicher Ausdruck lag in seinem Blick, dass es ihr vorkam, als hätte sie einen Liebhaber vor sich.

Nervös verlagerte sie das Gewicht von einem Fuß auf den anderen. „Was ist los? Es ist doch nicht so, als hättest du mich nicht schon mit weniger als diesem hier bekleidet gesehen."

„Ach ja? Wann denn?"

„Am Strand, zum Beispiel."

„Oh."

Sie lächelte nachsichtig.

„Aber du bist …"

„Was bin ich?"

„Du bist jetzt blond."

Sie seufzte. „Typisch. Das ist alles, was dir auffällt? Für jemanden, der Häuser entwirft, bist du ziemlich einfallslos, wenn es um dein Privatleben geht, weißt du das?"

„Dafür hast du anscheinend genügend Einfälle für uns beide."

Endlich eine Reaktion, dachte Kyra. Immerhin. „Findest du es nicht gut? Ich meine, ich bin einfach meinem Instinkt gefolgt. Hab mir Sachen ausgesucht, die mir gefallen, statt darüber nachzudenken, was angebracht wäre." Sie war wie berauscht von ihrem eigenen Wagemut.

Er öffnete schon den Mund, um etwas Patziges zu erwidern, doch sie unterbrach ihn, indem sie eine Hand hob. „Nein, sag jetzt nichts. Ich möchte nur deine ehrliche Meinung." Mit diesen Worten drehte sie sich um, doch leider so stürmisch, dass sie das Gleichgewicht verlor. Vergeblich suchte sie nach etwas, woran sie sich festhalten konnte, doch es gab nichts. Mit einem Plumps landete sie auf Michaels Schoß.

Und da bemerkte sie, dass er doch auf sie reagierte, und zwar auf eine Art, die sie in ihrer Beziehung niemals für möglich gehalten hätte.

Mit großen Augen sah sie ihn an. „Oh", murmelte sie. „Oh!" Es war ihr also wirklich gelungen, eine ihr nahestehende Person zu schockieren. Aber sie hatte nicht erwartet, dass seine Reaktion auch sie schockieren würde.

Oh, Himmel!

Michael rutschte hin und her, und endlich gelang es ihm, Kyra so zu platzieren, dass ihr niedlicher kleiner Po sich nicht mehr direkt an ihn schmiegte. So war es schon besser. Denn offen gestanden gefiel es ihm, dass sie auf seinem Schoß saß, selbst wenn es nur für wenige kostbare Augenblicke wäre.

Und im Grunde gefielen ihm auch ihre Veränderungen. Obwohl ihr langes braunes Haar ihn immer fasziniert hatte, stand ihr die blonde Kurzhaarfrisur sehr gut. Sie unterstrich ihr ovales Gesicht mit dem warmen honigfarbenen Teint. Und ihre vollen Lippen wirkten jetzt absolut verführerisch. Als hätte sie seine Gedanken erraten, fuhr Kyra sich jetzt mit der Zungenspitze darüber.

Oh, verflixt!

Und diese Sachen …

Es stimmte, dass er sie schon im Badeanzug gesehen hatte, doch der war genauso unauffällig gewesen wie ihre übrige Garderobe. Er hatte zwar schon immer gewusst, dass sie eine gute Figur besaß, aber von einer Minute zur anderen schien sie sich von einer attraktiven jungen Frau in eine Sexbombe verwandelt zu haben.

Und er würde alles darum geben, wenn er sie jetzt küssen könnte.

Sie küssen? Verdammt, er wollte sie mit Haut und Haaren verschlingen.

„Michael?"

Er blinzelte, und zwei kecke Brüste schoben sich in sein Gesichtsfeld. Das pinkfarbene Top schmiegte sich perfekt an ihre Rundungen. Wieder korrigierte er sich. Er wollte nicht nur Kyras Mund küssen, sondern auch ihre aufgerichteten Knospen.

Sie setzte sich etwas bequemer hin, und ihr Lederrock glitt über seine dünne Hose. Er stöhnte.

Sie bedachte ihn mit einem unschuldigen Augenaufschlag.

„Ich habe jetzt auch Brüste“, informierte sie ihn.

Michael verschluckte sich fast.

„Ich meine, natürlich hatte ich die schon vorher. Es ist nur so …“ Sie schaute an sich herab. „Wer hätte gedacht, dass ein guter BH so viel ausmacht?“

Ja, wer hätte das gedacht. „Kyra“, sagte er heiser, als sie jetzt an ihrem Top zu zupfen begann, „ich glaube, es ist besser, wenn du von meinem Schoß aufstehst.“

Sie blinzelte erstaunt. Ihre Wimpern waren dunkel getuscht und betonten die hellgrüne Farbe ihrer Augen. „Oh“, sagte sie erneut.

Michael wusste nicht, was für ihn schlimmer war – dass sie über seinen Zustand Bescheid wusste, oder dass sie so naiv darauf reagierte.

Nach kurzem Zögern rutschte sie schließlich von seinem Schoß und kam auf die Füße. Besser gesagt, auf ihre sexy Stilettoabsätze. Absätze, die ihre Beine noch länger erscheinen ließen, als sie ohnehin schon waren, und mit denen sie sich wahrscheinlich den Hals brechen würde, wenn sie mehr als zehn Schritte machte.

„Und findest du es gut?“, fragte sie, eine Hand in die Hüfte gestützt. So leicht ließ sie nicht locker.

„Gut ist nicht unbedingt das Wort, das ich benutzen würde“, entgegnete er und setzte sich gerader hin. Im Moment wagte er es noch nicht, aufzustehen.

„Welches dann?“

Verführerisch? Zum Anbeißen? Heiß? „Anders“, sagte er lauter als gewollt.

Kyras Kater, der auf der Fensterbank lag, hob aufmerksam den Kopf, und Michael war sicher, wenn Mr. Tibbs könnte, hätte er jetzt über das Aussehen seiner Herrin die Augen verdreht. Er funkelte den Kater böse an, der sich daraufhin beleidigt zusammenrollte.

Dann wandte er sich wieder Kyra zu. „Gibt es einen bestimmten Grund für deine …, für diese …"

„Meinst du Verwandlung?"

Er hob die Brauen. Verwandlung? Das klang so endgültig. Er würde es nicht überleben, wenn Kyra vierundzwanzig Stunden lang, sieben Tage die Woche so aussah. Er stöhnte innerlich. Keine zwei Minuten würde er es überleben. „Genau."

Sie sammelte ihre verstreuten Sachen ein und trippelte damit zur Küche. Ihr Gang war unsicher, deswegen aber nicht weniger sexy. Sie öffnete den Mülleimer, stopfte alles hinein und rieb sich zufrieden die Hände.

Dann kam sie zu Michael zurück und schaute ihn so eindringlich an, dass er versucht war, ihrem Blick auszuweichen. „Muss es einen Grund geben? Ich meine, abgesehen davon, dass es schon längst überfällig war? Ich habe vierundzwanzig Jahre lang so getan, als sei ich eine alte Jungfer. Es wird Zeit, dass ich wie eine Frau meines Alters aussehe."

Keine Frau deines Alters sieht so aus, hätte er am liebsten erwidert. Sicher, andere Frauen mochten sich genauso anziehen, aber keine von ihnen würde die gleiche Wirkung erzielen wie sie. Diese Mischung aus Unschuld und Verworfenheit, die sie noch aufreizender machte, als sie ohnehin schon war, konnte man unmöglich ignorieren – was sein Körper ihm in eindeutiger Weise bestätigte. Einerseits wirkte sie wie ein herausgeputzter Teenager, andererseits wie eine durchtriebene Frau auf Männerjagd.

Michael hätte sich am liebsten mit der Hand gegen den Kopf geschlagen, damit sein Gehirn wieder anfing zu arbeiten und er aufhörte, seine beste Freundin anzuschmachten. Und damit er aufhörte, sich vorzustellen, wie es wäre, wenn er sie zu sich auf das Sofa ziehen und sich auf sie stürzen würde.

Nervös zerrte er an seiner Krawatte, bis er sich fast selbst strangulierte.

„Na, wie ist es? Kommst du mit? Ich hätte Lust, jetzt auszugehen, um der Welt die neue Kyra zu zeigen."

3. KAPITEL

Kyra ließ versehentlich ihre winzige Handtasche fallen, die aussah, als wäre sie für eine Barbiepuppe gemacht. Aber sie war so niedlich gewesen, dass sie sie unbedingt hatte haben wollen. Doch jetzt stand sie da, blickte auf ihre Tasche hinab und überlegte, wie sie die aufheben sollte.

Sie versuchte, sich zu bücken.

„Das würde ich an deiner Stelle nicht tun", murmelte Michael hinter ihr.

Sie hielt mitten in der Bewegung inne. Der Bürgersteig vor der Lolita-Bar flimmerte in der Nachmittagssonne. Kyra konnte direkt die Hitze spüren, die ihr an den Beinen hinaufkroch und weiter durch ihren Körper bis in die Brustspitzen. Zumindest redete sie sich das ein. Der Gedanke, dass Michaels eigenartiges Verhalten etwas damit zu tun haben könnte, war ihr zu kompliziert, um ihn weiter zu verfolgen.

Sie richtete sich wieder auf, klopfte sich mit einem Finger an die glänzenden rosa Lippen und überdachte ihre Situation. Wenn sie sich jetzt bückte, würde ihr der enge glatte Rock bestimmt bis zur Taille hochrutschen, und sie würde aller Welt den Anblick ihres in einer schwarzen Strumpfhose steckenden Pos ermöglichen. Und wenn sie in die Knie ginge, sähe das erstens nicht gerade elegant aus, und zweitens bestünde die Gefahr, dass eine Naht des kostbaren Rocks riss.

Fluchend hob Michael schließlich die Tasche für sie auf. „Was hast du da drin? Deinen Lippenstift?"

„Lipgloss", informierte sie ihn. Mehr hätte auch nicht hineingepasst. Sie nahm die Tasche an sich und steuerte mit einem erwartungsvollen Lächeln auf den Eingang der Bar zu.

Plötzlich legte sich eine Hand um ihren Arm. Michael riss sie herum, gerade als sie die Tür öffnen wollte.

„Du gehst da nicht rein", sagte er, und das bestimmt schon zum fünften Mal, seit sie ihre Wohnung verlassen hatten.

Sie warf stolz den Kopf in den Nacken. „Und warum nicht?" Vielleicht würde sie ja jetzt endlich eine klare Antwort von ihm bekommen. Bisher war er ihr immer ausgewichen.

„Weil du ... so aussiehst."

„Michael, das haben wir doch schon besprochen", erklärte sie ihm geduldig. „Dies hier ...", sie deutete auf sich, „... ist die neue Kyra. Und je eher die Leute sich daran gewöhnen, desto besser."

„Ich werde mich nie daran gewöhnen."

Sie tätschelte ihm gönnerhaft die Wange. Wenn ihre Hand ein wenig länger als nötig verweilte, dann lag es daran, dass sie die Berührung seiner Bartstoppeln genoss. Auch das redete sie sich ein. „Das kommt noch, du wirst sehen."

Spontan zog er sein Jackett aus und wollte es ihr über die Schultern legen, doch sie entwand sich ihm geschickt.

„Was soll das? Es ist schrecklich heiß."

„Aber dort drinnen ist die Klimaanlage an."

„Gut", meinte sie. „Vielleicht kühlt die mich ab."

„Nein, du verstehst mich nicht", erklärte er und sah bedeutungsvoll auf ihren Ausschnitt. „Die Klimaanlage ist dort an."

„Du redest Unsinn, Michael. Und jetzt stell dich nicht so an und lass mich reingehen."

Als er leise fluchte, lächelte sie nur. Es gefiel ihr, ihn zu ärgern. Normalerweise war er derjenige, der alles unter Kontrolle hatte und ihr Ratschläge erteilte. Dass sie es geschafft hatte, ihn zu verunsichern, gab ihr das Gefühl, eine neue Macht zu besitzen. Und das Gefühl, erwachsener zu sein. Und natürlich sexy.

Um diese Uhrzeit war die Bar brechend voll, doch nachdem Kyra sich schnell umgeschaut hatte, musste sie feststellen, dass die Person, nach der sie suchte, nicht da war.

Aber dadurch ließ sie sich nicht entmutigen, sondern stolzierte geradewegs auf den Tresen zu und bestellte sich ein Glas Sekt. Sekt schien ihr für diese Gelegenheit passend. Mit Genugtuung registrierte sie, dass der Barkeeper sie nicht erkannte, obwohl sie seit vier Jahren regelmäßig hierherkam.

Als sie diese erfreuliche Tatsache Michael flüsternd mitteilte, brummte er nur: „Natürlich erkennt er dich nicht. Ich wette, nicht einmal du selbst erkennst dich."

Sie schwang sich auf einen Barhocker und schlug lässig die schwarz bestrumpften Beine übereinander. „Das macht ja noch mehr Spaß, als ich gedacht hatte."

„Dann pass nur auf." Michael bestellte sich eine Flasche Bier, die er in einem Zug halb leer trank, und wischte sich dann mit dem Handrücken den Mund ab. Irgendwie fand Kyra ihn heute rüpelhaft und schlecht gelaunt und völlig anders als den Michael Romero, den sie kannte.

„Du warst schon vorher ein Magnet für Dummköpfe. Jetzt …" Er unterbrach sich, weil sie ihm ohnehin nicht mehr zuhörte.

„Kommen Sie häufiger hierher?", fragte jemand zu Kyras Linken.

Diese plumpe Anmache brachte sie zum Kichern. „Ständig."

Sie wandte sich dem Mann zu und stellte fest, dass sie ihn schon öfter in der Bar gesehen hatte. Allerdings hatte er sie noch nie angesprochen.

„Verschwinden Sie, Junge“, brummte Michael neben ihr.

Kyra stieß ihn nur mit dem Ellenbogen an und richtete dann ihre ganze Aufmerksamkeit auf den anderen Mann. „Ich bin Kyra White“, sagte sie und reichte ihm die Hand.

Der Mann beäugte erst über ihren Kopf hinweg Michael, bevor er ihre Hand ergriff. „Charlie Schwartz. Versicherungen aller Art.“

„Freut mich, Sie kennenzulernen, Charlie.“

Sein Blick wanderte wieder zu Michael, ehe er sich vorbeugte und sie leise fragte: „Wer ist das?“

Sie deutete mit dem Daumen hinter sich. „Der da? Sie meinen, abgesehen davon, dass er eine Landplage ist?“ Sie drehte sich kurz zu Michael um und erntete einen bösen Blick von ihm und ein Grinsen von Charlie. „Er ist mein bester Freund.“

Charlie schob sich ein wenig näher an sie heran. „Wäre ich auch gern.“

„So ein Quatschkopf“, hörte sie Michael sagen.

Sie fuhr herum. „Was ist los? Glaubst du, du bist der einzige Mann, der mein Freund sein kann?“, zischte sie ihn an.

„Ich glaube, dass Charlie weniger daran interessiert ist, dein Freund zu sein, als daran, was sich unter deinem Rock verbirgt“, zischte Michael zurück.

„Dasselbe wie bei jeder anderen Frau auch.“

Michael betrachtete sie zweifelnd. „Ja, aber bei dir hat er noch nicht nachgeschaut.“

Charlie überging diese taktlose Bemerkung, indem er Kyra freundlich fragte: „Möchten Sie vielleicht noch ein Glas Sekt?“

„Ja, bitte.“

„Nein“, fuhr Michael dazwischen und rutschte von seinem Barhocker. „Tut mir leid, Charlie, aber dieses Mädchen ist schon vergeben. Versuchen Sie Ihr Glück bei einer anderen.“

Kyra lachte und trank ihr Glas aus. Als Charlie ihr einen fragenden Blick zuwarf, zuckte sie nur mit den Schultern. „Es war nett, Sie kennenzulernen, Charlie.“

Michael versuchte erneut, Kyra seine Jacke umzuhängen, doch sie wich ihm geschickt aus.

„Würdest du bitte damit aufhören“, sagte sie gereizt, obwohl das Glitzern in ihren Augen ihm verriet, dass sie so viel Aufmerksamkeit genoss.

„Erst wenn du dir was übergezogen hast. Oder wir gehen.“

Sie zupfte am Saum ihres Rockes und lenkte damit seinen Blick automatisch auf ihre Oberschenkel. Nachdem er sie eine Weile missbilligend gemustert hatte, räusperte er sich und wandte sich ab.

Kyra stieß ihn spielerisch in die Seite. „Was ist denn heute nur mit dir los?“

„Was soll schon los sein?“, erwiderte er brummig.

„Erst versuchst du, mich daran zu hindern, meine Wohnung zu verlassen. Dann willst du mir ständig deine alberne Jacke umhängen. Und jetzt verjagst du schon nette Männer, die sich nur mit mir unterhalten wollen. Du verhältst dich seltsam.“

„Man könnte auch sagen, dass du dich seltsam verhältst. Und dieser Mann wollte sich bestimmt nicht nur unterhalten.“

Ihr Lachen reizte ihn noch mehr. Ärgerlich rieb er sich den Nacken und hob seine Flasche, nur um festzustellen, dass er sie bereits ausgetrunken hatte. „Du kapierst es einfach nicht, oder? Trotz all dieser Trottel, mit denen du ständig ausgegangen bist, hast du noch immer keine Ahnung, wie Männer ticken."

Kyra richtete sich auf. „Dann solltest du mich vielleicht aufklären."

Sie aufklären? Er wollte sie nicht aufklären. Er wollte sie nach Hause bringen und sie in ihre Wohnung einsperren, bis sie wieder zur Vernunft kam. „Nimm zum Beispiel diesen Kerl hier eben."

„Was ist mit ihm?"

„Er war nicht daran interessiert, dein Freund zu sein. Er war daran interessiert, dich in das nächste Motel zu schleppen."

„Warum nicht in seine Wohnung?"

„Weil dort wahrscheinlich seine Frau auf ihn wartet."

„Woher willst du wissen, dass er verheiratet ist?"

„Weil dieser Obertrottel zu blöd war, seinen Ehering abzunehmen, ehe er sich an dich herangemacht hat." An der Art, wie sich jetzt ihre Augen weiteten, erkannte er, dass sie den Ehering gar nicht bemerkt hatte. „Erwischt."

Sie schnitt eine Grimasse. „Ich habe mit dem Mann nur Namen ausgetauscht. Keine Telefonnummern."

„Aber auch nur, weil ich ihn verscheucht habe."

„Und warum bist du dir so sicher, dass er keine Freundschaft suchte?"

„Weil die Art von Freundschaft, an der dieser Typ interessiert ist, noch andere Aktivitäten einschließt."

„Wie Tennis?"

„Wenn dabei auch ein Bett vorkommt."

Sie kicherte. „Bett-Tennis – klingt gut."

Michael räusperte sich. „Aber nicht auf Dauer."

Kyra verschränkte die Arme vor ihrer neu entdeckten Brust, und sofort heftete sich Michaels Blick darauf. „Mir kommt allmählich der Verdacht, dass dir mein neues Aussehen nicht gefällt. Und deshalb hast du schlechte Laune."

Er blinzelte. Er liebte ihr Outfit. „‚Nicht gefällt' ist wohl ein wenig untertrieben. Wenn ich nicht genau wüsste, dass du es nur getan hast, um es Holsom heimzuzahlen, wäre ich schockiert."

Sie erbleichte. „Wie kommst du darauf, dass ich es ihm heimzahlen wollte?"

„Weil ich dich kenne."

„Und du willst damit sagen, mein neuer Look, das bin nicht ich."

„Ich will damit sagen, dass du sein kannst, was immer du willst, Kyra. Aber verändere dich nicht für einen Kerl, der nicht die geringste Ahnung hat, was du wert bist."

Kyras Augen verdunkelten sich, und Michael schaute schnell zur Seite, nur um jetzt zu bemerken, wie ein Mann ihr lüsterne Blicke zuwarf. Wütend funkelte er den Mann an.

„Und wie viel bin ich dir denn wert?", hörte er sie fragen.

„Was?"

„Komm schon. Du hast mich verstanden, Michael."

Er wandte sich ihr wieder zu. „Sagen wir einfach, mehr als du allen Kerlen hier zusammen wert bist."

„So viel?"

„Vielleicht noch mehr", erklärte er, bevor er sich fragte, ob es weise war, solch eine Äußerung zu machen.

„Hm."

Danach schwieg sie, eine Tatsache, die Michaels Misstrauen weckte. Das konnte nur Unheil bedeuten.

„Ich bin hungrig", verkündete er deshalb, zog ein paar Scheine aus der Brieftasche und warf sie auf den Tresen. „Lass uns irgendwo etwas essen gehen."

Kyra legte ihm eine Hand auf den Arm. „Ich finde, wir sollten bleiben und über dein Liebesleben reden, wo wir schon mal bei dem Thema sind."

Er hatte es geahnt.

„Wann und mit wem warst du das letzte Mal aus, Michael?"

„Was hat das hiermit zu tun?"

Sie zuckte mit den Schultern. „Wenn mein Liebesleben frei diskutiert werden darf, können wir auch über deins reden."

„Du meinst wohl den Mangel daran", murmelte er.

„Genau."

Er starrte auf die Flaschen hinter dem Tresen. „Mit Kelly Jackson."

„Ein Abendessen zählt nicht."

„Und dann war da noch Penelope St. Clair."

Kyra nickte. „Okay, du bist ein paarmal mit ihr ausgegangen. Vor ungefähr einem Jahr. Bis es ihr, wie jeder anderen Frau auch, zu bunt wurde, immer erst an zweiter Stelle hinter deiner Arbeit zu kommen."

„Vielleicht habe ich einfach noch keine Frau gefunden, die so ehrgeizig ist wie ich."

„Was ist mit Janet Palmieri? Phyllis hat mir erzählt, dass ihr zwei einige Male ausgegangen seid. Das muss allerdings vor meiner Zeit gewesen sein."

Seine Geschäftspartnerin? Er schnitt ein Gesicht. Typisch Phyllis. Die Sekretärin war eine schreckliche Klatschtante, was allein dadurch bewiesen wurde, dass sie diese Information an

Kyra weitergegeben hatte. „Zweimal Abendessen. Das zählt nicht."

„Vielleicht liegt es daran, dass du nicht bereit bist, dir genauso viel Zeit für dein Privatleben zu nehmen wie für deine Arbeit."

„Hey, ich nehme mir Zeit für unsere Freundschaft."

Kyra lächelte. „Ja, das stimmt. Eigentlich erstaunlich."

„Wie meinst du das?"

„Michael, warum sind wir beide noch nie zusammen ausgegangen?"

Oh, oh. Gefährliche Frage.

Er ermahnte sich, die Sache locker zu sehen. „Komm schon, Kyra. Wir gehen ständig zusammen aus."

„Das meine ich nicht. Warum hast du dich nie richtig mit mir verabredet?"

„Was?" Er verschluckte sich fast an der eigenen Zunge.

„Du hast mich genau gehört. Du. Ich. Warum sind wir nie miteinander … gegangen?"

„Wir arbeiten zusammen. Und außerdem bin ich nicht dein Typ."

„Woher willst du das wissen?"

Er überlegte, worauf sie hinauswollte. „Weil du mich nie um eine Verabredung gebeten hast."

„Ha, ha." Sie lachte, doch ihr Blick verriet ihm, dass sie ihre Frage durchaus ernst meinte. Aber er konnte sie nicht beantworten, weil er sich diese Frage selbst seit einiger Zeit stellte.

Zum Glück wurde Kyra jetzt abgelenkt, da ein weiterer Typ auftauchte und grinsend erklärte: „Ich bin gerade zu einem Entschluss gekommen."

Kyra schaute den Mann lächelnd an. „Ja?"

„Ich habe beschlossen, dass ich in meinem nächsten Leben als dieser Rock wiedergeboren werden möchte."

Michael ballte die Fäuste angesichts dieser plumpen Anmache. Und noch wütender wurde er, als er Kyras fröhliches Lachen vernahm.

Jetzt begann sie auch noch lang und breit dem Fremden zu erklären, wo sie diesen winzigen Lederfetzen gekauft hatte. Michaels Geduld wurde auf eine harte Probe gestellt.

„Dürfte ich den Rock vielleicht einmal anfassen?", erdreistete sich der Kerl zu fragen. „Ein solches Material habe ich noch nie gesehen."

„Oh, sicher", entgegnete Kyra.

Michael stieß die Hand des Mannes zur Seite. „Das sollten Sie sich lieber noch einmal überlegen, Freundchen."

„Michael!" Kyra sah ihn entrüstet an.

„Komm", befahl er und warf ihr sein Jackett über. Als sie es abschütteln wollte, hielt er ihre Schultern so grob fest, dass sie einen kleinen Schmerzenslaut von sich gab. „Wir verschwinden."

„Michael ... Au!"

Er riss sie förmlich vom Barhocker und dachte, dass es ihr nur recht geschähe, wenn sie jetzt mit diesen lächerlich hohen Absätzen stolperte und sich die Beine brach. Sie blieben erst draußen vor der Tür stehen, fast so wie am Abend zuvor, doch dieses Mal aus ganz anderen Gründen.

„Ich kann nicht glauben, was du eben getan hast!", fuhr Kyra ihn an. Ihre Wangen waren vor Wut gerötet, ihre Augen funkelten.

„Dann lass es", entgegnete er ruhig und nahm ihr das Jackett von den Schultern. „Sei bloß froh, dass ich dem Kerl nicht eins auf die Nase gegeben habe. Und erzähl mir jetzt nicht, dass du auf diese billige Anmache hereingefallen bist."

Sie reckte das Kinn. „Es war originell. Und er war nett."

„Er war ein Idiot."

„Im Moment bist du der Einzige, der sich wie ein ..."

Michael war sich nicht sicher, wie, wann oder warum es geschah. In einer Sekunde war er noch dabei, mit ihr zu streiten, und in der nächsten wurde sein Blick magisch von ihrem schmollenden Mund angezogen, und er verspürte den unwiderstehlichen Drang, sie zu küssen. Und genau das tat er jetzt.

Er senkte den Kopf und drückte seinen Mund auf ihren. Ihre Lippen waren so weich, so warm und so einladend.

Sie riss die Augen vor Erstaunen weit auf, aber es war zu spät, er konnte sich nicht mehr zurückhalten. Mit einem leisen Stöhnen griff er ihr ins Haar und zog sie noch näher an sich. Und in dem Moment, als sie sich seufzend an ihn schmiegte, die Lippen öffnete und mit der Zungenspitze über seinen Mund glitt, wusste er, dass er verloren war.

Kyra gab sich ganz Michaels Kuss hin. Es schien, als würde ein Feuerwerk in ihrem Kopf explodieren und ihren ganzen Körper in Brand setzen. Sie war nur froh, dass Michael sie festhielt, denn sie hatte plötzlich weiche Knie.

Sie hatte sich schon oft gefragt, wie es wohl wäre, von Michael geküsst zu werden, aber das geschah meistens nur dann, wenn sie im Bett lag und vor sich hin träumte.

Aber die Realität war besser als alles, was ihre Lieblingsautorinnen sich hätten ausdenken können.

Hinter ihnen wurde die Tür zur Bar aufgestoßen, und jemand räusperte sich. Ernüchtert gab Michael Kyra frei und entfernte sich ein paar Schritte von ihr.

Dann kam er wieder zurück. „Ich fasse es nicht“, sagte er und sah sie an, als hoffe er auf eine Erklärung.

Sie lachte nervös. „Ich kann nur sagen, dass diejenige, die dir das Küssen beigebracht hat, eine ausgezeichnete Lehrerin war.“

Froh, dass sie die Situation zu retten versuchte, lachte auch er. „Du warst ebenfalls nicht schlecht.“

„Jason Monroe, erste Klasse in der Grundschule.“

„Du hast früh angefangen, was?“

„Oh ja!“

Nach außen hin tat sie amüsiert, aber in ihrem Innern kämpften Verwirrung und Verlangen miteinander. Michael war immer nur ihr guter Kumpel gewesen. Ach was, versuchte sie sich einzureden, dieser Kuss hat gar nichts zu bedeuten. Michael machte sich nichts aus ihr, und sie machte sich nichts aus ihm. Aber warum fühlte sie sich dann so schwach?

Es ist bloß die körperliche Lust, gab sie sich selbst zur Antwort. Irgendwann hatte es ja passieren müssen. Schließlich waren sie zwei erwachsene Menschen. Oder ... Sie hielt die Luft an, als ihr ein anderer Gedanke kam. Könnte es vielleicht sein, dass Michael auch wissen wollte, was sich unter ihrem Rock verbarg?

Er fuhr sich mit der Hand durchs Haar und seufzte. „Was meinst du? Sollen wir einfach vergessen, was eben geschehen ist?“

Sie nickte nur, noch immer ganz benommen. Vergessen. Das hörte sich gut an. Sie war sowieso nicht in der Lage, jetzt darüber nachzudenken, und deshalb regelrecht erleichtert, dass Michael ihr eine Lösung anbot. Allerdings war sie auch ein wenig enttäuscht. Okay, mehr als ein wenig. Insgeheim sehnte sie sich danach, dass er sie hier gegen die Wand der Bar drängte und sie in aller Öffentlichkeit liebte. Ihr einen Crashkurs in dem gab, was ihr bis jetzt alles entgangen war, weil sie ihn nur als ihren Freund und nicht als ihren Liebhaber betrachtete.

Sie fröstelte, obwohl es noch immer so heiß draußen war, dass ihr die Haare im Nacken klebten. Michaels Blick heftete sich auf ihr Top, wo er sich zweifellos am Anblick ihrer Brustspitzen weidete, die hart und schmerzhaft gegen den Stoff drückten.

Gnade, flehte sie stumm.

Schließlich hob er den Kopf. „Komm, lass uns von hier verschwinden." Er nahm sie bei der Hand und zog sie hinter sich her zum Parkplatz.

4. KAPITEL

Lektion 2: Identifiziere dich mit deinem neuen Ich

Michael hatte in der Nacht kein Auge zugetan. Abwechselnd hatte er sich im Bett gewälzt und an die Decke gestarrt, während er versuchte herauszufinden, was in den letzten zwei Tagen geschehen war.

Und jetzt machte sich natürlich sein Schlafmangel bemerkbar. Es war fast Freitagmittag, und er hatte schon mindestens fünfmal seine Zeichnung überarbeitet. Offenbar war er unfähig, eine gerade Linie zu ziehen. Die Ironie war ihm durchaus bewusst. Anscheinend konnte er auch in seinem Privatleben nicht direkt von Punkt A nach Punkt B kommen, warum sollte es in seinem Beruf anders sein?

Und genau das war sein Problem. Bisher hatte er es vermieden, Privat- und Berufsleben zu vermischen. Anders als seine Kollegen hatte er beides immer strikt auseinandergehalten. Dadurch war er beruflich weit gekommen, und auch nur dadurch war sein Leben einfach und unkompliziert.

„Donnerwetter!“, hörte er jetzt einen der Bauzeichner stöhnen.

Michael sah neugierig auf und bemerkte, wie der junge Mann sich fast den Hals verrenkte, während er versuchte, einen Blick von der vorbeigehenden Kyra zu erhaschen. Jetzt blieb sie am Tisch eines anderen Zeichners stehen, beugte sich vor und zeigte ihm etwas, wobei ihr das enge lila Kleid, das sie trug, an den Schenkeln so weit hochrutschte, dass man den Ansatz ihres Pos sehen konnte.

Die Spitze des Bleistifts, den Michael hielt, brach plötzlich ab, und fluchend sank er in seinen Stuhl zurück.

Irgendwann in der Nacht hatte er sich mit dem Gedanken getröstet, dass Kyra sich von dem merkwürdigen Anfall, sich so außergewöhnlich anzuziehen, erholt haben und am nächsten Morgen als die alte Kyra, die er kannte und mochte, zur Arbeit kommen würde.

Aber nein! Kurz nachdem er das Büro betreten hatte, musste er feststellen, dass sie heute ein Kleid trug, das noch tiefer ausgeschnitten war als das Top von gestern Abend. Und die drei Male, die sie bis jetzt aus ihrer Buchhaltung gekommen war, um das eine oder andere zu fragen, hatten dazu geführt, dass sieben männliche Angestellte in eine Art Trance gefallen waren, aus der sie erst Minuten später erwachten.

Natürlich war ihm nicht entgangen, dass die drei weiblichen Angestellten Kyra genauso böse ansahen wie er. Allerdings vermutete er, dass sie es aus ganz anderen Gründen taten.

„Bereit fürs Mittagessen?“

Michael hob den Kopf und sah Kyra in ihrem lila Fummel direkt vor sich stehen.

„Mittagessen?“

„Ja“, erwiderte sie lächelnd. „Es ist Freitag. Wir gehen freitags immer essen.“

„Freitag.“

„Aufwachen, Michael! Was ist los mit dir? Hast du Probleme mit dem nächsten Auftrag?“

Er rollte hastig den Plan auf dem Zeichentisch ein, um die Löcher zu verdecken, die beim Ausradieren entstanden waren. „Kyra, ich glaube, wir müssen uns mal unterhalten.“

„Okay. Lass uns das beim Essen machen.“

Auf einmal erschien ihm ein normales Essen mit ihr alles

andere als normal. „Ich denke, wir sollten das hier bereden." Er stand auf. „Lass uns ins Besprechungszimmer gehen."

„Was soll das heißen, meine neue Garderobe ist unpassend fürs Büro?"

Kyra sah Michael entrüstet an, der, die Arme vor der Brust verschränkt, am Konferenztisch lehnte. Im Kontrast zu dem schneeweißen Hemd, das er trug und dessen Ärmel er aufgerollt hatte, wirkte seine Haut noch dunkler als sonst. Trotz ihrer Wut musste sie zugeben, dass er umwerfend aussah, was nicht gerade gut für ihren Seelenfrieden war.

Denn obwohl sie sich bemüht hatte, konnte sie den Kuss von gestern nicht vergessen. Im Moment hatte sie das Gefühl, ein verliebter Teenager zu sein. Alle ihre Gedanken kreisten nur noch um Michael.

Das war bestimmt nicht ihre Absicht gewesen, als sie sich das Buch „Sex Kitten 101" gekauft hatte. Gut, sie war von Craigs verletzenden Worten über ihr mangelndes Temperament im Bett tief gekränkt gewesen. Und der Wunsch, es ihm heimzuzahlen, hatte wohl auch eine Rolle bei ihrer Verwandlung gespielt. Aber die Wahrheit war, dass sie, wann immer sie in den Spiegel geschaut hatte, nie sich selbst sah. Stattdessen hatte sie nur Details an sich wahrgenommen – dass sie ihre Zähne gut geputzt hatte, dass die Haare geschnitten werden mussten, oder dass ihre Nase von der Sonne gerötet war. Wenn sie jetzt in den Spiegel schaute, dann sah sie plötzlich die ganze Person, und auf einmal passte alles zusammen.

Vor allem dann, wenn sie Michael dabei ertappte, wie er sie ansah, so als wolle er sie mit Haut und Haaren verschlingen.

Das Problem war, dass er sie im Moment keineswegs so

ansah, sondern eher wütend.

Kämpferisch stützte sie die Hände in die Hüften. „Niemand anderes scheint ein Problem mit meiner Kleidung zu haben. Ich verstehe nicht, was dich daran stört.“ Sie verlagerte ihr Gewicht von einem Fuß auf den anderen, ohne dabei zu wackeln. So langsam gewöhnte sie sich an die hohen Absätze. „Tatsächlich habe ich heute Morgen schon mindestens drei Komplimente bekommen.“

Er zeigte mit dem Finger auf sie. „Das ist genau der Punkt.“

„Was? Dass die Leute mir Komplimente machen?“

„Dass du den Leuten – vor allem den Männern – auffällst.“

„Komm schon, Michael. Ich arbeite seit vier Jahren hier. Es sind alles Freunde.“

„Du könntest ja mal einige deiner weiblichen Kollegen fragen, was sie darüber denken“, sagte er leise und hob lauschend den Kopf.

„Wie bitte?“

„Ach nichts.“ Er stieß sich vom Tisch ab, ging zur Tür und riss sie mit einem Ruck auf. Vier Kollegen auf dem Flur prallten erschrocken zurück. Anscheinend hatten sie wissen wollen, was im Besprechungszimmer vor sich ging. Michael fluchte und schloss die Tür mit Nachdruck. Eine Tür, die niemals geschlossen wurde, selbst bei wichtigen Meetings.

Kyra lächelte. „Sie werden denken, dass hier etwas Ungehöriges passiert.“

„Was nur meinen Standpunkt bestätigt.“

„Inwiefern?“

„Vorher wären sie nie auf die Idee gekommen.“

„Du meinst, als ich noch die unscheinbare Kyra war?“

„An dir war nichts Unscheinbares“, entgegnete er ruhig. „Mir gefiel die alte Kyra.“

„Mir nicht.“

Er hob eine Augenbraue.

„Jedenfalls nicht mehr, seit ich die neue Kyra entdeckt habe. Sprichst du eigentlich als Michael, mein Chef, oder als Michael, mein Freund?“ Bisher hatten sie das nie trennen müssen.

„Als dein Freund. Denn wenn es Michael, der Firmenteilhaber, wäre, dann würde ich jetzt mit dir über den Fehler in deiner Buchführung reden.“

Kyra machte ein betroffenes Gesicht.

Michael winkte ab. „Vergiss, dass ich das gesagt habe. Du sollst aber heute Nachmittag zu Janet kommen. Ich glaube, sie will mit dir zusammen die Sache klären.“ Er seufzte. „Pass auf, Kyra, ich weiß, du denkst, ich sei spießig, was deine neue Kleidung angeht, aber ich würde es begrüßen, wenn du die Angelegenheit einmal aus meiner Sicht betrachtest.“

Sie verzog den Mund. „Und die wäre?“

„Okay. Versuch dir vor Augen zu halten, dass alle männlichen Kollegen dich mit ihren Blicken verschlingen, sobald du einen Schritt aus deinem Zimmer machst. Danach sind sie zehn Minuten lang nicht mehr arbeitsfähig.“

„Sie bemerken mich?“, fragte sie erfreut. Niemand hatte der alten Kyra je Beachtung geschenkt.

Michael runzelte die Stirn. „Jetzt multipliziere diese zehn Minuten mit … Wie oft bist du heute Morgen aus deinem Büro gekommen? Dreimal?“

Michael hat also mitgezählt, dachte Kyra erstaunt.

„Das macht dreißig Minuten vergeudete Zeit pro Mann.“

„Ich kann ja in meinem Büro bleiben", schlug sie neckend vor.

„Dann würden sie doch alle irgendwelche fadenscheinigen Gründe erfinden, nur um in die Buchhaltung zu kommen. Verstehst du also, was ich meine?"

„Hm."

„Gut."

„Aber das bedeutet nicht, dass ich mich in Zukunft anders anziehen werde", entgegnete sie trotzig.

„Kyra ..."

„Vielleicht solltest du dir einmal die Mühe machen, die Dinge aus meiner Sicht zu betrachten. Was du gerade gesagt hast, kommt einer Art von sexueller Diskriminierung ziemlich nahe."

„Quatsch."

„Wirklich Quatsch?" Sie blickte ihn herausfordernd an. „Wenn Phyllis das gleiche Outfit tragen würde wie ich, würdest du etwas zu ihr sagen?"

Schweigen.

„Nein, du würdest kein Wort darüber verlieren." Sie holte tief Luft. „Und wenn sich ein paar Angestellte nicht beherrschen können, ist das nicht mein Problem. Genau genommen solltest du mit ihnen sprechen, nicht mit mir."

Seine Augen verdunkelten sich. Kyra schluckte. Sie kannte diesen Blick bereits. Es war derselbe wie gestern Abend, kurz bevor er sie geküsst hatte.

Sie hielt seinem Blick mutig stand, versuchte, sich in seine Lage zu versetzen, so wie er es wünschte, und war völlig unvorbereitet auf die erotische Anziehungskraft, die von ihm ausging. Sie konnte sich nicht helfen, aber sie verspürte den dringenden Wunsch, ihn zu küssen.

Schritt für Schritt ging sie langsam auf ihn zu, und er wich zurück, bis er gegen den Konferenztisch stieß.

„Weißt du, Michael“, flüsterte sie und legte ihm die Hände auf die Schultern. „Du kannst manchmal ein richtiger Spielverderber sein …“

Dann küsste sie ihn.

Es war verrückt.

Michael war von Kyras Vorstoß so überrumpelt, dass er keinen klaren Gedanken fassen konnte. Selbst als er schließlich voller Verlangen ihren Kuss erwiderte, dachte er nur, dass es verrückt war. Völlig verrückt. Sie sollten das nicht tun, und schon gar nicht hier im Büro.

„Hm.“

Ihr lustvolles Stöhnen erregte ihn noch mehr und verführte ihn, sie enger an sich zu ziehen.

„Michael …“

„Pst“, sagte er und ließ sich mit ihr rückwärts auf den Tisch fallen. Dann zog er sie zu sich hoch, bis sie rittlings auf ihm saß und er einen Blick auf ihren rosa Slip erhaschen konnte.

Michael wusste, er sollte aufhören, doch Kyra klammerte sich so fest an seine Schultern, dass es ihm unmöglich war.

Noch immer versuchte sein Verstand, sich an die vielen Gründe zu erinnern, warum er das hier nicht machen sollte, doch sein Körper entschied anders. Er wollte diese Frau.

Er glitt mit den Händen zu ihrem Po und presste sie noch fester an sich.

Er stöhnte. Noch nie hatte er eine Umarmung so genossen, dennoch sollte er nicht vergessen, mit wem er hier war.

Das hier war Kyra. Seine Angestellte. Die Frau, die die Männer genauso häufig wechselte wie ihre Strumpfhosen.

Nur dass sie heute keine trug. Und sie hatte gerade eine Beziehung beendet, während er schon lange keine mehr gehabt hatte.

Er schloss die Augen und fuhr genüsslich mit der Hand über ihre nackten Beine.

„Michael ...?“

„Hm?“

Er vernahm zwar Kyras warnende Stimme, doch er konnte nicht aufhören, sie zu streicheln.

„Michael!“ Dieses Mal machte sie sich von ihm frei und rutschte an ihm hinunter.

Widerwillig öffnete er die Augen, nur um direkt an die Decke des Besprechungszimmers zu blicken.

Verflixt! Er war im Büro. Und er hätte Kyra beinahe ...

Er richtete sich auf. Sie war gerade dabei, ihr Kleid glatt zu streichen. Ihr gerötetes Gesicht drückte pures Erstaunen aus.

„Wow! Ich hätte nie gedacht, dass du so viel Temperament hast“, sagte sie, während sie sich jetzt das Haar ordnete. „Liegt wohl an den Klamotten, dass du für mich was empfindest, oder?“

„Ich soll etwas für dich empfinden?“, wiederholte er gedehnt. „Wovon redest du?“

Sie machte vorsichtshalber einen Schritt rückwärts. „Eigentlich habe ich dich ja nur geküsst, weil ich versuchen wollte, die Dinge mit deinen Augen zu betrachten.“ Sie lachte nervös.

„Mit meinen Augen?“

Sie nickte. „Genau. Das wolltest du doch, oder? Aber jetzt

weiß ich nicht, was ich davon halten soll.“ Sie dachte einen Moment nach, bevor sie den Kopf schüttelte und fragte: „Wie kann es nur möglich sein, dass Janet den Fehler in der Buchhaltung so schnell bemerkt hat? Sie hat doch die Bücher erst letzte Woche kontrolliert. Warum denn jetzt schon wieder?“

Michael sah Kyra entgeistert an. Wie konnte sie nach allem, was gerade geschehen war, schon wieder so völlig gelassen sein? Dann musterte er sie genauer. Trotz des abrupten Themenwechsels war sie wohl doch nicht so ruhig, wie sie ihn gern glauben machen wollte. Ihr Gesicht war noch immer gerötet, ihr Atem ging unregelmäßig.

„Keine Ahnung“, entgegnete er brummig.

„Ich weiß selbst, dass da irgendwo ein Fehler steckt, und es ist ziemlich mühsam, herauszufinden, wo die Ursache dafür liegt. Aber ich bin noch nie wegen eines einfachen Rechenfehlers zu Janet hereingebeten worden.“ Ihr Blick wurde ängstlich. „Ich muss mir doch nicht wegen meines Jobs Gedanken machen, oder?“

„Bestimmt nicht. Janet sagte ja nur, dass sie den Fehler mit dir zusammen suchen wolle.“

Sie schwieg einen Moment, sodass er Zeit hatte, über das nachzudenken, was eben geschehen war.

Hatte er wirklich mit ihr auf dem Konferenztisch gelegen? Oder träumte er schon am helllichten Tag?

Er fuhr sich prüfend mit dem Handrücken über den Mund, und der rosa Lippenstift, der darauf zu sehen war, bestätigte es.

Und wenn Kyra dem Ganzen nicht ein Ende bereitet hätte, dann, so fürchtete er, hätte er es hier und jetzt mit ihr getrieben.

Was störte ihn eigentlich mehr? Dass er so nahe daran gewesen war, so etwas Ungehöriges zu tun? Oder dass Kyra sich anscheinend nur für den Fehler in ihrer Buchhaltung interessierte?

Während sie sich jetzt zur Tür wandte, beeilte sich Michael, sämtliche Spuren seines kleinen Ausrutschers zu beseitigen.

„Wohin gehst du?“, fragte er.

„Ich werde versuchen, das Problem zu lösen, bevor Janet mich zu sich ruft.“

„Und das Mittagessen?“

„Verschieben wir auf später, okay?“

„Später …“

Michael sah ihr hinterher, wie sie mit schwingenden Hüften den Raum verließ, und befahl sich, sofort wegzuschauen. Doch wie ein Magnet zog ihr wohlgeformter Po seinen Blick an. Fast hätte er laut aufgestöhnt, als er seine Fingerabdrücke auf dem samtartigen Stoff zu sehen glaubte.

Er fuhr sich mit den Fingern durchs Haar, folgte ihr hinaus und stieß prompt mit einem der Bauzeichner zusammen, der vor der Tür herumlungerte. „Was ist?“, brüllte Michael ihn an. „Haben Sie nichts zu tun?“

Der Mann verzog sich eiligst wieder an seinen Platz, während Michael sich hinter seinen Zeichentisch setzte, den Plan entrollte und darauf starrte, ohne wirklich etwas zu sehen.

Was, zum Teufel, sollte er jetzt machen?

5. KAPITEL

Abends war Michaels Welt wieder in Ordnung. Eine Flasche Bier vor sich, saß er beim Mexikaner und wartete auf Kyra. Mittlerweile war er zu dem Schluss gekommen, dass es der größte Fehler seines Lebens wäre, die Beziehung zwischen Kyra und ihm zu vertiefen.

Es würde nicht nur ihre Freundschaft kosten, sondern er würde auch noch in die Rolle des Lückenbüßers schlüpfen müssen. Und er hatte nicht vor, den Ersatzmann für Craig Holsom zu spielen. Bei Kyras Verschleiß an Männern würde es sowieso höchstens eine Woche dauern. Erst würden sie fantastischen Sex haben …

Stopp, rief er sich zur Ordnung. Seine Gedanken schweiften schon wieder ab.

Wo war er stehen geblieben?

Ach ja, er wollte nicht der Lückenbüßer sein. Nach dem fantastischen Sex würden sie aufwachen und feststellen, dass es überhaupt nicht das war, was sie gewollt hatten. Ihre Freundschaft wäre ruiniert, Kyra würde sich dem nächsten Trottel zuwenden, und er hätte das Nachsehen.

„Tut mir leid, dass ich zu spät bin."

Michael fuhr aus seinen Gedanken hoch, um gerade noch zu sehen, wie Kyra ihren kurzen Rock am Saum festhielt und sich bemühte, vorsichtig ihm gegenüber Platz zu nehmen, ohne der Welt – und ihm – eine Peepshow zu liefern. Dennoch erhaschte sein Blick durchsichtige weiße Spitze.

„Du hast dich noch umgezogen", brachte er nur noch krächzend heraus.

„Natürlich.“ Sie strahlte ihn an und griff in die Schale mit den Tortillachips, die mitten auf dem Tisch stand. „Ich konnte doch nicht in meinen Arbeitssachen herkommen.“

Michael stöhnte. „Arbeitssachen? Ich dachte, ich hätte dir erklärt, dass der lila Fummel, den du heute anhattest, nicht die geeignete Kleidung fürs Büro ist.“

„Und ich dachte, ich hätte dir erklärt, dass es unerheblich ist, was ich anhabe, solange ich meinen Job gut mache.“

Er nickte. „Solange es klar ist, welche Art von Job du ausübst.“

„Was soll das schon wieder heißen?“

Er lehnte sich zurück und merkte zu seinem Ärger, wie verspannt er war. „Das heißt, dass du dich, so wie du aussiehst, auch an die Straße stellen könntest.“

Kyra schien überrascht. „Soll ich das jetzt als Kompliment oder als Beleidigung auffassen?“

„Natürlich als Beleidigung.“ Er griff nach seiner Bierflasche.

„Das habe ich mir schon fast gedacht“, sagte sie und wischte sich das Salz von den Fingern. „Aber ich würde vermutlich das Zehnfache verlangen. Und für Sonderwünsche noch mehr.“

Michael verschluckte sich fast an seinem Bier. Sein Blick wanderte zu ihrem Mund, der heute Abend kirschrot geschminkt war, und er stellte sich bildhaft vor, wie sie sich über ihn hermachte und die Sonderwünsche, die sie wohl meinte, in Angriff nahm.

Hilfe, flehte er stumm.

Sie deutete mit dem Finger auf ihn, und einen bangen Moment lang befürchtete er schon, sie wüsste, woran er gerade dachte. Doch sie sagte nur: „Du bist ein noch schlimmerer Spielverderber, als ich für möglich gehalten hätte."

Zum Glück kam in diesem Augenblick die Kellnerin, um ihre Bestellung entgegenzunehmen, sodass Michael eine Antwort erspart blieb.

Nachdem sie Chili con Carne gewählt hatten, das hier besonders scharf und schmackhaft zubereitet wurde, stützte Kyra die Arme auf den Tisch, beugte sich weit zu Michael vor und bot ihm einen freizügigen Blick auf ihr Dekolleté, das bei der tief ausgeschnittenen Rüschenbluse besonders gut zur Geltung kam.

„Um noch einmal auf meine neue Kleidung zurückzukommen", begann sie.

Michael stöhnte. „Lieber nicht."

„Da kann ich dir nur sagen", fuhr sie unbeirrt fort, „dass ich bis jetzt nichts als Komplimente gehört habe." Sie hob eine Hand und spreizte die Finger, die einschließlich des Daumens alle beringt waren. Sein Blick blieb an einem besonders auffälligen Ring in Form einer Schlange hängen. Seit wann trug sie denn so etwas? Als Nächstes ließ sie sich womöglich noch die Zunge piercen.

Automatisch dachte er wieder an die Sache mit den zwanzig Dollar, und er rutschte unruhig auf seinem Stuhl hin und her, während er versuchte, sich auf das zu konzentrieren, was sie gerade sagte.

„… nicht weniger als fünf Einladungen."

„Was?"

Sie sah ihn entrüstet an. „Hörst du mir überhaupt zu?"

„Tut mir leid. Ich musste gerade an meine Zeichnung für das Johnson-Projekt denken."

„Ach ja? Habt ihr das Johnson-Projekt nicht letzte Woche abgeschlossen?“

„Hatte ich Johnson gesagt? Ich meinte natürlich Neville.“

„So, so. Wie auch immer, ich habe dir gerade erzählt, dass mich heute nicht weniger als fünf Männer eingeladen haben.“

„Hat einer von ihnen das Thema Geld erwähnt?“

Sie starrte ihn einen Moment lang verständnislos an, doch dann begriff sie. „Oh, du bist gemein. Wie kannst du es wagen, mich mit einer Prostituierten zu vergleichen?“ Nachdenklich knabberte sie an einem Chip, bevor sie sagte: „Weißt du, wenn ich es nicht genau wüsste, würde ich annehmen, du kennst dich mit solchen Mädchen aus.“

„Und woher willst du das so genau wissen?“

Sie zuckte mit den Schultern. „Na ja, du bist einfach nicht der Typ dafür.“

„Der Typ, der dafür bezahlt?“

„Hm. Auf jeden Fall würdest du dich niemals mit einer Frau mit fragwürdiger Vergangenheit einlassen.“ Sie sah ihn herausfordernd an. „Oder?“

Zum zweiten Mal an diesem Abend erschien die Kellnerin im rechten Moment und ersparte Michael zu antworten.

Kyra lächelte triumphierend und spießte eine besonders dicke Chilibohne auf ihre Gabel. Es kam nicht häufig vor, dass Michael in Verlegenheit geriet. Irgendwie gefiel es ihr. Er tat sonst immer so überlegen und klug, und jetzt schien er auf einmal nicht mehr zu wissen, wie er auf sie reagieren sollte. Und das fand sie ungeheuer aufregend.

„Sag mir mal eins, Michael. Was genau gefällt dir nicht an meinem neuen Ich?“, fragte sie und griff damit zu seinem Leidwesen das Thema wieder auf.

Er verzog das Gesicht und öffnete schon den Mund, um etwas zu erwidern, als sie ihn unterbrach.

„Abgesehen von dieser Prostituierten-Sache."

Abrupt schloss er den Mund wieder.

Sie verdrehte die Augen. „Gut, wenn du diese Frage nicht beantworten kannst, dann stell ich dir jetzt eine andere. Warum hast du mich schon zweimal geküsst?"

Er überlegte angestrengt. Ja, was sollte er jetzt dazu sagen? Denn genau genommen hatte Kyra ihn das letzte Mal geküsst. Egal, sie mussten dieses leidige Thema endlich hinter sich bringen, sonst würden sie noch stundenlang um den heißen Brei herumreden.

„Ich glaube, es hat etwas mit diesem Auf-die-Straße-Gehen zu tun", sagte er schließlich.

Kyra schaute auf, die Gabel auf halbem Weg zum Mund. „Ich komme nicht ganz mit."

„Dann sind wir schon zwei", murmelte er und räusperte sich. „Sieh mal, wir sind doch gute Freunde, oder? Das bedeutet auch, dass wir ehrlich zueinander sind."

„Ich bin mir nicht sicher, ob mir die Richtung, die unser Gespräch nimmt, gefällt."

Das gefiel Michael genauso wenig. Aber da er einmal damit angefangen hatte, musste er die Sache zu Ende bringen. „Betrachte es einmal so: Ein Mann hat eben ..., na ja ..." Er verstummte, dadurch abgelenkt, dass sie an ihrer Gabel lutschte. „Würdest du mich bitte ausreden lassen?"

Langsam zog sie die Gabel aus dem Mund. „Habe ich etwas gesagt?"

„Brauchtest du gar nicht."

Sie bemühte sich, eine unbeteiligte Miene aufzusetzen,

was ihr jedoch nicht gelang.

„Als menschliche Wesen reagieren wir auf ganz bestimmte Reize."

„Ach ja?"

„Ja. Und so, wie du jetzt aussiehst und dich benimmst, kann ich nur noch daran denken, dich ins nächste Bett zu zerren."

Kyras Gabel fiel klirrend auf den Teller. „Wie bitte?"

Michael schenkte ihr ein Lächeln, das nicht im Mindesten unschuldig war. Ja, es ist eindeutig befreiend, wenn man mit der Wahrheit herausrückt, dachte er und stieß erleichtert die Luft aus.

Danach aßen sie eine Weile schweigend, jeder in seine Gedanken versunken, bis Kyra den Kopf hob und vorsichtig fragte: „Meinst du, ich würde genauso reagieren, wenn du den ganzen Tag nur mit Shorts bekleidet vor meiner Nase herumlaufen würdest?"

Er versuchte, sich das von ihr heraufbeschworene Bild zu verdeutlichen. „Ja, könnte sein."

„Das heißt dann auch wohl, dass du vorher noch nie daran gedacht hast, mich zu küssen."

Der Reis blieb ihm im Hals stecken, und er griff schnell nach seinem Bier.

Kyra lächelte. „Das war's wohl mit deiner Theorie, was?"

Dann schien ihr langsam aufzugehen, was er ihr gerade offenbart hatte, auch ohne etwas zu sagen, und sie wurde ein wenig verlegen. „Oh! Dann hast du also doch vorher schon einmal daran gedacht, oder?"

Er verzog das Gesicht. „Na ja, ich habe mir schon hin und wieder mal vorgestellt, wie es wohl wäre ..."

„Wirklich?"

Er grinste. „Wirklich."

Sie wedelte mit ihrer Gabel. „Und was heißt das?"

„Das heißt, dass ich ein Mann bin und keine attraktive Frau von meinen Fantasien ausgeschlossen sein muss."

„Außer deiner Mutter."

„Sie ist keine normale Frau."

„Ich dachte, ich auch nicht."

„Bist du auch nicht", entgegnete er und ließ den Blick vieldeutig über ihr Dekolleté wandern. „Zumindest warst du es nicht, bis du angefangen hast, dich so zu kleiden."

„Also, nur weil ich ein bisschen Haut zeige, sind deine Hormone in Aufruhr geraten?"

Er nickte. Mit der Erklärung konnte er sich anfreunden.

Kyra seufzte. „Das ist absoluter Quatsch, Michael, und das weißt du auch."

Er sah sie verständnislos an.

„Ich habe mich im Grunde gar nicht verändert. Ich bin noch immer dieselbe Frau wie vor achtundvierzig Stunden. Ich habe bloß meine Haarfarbe gewechselt und meine Kleidung. Na und? Was sollte das für einen Einfluss auf irgendetwas anderes haben?"

„Eine Menge. So, wie du dich anziehst, bist du zu einer wandelnden Reklame für Sex geworden. Kein Mann – und ich bin auch nur ein Mann – kann etwas dafür, wenn er entsprechend reagiert."

Ein junger Kellner, der gerade mit einem beladenen Tablett an ihrem Tisch vorbeiging, warf Kyra einen neugierigen Blick zu, als sie jetzt entrüstet die Brust vorstreckte. Der Mann geriet ins Stolpern, und das ganze Geschirr fiel krachend und klirrend zu Boden.

Michael deutete auf den armen Kerl. „Beweisstück Nummer eins."

„Das habe ich nicht verursacht", widersprach Kyra.

„Hast du wohl. Du hast geatmet, er bemerkte es und war abgelenkt", erwiderte er.

„Und woher willst du wissen, dass der Junge kein Tollpatsch ist und ständig mit Geschirr um sich wirft?"

„Weil wir ihn im letzten halben Jahr mindestens ein halbes Dutzend Mal gesehen haben, und nicht einmal hat er etwas fallen lassen."

Schuldbewusst schaute sie jetzt dem Kellner dabei zu, wie er die Scherben einsammelte. „Oh."

„Genau. Oh."

Sie schob ihren Teller zur Seite, griff nach der Dessertkarte und gab vor, diese zu studieren. Doch Michael konnte geradezu sehen, wie es hinter ihrer Stirn arbeitete.

Plötzlich sah sie auf. „Weißt du, irgendwie steht das hier im krassen Widerspruch zu unseren üblichen Unterhaltungen."

„Jetzt kann ich dir nicht so recht folgen."

Sie legte die Karte weg. „Worüber reden wir denn normalerweise? Ich meine, nicht in der Firma, sondern wenn wir zusammen ausgehen."

„Wir gehen zusammen aus?"

„Komm, du weißt schon, was ich meine."

„Ich bin nicht sicher. Was reden wir dann?"

„Darüber, wie großartig unsere Freundschaft ist. Wie angenehm es ist, die Gesellschaft des anderen zu genießen, ohne den zusätzlichen Ballast, den eine sexuelle Beziehung mit sich bringen würde." Sie lehnte sich über den Tisch und schaute ihn eindringlich an. „Darüber, dass Männer und Frauen Freunde sein können, ohne ständig daran zu denken, miteinander ins Bett zu gehen."

„Stimmt. Aber das war, als du noch aussahst wie Shirley Temple."

„Shirley Temple?" Sie schnaubte. „Ein Kinderstar!"

„Okay, dann vielleicht wie Grace Kelly."

„Ich war früher dunkel, und Grace Kelly war schon immer blond."

„Aber sie sah nie aus wie ein Flittchen mit gefärbten Haaren." Ärgerlich knüllte er seine Serviette zusammen und warf sie auf den Teller. Der Appetit war ihm vergangen.

„So, du findest also, dass ich wie ein Flittchen aussehe?"

„Ich sagte nur, dass du nicht mehr wie Grace Kelly aussiehst."

Sie lehnte sich in ihrem Stuhl zurück. „Willst du damit andeuten, dass du, seit ich aus meinem Bad gekommen bin, an nichts anderes mehr denken kannst als an ..."

„Als an das, was jeder Mann denkt, wenn er dich bloß anschaut", unterbrach er sie ungehalten.

„Könntest du einfach mal eine Frage beantworten, ohne gleich zu verallgemeinern?"

Jetzt beugte er sich vor. „Also gut, wenn du die Wahrheit hören willst. Seit du aus dem Bad gekommen, nein, gestolpert bist, habe ich an nichts anderes mehr denken können, als mit dir ins Bett zu gehen und leidenschaftlichen Sex zu haben."

Ihre Augen weiteten sich. „Wow! Das nenne ich mal eine ehrliche Antwort." Dann sah sie ihn misstrauisch an. „Wirklich?"

„Wirklich." Er nickte, doch die augenblickliche Befriedigung darüber, dass es ihm gelungen war, sie zu schockieren, schwand schnell, als er sich seine Lage vor Augen hielt. „Und es ist etwas, das ich nicht will."

Nach einer langen Pause fragte sie: „Warum nicht?"

Musste sie das wirklich noch fragen? War es nicht offensichtlich?

Weil er nicht Trottel Nummer vierzehn werden wollte. Deshalb.

Doch laut sagte er: „Weil wir gute Freunde sind, deshalb. Und gute Freunde, die gute Freunde bleiben wollen, schlafen nicht miteinander."

Wieder überlegte sie lange, ehe sie sagte: „Okay, da hast du wohl recht."

„Und ob ich recht habe." Er entspannte sich ein wenig, froh, dass sie sich endlich ausgesprochen hatten.

Und vielleicht überdachte Kyra ihr neues Outfit ja noch einmal, und ihr Verhältnis würde sich wieder normalisieren.

Die Kellnerin kam an den Tisch und zückte erwartungsvoll ihren Block. „Dessert?"

„Nein", sagte Michael.

Kyra lächelte liebenswürdig. „Gern."

6. KAPITEL

Kyras Lieblingsraum in ihrer Wohnung war schon immer das Schlafzimmer gewesen. Sie hatte es genau nach ihren Vorstellungen eingerichtet, und jedes Mal, wenn sie es betrat, gelang es ihr, den Rest der Welt hinter sich zu lassen.

Sie schaltete die Nachttischlampe aus, ließ sich gegen die vielen Kissen fallen, die sie an das eiserne Kopfteil ihres Bettes gestellt hatte, und wartete darauf, dass das übliche angenehme Gefühl kurz vor dem Einschlafen kam.

Es kam nicht.

Eine Weile lag sie reglos da, die Arme steif an die Seiten gepresst. Doch noch immer geschah nichts.

Sie runzelte die Stirn und schaltete das Licht wieder ein. Das ergab doch keinen Sinn. Sie wohnte seit über drei Jahren hier, und ihr Schlafzimmer hatte sie bis jetzt noch immer problemlos ins Reich der Träume entführt. Doch aus irgendeinem Grund hatte sie heute das Gefühl, dass ihre Welt aus den Fugen geraten war.

Drei Stunden waren vergangen, seit sie und Michael sich vor dem mexikanischen Restaurant getrennt hatten. Während er so schlecht gelaunt gewesen war wie schon lange nicht mehr, hatte sie geradezu auf Wolken geschwebt.

Doch jetzt war sie vor Anspannung total verkrampft und konnte beim besten Willen nicht einschlafen.

Seufzend setzte sie sich auf und griff nach dem neuen Buch, das auf ihrem Nachtschrank lag. „Sex Kitten 101“ zeigte schon deutliche Spuren von Abnutzung, weil sie ständig darin herumblätterte. Sie schlug es auf, und während sie zu lesen begann, streichelte sie geistesabwesend Mr. Tibbs, der zu ihr ins Bett gekrochen war.

Zehn Minuten später merkte sie, dass sie sich an keinen einzigen Satz erinnern konnte, den sie bis jetzt gelesen hatte.

Okay, ihr Leben änderte sich anscheinend drastisch. In jeder Hinsicht. Bis jetzt hatte sie noch nie Schwierigkeiten gehabt, einzuschlafen. Jedenfalls nicht als Erwachsene. Ihre Kindheit war ein anderes Kapitel. Aber wenn es ihr nicht einmal mehr gelang, sich in ein gutes Buch zu vertiefen, ein Buch, das sie bis jetzt verschlungen hatte, dann waren Notmaßnahmen erforderlich.

Sie schlug die Bettdecke zurück. „Eiscreme!“, verkündete sie.

Mr. Tibbs hob erwartungsvoll den Schwanz und folgte ihr miauend in die Küche. Kyra holte sich einen Löffel und dann das Eis. Als sie daran erinnert wurde, dass Michael auch noch ihre Lieblingssorte mitgebracht hatte, lächelte sie. Der gute alte Michael.

Während sie zurück ins Schlafzimmer ging, es sich in den Kissen bequem machte und dann das Eis direkt aus der Packung aß, plagte sie ein klein wenig ihr Gewissen, weil Michael nicht da war, um das Eis mit ihr zu genießen.

Doch andererseits war er gar nicht so versessen auf Eis wie sie. Vielleicht mochte er diese Sorte auch nicht? Warum kaufte er dann nicht das Eis, das er mochte?

Kyra ließ einen Löffel voll auf der Zunge zergehen.

Welches Eis war denn überhaupt Michaels Lieblingssorte?

So sehr sie auch nachdachte, es fiel ihr absolut nicht ein.

Sie verzog das Gesicht und schob sich den nächsten Löffel in den Mund, ohne richtig zu schmecken, was sie da aß.

Was war nur los mit ihr? Sie konnte nicht schlafen. Sie konnte nicht lesen. Und jetzt konnte sie nicht einmal mehr ihr Lieblingseis genießen.

Irgendetwas war ganz entschieden nicht in Ordnung mit ihr.

Sie brachte den Becher wieder zurück ins Gefrierfach, bevor sie sich bäuchlings auf dem Bett ausstreckte und erneut nach dem Buch griff, entschlossen, sich jetzt darauf zu konzentrieren.

Nimm dir, was du willst.

Sie las den Satz dreimal, bis sie ihn endlich begriff. Und was genau wollte sie?

Michael.

Sie verschluckte sich fast.

Nein, sie wollte Michael nicht. Sicher, es machte ihr Spaß, ihn ein wenig aus dem Gleichgewicht zu bringen, aber das hieß nicht, dass sie ihn wollte. Er war ihr bester Freund!

Dass er darüber hinaus eine breite Brust, wunderschöne dunkle Augen mit langen Wimpern und einen knackigen Po hatte, das hatte sie schon immer gewusst. Aber sie hatte keine Ahnung gehabt, dass er so traumhaft küssen konnte. Und sie hatte ihn nie ernsthaft als Liebhaber in Betracht gezogen.

Lügnerin, schalt sie sich selbst.

Okay, vielleicht hatte sie doch das eine oder andere Mal daran gedacht. Zum Beispiel, wenn sie im Bett lag wie jetzt. Oder wenn sie unter der Dusche stand und sich vorstellte, dass der warme Wasserstrahl auf ihrer Haut seine Hände wären, die sie zärtlich streichelten.

Sie legte sich auf den Rücken, starrte an die Decke und dachte weiter nach. Als sie sich vor vier Jahren kennenlernten, war sie von seiner Attraktivität regelrecht hingerissen gewesen. Michael besaß einfach das gewisse Etwas und verkörperte mit seiner dunklen Haut, den dunklen Haaren und Augen den perfekten Latin Lover.

Damals war er bereits seit sechs Monaten mit der ehemaligen Schönheitskönigin von Tampa, Jessica Dobson, liiert gewesen. Jessica hatte sich eindeutig Hoffnungen gemacht, bald die Hochzeitsglocken läuten zu hören. Das war Kyra sofort klar gewesen, als sie sie einmal auf einem Firmenfest gesehen hatte. Im Gegensatz zu Michael, der diese Tatsache offensichtlich lieber zu ignorieren versuchte.

Schon einen Monat später war Jessica mit Michaels bestem Freund durchgebrannt.

Michael schien von Jessicas Flucht nicht sonderlich getroffen. Kyra erinnerte sich, dass er trauriger war, einen Freund zu verlieren.

Eine Lücke, die Kyra dann innerhalb kürzester Zeit ausgefüllt hatte. Sie hatten sich beide auf Anhieb verstanden und eine Beziehung aufgebaut, die beinahe der engen Verbindung zu ihrer Schwester Alannah gleichkam. Und das hieß eine Menge. Sie und Alannah hatten in ihrer Kindheit viel durchmachen müssen. Aber jetzt schien es endlich so, als hätte Alannah ihren Weg gefunden. Sie hatte einen netten Briten geheiratet und lebte glücklich und zufrieden mit ihm in Providence.

Kyras Gedanken kehrten zu Michael zurück. Als seine Beziehung mit Jessica in die Brüche ging, war sie mit einem anderen Mann befreundet gewesen ... Merkwürdig, sie konnte sich nicht einmal mehr an seinen Namen erinnern. Aber er war ihr damals anscheinend wichtig genug erschienen, weil sie die Tatsache, dass Michael frei war, ignoriert hatte. Zumindest so lange, bis ihr Bekannter, an dessen Namen sie sich nicht mehr erinnern konnte, ihr kurz darauf den Laufpass gegeben hatte.

Doch da war ihre Freundschaft zu Michael bereits so gefestigt, dass sie ihn nicht mehr als potenziellen Liebhaber betrachtete.

Obwohl sie manchmal schon ein paar erotische Fantasien von ihm gehabt hatte, vor allem, wenn sie unter der Dusche stand und der heiße Massagestrahl ihre Sinnlichkeit weckte.

Sie streckte die Beine aus und rekelte sich unter der Bettdecke. Hätte sie damals schon gewusst, wie gut Michael küssen konnte, wer weiß? Sie seufzte.

„Nimm dir, was du willst", empfahl ihr neues Lieblingsbuch.

Sie rollte sich herum und griff nach dem Telefon. Sie wusste nicht genau, was sie wollte. Aber es gab einen Weg, es herauszufinden.

Michael schaltete das Autoradio ein, um wach zu werden, denn das eintönige Motorengeräusch seines Wagens wirkte einschläfernd auf ihn.

Wenn Kyra ihn mitten in der Nacht anrief, dann hatte sie einen triftigen Grund. Sie störte sonst niemanden nach zehn Uhr abends oder vor acht Uhr morgens. Dazu war sie zu rücksichtsvoll.

Hatte sie einen verspäteten Anfall von Trauer wegen Craig Holsom? Michael gab Gas. Oder vielleicht hatte Craig sie ja angerufen ...

Verflixt. Einer der Gründe, warum er die Beziehung zu Kyra auf einer platonischen Ebene belassen wollte, war, dass sie ständig gerettet werden musste. Aber wenn er sich auf eine Liebesaffäre mit ihr einließ, wer würde sie dann vor ihm retten? Er rieb sich das stoppelige Kinn. Okay, vielleicht war auch er derjenige, der dann gerettet werden musste. Aber trotzdem.

Er warf einen Blick auf die Uhr im Armaturenbrett. Halb zwei. Mit quietschenden Reifen bog er in ihre Straße ein und atmete erleichtert auf, als er keinen Polizeiwagen vor ihrem Haus stehen sah. Erst in diesem Moment wurde ihm bewusst, dass er bereits mit dem Schlimmsten gerechnet hatte.

Er parkte seinen Wagen und bemühte sich, die Tür leise zu schließen. Wenn bis jetzt noch keine Polizei da war, würde sie spätestens dann erscheinen, wenn Kyras Vermieterin mitbekam, dass er sich so spät noch ins Haus schlich.

Er stand gerade vor der Haustür, da öffnete sie sich, und ein junger Mann kam heraus. Während Michael schnell in den Hausflur schlüpfte, blieb der Mann stehen, zählte ein paar Geldscheine nach und stopfte sie achtlos in die Hosentasche. Michael runzelte schon die Stirn, doch dann sah er, wie der Mann in einen Pizzawagen stieg und davonfuhr.

Unwillkürlich fragte er sich, ob Mrs. Kaminsky um diese Zeit noch Pizza aß, tat den Gedanken dann jedoch als absurd ab.

Aber wenn es nicht Mrs. Kaminsky gewesen war, dann …

So leise und so schnell wie möglich lief er die Treppe hinauf, wobei er sich fast den Hals verrenkte, weil er Mrs. Kaminskys Tür immer im Auge behielt. Geschafft, dachte er erleichtert, als er vor Kyras Tür stand und die Hand hob, um anzuklopfen. Doch im nächsten Moment fuhr er erschrocken zusammen.

„Hey, Sie da! Was machen Sie hier mitten in der Nacht?

Und was hat dieser Lärm zu bedeuten? Sagen Sie Miss White, dass Sie sich an meine Hausordnung halten soll! Keine Besucher nach Mitternacht!“

Michael drehte schon den Kopf, um etwas zu erwidern, doch da öffnete sich Kyras Tür, und er wurde wie von Geisterhand in die Wohnung gezogen.

Die Tür fiel hinter ihm ins Schloss, während er sich an die Wand lehnte und erst einmal tief durchatmete. „Ich schwöre, eines Tages bekomme ich noch wegen der alten Hexe einen Herzinfarkt.“

Kyra lachte leise. „Sie ist gar nicht so übel, wenn man sich an sie gewöhnt hat. Ich glaube, sie hört schlecht. Deshalb schreit sie immer so. Sie denkt vermutlich, wenn sie nichts hören kann, dann kann es auch niemand anderes.“

„Schön wär's.“ Ein würziger Geruch stieg ihm in die Nase, und er schnüffelte. Dann bemerkte er die geöffnete Pizzaschachtel auf dem Küchentresen.

Sein Blick ging zurück zu Kyra. „Okay, was ist los? Du hast mich zu Tode erschreckt mit deinem Anruf. Ich dachte schon, dass …“

Alles, was er noch hatte sagen wollen, blieb ihm im Halse stecken, als ihm auf einmal der Grund für ihren Anruf klar wurde. Sie war weder krank, noch wollte sie Gesellschaft beim Pizzaessen.

Kyra hatte vor, ihn zu verführen.

Er wusste, er würde gleich einen Herzanfall bekommen.

Kyra stand da, die Hände in die Hüften gestützt, und kam sich auf einmal ziemlich mutig vor. Die alte Kyra hätte sich wahrscheinlich verletzt gefühlt bei Michaels entgeistertem Blick.

Doch die neue Kyra wusste, dass sie sexy und begehrenswert war. Der seidige Stoff ihres Nachthemds verbarg kaum ihre aufgerichteten Brustspitzen, den flachen Bauch und die Umrisse ihres aufreizenden Minislips.

„Gütiger Himmel", flüsterte Michael.

Nicht unbedingt die Reaktion, auf die sie gehofft hatte, aber für den Anfang reichte es.

Kurz entschlossen packte sie ihn beim Hemd und zog ihn näher zu sich heran.

„Kyra, was hast du vor?", krächzte Michael.

Sie lächelte ihn an und neigte den Kopf zur Seite. „Dich küssen, natürlich", erwiderte sie.

„Natür..."

Mehr konnte er nicht sagen, denn schon hatte Kyra sich auf die Zehenspitzen gestellt, presste ihren Mund auf seinen, und Michael war wie elektrisiert. Weil sie es war, die den ersten Schritt getan hatte, hatte sie schon befürchtet, dass der Überraschungseffekt ausfiele und damit auch die spontane Erregung. Doch das war eindeutig nicht der Fall. Sie glitt mit der Zunge über seine Unterlippe. Er schmeckte so gut. Nach Wein und Michael.

Schließlich löste sie sich von ihm und registrierte nur vage, dass er stocksteif dastand und sie anstarrte, als sei sie verrückt geworden. Seine Lippen verzogen sich nicht einmal zu einem kleinen Lächeln. Dafür lächelte sie umso verführerischer, bevor sie ihre sinnliche Attacke fortsetzte, indem sie wieder ihren Mund auf seinen presste und mit der Zunge zwischen seine Lippen zu gleiten versuchte.

Michael wich zurück. „Kyra?", brachte er mühsam hervor. „Was machst du da?"

„Dich küssen."

„Das habe ich bereits festgestellt."

„Ja, aber du erwiderst meinen Kuss nicht." Jetzt griff sie ihm ins Haar, zog seinen Kopf zu sich herunter und biss ihn spielerisch ins Ohrläppchen. Befriedigt nahm sie zur Kenntnis, dass er nach Luft schnappte, und bevor er sich wieder zurückziehen konnte, schmiegte sie sich an ihn und rieb sich provokativ an ihm.

Dann stockte ihr der Atem. Oh! Michael mochte zwar Nein sagen, aber sein Körper verkündete etwas ganz anderes. Ganz automatisch drängte er sich an sie, sodass sie seine heftige Erregung spüren konnte.

„Kyra?"

„Pst. Ich führe gerade ein Experiment durch."

„Was für ein Experiment?"

„Um meine Theorie zu überprüfen." Dabei fuhr sie mit den Händen seinen Rücken hinunter und umschloss seinen Po.

„Ich verstehe nicht."

Sie lächelte siegesgewiss. Er kooperierte zwar noch nicht, aber er stieß sie auch nicht von sich.

„Frag mich doch einfach, was für eine Theorie ich habe."

„Ich glaube nicht, dass ich es wirklich wissen will."

„Komm schon, Michael. Sei einmal mutig."

„Na gut. Wie lautet deine Theorie?"

Sie glitt mit einer Hand an seiner Hüfte entlang nach vorn und ließ sie dort liegen. Sie fühlte das Pochen unter ihrer Handfläche und musste schlucken.

„Meine Theorie ist die, dass wir nur aufgrund mangelnder Gelegenheit seit Jahren eine platonische Freundschaft führen."

„Mangelnde Gelegenheit? Wir sind ständig zusammen, Kyra."

Sie sah, wie sein Blick sich auf ihren Ausschnitt heftete, ehe er hastig wegsah. „Vielleicht sollte man es Verfügbarkeit nennen." Sie öffnete den obersten Knopf seiner Jeans. „Seit wir uns getroffen haben, waren entweder ich oder du gerade liiert." Sie nahm den nächsten Knopf in Angriff. „Wenn ich frei war, dann warst du nicht verfügbar. Wenn du frei warst, hing ich gerade mal wieder mit einem dieser Typen herum."

Endlich hatte sie seine Jeans so weit geöffnet, dass sie ihre Hand hineinschieben und heiße, seidige Haut fühlen konnte. Michael stöhnte leise und presste sich unwillkürlich noch fester an sie.

„Also das ist deine Theorie?"

„Kurz gefasst, ja." Sie öffnete die restlichen Knöpfe, um ihn so besser liebkosen zu können. „Aber das ist noch nicht alles."

„Kyra …" Seine Stimme war nur noch ein heiseres Flüstern, sein Atem kam keuchend.

„Ich finde, es wird höchste Zeit, dass wir beide herausfinden, was wir alles versäumt haben."

Endlich kam Bewegung in ihn. Er reagierte. Und das war herrlicher als alles, was sie sich je erträumt hatte.

Er hob sie hoch und half ihr, die Beine um ihn zu schlingen, bevor er seinen Mund auf ihren presste und sie so stürmisch küsste, dass sie das Gefühl hatte, er wolle sie verschlingen.

„Wo ist das Schlafzimmer?", brachte er schließlich hervor.

Sie wollte es ihm gerade zeigen, als ihr einfiel, dass er es ganz genau wusste. „Da, wo es immer gewesen ist."

Mit wenigen großen Schritten war er dort und ließ sie aufs Bett fallen. Sie wippte ein paarmal auf und ab und schnappte erschrocken nach Luft, als er sich der Länge nach auf sie warf und sich zwischen ihre Schenkel schob. Dann presste er erneut die Lippen auf ihre.

Atemlos hob er schließlich den Kopf, strich ihr das Haar aus dem Gesicht und schaute sie an. „Weißt du eigentlich, was du tust?“

Genießerisch lächelnd fuhr sie sich mit der Zungenspitze über die Lippen. „Ja. Und ich hoffe, dass ich gleich den fantastischsten Sex meines Lebens haben werde.“

7. KAPITEL

Michael begehrte Kyra so sehr, dass er sich nur mit äußerster Anstrengung beherrschen konnte, um sie nicht auf der Stelle zu nehmen. Ihr Mund war so verführerisch, ihr Körper so weich und warm. Und dieses Nachthemd … Das seidige Material umspielte aufreizend ihre Kurven und lud ihn ein, sie zu berühren. Und er berührte sie überall. Nachdem er erst einmal seine Hemmungen überwunden hatte, gab es für ihn kein Halten mehr. Stürmisch küsste er ihren Mund, ihren Hals und dann ihre Brüste. Und jede Stelle, auf die er seine Lippen legte, erschien ihm köstlicher als die vorherige.

Begierig streichelte er ihre Brüste, und Kyra kam ihm bereitwillig entgegen. Sie schien genauso erregt wie er. Sie streichelte seinen Rücken, umfasste seinen Po und glitt dann mit der Hand zwischen seine Beine, um den sensibelsten Teil seines Körpers zu liebkosen.

Michael warf den Kopf zurück und stöhnte. Er wollte sie. Hier und jetzt. Als sie sich mit ihrer kleinen rosa Zungenspitze die Lippen befeuchtete, fürchtete er schon, er würde auf der Stelle explodieren.

Er atmete ein paarmal tief durch und versuchte, sich auf etwas anderes zu konzentrieren. Wenn ihr erstes Mal auch gleichzeitig ihr letztes Mal sein sollte, dann wollte er es wenigstens so lange wie möglich genießen.

Er ließ ihre Hand los und widmete seine Aufmerksamkeit wieder ihrer Brust, indem er den Ausschnitt des Nachthemds so weit hinunterzog, bis eine der rosigen Knospen hervorlugte. Dann beugte er sich darüber und umkreiste sie mit der

Zunge, ehe er seine Lippen darum schloss.

Kyra stöhnte und drängte sich ihm entgegen. „Bitte“, flüsterte sie. „Oh, bitte, bitte.“

Während Michael an ihrer Brust saugte, fiel ihm das Spielchen ein, das sie vorhin mit ihm gespielt hatte.

Das konnte er auch.

Mit der Hand glitt er zwischen ihre Schenkel und begann sie zusätzlich auch dort zu reizen. Schließlich hob er den Kopf. „Bitte was, Kyra?“

Ihre Lider flatterten, und er sah, dass sich ihre Augen vor Lust verdunkelt hatten. „Was?“

Lächelnd schob er die Finger unter ihren Slip. „Was möchtest du?“

Als er plötzlich mit einem Finger in sie hineinglitt, bäumte sie sich auf.

Michael senkte den Mund auf ihre Halsbeuge und küsste sie dort. „Sag es mir.“

„Dich“, flüsterte sie, und ihre Fingernägel bohrten sich in seinen Rücken. „Ich will dich in mir spüren.“ Sie keuchte. „Jetzt.“

Er nahm einen zweiten Finger zu Hilfe, um sie noch mehr zu reizen. „Du willst Sex mit mir haben?“

Heftig atmend drängte sie sich seiner Hand entgegen. „Ja!“, rief sie. „Ich will Sex!“

„Mit mir? Dann sieh mich an.“

Er wollte keinen Sex mit geschlossenen Augen. Er wollte, dass sie wusste, wen sie liebte, und er wollte sicher sein, dass sie ihn genauso begehrte wie er sie.

Kyra öffnete die Augen und nickte.

„Ja, ich will mit dir schlafen.“

Mehr Ermunterung brauchte er nicht. Hastig entledigte er sich seiner Sachen, streifte sich ein Kondom über und riss Kyra dann den Slip vom Körper. Sie wollte sich das Nachthemd ausziehen, doch er hinderte sie daran. „Nein, lass es an."

Er drang in sie ein und verharrte regungslos.

Ungeduldig bewegte sie sich unter ihm, und seine Hüften zuckten unwillkürlich. Noch nie war er dem Höhepunkt so schnell so nahe gewesen, nicht einmal als Teenager. Er biss die Zähne zusammen und zählte von zehn rückwärts.

Schließlich ergriff sie die Initiative. Sie stemmte ihn hoch, warf ihn auf den Rücken, und ehe er wusste, wie ihm geschah, saß sie rittlings auf ihm. Hastig zog sie sich das Nachthemd aus, und zum ersten Mal konnte er ihren fantastischen Körper im Ganzen bewundern.

Sie hob sich an und ließ sich ganz langsam wieder auf ihn nieder. Michael genoss den Anblick ihres erbebenden Körpers, während sie ihn tief in sich aufnahm. Sanft fuhr er mit den Händen über ihren Bauch, glitt dann hinauf zu ihren Brüsten und weiter bis zum Hals. Kyra schmiegte die Wange in seine Hand, bevor sie mit den Lippen seinen Zeigefinger umschloss und daran zu saugen begann. Das Gefühl ihres Mundes an seinem Finger, während er tief in ihr war, schien Michael einer der erotischsten Momente seines Lebens zu sein.

Bis sie anfing, sich zu bewegen.

Ein tiefes Stöhnen entrang sich seiner Kehle. Kyra federte leicht auf und ab, ehe sie sich ganz auf ihn setzte, sodass ihr Po sich heiß an seine Schenkel presste. Schließlich lehnte sie sich vor, hielt sich am Bettgestell fest und bewegte sich in einem schnelleren Tempo auf und ab.

Sie warf den Kopf in den Nacken und rief Michaels Namen, als ihre Bewegungen immer rastloser, immer drängender wurden. Eine unglaubliche Hitzewelle durchströmte seinen Körper, während er sie unter halb geschlossenen Lidern hervor beobachtete. Ihr Atem kam stoßweise, ihre Brüste wippten.

„Michael!“, rief sie erneut, bog ihren Rücken durch und erstarrte. Noch einmal drängte er sich ihr entgegen, und dann erreichten sie gemeinsam den Gipfel der Lust.

Kyra ließ sich auf ihn fallen, und Michael hielt sie fest umfangen, während er die wohlig-süße Wärme genoss, die ihn nach diesem unglaublichen Höhepunkt durchströmte.

Ein lautes Klopfen ertönte. Michael, der glaubte, es wäre sein arg strapaziertes Herz, stöhnte.

„Was ist da oben los?“, erklang jetzt eine Stimme, zwar gedämpft, aber dennoch allzu bekannt. Es folgte ein lautes Hämmern von unten gegen die Decke. „Das hier ist ein anständiges Haus. Ich dulde keinen vorehelichen Verkehr!“

Kyras Körper erbebte, während Michael beschämt die Augen schloss und sich vorkam, als hätte seine Mutter ihn gerade im Badezimmer erwischt. Als er jedoch merkte, dass Kyra vor unterdrücktem Lachen so bebte, rieb er grinsend das stoppelige Kinn an ihrer Wange. „Du findest das lustig, was?“

Sie hob den Kopf und küsste ihn. „Du nicht? Du musst zugeben, es kommt nicht alle Tage vor, dass eine neugierige alte Frau dich anbrüllt, weil du gerade wilden Sex gehabt hast.“

Himmel, dachte Michael, mit ihren funkelnden Augen wirkt sie noch schöner. Und noch verführerischer. „Immerhin hat sie gewartet, bis wir fertig waren. Ist sie immer so rücksichtsvoll?"

Kyra barg den Kopf an seiner Schulter. „Das weiß ich nicht. Es ist das erste Mal, dass ich jemanden zu mir eingeladen habe."

Eine ganze Weile lang lag Michael da und dachte über ihre Worte nach.

„Mrs. Kaminsky hat gewisse Regeln, weißt du", flüsterte sie.

Kyra offensichtlich auch. Und während Michael sein Gesicht in ihr Haar drückte, verspürte er eine unstillbare Neugier, diese Regeln alle kennenzulernen.

Kyras Muskeln schmerzten. Sie streckte sich und lächelte, als ihr der Grund dafür einfiel und sie an den Mann dachte, der ihr den besten Sex ihres Lebens beschert hatte.

Michael.

Sie öffnete ein Auge, schloss es aber sofort wieder vor dem hellen Sonnenlicht, das durch das Fenster drang. Sie drehte sich herum und streckte die Hand zur anderen Seite des Bettes aus. Als ihre Finger auf etwas Haariges stießen, zuckte sie zurück. Entweder hatte Michael ein Haarwuchsproblem, oder sie berührte Mr. Tibbs. Sie riss die Augen auf und funkelte böse den Kater an, der gelangweilt ihren Blick erwiderte.

„Michael?", rief sie und stützte sich auf einem Ellenbogen ab.

Keine Antwort. Alle Türen standen offen, und sie konnte sehen, dass sowohl das Bad als auch anscheinend der Rest der Wohnung leer waren.

Okay.

Ein Blick auf die Uhr ließ sie aufschrecken. Es war bereits nach zehn. Doch dann fiel ihr ein, dass heute Samstag war und sie nicht zu arbeiten brauchte. Erleichtert ließ sie sich wieder in die Kissen fallen.

Der erste Gedanke, der ihr durch den Kopf schoss, war: Wow! Niemals hätte sie vermutet, dass ihr bester Freund sozusagen ein Experte in Sachen Liebe war. Mit seinem guten Aussehen konnte er zwar bei jeder Frau landen, aber sie hatte lernen müssen, dass zu viele attraktive Männer meinten, sich allein auf ihr Äußeres verlassen zu können. Oder sie waren so sehr von den Frauen verwöhnt worden, dass sie sich bei ihnen keine große Mühe mehr gaben, Sex eingeschlossen.

Nicht so Michael.

Als sie abermals die andere Bettseite betastete, stellte sie fest, dass das Laken kalt war. Also musste er schon lange fort sein. Vergeblich bemühte sie sich, das ungute Gefühl zu unterdrücken. Sie würde sein heimliches Verschwinden nicht als Zeichen dafür nehmen, dass ihm die letzte Nacht nicht gefallen hatte. Dass er womöglich bedauerte, was zwischen ihnen vorgefallen war. So hätte vielleicht die alte Kyra gedacht, aber nicht die neue.

Vielleicht musste er heute früh auf einer Baustelle sein.

Kyra schluckte. Okay, anscheinend konnte sie die alte Kyra doch nicht so schnell abstreifen.

Mr. Tibbs streckte sich neben ihr aus, und sie begann ihn automatisch zu streicheln, während sie nach ihrem neuen Handy auf dem Nachtschrank griff. Mr. Tibbs fauchte sie an.

„Was ist?“, fragte sie ihren Kater, der offensichtlich ihr

Tun missbilligte. „Ich will ihm nur einen guten Morgen wünschen."

Mr. Tibbs machte einen Buckel und sprang vom Bett, als könne er nicht mit ansehen, wie sein Frauchen sich blamierte.

„Hey, es ist ja nicht so, dass ich ihn fragen will, wo er ist. Oder warum er ohne ein Wort verschwunden ist. Es ist Samstag, und ich will wissen, was er am Wochenende vorhat. Das tun gute Freunde nun einmal."

Ach ja? Warum kribbelte dann ihr Magen vor lauter Aufregung?

Nachdem sie gewählt hatte, ließ sie sich wieder gegen die Kissen fallen und atmete tief durch.

„Hallo?"

Michael.

Kyra öffnete den Mund, um etwas zu sagen, und drückte gleichzeitig auf die Taste, mit der die Leitung unterbrochen wurde.

Oh nein! Was hatte sie getan? Sie verfluchte ihre Dummheit. Schließlich lebten sie im Zeitalter, in dem die Rufnummer des Gesprächspartners auf einem Display angezeigt wurde.

Das Telefon in ihrer Hand vibrierte, bevor es laut klingelte. Sie schrie auf und ließ es vor Schreck fallen. Hastig nahm sie es wieder hoch. Sie wusste, wer dran war, und auch, dass er wusste, was sie gerade getan hatte.

„Hallo, Michael", sagte sie so nüchtern wie möglich, was ohne die dringend benötigte Menge an Koffein sehr schwierig war.

„Hast du gerade wieder aufgelegt?"

Sie verzog das Gesicht. „Ja, tut mir leid. Ich war ..."

Sie war was? Darauf gab es keine vernünftige Antwort. Das Nächstbeste war, das Thema zu wechseln. „Wo bist du?"

Okay, warum nahm sie nicht einfach das Kopfkissen und drückte es sich vors Gesicht, bis es vorbei war? Himmel, konnte sie noch kläglicher klingen? Noch ergebener? Sie stöhnte.

Michaels Lachen drang aus dem Hörer. „Geht es dir gut?"

„Wunderbar." Abgesehen von dem Kissen auf dem Kopf.

„Entschuldige, dass ich einfach so verschwunden bin. Hast du meine Nachricht gelesen?"

„Nachricht?" Er hatte eine Nachricht hinterlassen? Wo?

„Sie liegt in der Küche neben deiner Kaffeemaschine, weil ich glaubte, dass du dort als Erstes hingehen würdest", erklärte er. Im Hintergrund vernahm sie Straßengeräusche. „Ich dachte mir, es wäre klug zu verschwinden, bevor Mrs. Kaminsky wach wird. Damit du nicht noch mehr Unannehmlichkeiten bekommst."

Mrs. Kaminsky.

Kyras Gesicht glühte. An ihre neugierige Vermieterin hatte sie gar nicht mehr gedacht.

„Was machst du heute Mittag?", hörte sie Michael fragen.

Kyra zog sich langsam das Kissen vom Gesicht. „Was?"

„Heute Mittag. Hast du schon was vor?"

Mich von der nächsten Brücke stürzen.

„Was?"

Kyra schoss hoch. Hatte sie die Worte etwa laut ausgesprochen? „Äh, ich habe nichts vor."

„Ich bin im Moment auf der Baustelle der Nevilles, werde aber mittags hier fertig sein. Wollen wir uns so gegen eins bei ‚Niko's' treffen?"

„Nein." Kyra fragte sich, was heute Morgen mit ihrem Mund los war. „Ich meine, ja. Griechisch hört sich gut an." Tatsächlich wurde ihr bei dem Gedanken an Essen fast übel, aber was würde Michael sagen, wenn sie seine Einladung ausschlug?

„Kyra?", fragte er ruhig. „Bist du wirklich okay?"

Sie umklammerte das Handy. „Alles wunderbar."

„Du bereust die letzte Nacht doch nicht, oder?"

Sie schluckte. „Nein. Du?"

„Nein."

„Gut."

„Gut."

„Dann sehen wir uns also um eins?"

„Um eins."

Das Freizeichen erklang an Kyras Ohr. Am liebsten hätte sie jetzt Michael angerufen. Nicht Michael, den Mann, mit dem sie eine unglaubliche Nacht verbracht hatte, sondern Michael, ihren besten Freund. Sie brauchte seinen Rat bezüglich Michael, ihres Geliebten.

Frustriert stand sie auf. Was sollte sie jetzt tun? Wie sollte sie ihm unbefangen gegenübertreten, jetzt, da er wusste, was für merkwürdige sinnliche Geräusche sie bei der Liebe machte?

Sie ging in die Küche, las Michaels Nachricht und tapste dann ins Bad. Sie würde einfach eins nach dem anderen erledigen.

Zuerst würde sie sich duschen, dann die Haare föhnen, sich anziehen und zum Restaurant fahren. Und in der Zwischenzeit würde ihr vielleicht einfallen, wie sie ihr Leben wieder in den Griff bekam.

Michael hatte gedacht, er wüsste alles, was es über Kyra White zu wissen gab. Schließlich waren sie seit vier Jahren eng befreundet. Doch als er jetzt mit ihr im Restaurant saß, fragte er sich, ob er sie überhaupt kannte.

„Freunde“, wiederholte er gedehnt und versuchte zu verdauen, was sie ihm soeben vorgeschlagen hatte.

Er war Punkt eins im Restaurant gewesen und hatte ihren Lieblingstisch reserviert. Dann hatte er gewartet … und gewartet … und gewartet. Endlich, kurz nach halb zwei, war Kyra zögernd hereingekommen und hatte sich kaum getraut, ihm in die Augen zu schauen.

Dann hatte sie ihn gefragt, ob sie nicht einfach nur wieder gute Freunde sein wollten.

„Das hatte ich befürchtet“, sagte Michael und lehnte sich zurück, damit die Kellnerin ihnen das Essen servieren konnte.

„Was hast du befürchtet?“

Er wartete, bis sie wieder allein waren, bevor er sich vorbeugte. „Dass es so ausgeht. Warum, glaubst du, habe ich versucht zu verhindern, dass das geschieht, Kyra?“

„Weil du mich nicht wolltest?“ Sie verdrehte die Augen. „Vergiss, was ich gerade gesagt habe. Bitte. Es ist so erbärmlich.“

Er starrte sie an, als sei sie verrückt geworden. „Meinst du das ernst? Hast du das gedacht?“ Er hätte niemals vermutet, dass Kyra ein so unsicherer Mensch war, der Telefongespräche unterbrach und ständige Bestätigung brauchte. Schon gar nicht, nachdem er mit ihr den besten Sex seines Lebens gehabt hatte.

Kopfschüttelnd griff er nach seiner Gabel, obwohl er keinen Appetit verspürte. Allerdings musste er zugeben, dass er auch schon heute Morgen nicht in bester Verfassung gewesen war. Als er um sechs Uhr wach wurde und sah, wo und mit wem er im Bett lag, war er aufgesprungen, hatte ein paar Zeilen geschrieben und die Wohnung beinahe fluchtartig verlassen. Es war schon eine ganze Weile her, dass er eine Nacht bei einer Frau verbracht hatte. Und Kyra war schließlich nicht irgendeine Frau. Er hatte einfach ein wenig Abstand gebraucht, um wieder einen klaren Kopf zu bekommen.

Allerdings hatte das nicht viel genützt. Er war ein nervliches Wrack. Einerseits hatte er sich verdammt, dass er Hals über Kopf davongerannt war, und andererseits dabei ertappt, dass er wie ein Narr grinsend an den Sex dachte. Und während der ganzen Zeit war er ziellos umhergelaufen und hatte überlegt, was diese Veränderung in ihrer Beziehung jetzt wohl zu bedeuten habe.

All das war im Moment unerheblich. Kyra hatte gerade den Vorschlag gemacht, dass sie einfach nur wieder Freunde sein sollten.

„Freunde", sagte er erneut und versuchte sich zu erinnern, wie die Dinge vorher zwischen ihnen gewesen waren. Bevor sie ihn angerufen und dann verführt hatte. Bevor sie sich rittlings auf ihn gesetzt und ihm einen Höhepunkt beschert hatte, den er so schnell nicht vergessen würde.

„Ja, Freunde", sagte Kyra und nickte.

„Okay." Michael schob sich ein Stück Gyros in den Mund und kaute darauf herum. „Können wir machen."

Sie rührte mit ihrer Gabel in ihrem Tsatsiki. „Wirklich?"

Michael seufzte. „Sicher. Glaubst du denn nicht, dass es geht?"

„Doch, natürlich, sonst hätte ich es ja nicht vorgeschlagen."

„Gut."

„In Ordnung."

„Hervorragend."

Doch dann schaute sie zu ihm auf, und er wusste, dass sie bei der erstbesten Gelegenheit wieder im Bett landen würden.

8. KAPITEL

Vier Tage später saß Michael an seinem Zeichentisch, unfähig, sich auf die Arbeit zu konzentrieren. Er rieb sich die Augen und blickte dann auf die Uhr. Es war kurz nach sieben am Abend. Er konnte sich nicht erinnern, jemals so müde gewesen zu sein. Natürlich waren daran die langen Nächte, die er mit Kyra verbrachte, nicht ganz unschuldig. Er hatte sich gründlich getäuscht in der Annahme, dass es nur bei ihrer ersten Nacht bleiben würde. Sie schliefen seitdem regelmäßig miteinander, und das mehrmals am Tage und an allen Orten, wo sie sicher sein konnten, nicht erwischt zu werden. Und egal, wie oft er Sex mit ihr hatte, jedes Mal begehrte er sie hinterher umso mehr.

Keiner von ihnen hatte den Vorschlag, dass sie wieder nur Freunde sein sollten, noch einmal erwähnt. Was auch gut war, denn alles in allem verbrachten sie eine wunderbare Zeit zusammen. Kyra war im Bett genauso einfallsreich wie bei der Auswahl ihrer Kleider und überraschte ihn ständig aufs Neue.

Wie es mit ihnen weitergehen sollte, wenn erst einmal die Flamme der Leidenschaft erlosch, darüber wollte Michael sich noch keine Gedanken machen. Denn dass es eines Tages dazu kommen würde, wusste er jetzt schon. Während ihre Freundschaft auf gemeinsamen Interessen, Vertrauen und Loyalität basiert hatte, war der Sex zwischen ihnen …, na ja, auf pure Lust zurückzuführen.

Er griff nach seinem Becher und trank einen Schluck von dem inzwischen kalt gewordenen Kaffee, in der Hoffnung, dadurch seine Mattigkeit zu vertreiben. Dann drehte er seine Arbeitslampe ein wenig, sodass sie einen anderen Teil der Zeichnungen beleuchtete.

Heute, am Mittwoch, war das Büro seit zwei Stunden verlassen, da alle um Punkt fünf Schluss gemacht hatten. Es war ein firmeninternes Ritual, das dazu beitrug, dass die Woche schneller verging. Aber Michael war länger geblieben, weil Tom Neville wieder einmal eine Änderung an seiner Küche vornehmen lassen wollte. Nicht nur Michael, sondern auch die Bauarbeiter wurden es langsam leid, ständig Nevilles neue Ideen umzusetzen, um schließlich wieder dort zu landen, wo sie am Anfang gewesen waren.

Auch das heutige Gespräch mit Janet Palmieri, der einzigen Architektin des Büros, trug nicht gerade zur Besserung seiner Laune bei. Nach ihrer wöchentlichen Arbeitsbesprechung mit allen Kollegen hatte sie ihn beiseite genommen und ihm von dem Fehler in der Buchhaltung erzählt, den Kyra noch immer nicht gefunden hatte.

Er war erstaunt gewesen, dass sie sich mit dieser Sache an ihn wandte, statt den offiziellen Weg zu gehen.

Noch erstaunter war er, als sie mitten in der Unterhaltung abgewinkt und ihm gesagt hatte, er solle nicht weiter darüber nachdenken. Sie sei sicher, das Problem werde sich schon bald lösen. Kyra würde den Fehler finden, und alles wäre wieder in Ordnung.

„So spät noch bei der Arbeit?“, durchbrach eine vertraute Stimme die Stille, und Michael schaute auf.

Kyra stand vor seinem Zeichentisch. Er lächelte und merkte, wie allein bei ihrem Anblick die Anspannung von ihm wich und einem ganz anderen Gefühl Platz machte.

„Ich wusste gar nicht, dass du noch da bist.“

Ihr Blick wanderte prüfend durch das leere Büro. „Dasselbe könnte ich von dir sagen."

Michael überlegte, ob ihre Überstunden etwas mit dem Fehler in der Buchhaltung zu tun hatten. Aber er wollte Kyra nicht danach fragen. Nicht jetzt. Nicht, wenn sie sich gerade die Bluse aufknöpfte und ihn dabei geheimnisvoll anlächelte. Er hörte das Geräusch eines Reißverschlusses, dann wand sie sich aus ihrem Lederrock und stand nur noch mit BH, Slip und diesen unvermeidlichen hochhackigen Schuhen vor ihm.

Sie räusperte sich. „Ich habe schon immer überlegt, wie es wohl wäre, wenn ich auf deinem Zeichentisch liege und du deine Aufmerksamkeit mir schenkst statt deinen Blaupausen."

Ohne nachzudenken fegte Michael mit einer schnellen Handbewegung die Papiere vom Tisch und stand von seinem Stuhl auf.

Himmel, er brauchte kein Koffein, um sein Blut in Wallung zu bringen. Er brauchte nur einen Blick auf Kyra zu werfen, egal, ob sie an- oder ausgezogen war, und schon fühlte er sich wieder wie neugeboren. Mit zwei Schritten war er bei ihr und hob sie auf den Tisch.

Sie lachte sinnlich. „Bist du sicher, dass er mich trägt?"

„Ich hoffe es", murmelte Michael, rollte seinen Stuhl heran, setzte sich vor sie hin und küsste ihren Bauch.

Sie sah verflixt gut aus, wie sie sich da vor ihm auf dem Tisch rekelte. Wahrscheinlich würde er nie wieder daran arbeiten können, ohne an sie zu denken. Langsam begann er die Innenseiten ihrer Schenkel zu streicheln und nahm befriedigt zur Kenntnis, dass Kyra heftig die Luft einsog. Dann umfasste er ihre Fesseln und hob ihre Beine an, sodass sie ihre Füße, die immer noch in den Pumps steckten, auf die Tischkante stellen konnte.

Er schaute in ihr gerötetes Gesicht, ehe er lächelnd mit dem Kopf auf ihren Slip deutete. „Du hast doch noch mehr davon, oder?“, fragte er.

„Ja.“

„Gut.“ Er ließ jetzt ihre Beine los, steckte jeweils einen Finger unter die schmalen elastischen Bänder an den Seiten ihres Slips und dehnte sie so weit, bis sie zerrissen. Bevor der Slip herunterfallen konnte, griff er schnell danach und zog ihn ganz langsam zwischen ihren Beinen hindurch.

Kyra bäumte sich auf, während er fortfuhr, den Slip immer wieder über ihre empfindlichste Stelle gleiten zu lassen. Sie hatte die Augen geschlossen, und Michael stöhnte, als er den Ausdruck absoluten Entzückens auf ihrem Gesicht sah. Dann senkte er den Kopf und presste die Lippen auf den Punkt, den er gerade so zart liebkost hatte.

Keuchend drängte Kyra sich ihm entgegen. Als er begann, seine Zunge kreisen zu lassen und schließlich sanft saugte, erbebte sie schon bald in einem gewaltigen Höhepunkt.

Minuten später lag sie ausgestreckt auf dem Tisch und rang nach Atem. Ihre Haut war von einem dünnen Schweißfilm bedeckt und glänzte im warmen Licht der Lampe.

Lächelnd öffnete sie die Augen und sah Michael an, der sich über sie gebeugt hatte. „Du bist ein sehr, sehr böser Junge.“

Er gab ihr einen flüchtigen Kuss. „Wart’s nur ab, wir sind noch nicht fertig.“

Er umfasste ihre Hüften und zog ihren Po wieder bis zur

Tischkante, bevor er seine Hose öffnete. Hastig holte er ein Kondom aus der Tasche, streifte es sich über und glitt dann in sie hinein. Sofort verlor er sich in einem Wirbel purer Lust, der ihn jedes Mal überkam, wenn er Kyra liebte. Sein Herz klopfte zum Zerspringen, und sein ganzer Körper schien in Flammen zu stehen. Während Kyra die Tischkante umklammerte, bewegte er sich rhythmisch vor und zurück.

Ungeduldig öffnete er den Vorderverschluss ihres BHs und befreite ihre Brüste. „Wie schön du bist", murmelte er und umfasste die runden Hügel, deren harte Knospen sich gegen seine Handflächen pressten.

Kyra warf den Kopf zurück und hielt sich jetzt an seinen Armen fest. „Bitte", flüsterte sie heiser.

„Bitte was, Kyra?"

„Bitte … mehr. Schneller."

Das ließ er sich nicht zweimal sagen. Rasch steigerte er das Tempo, bis sie schließlich erstarrte und laut aufstöhnte.

„Oh ja!" Sie griff nach seinen Händen. „Oh ja, Michael!"

Da verlor auch er die Kontrolle über sich, und dann lagen sie beide schwer atmend auf dem Zeichentisch.

Zärtlich küsste Michael Kyras Hals. Lange Zeit sagte er gar nichts, sondern genoss einfach nur den Augenblick, während er sich gleichzeitig wünschte, sie lägen bequem zu Hause in ihrem Bett.

Kyra bewegte sich als Erste. Eigentlich war es gar keine Bewegung, eher ein leichtes Zucken tief in ihr.

Michael hob sich ein wenig an und strich ihr das Haar aus dem Gesicht, bevor er sie küsste. „Mehr?"

Das sinnliche Lächeln, das sie ihm schenkte, weckte sein Verlangen erneut. „Oh ja. Viel mehr …"

Kyra quälte sich am nächsten Morgen aus dem Bett und merkte, dass sie kaum noch laufen konnte. Trotzdem lächelte sie. Wenn Michael und sie so fortfuhren, dann hätten sie die vier Jahre ohne Sex bald wettgemacht. Sie stieß die Badezimmertür auf und sah, dass dort Licht brannte.

„Oh, entschuldige“, sagte sie und wollte die Tür wieder schließen.

„Komm rein. Ich bin schon fertig.“

„Wenn es dir nichts ausmacht, würde ich gern für einen Moment allein sein.“ Als er nicht sofort ging, schob sie ihn hinaus. „Du könntest dich nützlich machen, indem du Kaffee aufsetzt“, rief sie ihm noch nach, bevor sie die Tür schloss.

Sie musste sich erst daran gewöhnen, dass sie nicht mehr Herr im eigenen Haus, besser gesagt, in ihrer eigenen Wohnung war. Sie sah sich in dem winzigen Bad um und lächelte. Vor ein oder zwei Tagen hatte Michael eine Zahnbürste mitgebracht. Es gefiel ihr, dass sie neben ihrer lag. Und es gefiel ihr auch, dass seine Rasiercreme und der Rasierer in ihrem Schrank standen, zusammen mit seinem Deo und dem Aftershave. Selbst sein Slip, der auf dem Fußboden lag, störte sie nicht. Sie überlegte, was Michael wohl davon halten würde, wenn er ihre Unterwäsche auf seinem Badezimmerboden finden würde.

Dann überlegte sie, wie groß die Chance dafür war. Auf einmal schwand ihr Lächeln. Es gefiel ihr nicht, dass sie das dachte, was sie gerade dachte, aber sie konnte nicht anders.

Okay, sie hatten beschlossen, ihre Affäre vor Kollegen und Freunden geheim zu halten. Was zwischen ihnen geschah, war so intim und ging niemanden etwas an. Im Moment jedenfalls nicht. Ob das jemals anders sein würde, war eine Frage, die Kyra sich nicht zu stellen wagte. Aber irgendwie war es schon eigenartig, dass sie in der letzten Zeit kein einziges Mal in Michaels Wohnung gewesen waren.

Sie bürstete sich mit heftigen Bewegungen die Zähne. Was bedeutete das? Hatte er vielleicht seine Putzfrau gefeuert, und sein Zuhause war ein einziges Chaos? War es ihm vielleicht nur nicht in den Sinn gekommen, sie zu sich einzuladen?

Oder gefiel es ihm hier bei ihr einfach besser?

Von wegen. Michael hasste ihre Wohnung, seit sie eingezogen war. Abgesehen davon, dass sie ihm mit den hohen Decken und den Holzdielen viel zu unmodern war, versetzte ihn Mrs. Kaminsky stets in Angst und Schrecken.

Vorher – na ja, bevor sie entdeckt hatten, was ihnen in den letzten vier Jahren entgangen war – hatte er Kyra ab und zu auch zu sich eingeladen. Meistens waren sie aber doch bei ihr gelandet, wahrscheinlich weil hier in dem Viertel entschieden mehr los war als in Michaels Neubausiedlung.

Trotzdem …

Michael klopfte an die Tür. „Kommst du auch noch mal wieder raus? Wir sind schon spät dran."

Spät? Sie riss die Augen auf. Sie hatte fast vergessen, dass heute Donnerstag war und sie beide um neun im Büro sein mussten.

Hastig spülte sie den Mund aus und öffnete die Tür. Als sie Michael ein frisches Handtuch zuwarf, meinte sie nur: „Lass mir noch ein bisschen warmes Wasser übrig, wenn du duschst."

Er umschloss ihr Handgelenk, was ihr sofort einen Wonneschauer durch den Körper jagte. „Wir könnten doch auch gemeinsam duschen."

Mit ihm jetzt auch noch unter die Dusche? Das war heute Morgen zu viel für sie. Lächelnd küsste sie ihn. „Ein anderes Mal."

Sie wollte sich von ihm freimachen, doch er hielt sie fest. „Was ist los mit dir?"

Kyra entschied, dass es durchaus auch Nachteile hatte, den besten Freund zum Liebhaber zu haben. Er wusste sofort, wenn einem eine Laus über die Leber gelaufen war.

„Nichts. Ich habe nur gerade über ein paar Dinge nachgedacht."

„Über den Fehler in der Buchhaltung?"

Sie stöhnte. „Nein. Aber jetzt denke ich daran."

Michael zog sie in die Arme. „Hey, es wird alles gut werden. Du wirst den Fehler finden, ihn korrigieren, und dann ist die Sache wieder in Ordnung."

„Das glaubst du. Ich nicht." Sie konnte nicht widerstehen und strich ihm mit der Fingerspitze über die Unterlippe. „Es ist nämlich so, dass ich den Fehler bereits gefunden habe. Ein Auszahlungsschein der Bank über dreihundert Dollar für die Portokasse wurde auf dreitausend erhöht, ohne dass das Geld dort gelandet ist."

Er grinste. „Siehst du. Ich wusste doch, dass du den Fehler aufspüren würdest."

„Damit ist es aber nicht getan. Auf dem Auszahlungsschein steht nämlich meine Unterschrift. Aber keine Angst, ich werde noch herausfinden, wessen Fehler das war, denn meiner ganz gewiss nicht." Sie küsste ihn leicht auf den Mund, ehe sie wie nebenbei fragte: „Was hältst du übrigens davon, wenn wir heute Abend zu dir fahren?" Sie lächelte.

„Ich wollte schon immer mal in deinem riesigen Doppelbett schlafen."

Aufmerksam beobachtete sie sein Gesicht, doch das, was sie darin las, gefiel ihr nicht. Er zog die Augenbrauen zusammen. „Ich bin heute Abend mit den Nevilles zum Essen verabredet."

„Dann fahren wir halt hinterher zu dir."

„Ich dachte, ich komme danach einfach hier vorbei."

„Ich verstehe." Sie entwand sich seiner Umarmung.

„Habe ich etwas Falsches gesagt?"

„Nein, nein." Sie schluckte. „Ich finde es nur merkwürdig, dass wir in der vergangenen Woche nicht ein einziges Mal bei dir gewesen sind, während du dich hier langsam, aber sicher einnistest."

„Das ist es? Stört dich das?" Er grinste. „Willst du, dass ich meine Zahnbürste wieder mitnehme?"

Sie stieß ihm in die Seite. „Fass die Zahnbürste an, und du bist ein toter Mann."

Er hob die Arme. „Dann lass ich sie natürlich hier."

„Gut."

Als er wieder nach ihr greifen wollte, schob sie ihn energisch von sich. „Erst wirfst du mich aus dem Bad, und jetzt trödelst du herum", sagte sie streng.

Michael lachte. „Du hättest mich warnen sollen, dass du eine grausame Frau bist."

„Das wusstest du doch schon vorher", konterte Kyra und schlüpfte aus dem Bad.

„Ich finde deinen kurzen Rock absolut skandalös, Kyra. Man kann dir ja bis sonst wohin gucken." Phyllis Kichler, die Sekretärin, schüttelte tadelnd den Kopf.

Wieder einmal mäkelte sie an Kyras Garderobe herum. Im Laufe der Woche waren ihre Bemerkungen immer abfälliger geworden. Die ältere, schwierige Frau war Kyra zwar noch nie wohlgesonnen gewesen, doch jetzt nahm sie sich das Recht heraus, sie in aller Öffentlichkeit zu beleidigen.

„Vielen Dank für den Hinweis." Kyra bemühte sich um ein Lächeln. „Ist Janet frei? Sie hat einen Zettel auf meinem Schreibtisch hinterlassen, dass sie mich sprechen will."

Doch so schnell ließ Phyllis sich nicht vom Thema abbringen. „Zu meiner Zeit hätte man dich gefeuert, wenn du in solch einem Aufzug im Büro erschienen wärst."

Zu ihrer Zeit hatte Phyllis wahrscheinlich ziemlich ähnlich ausgesehen wie Kyra jetzt. Die Sechziger waren auch nicht gerade prüde Zeiten gewesen. Tatsächlich war ein Großteil von Kyras neuer Garderobe ein Rückgriff auf diesen Stil.

Aber sie machte sich nicht die Mühe, die Sekretärin darauf hinzuweisen, aus Angst, dass die Diskussion dann noch endlos dauern würde.

Nein, sie hatte momentan genug mit diesem Fehler in der Buchhaltung zu tun, auf den Janet anscheinend ein besonderes Augenmerk geworfen hatte.

„Ist Janet frei?", fragte Kyra erneut.

Phyllis machte eine wegwerfende Handbewegung. „Natürlich ist sie frei. Sie wartet schon auf dich. Oh, und vielleicht solltest du wissen, dass dein Zuspätkommen nicht unbemerkt geblieben ist."

Kyra verkniff sich eine weitere Bemerkung, öffnete die Tür zu Janets Büro und blieb abwartend stehen.

„Kommen Sie herein, Kyra", sagte Janet, ohne von ihrem

Schreibtisch aufzuschauen.

„Soll ich die Tür schließen?“, fragte Kyra.

Janet betrachtete sie über ihre Brillengläser hinweg. „Das bleibt ganz Ihnen überlassen.“

Kyra drehte sich um und sah Phyllis in der Nähe der Tür, wo sie vorgab, Akten zu ordnen.

Kyra machte die Tür zu.

Janet seufzte und nahm die Brille ab. Nicht zum ersten Mal bemerkte Kyra, wie attraktiv die Architektin war. Jedenfalls wenn sie lächelte, was sie leider selten tat. In den vier Jahren, in denen Kyra in der Firma arbeitete, hatte Janet sich meistens in ihrem Büro verschanzt oder war unterwegs auf Baustellen gewesen. Kyra fiel auf, dass sie nur wenig über die einzige weibliche Teilhaberin wusste.

Janet stand auf. „Bitte, setzen Sie sich.“ Sie wies auf den Stuhl gegenüber ihrem Schreibtisch, trat an einen kleinen Beistelltisch und hob eine Kanne. „Möchten Sie Kaffee?“

„Gern.“

Janet trug heute ein hellbraunes Kostüm mit einem wadenlangen Rock und dazu einen weißen Seidenrolli. Sie lächelte freundlich, als sie Kyra die Tasse reichte. „Schwarz, nicht wahr?“

„Ja, danke“, erwiderte Kyra, obwohl sie ihren Kaffee am liebsten mit viel Milch und Zucker trank. Sie nippte daran und wartete, bis Janet wieder saß, bevor sie sagte: „Sie sind also auch auf den Auszahlungsschein gestoßen.“

Janets Augen weiteten sich überrascht. „Ja, das ist richtig.“

„Ich habe aber nicht so viel Geld bei der Bank abgehoben.“ Kyra stellte ihre Tasse auf dem Schreibtisch ab. „Ich dachte mir, das sollten wir klarstellen, bevor wir weiterreden."

Janet lehnte sich in ihrem Sessel zurück. „Ich verstehe. Dann haben Sie aber vielleicht eine Idee, wer es war?"

„Daran arbeite ich noch."

„Ich verstehe."

Schon wieder. Kyra hasste es, wenn Menschen das sagten, weil das hieß, dass sie etwas verstanden, was sie selbst nicht verstand.

„Gibt es noch etwas?", fragte Kyra.

„Ich fürchte, ja. Ich habe eine externe Firma beauftragt, eine Revision durchzuführen."

„Eine externe Firma? Meinen Sie einen Rechnungsprüfer?" Kyra war entsetzt. Janet wollte jemand Fremdes hinzuziehen?

Janet nickte. „Ja. Unser Anwalt hat mir versichert, dass das eine reine Formalität ist. Das heißt jetzt nicht, dass Sie unter Verdacht stehen oder etwas Ähnliches."

Was hieß, dass es genau so war.

Kyra verfluchte ihre hochhackigen Schuhe, denn sie fürchtete, dass sie jetzt nicht in der Lage wäre, mit sicheren Schritten aus dem Büro zu gehen. Und die Schuhe auszuziehen und in die Hand zu nehmen war keine Lösung.

„Ich verstehe", sagte sie jetzt auch.

Und dieses Mal wussten sie beide, was sie verstand. Und es war nichts Angenehmes.

Janet lächelte. „Ich bin sicher, dass sich die Angelegenheit zur Zufriedenheit aller klären wird."

Merkwürdig, dachte sie. Hatte Michael heute Morgen nicht etwas Ähnliches gesagt?

„Wann kommt der Rechnungsprüfer?"

„Heute Nachmittag. Und ich verlasse mich darauf, dass Sie ihm, so gut es geht, helfen."

„Natürlich."

Kyra stand auf. Das bedeutete Überstunden.

Janet lächelte. „Dann verstehen wir uns."

9. KAPITEL

Michael kam mit einem Tablett ins Schlafzimmer, nur um festzustellen, dass Kyra tief und fest schlief. Leise setzte er das Tablett ab. Es war mitten in der Nacht von Samstag auf Sonntag, und Kyra hatte ohne Unterbrechung mit dem Rechnungsprüfer gearbeitet, den Janet hinzugezogen hatte, um die gesamte Buchhaltung der letzten Monate zu kontrollieren. Vor fünfzehn Minuten war sie nach Hause gekommen, hatte kurz geduscht und sich danach aufs Bett geworfen. Eingewickelt in ein Handtuch, das Haar noch nass, war sie sofort eingeschlafen.

Michael zupfte an dem feuchten Frotteestoff. Er sollte ihr lieber etwas Trockenes anziehen, bevor sie sich noch erkältete.

Er schaute sich suchend um, sah eines seiner Oberhemden und entschied, dass es zur Not auch ging. Nachdem er sie aus dem Handtuch geschält und ihr das Hemd übergestreift hatte, setzte er sich zu ihr aufs Bett und strich ihr zärtlich das Haar aus dem Gesicht. Süße kleine Kyra.

Überrascht stellte er fest, dass sein Beschützerinstinkt wieder erwacht war. In der vergangenen Woche war sie für ihn nur Kyra, die Sexgöttin gewesen, die seine Welt aus den Angeln gehoben hatte. Doch jetzt, da er sah, wie sie selbst im Schlaf noch die Stirn sorgenvoll runzelte, kehrte seine ursprüngliche, beinahe brüderliche Zuneigung zu ihr zurück. Sie kehrte nicht nur zurück, sondern vermischte sich mit seinem unstillbaren Verlangen. Die beiden Gefühle ergänzten sich.

Kyra war eine unglaubliche Frau. Stark, intelligent und

sexy. Er konnte sich nicht erinnern, wann er jemals so viel Sex in so kurzer Zeit gehabt hatte. Und wenn sie nicht im Tiefschlaf wäre, würden sie sich wahrscheinlich schon wieder leidenschaftlich lieben.

Sein Blick wanderte nochmals zu ihrem Gesicht. Ohne das Make-up, das sie neuerdings trug, war es leicht, sich die alte Kyra vorzustellen, die seine beste Freundin gewesen war.

Er strich ihr über die Wange und überlegte. Sollte er jetzt nach Hause fahren, oder sollte er bleiben, obwohl er von heftigem Begehren geplagt wurde? Er wusste nicht, warum, aber er hielt es nicht unbedingt für klug, wenn Fürsorge und Verlangen sich miteinander vermischten. Bisher war es ihm auch ganz gut gelungen, strikt zwischen ihrer Freundschaft und ihrer Liebe zu unterscheiden. Und so sollte es auch bleiben. Und wenn es nur war, weil er nicht den Mut hatte, an etwas anderes zu denken.

Gut eine Woche war vergangen, seit Kyra ihn verführt hatte. Wie lange würde es noch dauern, bis ihre Gefühle umschlugen und sie ihn zum Teufel jagte? Er mochte nicht daran denken, doch er war ein realistischer Mann, der den Tatsachen ins Auge sah. Und es war mehr als wahrscheinlich, dass auch ihre Affäre wie alle anderen davor ein schnelles Ende finden würde. Es war dieses Unausweichliche, das ihm höllische Angst machte.

Nein, er würde jetzt nach Hause fahren.

Gerade als er aufstehen wollte, flüsterte Kyra etwas im Schlaf, drehte sich zu ihm um und legte ihm eine Hand auf den Schenkel. Dann seufzte sie genüsslich, und es klang wie das Schnurren einer großen zufriedenen Katze.

Michael schluckte und schaute auf ihre lila lackierten Fingernägel.

Okay, er würde bleiben. Sie konnten ja einfach nur nebeneinander liegen und schlafen. Nichts weiter.

Vorsichtig schob er Kyra ein wenig zur Seite und streckte sich dann neben ihr aus. Sicherheitshalber ließ er aber seine Jeans und das T-Shirt an. Dann schaltete er das Licht aus und atmete tief durch. Instinktiv schmiegte Kyra sich an ihn und „schnurrte" erneut.

Michael hoffte nur, dass er standhaft bleiben würde.

Kyra unterdrückte ein Gähnen, während sie dem Rechnungsprüfer dabei zusah, wie er gerade einen langen Papierstreifen aus der Rechenmaschine zog. Wenn sie nur nicht so müde wäre. Als sie heute Morgen um sechs Uhr neben Michael aufgewacht war, hätte sie nichts lieber getan, als sich an ihn zu kuscheln und wieder einzuschlafen. Stattdessen war sie ins Büro gefahren, wo der Rechnungsprüfer bereits auf sie wartete. Und das an einem Sonntag!

Seitdem waren fünf Stunden vergangen.

„Fertig?", fragte sie ihn hoffnungsvoll.

Der Rechnungsprüfer hieß Walter Westheimer. Er war nur wenige Jahre älter als sie, doch trotz seines guten Aussehens fand sie ihn irgendwie skrupellos. Sie fühlte sich in seiner Gegenwart unwohl. Sie war gerne Buchhalterin, aber es war nicht unbedingt ihr Leben. Westheimer, so hatte sie das Gefühl, träumte sogar von Zahlen.

„Fertig", sagte er und begann damit, seine Sachen einzusammeln.

„Und?"

„Es scheint nur dieser eine Fehler gewesen zu sein. Aber ich kann erst eine endgültige Stellungnahme abgeben, wenn ich den Originalbeleg morgen von der Bank habe."

„Natürlich."

Walter Westheimer steckte seine Sachen in die Aktenmappe, stand auf und reichte ihr die Hand. „Vielen Dank für Ihre Hilfe. Ich werde Ihrer Arbeitgeberin gegenüber erwähnen, dass Sie gut kooperiert haben."

Kyra schüttelte kurz seine Hand. „Haben Sie etwas anderes erwartet?", fragte sie, ohne mit einer Antwort zu rechnen. „Dann sehe ich Sie also morgen früh?"

Er schüttelte den Kopf. „Ich werde meinen schriftlichen Bericht direkt Ihrer Vorgesetzten übergeben. Ich schlage vor, Sie wenden sich an sie."

Kyra sah ihn an und versuchte zu ergründen, ob er absichtlich so geheimnisvoll tat oder ob es einfach nur seine Art war.

Sie entschied, dass es an seiner Art liegen musste. Sie hatte nichts Unkorrektes getan. Die Untersuchung würde das jetzt beweisen.

Er verließ ihr Büro ohne ein weiteres Wort. Kyra lehnte sich in ihrem Stuhl zurück und sah sich das Chaos an, das sie angerichtet hatten. Überall lagen Akten, Schriftstücke und Belege herum. Eigentlich müsste sie aufräumen, doch stattdessen griff sie nach dem Telefon und rief Michael an.

Er antwortete beim dritten Klingeln. „Hallo?", sagte er leise.

„Hallo, Amigo", begrüßte sie ihn und versuchte ihre Stimme munter klingen zu lassen. „Wollen wir essen gehen? Ich komme um vor Hunger. Was hältst du von dem kleinen

Fischrestaurant am Hafen?“

„Warte mal eine Sekunde, ja?“

Überrascht meinte Kyra: „Sicher.“

Einen Augenblick später war er zurück. „Ich kann nicht mit dir essen gehen, Kyra.“

„Wo bist du?“

„Es ist der letzte Sonntag im Monat.“

Sie versuchte den Sinn seiner Worte zu erfassen. „Ich verstehe nicht ... Ach, warte.“ Sie stieß die Luft aus. „Essen bei deinen Eltern, stimmt’s? Tut mir leid, das habe ich ganz vergessen.“

Und er hatte offensichtlich vergessen, es ihr zu sagen.

„Ich hätte es dir heute Morgen erzählt, doch du warst ja schon weg, als ich wach wurde.“

Und sie hatte ihm keine Nachricht hinterlassen.

Himmel, irgendwie wurde alles immer komplizierter.

„Wann, glaubst du, wirst du zu Hause sein?“, fragte Michael.

„In einer halben Stunde. Der Rechnungsprüfer ist gerade gegangen. Er wird Janet morgen seinen Bericht geben.“

„Gut, dann ist ja alles geklärt.“

Sie biss sich auf die Unterlippe. Er hatte so viel Vertrauen in sie. Sie wünschte, sie wäre sich da auch so sicher. „Ja, vermutlich. Noch mal zu heute Abend. Wollen wir uns bei dir treffen?“

Eigentlich hatte sie das gar nicht sagen wollen, doch es war ihr so herausgerutscht. Aber inzwischen fand sie es immer eigenartiger, dass sie stets nur in ihrer Wohnung waren. Sie glaubte nicht, dass Michael etwas vor ihr zu verbergen hatte, aber es musste doch einen Grund geben, warum er sie nicht zu sich einlud.

„Okay“, sagte er zögernd. „Wann?“

„So gegen sechs? Oder ist das zu früh für dich?“

„Eher zu spät.“

Sie hörte den erotischen Unterton in seiner Stimme und lächelte. „Ich könnte dich auch in einer Stunde dort treffen.“

Am anderen Ende der Leitung ertönte im Hintergrund noch eine Stimme, und Michael antwortete darauf, ehe er zu ihr sagte: „Sechs Uhr also?“

„Okay, sechs.“

Kyra legte den Hörer auf. Michael war also bei seinen Eltern und hatte nicht einmal gefragt, ob sie ihn vielleicht begleiten wolle.

Sie hatte Conchita und Antonio Romero einmal auf der Hochzeit einer Cousine von Michael getroffen. Er hatte sie in letzter Minute eingeladen, weil er keine andere Begleiterin hatte. Seine Eltern hatten einen netten Eindruck gemacht, obwohl Kyra kaum die Chance gehabt hatte, mit ihnen zu sprechen, da Michael sie immer sofort weggezogen hatte, sobald sie in ihre Nähe kamen. Angeblich hatte er sie vor dem Thema Heirat schützen wollen, mit dem seine Eltern sämtliche seiner Freundinnen behelligten.

Nun gut, nach einer Woche wildem Sex war Michael noch nicht bereit, sie zum Essen mit zu seinen Eltern zu nehmen. Da ihre eigene Familie nicht als Vergleich dienen konnte, wusste sie nicht, ob das normal war oder nicht. Trotzdem fand sie, er hätte sie fragen können, auch wenn sie womöglich abgelehnt hätte.

Ein anderer Gedanke kam ihr. Konnte es sein, dass Michael sich ihrer schämte? Doch nein, es war wahrscheinlicher, dass er ihr seine Eltern ersparen wollte.

Dabei hätte sie die beiden gern näher kennengelernt.

Sie schaute erneut auf die Uhr. Bis um sechs war es noch lange hin. Nach einem Blick auf den Aktenstapel auf ihrem Schreibtisch entschied sie, dass sie ihre Zeit auch sinnvoll nutzen konnte.

Michael schob die Kartoffeln auf seinem Teller hin und her. Die Mahlzeiten bei seinen Eltern verliefen immer schweigend. Ihm war beigebracht worden, dass man sich die Konversation bis nach dem Essen aufhob. Das Klappern des Bestecks war das einzige Geräusch in dem riesigen Esszimmer, in dem seine Mutter stets den Tisch deckte, auch wenn sie nur zu dritt waren. Michael hatte sich immer gewünscht, auch einmal in der Küche essen zu dürfen. Doch seine Eltern bestanden auf Förmlichkeit, die sich in ihrem ganzen Lebensstil ausdrückte.

„Na? Wer war denn das am Telefon?“, fragte sein Vater und legte die blütenweiße Stoffserviette neben seinen Teller.

Michael räusperte sich. „Kyra.“

Seine Eltern schauten sich an.

„Erinnert ihr euch an Kyra? Sie war mit mir auf Ninas Hochzeit. Sie hat langes braunes Haar ...“ Hatte langes braunes Haar. „Wir sind alte Freunde.“

Kaum hatte er das ausgesprochen, verspürte er ein schlechtes Gewissen.

„Alte Freunde“ war ja nun wirklich nicht die richtige Bezeichnung für sein Verhältnis zu Kyra. Aber wie sollte er es sonst beschreiben? Waren sie intime Freunde? Gute Freunde mit einem Bonus? Er runzelte die Stirn und legte ebenfalls seine Serviette zur Seite.

„Oh ja, ich erinnere mich an sie“, sagte seine Mutter mit ihrem weichen Akzent. „Sie ist nett, ja?“

Michael nickte, würde jedoch nicht erzählen, wie nett Kyra tatsächlich war.

„Bring sie doch nächsten Monat mit zum Essen“, schlug sein Vater vor.

Michael hustete und griff nach seinem Wasserglas. „Ich weiß nicht, ob das eine so gute Idee ist.“

„Warum nicht?“, hakte seine Mutter nach.

Ja, warum eigentlich nicht?

Michael rieb sich die Schläfe. „Sie arbeitet sonntags“, log er und wand sich innerlich. Er hatte seine Eltern noch nie angelogen. Er hatte höchstens mal die Wahrheit etwas großzügiger ausgelegt oder etwas verschwiegen.

Warum tat er es dann jetzt? Er war schließlich dreiunddreißig Jahre alt. Er brauchte nicht zu lügen. Schon gar nicht, wenn es wahrscheinlich war, dass er dabei erwischt wurde, was unweigerlich der Fall sein würde, wenn seine Beziehung zu Kyra über den morgigen Tag hinausging.

„Dann verlegen wir das Essen eben auf einen Samstag“, erklärte seine Mutter, die für alles immer sofort eine Lösung wusste. „Wir brauchen ja auch gar nicht erst bis zum nächsten Monat zu warten. Wir könnten es schon kommenden Samstag machen. Oder den darauffolgenden, wenn dir das zu früh ist.“

In einem Jahr wäre Michael noch zu früh gewesen, doch das traute er sich nicht zu sagen.

„Ich werde sie fragen“, sagte er, obwohl er nicht die Absicht hatte, es zu tun.

Abgesehen von seiner eigenen Unsicherheit, was seine Beziehung zu Kyra anging, fürchtete er, dass seine Eltern und seine Geliebte nicht besonders gut miteinander auskommen würden. Nicht nach Kyras Veränderung.

Conchita und Antonio waren nach Florida ausgewandert – seine Mutter als Teenager und ganz allein, sein Vater als Achtjähriger mit seiner Familie – und hatten sich zum Ziel gesetzt, sich der gehobenen amerikanischen Gesellschaft anzupassen. Michael glaubte, dass ihre Herkunft – seine Mutter stammte aus Peru, sein Vater aus Spanien – diesen Wunsch noch verstärkt hatte. Beide hatten hart gearbeitet, um sich eine solide Grundlage mit einem Restaurant-Zulieferbetrieb aufzubauen, sie hatten amerikanische Traditionen übernommen und ihrem einzigen Kind beigebracht, ein Amerikaner zu sein. Michael war jedoch mit dem Gefühl aufgewachsen, dass seine Eltern keine Ahnung hatten, was ein Amerikaner war. Man lernte nicht, ein Amerikaner zu sein, man war es.

Natürlich hatte er ihnen das nie gesagt. Aber er wusste, was sie als angemessenes Verhalten ansahen. Und Kyra wäre in ihren Augen nicht akzeptabel. Sie würde als Beispiel für die vielen Versuchungen und Exzesse gelten, denen Amerika immer mehr anheimfiel.

Während seine Eltern sich jetzt angeregt unterhielten, sah Michael zum vierten Mal in ebenso vielen Minuten zur Uhr. Sonst blieb er immer bis zum Kaffee, doch im Moment konnte er nur daran denken, dass Kyra zu ihm nach Hause kam und wie sehr er sich nach ihr sehnte.

Schließlich schob er seinen Stuhl zurück und stand auf. „Es tut mir leid, aber ich muss gehen."

„Gehen?“ Seine Mutter stand auch auf und schaute ihn bestürzt an.

„Unsinn. Du hast ja noch nicht einmal deinen Nachtisch gegessen“, meinte sein Vater.

„Mir ist gerade eingefallen, dass ich heute Nachmittag noch einen Kunden treffen muss.“

„Michael“, sagte sein Vater mit einer Stimme, die keinen Widerspruch duldete.

Doch heute würde Michael ihm trotzen.

„Entschuldige, Dad. Mom, das Essen war köstlich.“ Er ging zur Tür und drehte sich noch einmal um. „Ich liebe euch beide.“

Die Worte, so einfach sie waren, wurden in diesem Haus selten geäußert. Und sie machten seine Eltern fürs Erste sprachlos.

Michael winkte etwas verlegen, öffnete die Tür und ging.

Komm vorbei, sobald Du kannst.

Als Kyra die Nachricht las, die an ihrer Tür klebte, bekam sie Herzklopfen.

Sie brauchte nicht zu fragen, von wem sie war. Obwohl Michael nicht unterschrieben hatte, erkannte sie seine Schrift sofort. Offenbar war er kurz nach ihrem Anruf vor zwei Stunden bei seinen Eltern aufgebrochen.

„Ich hoffe, Sie haben heute Abend nicht schon wieder Besuch!“, rief Mrs. Kaminsky von unten.

Kyra ging an die Treppe und wedelte mit dem Zettel. „Keine Angst, Mrs. Kaminsky, ich gehe dieses Mal aus.“

Die Vermieterin nickte. „Seien Sie aber leise, falls Sie spät nach Hause kommen! Eine alte Frau wie ich braucht ihren Schlaf!“

Krachend fiel die Tür hinter ihr ins Schloss, während Kyra amüsiert vor sich hin lächelte.

Kyra sah aus wie die leibhaftig gewordene Fantasie eines jeden Mannes – von der Brust bis zum Oberschenkel eingehüllt in etwas Rotes. War das Plastik oder Gummi? Michael hielt ihr die Tür zu seiner Wohnung auf und hätte fast gestöhnt. Egal, woraus das Kleid bestand, es sah aus, als wäre ihr Körper vakuumverpackt. Und er konnte es kaum erwarten, diese Verpackung zu öffnen.

„Hallo.“

Erst jetzt sah er ihr ins Gesicht und wunderte sich über ihren ängstlichen Ausdruck.

„Komm rein.“

Nur zögernd trat sie ein und sah sich etwas befangen in dieser luxuriösen, aus zwei Etagen bestehenden Eigentumswohnung um.

„Alles in Ordnung?“, fragte er und schloss die Tür.

Sie nickte. „Und bei dir?“

„Alles bestens“, erklärte er und bemühte sich, seinen Blick von ihrem sexy Po loszureißen. „Möchtest du ein Glas Wein? Setz dich doch bitte schon ins Wohnzimmer, während ich uns eine Flasche hole.“

„Okay.“

Doch sie rührte sich nicht von der Stelle. Michael musste sich an ihr vorbeischieben und streifte dabei das glänzende glatte Material des Kleides.

Vielleicht würde er es ihr gar nicht ausziehen. Vielleicht

würde er es anlassen und sie über die Couch lehnen und dabei zusehen, wie es schimmerte, wenn sie sich liebten.

Sein Puls beschleunigte sich. Wenn er so weitermachte, würden sie nicht zum Essen kommen, ganz zu schweigen von all den anderen Dingen, die er für heute Abend geplant hatte.

Denn inzwischen war ihm klar geworden, dass er seine Wünsche und Gefühle nicht länger ignorieren konnte. Unabhängig davon, wie Kyra sich entscheiden würde, wollte er alles tun, um ihre Beziehung aufrechtzuerhalten.

10. KAPITEL

Lektion 3: Werde zur Raubkatze

Was ist mit dir los? Du bist schon öfter hier gewesen, flüsterte Kyras innere Stimme ihr zu. Warum bist du so nervös? Kyra schluckte. Was hatte es wohl zu bedeuten, wenn sogar die innere Stimme flüsterte?

Langsam trat sie in das modern eingerichtete Wohnzimmer mit dem Marmorkamin, den weißen Fliesen und den großen Terrassenfenstern und erkannte, was es bedeutete: Sie steckte in großen Schwierigkeiten.

Schon den ganzen Tag über hatte sie sich auf den heutigen Abend gefreut. Bis sie auf dem Weg hierher gewesen war und überlegte, ob das neue Kleid vielleicht doch einen Tick zu übertrieben war. Ob es völlig albern gewesen war, sich einzubilden, dass Michael sie absichtlich nicht mehr zu sich eingeladen hatte. Oder, noch schlimmer, dass es keine Einbildung gewesen war.

Sie seufzte und warf ihre Handtasche auf die weiße Ledercouch. Dieselbe Couch, auf der sie schon unzählige Male gesessen und zusammen mit Michael ein Video angeschaut oder einfach nur eine CD angehört hatte. Jetzt betrachtete Kyra das Designer-Möbelstück, als wüsste sie nicht, wozu es diente.

Schließlich reckte sie den Hals und spähte in den Flur. Wieso brauchte Michael so lange? Das war ja zum Aus-der-Haut-fahren.

Apropos Haut …

Sie schaute an sich hinab auf das Kleid, das wie eine zweite Haut an ihr klebte, und bewegte ein wenig die Hüften. Das

Licht spiegelte sich auf dem glänzenden Plastik wider. Schon jetzt war sie darunter schweißnass. Die Verkäuferin hatte ihr geraten, vorsichtig zu sein, wenn sie es trug, sonst würde sie wegen des Wasserverlustes noch so viel an Gewicht verlieren, dass es ihr vom Körper rutschte.

„Vertreibst du dir die Zeit?“

Kyra fuhr wie ertappt herum und starrte Michael an, der mit einer Flasche und zwei Weingläsern in der Tür stand. Als sie merkte, dass sie nervös zu kichern begann, legte sie sich schnell eine Hand vor den Mund. „Ein heißes Teil, oder?“

Er kam ins Zimmer und stellte die Sachen auf dem gläsernen Couchtisch ab. „Das kann man wohl sagen.“

Ihr Lächeln schwand. „Gefällt es dir nicht?“

Sein Blick wanderte über ihr Kleid, verweilte jedoch länger auf ihren nackten Schultern. „Ich liebe es.“

Kyra wurde es noch wärmer, als sie bemerkte, wie sich seine Pupillen verengten. Wieder einmal wurde ihr bewusst, wie gut er aussah. Wenn er sie so musterte wie jetzt, dann wagte sie kaum zu atmen. Natürlich hatte sie ihn immer schon für gut aussehend gehalten, aber irgendwie hatte sie sich am Anfang ihrer Beziehung ein Paar Scheuklappen zugelegt, um gar nicht erst in Versuchung zu geraten. Für sie war er einfach tabu gewesen.

Nachdem sie beide auf der Couch Platz genommen hatten, schenkte Michael ihnen ein. Sie hob sofort ihr Glas und fragte: „Gibt es einen besonderen Anlass?“

Er schüttelte den Kopf. „Nein.“

Sie betrachtete interessiert die rubinrote Farbe des Weines. „Warum dann so förmlich heute? Bei mir gehst du einfach selbst an den Kühlschrank.“

„Ja, ich weiß. Warte erst ab, bis du siehst, was ich gekocht habe."

„Du hast gekocht?"

„Hm."

Himmel, es wurde ja immer schöner. Michael hatte in den vier Jahren, die sie ihn kannte, nicht ein einziges Mal für sie gekocht. Sicher, er hatte Sandwiches zubereitet, eine Tüte mit Chips aufgemacht, Pizza bestellt, doch das zählte nicht. Das machte sie schließlich auch.

Auf einmal fiel es ihr wie Schuppen von den Augen. Michael behandelte sie so, wie er eine Frau bei einer offiziellen Einladung behandeln würde.

Sie war sowohl geschmeichelt als auch besorgt. Und letzteres Gefühl gewann ziemlich schnell die Oberhand. Sie kannte den Typ Frau, mit dem Michael normalerweise ausging. Große, schlanke, gebildete Frauen, die den Unterschied zwischen Merlot und Chardonnay kannten.

Sie hatte nicht geahnt, wie anders Michael, ihr Lover, im Gegensatz zu Michael, ihrem besten Freund, war. Ihr Freund Michael hätte sie gefragt, was sie auf ihrer Pizza haben wolle, und hätte ihr eine Flasche Bier hingestellt. Damit hätte es sich dann auch gehabt.

Sie wusste nicht, wie sie mit dem neuen Michael umgehen sollte.

Er hob sein Glas. „Darauf, dass die Dinge im Büro sich aufgeklärt haben."

Kyra starrte ihn an, bis ihr bewusst wurde, dass eine Reaktion von ihr verlangt wurde. „Oh." Sie hob ihr Glas und stieß mit Michael an. „Amen."

Hastig trank sie fast das halbe Glas leer. Als sie es schließlich absetzte, lächelte sie über Michaels erstaunten Gesichtsausdruck.

„Etwas ist mit dir nicht in Ordnung“, meinte er und stellte sein Glas neben ihres.

Sie räusperte sich. „Na ja, ich weiß, es klingt albern, aber ...“

„Was?“

„Das hier erscheint mir alles so ... merkwürdig.“

„Merkwürdig gut? Oder merkwürdig schlecht?“

Sie zuckte mit den Schultern. „Ich bin mir noch nicht sicher.“ Sie schaute zum Flur. Exotische Essensdüfte stiegen ihr in die Nase. „Du hast mich noch nie so behandelt.“

Er grinste. „Ich weiß. Ich finde, es wird höchste Zeit, dass ich damit anfange.“

„Warum?“

Er blinzelte sie überrascht an. „Weil ich denke, dass du es verdienst, besonders gut behandelt zu werden.“

Verflixt. Jetzt fühlte sie sich schuldig. Und sie hatte schon gedacht, er schäme sich ihrer. „Das hast du doch auch vorher schon getan“, meinte sie.

Er lächelte. „Inwiefern? Indem ich dich nicht mehr aus dem Bett gelassen habe?“

Sie erwiderte sein Lächeln. „Hm ... ja.“

Etwas klingelte in der Küche. „Ich sollte lieber mal nachsehen. Ich will ja nicht, dass das erste Essen, das ich dir koche, noch anfängt zu brennen.“

Kyra sah ihm nach und seufzte. „Lieber wäre mir, wenn etwas anderes brennen würde. Zum Beispiel, wir beide“, murmelte sie vor sich hin. Sie nahm sich eine Salzbrezel aus der silbernen Schale auf dem Tisch und ging hinaus auf die Terrasse. Wenn sie sonst hier gewesen war, hatte sie der atemberaubenden Sicht auf den Golf von Mexiko kaum Beachtung geschenkt. Jetzt atmete sie tief die laue Luft ein und beobachtete einen Pelikan, der in die Wellen tauchte.

„Möchtest du lieber hier draußen essen?"

Sie hörte Michaels Stimme hinter sich und hätte ihm am liebsten gesagt, dass sie gar nicht hungrig sei. Doch das wäre nicht fair gewesen. Sie drehte sich zu ihm um und zuckte mit den Schultern. „Wie du willst."

Sein Lächeln schwand. „Okay."

Sie musterte ihn und stellte zu ihrer Überraschung fest, dass er auf einmal völlig distanziert wirkte.

Er stellte sich neben sie und blickte in die Ferne, wo sich gegen den rot glühenden Abendhimmel die Silhouetten zweier Segelschiffe abzeichneten. „Anfangs habe ich diese Aussicht hier geliebt. Inzwischen vergesse ich meist, wie atemberaubend sie ist."

Kyra folgte seinem Blick. „So ähnlich habe ich gerade auch gedacht. Dass ich diese Aussicht, wenn ich sonst hierhergekommen bin, gar nicht recht gewürdigt habe."

Diese Zeiten schienen endlos lange her zu sein, dabei war sie erst vor ungefähr vier Wochen hier gewesen. Es war nicht die Zeit, die sie trennte, sondern die andere Perspektive. Und sie hatte anscheinend Mühe, sich dem anzupassen. Verstohlen blickte sie zu Michael.

„So hast du dir den heutigen Abend wohl nicht vorgestellt", meinte er.

Sie lachte leise. „Nein, vermutlich nicht."

„Wäre es dir lieber gewesen, wenn ich sofort über dich hergefallen wäre?"

Sie schwieg eine Weile, ehe sie sagte: „Ich glaube, ja."

„Meine Eltern haben dich übrigens zum Essen eingeladen."

Ihr stockte der Atem. „Was?"

„Meine Mutter fand, es sei eine gute Idee, wenn ich dich mal mitbringe."

„Hast du ihnen von uns erzählt?"

Er wich ihrem Blick aus. „Nein. Aber sie müssen wohl irgendetwas geahnt haben." Er zuckte mit den Schultern. „Obwohl ich gesagt habe, wir seien nur alte Freunde. Ich wusste nicht so recht, wie ich unsere Beziehung sonst bezeichnen sollte."

Sie trat an das Geländer und sah wieder aufs Meer hinaus. „Dann sind wir schon zwei." Nervös strich sie sich das Haar zurück. „Als ich den Ausdruck mal Mrs. Kaminsky gegenüber erwähnte, sagte sie mir, sie kenne keine Freunde, die sich so benehmen wie wir."

„Ist dir dabei das Trommelfell geplatzt?"

„Fast. Zum Glück gibt es nur die beiden Wohnungen im Haus, sonst hätte es die ganze Nachbarschaft gehört."

„Und wäre das so schlimm gewesen?"

„Was? Dass die Nachbarn es gehört hätten?"

„Nein. Wenn die Nachbarn über uns Bescheid wüssten."

„Hm." Sie blickte jetzt hinunter auf den Rasen vor dem Haus. „Ich weiß es nicht. Was denkst du?"

Er trat neben sie ans Geländer. „Ich weiß es auch nicht."

Einen Moment lang schwieg er, dann spürte sie plötzlich seine Hand im Nacken. Sofort rann ihr ein wohliger Schauer über den Rücken. „Hast du dir schon mal Gedanken darüber gemacht, wie es mit uns weitergehen soll?"

Kyra wandte ihm langsam das Gesicht zu, und Michael las

eine Vielzahl von Gefühlen darin. Die Abendsonne verlieh ihrer Haut einen rötlichen Schimmer, und ihre Augen leuchteten noch stärker als sonst.

Ihm war nicht klar gewesen, wie wichtig ihm ihre Antwort war, bis er ihr die Frage gestellt hatte. Es kostete ihn Überwindung, jetzt nicht zu erstarren, sondern weiterhin ihren Nacken zu massieren, während er auf ihre Reaktion wartete.

„Ob ich mir schon mal Gedanken darüber gemacht habe, wie es mit uns weitergehen soll?“, wiederholte sie gedehnt, bevor sie den Blick aufs Meer richtete.

Michael kämpfte gegen den Wunsch an, ihr Gesicht wieder zu sich herumzudrehen, damit sie ihn ansah.

„Ja, doch. Manchmal.“

Erleichterung durchströmte ihn. „Gut.“ Mehr brauchte er im Moment nicht zu wissen.

Kyra lehnte sich leicht an ihn. „Wenn ich ehrlich bin, hatte ich schon befürchtet, dass du mich nicht mehr in deiner Wohnung haben wolltest. Es schien fast so, als ob du versuchen würdest, wenigstens einen Teil von dir von mir fernzuhalten.“

„Ein wenig ist es wohl auch so gewesen“, gab er zu, und sie sah ihn erstaunt an. Beinahe verlegen fuhr er sich durchs Haar. „Es kommt mir alles so merkwürdig vor. Ja, merkwürdig. Ich glaube, dasselbe Wort hattest du auch benutzt. Manchmal denke ich, dass die Dinge sich zu schnell entwickeln, und dann wiederum gehen sie mir nicht schnell genug voran.“

Kyra nickte und strich ihm ganz sanft mit den Fingerspitzen über den Unterarm.

„Manchmal möchte ich die Sache mit dem Sex vergessen und meiner besten Freundin Fragen stellen“, fuhr er fort. „Aber meistens möchte ich die Fragen vergessen und einfach nur Sex mit ihr haben.“

„Und jetzt?“, wollte Kyra wissen, und ihre Stimme klang ein wenig atemlos. „Was möchtest du im Moment?“

Sein Blick wanderte von ihrem lächelnden Mund hinunter zu ihren runden Brüsten, die sich gegen das schimmernde Material ihres Kleides pressten. „Im Augenblick würde ich am liebsten sagen, lass uns auf das Essen pfeifen und stattdessen die neue Sonnenliege, die hinter dir steht, ausprobieren.“

Ihr Lächeln wurde breiter. „Dann lass uns schnell hineingehen und essen, damit wir es uns anschließend hier gemütlich machen können.“

Er umfasste wieder ihren Nacken und zog sie näher zu sich heran. „Hört sich nach einer guten Idee an.“

Erst als Kyra Michael tief in sich spürte, während er sie küsste, verließen sie die Zweifel.

Sie drehte den Kopf und rang nach Atem, bevor sie ihren Mund auf seine Schulter presste, so als könne sie nicht genug von ihm bekommen. Wie beschlossen, waren sie zum Essen hineingegangen. Michael hatte sich ganz offensichtlich viel Mühe gegeben, um sie zu beeindrucken. Er war privat ein ebensolcher Perfektionist wie in seinem Beruf.

Er hatte auch einen Nachtisch vorbereitet, doch Kyra dachte an eine andere Art von Dessert. Sie hatte Michael bei der Hand genommen, ihn zurück auf die Terrasse geführt und auf dem Weg dorthin ihre Sachen abgestreift. Dann hatten sie die neue Liege ausprobiert. Der Sonnenuntergang hatte ihre nackten Körper in ein warmes rötliches Licht getaucht und Michael in ihren Augen wie einen aztekischen Gott erscheinen lassen.

Das war vor vier Stunden gewesen, und abgesehen von einem kurzen Abstecher ins Bad, hatten sie die Zeit ausgiebig genutzt.

Zu Kyras Erstaunen nahm ihr Verlangen nach Michael nicht ab. Im Gegenteil, jedes Mal, wenn sie mit ihm zusammen war, schien es sich noch zu verstärken. Selbst als sie körperlich total erschöpft war, begehrte sie ihn noch immer. Und dabei war es gleichgültig, ob sie sich in ihrer Wohnung auf dem quietschenden Metallbett liebten, im Büro auf seinem Zeichentisch oder hier draußen auf seiner Designer-Sonnenliege.

Sie schloss die Augen und grub ihm die Finger in den Rücken. Heute Abend schien ihr Liebesspiel noch besser als sonst, noch intensiver. Nein, Michael war intensiver. Sein Blick, seine Berührungen, all das raubte ihr den Atem. Und sie glaubte nicht, dass es nur daran lag, weil sie bei ihm zu Hause waren. Es waren seine Gefühle zu ihr, die sich geändert hatten. Etwas, das sie sich nicht erklären konnte, es aber gern gewusst hätte.

„Hm, ich glaube, ich habe schon wieder Appetit", murmelte Michael und biss ihr spielerisch in die Schulter.

„Autsch", protestierte sie.

Lachend küsste er sie und stand auf.

Kyra stützte sich auf die Ellenbogen und hob den Kopf. „Wohin gehst du?"

„Ich hole uns den Nachtisch."

„Ich dachte, den hätten wir bereits gehabt."

Er grinste sie an und verschwand im Haus.

Sie sank wieder zurück auf die Liege und fühlte sich rundum zufrieden. Anders konnte sie die Gefühle, die sie durchströmten, nicht beschreiben. Sie war einfach noch nicht in der Lage, die Botschaften zu entschlüsseln, denn sie hatte noch nie etwas Derartiges erlebt. Es gab nichts, woraus sie Parallelen ziehen und erkennen könnte, wie die Geschichte sich entwickeln würde.

Ihre Beziehung zu Michael schien ein Eigenleben zu führen, und Kyra konnte nichts anderes tun, als die Dinge auf sich zukommen zu lassen.

Dieser Gedanke war aufregend, aber auch beängstigend. Einerseits genoss sie die Euphorie, die das Zusammensein mit Michael in ihr auslöste, andererseits hasste sie die dunklen Zeiten voller Selbstzweifel, wenn sie sich absolut unsicher fühlte und Dinge infrage stellte, derer sie sich Augenblicke zuvor noch völlig sicher gewesen war.

„Bist du bereit?"

Nein, rief ihre innere Stimme.

Kyra öffnete langsam die Augen und sah Michael splitterfasernackt auf die Terrasse zurückkommen. Lächelnd stellte er das Tablett mit dem Dessert auf der breiten Armlehne der Liege ab, ehe er sich zu ihr setzte.

Stöhnend ließ sie es zu, dass er sie mit einem Trüffelpraliné fütterte, das nicht von dieser Welt war. „Sag mir, dass du das nicht selbst gemacht hast", verlangte sie und verdrehte genüsslich die Augen.

„Es ist nicht selbst gemacht."

Sie blinzelte ihn an.

Er grinste. „Desserts sind nicht meine Stärke. Ich habe das hier alles in der Konditorei um die Ecke gekauft." Er schob ihr noch ein Stück Schokolade in den Mund, das geradezu auf der Zunge zerging.

„Hm." Sie drehte sich auf die Seite, stützte sich auf einen Ellenbogen und konnte jetzt sehen, dass Michael bereits wieder erregt war. Auf einmal lief ihr das Wasser im Mund aus einem ganz anderen Grund zusammen. „Ist das Schokoladensauce?“, wollte sie wissen, steckte einen Finger in das Kännchen auf dem Tablett und leckte ihn ab.

„Ja, für die Mandarinenstücke.“

„Nun, die Mandarinenstücke werden sich anderswo Schokoladensauce suchen müssen.“

Sie nahm das kleine Kännchen und hielt es ihm direkt über den Schoß. Dann neigte sie es ganz vorsichtig, bis die Sauce tröpfchenweise hinauslief. Kyra stellte das Kännchen ab, beugte sich blitzschnell hinunter und glitt mit der Zunge über den heiß pulsierenden Körperteil, der sich ihr entgegenreckte.

Michael stöhnte.

Kyra lächelte triumphierend und fuhr fort, mit der Zungenspitze die Schokoladensauce abzulecken, wobei sie noch die Hand zu Hilfe nahm und ihn zärtlich streichelte. Im nächsten Moment nahm sie ihn in den Mund und liebkoste ihn spielerisch mit Lippen und Zunge.

Michael keuchte und drängte ihr seine Hüften entgegen.

„Kyra“, flüsterte er heiser.

Sie sah kurz hoch, blinzelte und tat völlig unschuldig. „Was ist?“

„Wenn du so weitermachst, dann …“

Sie griff noch einmal nach dem Kännchen und tropfte die restliche Sauce über ihn, bevor sie diese genüsslich wieder ableckte.

Es hatte etwas unsagbar Erotisches an sich, ihn mit dem Mund zu verwöhnen. Es steigerte ihre eigene Erregung ins Unermessliche. Als Michael eine ihrer Brüste umfasste, stöhnte sie auf. Sie hatte die Schokolade jetzt gänzlich abgeleckt und war auf dem Weg zum großen Finale.

Michaels tiefes Stöhnen verriet ihr, dass er kurz vor dem Höhepunkt war. Also begann sie, das Tempo zu steigern.

Sie spürte seine Finger zwischen ihren Beinen und spreizte sie automatisch ein wenig. Im selben Moment, wo Michael mit den Fingern in sie eindrang, erreichte er den Gipfel und riss Kyra mit.

Kurz darauf strich Michael ihr das feuchte Haar aus dem Gesicht und grinste jungenhaft. „Weißt du, ich werde nie wieder Schokolade essen können, ohne hieran zu denken."

Sie streckte sich neben ihm aus, schloss die Augen und lächelte. „Ich auch." Sie hatte vielleicht nonchalant geklungen, doch es berührte sie tief, zu wissen, dass sie ihnen beiden eine Erinnerung beschert hatte, die nicht mit der Morgendämmerung schwinden würde.

Etwas berührte ihre Lippen. Sie öffnete sie, ohne die Lider zu heben, während sie gleichzeitig die Schenkel für Michaels andere Hand öffnete. Er steckte ihr ein weiteres Stück Schokolade in den Mund und glitt mit zwei Fingern in sie.

Keuchend bog sie sich ihm entgegen.

„Oh, so heiß ...", hörte sie ihn murmeln, und der Klang seiner heiseren, zufriedenen Stimme war genauso erregend wie seine Berührungen.

Langsam zog er die Finger zurück. Sie wollte gerade protestieren, da schob er ihr ein weiteres Stück Schokolade in den Mund. Genüsslich kaute sie und seufzte erleichtert, als er seine Finger durch etwas sehr viel Befriedigenderes ersetzte.

11. KAPITEL

„*Das nennt man Liebe, du Dummkopf!*" Kyra lag auf ihrem Sofa und telefonierte, während sie geistesabwesend Mr. Tibbs streichelte. Sie hatte Michaels Wohnung gegen sechs Uhr in der Frühe verlassen, war nach Hause gefahren, um zu duschen und sich für die Arbeit umzuziehen. Das hatte sie inzwischen erledigt, aber jetzt verspürte sie das dringende Bedürfnis, mit jemandem zu reden. Und ihre Schwester Alannah war dafür genau die Richtige.

Zumindest war sie es bisher immer gewesen. Doch anscheinend war Alannah noch zu sehr mit ihrer jungen Ehe beschäftigt, denn sie klang so gar nicht nach der normalen praktischen Schwester.

„Himmel, du hast gerade eins deiner schlimmsten Schimpfwörter für mich benutzt", scherzte Kyra und schubste Mr. Tibbs von ihrem Schoß, weil sie nicht wollte, dass ihre Sachen zerknitterten. „Nein, ernsthaft. Du musst mir sagen, was ich jetzt machen soll, Alannah. Ich meine, Michael ist mein bester Freund. Seit vier Jahren! Und jetzt ist er der beste Liebhaber, den ich je gehabt habe." Sie seufzte. „Was soll ich nur machen?"

„Heirate ihn."

Kyra sprang so hastig vom Sofa auf, dass sie fast hingefallen wäre.

„Ich meine es ernst, Kyra", sagte Alannah. „Du erzählst mir das alles, als wäre es ein Problem für dich, während es für mich klingt, als hättest du endlich den Mann fürs Leben gefunden."

Kyra starrte den Hörer an. „Bist du verrückt geworden? Hast du eben wirklich ‚den Mann fürs Leben' gesagt? Um

Himmels willen, Alannah, ich glaube, ich muss mal zu dir kommen, um sicherzustellen, dass Ben dich keiner Gehirnwäsche unterzogen hat."

Das leise glückliche Lachen ihrer Schwester ließ sie selbst lächeln.

Es war so lange her, dass ihre Schwester glücklich gewesen war. Genau genommen hatte Kyra ihre Schwester niemals lachen hören. Kein Wunder, bei der unglücklichen Kindheit, die sie beide gehabt hatten.

„Weißt du", meinte Alannah jetzt, „ich bin nicht überzeugt davon, dass du unsere Kindheit so unbeschadet überstanden hast, wie du mich immer glauben machen möchtest."

Kyra verzog das Gesicht. Trotz der räumlichen Entfernung zwischen ihnen hatten sie und ihre Schwester immer noch eine gefühlsmäßige Bindung, die manchmal geradezu unheimlich war.

„Quatsch."

„Denk darüber nach, Kyra. Jedes Mal, wenn ich mit dir spreche, hast du gerade wieder eine neue Bekanntschaft gemacht. Der einzig konstante Mann in deinem Leben war und ist Michael. Und jetzt glaubst du natürlich, dass an der Sache auch ein Haken sein muss. Ich habe eher das Gefühl, dass es hier um etwas Ernsteres geht."

„Das musst du gerade sagen." Alannah war vier Jahre mit Ben zusammen gewesen, bevor er sie endlich überzeugt hatte, ihn zu heiraten.

„Wer hat denn gerade den Bund der Ehe geschlossen, hm?"

„Okay, okay." Kyra lachte und schaute auf die Uhr. „Oh! Ich muss los, sonst komme ich zu spät zur Arbeit."

„Denk darüber nach, was ich gesagt habe", fügte Alannah

noch schnell hinzu.

„Mach ich. Ich habe dich lieb, Alannah."

„Ich dich auch, Kyra."

Kyra unterbrach das Gespräch und rannte zur Tür.

Michael geleitete Tom Neville höflich aus dem Besprechungszimmer, während er versuchte, seine Verärgerung über den unbequemen Kunden hinter einem aufgesetzten Lächeln zu verbergen.

„Wegen der von Ihnen gewünschten Änderungen wird sich natürlich der Fertigstellungstermin um weitere ein bis zwei Wochen verschieben."

Neville winkte ab, als wolle er nicht mit Details belästigt werden. „Egal. Hauptsache, es wird ordentlich gemacht."

Seine Worte schienen zu beinhalten, dass Michael es sonst nicht ordentlich gemacht hätte. Und Michael wusste auch, dass Neville der Zeitplan alles andere als egal war. Wahrscheinlich würde er nachher einen Anruf bekommen, in dem Neville ihn aufforderte, die Änderungen innerhalb von drei Tagen zu erledigen, wenn er nicht vertragsbrüchig werden wollte.

„Gut. Ich denke, dass wir dann alles besprochen haben. Falls ich noch Fragen habe, rufe ich Sie an."

„Ich habe vollstes Vertrauen in Sie und auch in Ihre Firma, Michael."

„Wir wissen Ihr Vertrauen zu schätzen."

Michael schaffte es, sein künstliches Lächeln beizubehalten, bis Neville durch die Eingangstür verschwunden war. Kaum war er außer Hörweite, fluchte Michael so laut, dass seine Kollegen in den anderen Zimmern in johlendes Gelächter ausbrachen.

Grinsend wanderte Michael den Flur entlang zu Kyras Büro und spähte durch die offen stehende Tür. Kyra war nicht da. Also ging er zwei Türen weiter und betrat das Vorzimmer von Janet Palmieri.

Phyllis sah ungnädig von ihrer Tastatur hoch. „Die Chefin will jetzt nicht gestört werden. Sie hat eine wichtige Unterredung."

Michael betrachtete die Sekretärin, die bereits länger in der Firma arbeitete, als ihm lieb war. Er konnte sich schon gar nicht mehr erinnern, wer sie überhaupt eingestellt hatte und warum. Aber jedes Mal, wenn er oder einer seiner Partner vorschlug, dass man sie entlassen sollte, widersetzte sich Janet und erklärte, dass Phyllis ihre rechte Hand sei.

Michael trat an ihren Schreibtisch. „Mit wem?"

„Mit Kyra."

„Wissen Sie, wie lange die beiden noch brauchen?"

Phyllis' verächtliches Lächeln führte dazu, dass sich sein Magen verkrampfte. „Das kann ich Ihnen nicht sagen, Mr. Romero. Aber Kyra ist schon seit zwanzig Minuten da drin." Sie deutete auf die geschlossene Tür von Janet Palmieris Büro.

Michael schaute auf seine Uhr. Es war nach eins. Die Sekretärin blieb sonst nie länger, wenn ihre Mittagspause anfing. Diese Tatsache und das Wissen, dass der Rechnungsprüfer heute Morgen Janet seine Ergebnisse präsentieren wollte, verursachten ihm weitere Magenbeschwerden.

Phyllis rutschte auf ihrem Stuhl hin und her und schien geradezu darauf zu brennen, ihm irgendwelchen Tratsch zu erzählen. Also schenkte Michael ihr das gleiche falsche Lächeln wie kurz zuvor Tom Neville und beugte sich verschwörerisch zu ihr hinab. „Was geht denn hier vor?"

„Na ja, eigentlich sollte ich das noch für mich behalten, Sir.“

Michael probierte ein zweites Lächeln.

Die Sekretärin tat plötzlich sehr wichtig, ehe sie verkündete: „Ich glaube, dass Janet sie feuern wird.“

Michael erstarrte.

„Und das wird auch Zeit, wenn Sie mich fragen. So flittchenhaft, wie sie sich in letzter Zeit anzieht. Es ist beschämend“, fügte sie aufgebracht hinzu, als wolle sie ihre Chefin verteidigen.

„Man kann niemanden wegen seines Aussehens entlassen“, erklärte Michael ruhig.

„Nein, aber wegen Unterschlagung.“

Unterschlagung?

Michael sah die Sekretärin ungläubig an, ehe er sich aufrichtete und entschlossen auf Janets Tür zumarschierte. Gerade als er nach der Klinke greifen wollte, flog die Tür auf, und Kyra stieß mit ihm zusammen.

„Hoppla, nicht so hastig“, sagte er und fing sie auf. „Was ist los?“

Janet erhob sich von ihrem Schreibtisch. „Miss White hat soeben bei ‚Fisher, Palmieri, Romero und Tanner‘ gekündigt.“

Gekündigt. Sie hatte ihren Job gekündigt.

Kyra hatte das Gefühl, ihre Kehle schnüre sich zusammen, und nahm Michael kaum wahr.

Ihre Sachen ... Sie musste ihre Sachen einpacken. Sie war ganz benommen von der Geschwindigkeit, mit der alles ablief. Der Rechnungsprüfer hatte heute Morgen seinen Bericht vorgelegt, in dem stand, dass sie für den Fehlbetrag verantwortlich sei. Janet hatte ihr erklärt, sie werde die entsprechenden Stellen benachrichtigen. Man würde Kyra wahrscheinlich bald kontaktieren, damit sie eine Stellungnahme abgeben konnte.

Entsprechende Stellen ...

Himmel, würde man sie verhaften? Wegen eines albernen Buchungsfehlers?

Kyra schnappte sich einen herumstehenden leeren Karton, eilte damit in ihr Büro und begann wahllos ihre Sachen hineinzustopfen. Dann wurde ihr plötzlich das ganze Ausmaß der Situation bewusst, und die Beine gaben unter ihr nach. Kraftlos sank sie auf ihren Stuhl und starrte ins Leere.

„Kyra?"

Sie hörte Michaels Stimme, aber sie konnte sich nicht dazu aufraffen, ihm zu antworten.

„Was ist geschehen?"

Sie schluckte, ehe sie heiser flüsterte: „Hast du noch nicht gehört? Ich bin eine Diebin."

„Hat Janet dich gefeuert?"

„Nein, ich habe gekündigt."

„Das hättest du nicht tun sollen."

Kyra runzelte die Stirn und drehte sich schließlich zu dem Mann um, der ihr vorhin noch so viel bedeutet hatte. „Was?"

„Kündigen. Du hättest es nicht tun sollen. Janet hätte die Zustimmung aller Teilhaber gebraucht, bevor sie dir hätte kündigen dürfen."

Sie zeigte zur Tür. „Willst du damit sagen, ich hätte mir das alles noch einmal antun sollen, und dann vor vier Vorgesetzten, statt vor einer?" Sie lachte bitter. „Nein, danke." Sie öffnete eine Schublade und ermahnte sich, beim Einpacken sorgfältiger vorzugehen, sonst würde man sie noch beschuldigen, Büromaterial zu stehlen. „Ich werde nicht gern als Lügnerin bezeichnet."

Michael setzte sich auf die Ecke ihres Schreibtisches. „Schau mich an."

Sie weigerte sich.

Er legte ihr einen Finger unters Kinn und hob ihr Gesicht an. „Nimm deine Kündigung zurück."

„Nein."

„Warum hast du mir nicht gesagt, dass die Dinge sich so weit entwickelt hatten?"

„Oh, vielleicht, weil ich selbst keine Ahnung hatte?"

„Du musst doch etwas vermutet haben", erwiderte er, während er zärtlich ihre Wange streichelte und damit trotz ihres Kummers einen kleinen Wonneschauer bei ihr auslöste.

„Habe ich aber nicht. Warum auch? Ich habe nichts Unrechtes getan. Ich habe keine Ahnung, wer so viel Portogeld abgehoben hat, aber ich war es nicht."

Sie sah ihn herausfordernd an.

„Hast du versucht herauszufinden, wer es getan haben könnte?"

„Nein. Ich nahm an, dass es sich um einen Fehler bei der Bank handelte. Du weißt schon, dass der Kassierer aus Versehen eine zusätzliche Null hinzugefügt hat."

„Und?"

„Und heute Morgen hat der Rechnungsprüfer den Originalbeleg von der Bank präsentiert, der besagt, dass dreitausend Dollar an Kyra White ausgezahlt wurden."

Michael sah sie bestürzt an.

„Bitte geh", meinte sie. „Ich wäre jetzt gern allein. Ich

brauche ein wenig Zeit, um mich an die neue Situation zu gewöhnen. Es kommt mir vor, als hätte ich einen Schlag auf den Kopf bekommen."

„So siehst du auch aus."

Sie verzog das Gesicht. „Danke. Dieses Kompliment muntert mich immens auf."

Er lachte leise. „Fahr nach Hause, Kyra. Ich werde die Sache hier regeln", versprach er ihr.

„Wie regeln? Es ist alles geregelt. Ich habe gekündigt. Damit hat es sich. Und ich möchte auch nicht, dass du irgendetwas daran änderst."

„Aber ..."

„Hörst du schlecht?", fuhr sie ihn an.

Michael kniff die Augen zusammen.

Sie atmete tief durch. „Tut mir leid. Ich habe dir doch gesagt, dass ich jetzt lieber allein wäre. Entweder du bleibst und riskierst weitere Beschimpfungen, oder du gehst." Sie versuchte ihre flatternden Hände zur Ruhe zu bringen, indem sie die Finger verschränkte. „Bitte."

„Soll ich nachher wie üblich bei dir vorbeikommen?"

Sie nickte, doch sie konnte sich nicht vorstellen, dass alles wie üblich weiterlaufen würde. Nicht, dass ihre Beziehung üblich wäre. Alles schien im Moment völlig irreal.

„Ich bringe auch Eis mit."

Sie nickte wieder.

Endlich rutschte er von ihrem Schreibtisch und wandte sich zum Gehen. Als sie merkte, dass er an der Tür zögernd stehen blieb, räumte sie einfach weiter ein und tat so, als wüsste sie nicht, dass er noch da war.

Dann war er fort.

In einer Hand eine Tüte mit chinesischem Essen, in der anderen einen Becher Eiscreme, stieg Michael am frühen Abend die Treppe zu Kyras Wohnung hinauf. Er verstand immer noch nicht, wie im Büro alles so aus dem Ruder hatte laufen können, ohne dass er etwas davon mitbekommen hatte.

Nachdem Kyra gegangen war, hatte er mit Janet gesprochen, ohne jedoch mehr zu erfahren, als er schon von Kyra wusste. Auf seine Frage hin, warum sie ihn oder die anderen Teilhaber in der Angelegenheit nicht zurate gezogen habe, hatte Janet ihn daran erinnert, dass sie momentan in Personalangelegenheiten allein entscheiden könne.

Dem war nicht zu widersprechen. Er und seine Partner verteilten die Verwaltungsaufgaben jährlich neu, und in diesem Jahr war Janet für das Personal zuständig.

Den ganzen Nachmittag hatte er über den Fall gebrütet und versucht herauszufinden, was geschehen war. Kurz vor Feierabend hatte er noch einmal mit Janet gesprochen und vorgeschlagen, sie möge doch einmal überprüfen, ob Phyllis Kichler die Schuldige sei. Es war kein Geheimnis, dass Kyra und die geschwätzige Sekretärin nicht gut miteinander auskamen.

Janet nickte zwar, doch Michael hatte den Eindruck, dass der Fall für sie abgeschlossen war. Sie habe nicht vor, Anzeige zu erstatten oder das Geld zurückzufordern, hatte sie ihm noch versichert, und das hauptsächlich wegen seiner engen Beziehung zu Kyra.

Trotzdem hatte Michael sie informiert, dass er eine Besprechung mit allen Partnern anberaumen werde, um die Sache zu diskutieren.

Allerdings erhoffte er sich keine direkten Auswirkungen

davon. Er konnte vielleicht Kyras Ruf retten, aber er glaubte nicht, dass sie ihre Kündigung zurückziehen würde.

Er nahm die beiden letzten Stufen mit einem Satz und wusste schon jetzt, dass er sie in der Firma schrecklich vermissen würde.

Gerade als er die Hand hob, um anzuklopfen, ertönte eine laute Stimme von unten, und er fuhr erschrocken zusammen. „An Ihrer Stelle würde ich das lassen!“

Und wenn Mrs. Kaminsky ihn noch so oft anbrüllte, er würde sich nie daran gewöhnen. Langsam drehte er sich um und beugte sich über das Treppengeländer.

„Sie ist nicht da?“, fragte er erstaunt. Er hatte Kyras Mustang vor der Tür stehen sehen.

„Natürlich ist sie da! Aber sie will Sie nicht sehen! Ich soll Ihnen ausrichten, dass Sie verschwinden und auch nicht anrufen sollen! Sie wird sich bei Ihnen melden, wenn sie so weit ist!“

Stumm ließ er den ohrenbetäubenden Wortschwall über sich ergehen.

„Ich weiß nicht, was Sie ihr angetan haben, aber wenn Sie dem armen Mädchen auch nur ein Haar gekrümmt haben, dann komme ich mal mit dem Besen hoch! Und jetzt machen Sie, dass Sie wegkommen, sonst blüht Ihnen was!“

Michael wartete, bis sie sich in ihre Wohnung verzogen hatte und die Tür so heftig zuknallte, dass das ganze Geländer erzitterte.

Er schluckte und blickte zu Kyras geschlossener Tür. War das wahr? Hatte Kyra tatsächlich Mrs. Kaminsky gebeten, ihn fortzuschicken? Die Vermieterin war zwar eine neugierige alte Hexe, aber war sie auch eine Lügnerin?

Nachdenklich stieg er die Treppe wieder hinab. Er verstand es nicht. Kyra war aufgeregt, das war verständlich. Aber sie hatte ihn noch nie abgewiesen. Als ihr Freund hätte er niemals so schnell aufgegeben. Warum tat er es denn jetzt als ihr Liebhaber?

Furcht vor Ablehnung, das steckte dahinter. Er straffte die Schultern und machte auf dem Absatz kehrt, lief die Stufen wieder hinauf und klopfte laut an ihre Tür. „Kyra? Ich weiß, dass du da bist. Mach auf, ich will mit dir reden."

Keine Reaktion.

„Ich möchte wenigstens wissen, ob es dir gut geht."

Von drinnen war kein Geräusch zu hören.

„Komm schon, Kyra ..."

„Hey! Sind Sie taub da oben? Das Mädchen will Sie nicht sehen. Verschwinden Sie."

Michael fuhr bei Mrs. Kaminskys erneutem Angriff auf sein Trommelfell herum. Dieses Mal hielt sie den ihm angedrohten Besen in der Hand.

Und sie kam damit zur Treppe.

Michael hob beschwörend beide Hände, so weit das mit den Sachen, die er trug, möglich war. „Okay, okay. Ich gehe ja schon."

Doch keiner von ihnen rührte sich vom Fleck.

„Nun, wird's bald?", brüllte sie.

Wenn sie so weiter schrie, wäre er derjenige, der bald ein Hörgerät brauchte. „Stellen Sie erst den Besen weg."

„Einen Teufel werd' ich tun."

„Dann gehen Sie wenigstens von der Treppe."

Sie kniff die Augen zusammen und sah argwöhnisch zu ihm hoch, bevor sie sich schließlich ein paar Schritte zurückzog.

Nach einem letzten bedauernden Blick auf Kyras Tür machte Michael sich langsam an den Abstieg. Unten angekommen, wollte er sich vorsichtig an Mrs. Kaminsky vorbeidrücken, blieb dann jedoch unentschlossen stehen. Sie hob den Besen, wie um ihn zu schlagen.

„Halt! Ich will ja gar nichts von Ihnen."

„Das ist auch besser so. Denn ich werde nicht zögern, dieses Ding hier zu benutzen!"

Zum dritten Mal an diesem Tage bemühte sich Michael um ein Lächeln. „Mögen Sie Chinesisch?"

Sie stierte ihn verständnislos an und hob wieder den Besen.

„Ich meinte chinesisches Essen", fügte er hastig hinzu und reichte ihr die Tüte samt dem Eisbecher. „Bitte schön. Und frohe Weihnachten."

Die alte Vermieterin stand verdattert da, während Michael machte, dass er davonkam.

„Weihnachten ist erst in vier Monaten!", schrie sie ihm hinterher.

Michael schüttelte den Kopf und verließ aufatmend das Haus.

12. KAPITEL

Am folgenden Nachmittag zog sich Kyra die Bettdecke über die Ohren und ignorierte Mr. Tibbs, der bei ihr Zuflucht gesucht hatte, sowie auch das Klopfen an ihrer Wohnungstür, das immer lauter wurde. Sie wusste, es konnte nicht Michael sein. Michael war bei der Arbeit. Und die vernachlässigte er nie. Sie linste unter der Decke hervor zu ihrem Anrufbeantworter. Die digitalen Ziffern zeigten ihr, dass sie zehn Nachrichten hatte. Dann verkroch sie sich wieder, froh darüber, dass sie die Klingel abgestellt hatte.

„Miss White! Machen Sie sofort auf! Hier ist Ihre Vermieterin!"

Als ob man das nicht hören konnte.

Kyra runzelte die Stirn. Warum klopfte eigentlich Mrs. Kaminsky an ihre Tür?

„Ich weiß, dass Sie da sind!"

Kyra hatte keine Lust, sich zu bewegen. Also tat sie es auch nicht. Mr. Tibbs miaute kläglich, Mrs. Kaminsky brüllte, und Kyra wünschte, sie wäre irgendwo, nur nicht hier.

Wenn sie die Tür für Michael gestern schon nicht geöffnet hatte, würde sie es gewiss jetzt nicht für ihre Vermieterin tun.

Es war ihr sehr schwergefallen, standhaft zu bleiben, als sie Michael hatte rufen hören. Natürlich hatte Mrs. Kaminsky die Nachricht, die sie ihm überbringen sollte, in etwas andere Worte gekleidet, doch die Botschaft blieb dieselbe. Kyra wollte in Ruhe gelassen werden. Und die hatte sie die letzten vierundzwanzig Stunden auch gehabt. Seitdem lag sie im Bett und haderte mit ihrem Schicksal.

Michael war bestimmt wütend auf sie, doch dafür konnte sie nichts. Sie war immer stolz auf ihre Ehrlichkeit gewesen. Und ungerechterweise eines Vergehens beschuldigt zu werden, traf sie mehr als hart. Konnte er das nicht verstehen?

Irgendwann würde sie aufstehen und sich einen neuen Job suchen müssen. Doch im Moment konnte sie nur um ihren alten trauern.

Irgendwann würde sie auch mit Michael reden müssen. Aber auch darüber mochte sie im Moment nicht nachdenken.

„Sie haben ja alles umgestrichen!"

Das laute Dröhnen von Mrs. Kaminskys Stimme direkt an ihrem Ohr erschreckte Kyra so sehr, dass sie aus dem Bett sprang. Nach Atem ringend starrte sie ihre Vermieterin an. Nicht ein einziges Mal, seit sie hier wohnte, war Mrs. Kaminsky die Treppe herauf, geschweige denn in ihre Wohnung gekommen. Dass sie jetzt mitten in ihrem Schlafzimmer stand, war für Kyra unbegreiflich.

Mrs. Kaminsky hielt einen Schlüssel hoch. „Ich bin die Vermieterin, haben Sie das vergessen?"

Kyra erschrak erneut, als die laute Stimme ertönte, während sich Mr. Tibbs eiligst unter ihrem Bett verkroch.

„Was ist los? Haben Sie getrunken, Mädchen?"

„Nein", flüsterte Kyra und dachte, dass das vielleicht gar keine so schlechte Idee wäre. „Was machen Sie hier?"

Sie hielt eine Tüte hoch. „Ihr Freund hat das gestern Abend dagelassen. Ich hab's für Sie im Kühlschrank aufbewahrt und wollte es Ihnen heute Morgen geben, bevor Sie zur Arbeit fahren. Aber als Sie sich nicht rührten, dachte ich mir, dass etwas nicht in Ordnung ist. Also bringe ich es Ihnen."

Kyra schaute auf die Tüte aus ihrem bevorzugten chinesischen Restaurant. „Ich bin nicht zur Arbeit gefahren, weil ich keine Arbeit mehr habe."

„Sie haben keinen Job mehr! Sind Sie verrückt, Mädchen? Kennen Sie denn nicht die augenblickliche Wirtschaftslage? Werden Sie Ihre Miete überhaupt noch zahlen können?"

Kyra legte sich die Hände auf die Ohren. „Bitte, könnten Sie Ihre Stimme ein paar Dezibel herunterschrauben?"

Mrs. Kaminsky runzelte die Stirn. „Rede ich etwa zu laut?"

„Ja", meinte Kyra und versuchte vergeblich, höflich zu sein. „Mir platzt fast das Trommelfell."

Kyra wappnete sich für eine neue Tirade, doch Mrs. Kaminsky überraschte sie, indem sie sich etwas aus dem Ohr nahm. Es war ein Hörgerät. Sie schüttelte es. „Meine Schwester sagt mir ständig, ich soll mir ein neues besorgen. Ich sag ihr, dass ich kein neues Hörgerät brauche. Dies hier funktioniert seit zehn Jahren wunderbar."

„Haben Sie schon mal die Batterien gewechselt?", fragte Kyra, kroch wieder in ihr Bett und zog sich die Decke über den Kopf, in der Hoffnung, das Dröhnen ein wenig zu dämpfen.

„Batterien?" Kyra schnappte nach Luft, als Mrs. Kaminsky ihr die Decke wegzog und schrie: „Hey, behandelt man so seine Gäste? Kein Wunder, dass außer dem einen Taugenichts sonst niemand kommt." Sie schaute unschlüssig auf die Tüte in ihrer Hand und stellte sie dann einfach auf dem Bett ab. „Obwohl ich sagen muss, dass ein Mann, der seinem Mädchen Eis mitbringt, nicht ganz so schlecht sein kann."

Kyra nickte.

„Mein Hermann hat mir immer Lakritze mitgebracht", sagte sie versonnen, und ihre Stimme hatte auf einmal normale Lautstärke.

„Hermann?“

„Mein verstorbener Mann. Starb ein paar Jahre, bevor Sie eingezogen sind. Wir haben eine Tochter, Penelope. Sie lebt im Staat Washington. Arbeitet für so eine Umweltschutzorganisation. Hat irgendwas mit Eulen zu tun. Sie ruft mich einmal die Woche an.“

Mrs. Kaminsky hatte eine Tochter?

„Sie erinnern mich an sie“, fuhr sie schon mit ihrer Erzählung fort. „Vermutlich habe ich Ihnen deshalb damals die Wohnung überlassen. Ich dachte mir, das ist ein Mädchen, dem man trauen kann. Enttäuschen Sie mich jetzt bloß nicht.“

Kyra hatte das Gefühl, auf einem anderen Planeten zu sein. Sie zwickte sich unter der Decke ins Bein, nur um sich davon zu überzeugen, dass sie nicht träumte.

„So, stehen Sie jetzt auf, oder muss ich erst wieder anfangen zu brüllen?“

War das ein Zwinkern in den Augen der alten Frau? Ja, entschied Kyra. Und es kam so unerwartet, dass sie vergaß, böse zu sein. „Gleich.“

„Gut.“ Mrs. Kaminsky sah sich neugierig um. „Sie wissen, dass es laut Mietvertrag verboten ist, in der Wohnung etwas zu verändern.“

Kyra erblasste, weil sie eine Menge verändert hatte.

Doch Mrs. Kaminsky nickte nur. „Es gefällt mir.“ Damit drehte sie sich um und ging zur Tür. „Und sehen Sie zu, dass Sie einen neuen Job bekommen. Wenn Sie Ihre Miete nicht zahlen können, werfe ich Sie raus. Darauf können Sie sich verlassen.“

Kyra setzte sich auf und ließ die Beine aus dem Bett baumeln. Dann sah sie die Tüte. Ohne Zweifel waren alle ihre

Lieblingsspeisen darin, und plötzlich verspürte sie einen Heißhunger. Sie nahm die Tüte an sich und schaute hinein.

„Mrs. Kaminsky?", rief sie schnell, als sie hörte, wie ihre Vermieterin die Wohnungstür öffnete. „Wo ist denn das Eis?"

Die Tür wurde zugeschlagen, und Kyra hörte jetzt Mrs. Kaminsky im Flur lachen. Sie biss sich nachdenklich auf die Lippe. Sie hatte immer vermutet, dass hinter der Frau noch mehr steckte, und jetzt, wo sie es wusste, war sie sich nicht sicher, was sie davon halten sollte. Wenn sie im Bett bleiben wollte, was ging es jemanden an? Vor allem Mrs. Kaminsky.

Ihr Blick fiel auf das Buch, das sie veranlasst hatte, ihr Leben so auf den Kopf zu stellen. „Sex Kitten 101" sollte besser heißen: „Wie ruiniere ich mir gründlich mein Leben? Erklärt in zehn idiotensicheren Beispielen."

Sie pfefferte das Buch in eine Ecke. Dann betrachtete sie sehnsuchtsvoll ihr Bett, um im nächsten Moment erschrocken zusammenzufahren.

„Wenn Sie nicht in einer halben Stunde da rauskommen, dann komme ich und hol Sie!", rief Mrs. Kaminsky durch die Wohnungstür.

Kyra verzog das Gesicht und stand stöhnend auf.

Michael parkte seinen Wagen neben Kyras Mustang auf dem Parkplatz der Lolita-Bar. Nervös strich er sich das Haar zurück und atmete tief durch. Seit Kyras Kündigung gestern hatte er nicht mehr mit ihr gesprochen. Er hatte nicht weniger als ein Dutzend Nachrichten auf ihrem Anrufbeantworter hinterlassen, und heute Nachmittag um fünf hatte sie endlich zurückgerufen.

Er war so erleichtert gewesen, ihre Stimme zu hören, dass

er erst gar nicht richtig verstanden hatte, was sie sagte. Dann hatte sie alles noch einmal wiederholt. Sie hatte einen neuen Job in einer exklusiven Modeboutique. Sie und die Ladenbesitzerin waren sich auf Anhieb sympathisch gewesen. Und, man stelle sich vor, bei der Buchhalterin der Boutique hatten gerade heute Morgen die Wehen eingesetzt, sodass dringend Ersatz benötigt wurde.

Kyra hatte feiern wollen. „Wir treffen uns nach Büroschluss in der Lolita-Bar. Du weißt schon, wie in alten Zeiten."

Michael nahm die Blumen vom Rücksitz und stieg aus. Es gefiel ihm nicht unbedingt, wenn Kyra wie in alten Zeiten weitermachen wollte. Nachdem er den Wagen abgeschlossen hatte, ging er hinüber in die Bar.

Als er eintrat, mussten seine Augen sich erst einmal an das Dämmerlicht gewöhnen. Es herrschte der übliche Andrang nach Feierabend. Er sah suchend die Tische ab. Keine Kyra. Dann entdeckte er sie. Natürlich am Tresen.

Sein Herzschlag beschleunigte sich, so wie meistens, wenn er sie sah. Doch heute klopfte sein Herz besonders schnell in Anbetracht der Ereignisse der letzten beiden Tage. Sie trug das eng anliegende lila Kleid, das ihre wunderbaren Rundungen unterstrich und die Aufmerksamkeit sämtlicher Männer auf sich zog. Sofort steuerte er den Tresen an, bereit, sie alle davonzujagen, doch dann verlangsamte er den Schritt, als er sah, wer neben Kyra saß.

Craig Holsom.

Verdammt.

Michael blieb schließlich stehen und musterte grimmig die beiden, die noch vor zehn Tagen ein Paar gewesen waren. Kyra lauschte andächtig auf etwas, das Craig zu ihr sagte, während er so tat, als sei sie die einzige Frau hier in der Bar. Als der Trottel nicht einmal der vorbeieilenden üppigen Kellnerin einen Blick zuwarf, ballte Michael die Hände zu Fäusten. Jetzt legte Kyra den Kopf in den Nacken und lachte silberhell. Craig hingegen sah aus, als wolle er sie mit Haut und Haaren verschlingen.

Michael hätte ihn am liebsten erwürgt.

Stattdessen klemmte er sich den Blumenstrauß unter den Arm und verließ die Bar. Er hatte nach wie vor keine Lust, Trottel Nummer vierzehn zu werden.

Kyra schaute auf die Uhr. Michael müsste längst hier sein. Sie bat den Barkeeper um das Telefon.

„Wen rufst du an?“, wollte Craig sofort wissen und rückte näher an sie heran. Sie schob ihn weg.

„Meine Verabredung.“

Vorhin, als sie die Bar betreten und Craig gesehen hatte, war sie begeistert gewesen von der Gelegenheit, sich ihrem Ex in ihrer neuen Aufmachung zu präsentieren. Und ihre Erwartungen wurden beinahe noch übertroffen, als er sich geradezu auf sie gestürzt hatte. Auch als sie ihm erklärte, dass sie auf jemand anderen warte und keinerlei Absicht habe, sich wieder mit ihm einzulassen, wich er ihr nicht von der Seite. Doch schon nach wenigen Sätzen merkte sie, dass sie ihn schrecklich lästig fand.

„Du hast dich ja schnell getröstet“, meinte Craig verdrossen.

Du hast ja keine Ahnung, dachte Kyra.

Wenn er erst wüsste, dass sie mit Michael verabredet war …

Sie lächelte und wählte. Weder in seiner Wohnung noch im Büro noch auf seinem Handy konnte sie ihn erreichen. Das war merkwürdig. Sie wählte die Nummer ihrer Wohnung und hörte ihre Nachrichten ab.

„Kyra, hier ist Michael. Ich schaffe es heute Abend nicht. Tut mir leid. Ich erkläre es dir später."

Er hatte die Nachricht vor fünf Minuten hinterlassen.

Sämtliche Lust zu feiern schwand. Und dabei hatte sie wirklich allen Grund dazu gehabt.

Kyra reichte das Telefon zurück und griff nach ihrer Handtasche.

„Wohin willst du?", fragte Craig.

„Mein Freund hat mich gebeten, ihn woanders zu treffen", log sie, weil sie nicht zugeben wollte, dass sie soeben versetzt worden war.

„Warum bleibst du nicht hier bei mir?" Craig strich ihr über den Arm.

Ihr schauderte. „Nein, danke."

Sie hatte erwartet, ein Gefühl des Triumphes zu verspüren, als sie hoch erhobenen Hauptes die Bar verließ. Stattdessen konnte sie nur an Michael denken. Warum hatte er sie versetzt?

Michael saß über dem neuen Bauplan für Nevilles Haus. Jetzt sollte die Kücheninsel an einer anderen Stelle aufgebaut werden. Frustriert stöhnend rieb er sich den Nacken. Er war von der Bar aus direkt wieder ins Büro gefahren, in der Hoffnung, sich durch Arbeit abzulenken. Doch immer wieder schob sich das Bild von Kyra, wie sie mit ihrem Ex zusammensaß, vor seine Augen.

Er fluchte leise vor sich hin. Er hätte sich auf seinen Instinkt verlassen sollen. Von Anfang an hatte er befürchtet, dass er nur den Lückenbüßer spielen sollte, damit Kyra über ihre gescheiterte Beziehung mit Craig hinwegkam. Und genau das war er anscheinend geworden: ein Ersatzmann. Und was noch schlimmer war, womöglich kehrte sie sogar zu dem Kerl zurück.

Er griff nach dem Kaffee, den er sich gerade aus der Kaffeemaschine geholt hatte, und stieß ihn fast um. Wütend schüttelte er ein paar Tropfen der heißen Flüssigkeit von seiner Hand.

„Hast du keine Augen im Kopf?"

Michael schaute auf, in der Hoffnung, Kyra zu sehen.

Doch es war seine Partnerin, Janet Palmieri, die lächelnd vor seinem Zeichentisch stand.

Was tat sie hier? Ihm war im Moment wirklich nicht nach Plaudern zumute. Er runzelte die Stirn und wandte sich wieder seiner Arbeit zu. „Du bist ja noch spät im Büro."

„Du auch."

Er räusperte sich ungehalten und hoffte, ihr dadurch verständlich machen zu können, dass er jetzt lieber allein wäre. „Neville hat mal wieder die Pläne geändert", murmelte er als Entschuldigung.

„Idiot."

„Ja." Er radierte eine Linie aus und schaute dann wieder zu Janet hoch. Sie schien etwas auf dem Herzen zu haben. Ihm wäre es lieber, wenn sie es für sich behielt. Die Sache mit Kyra belastete ihn schon genug. „Hast du inzwischen Phyllis überprüft?"

Jetzt runzelte sie die Stirn. „Nein."

„Ich verstehe."

Michael beugte sich wieder tief über seine Zeichnung. Es verging eine Zeit, da hörte er das Rascheln von Kleidung. In der Annahme, dass Janet das Büro verließ, schaute er erleichtert auf, nur um festzustellen, dass sie sich gerade die Knöpfe ihrer Kostümjacke öffnete.

Ein schwarzer BH kam zum Vorschein, und Michael zog irritiert die Augenbrauen in die Höhe.

Das konnte doch nicht wahr sein. Sicher, zu Anfang hatte er Janet für attraktiv gehalten. Er war sogar ein- oder zweimal mit ihr ausgegangen. Aber während der letzten Jahre waren sie nichts weiter als Kollegen gewesen.

Doch jetzt schien Janet etwas ganz anderes im Sinn zu haben.

Sie lächelte. „Ich dachte mir, da du, du weißt schon, es anscheinend gern im Büro treibst, könnten wir es auch einmal versuchen."

Sie kam um den Zeichentisch herum, während Michael wie erstarrt dasaß. Zwei Dinge wurden ihm schlagartig klar. Erstens, dass Janet im Büro gewesen sein musste, als er und Kyra den Tisch für, äh, persönliche Zwecke genutzt hatten. Und zweitens, dass Janet anscheinend diese Szene wiederholen und dabei die Position von Kyra einnehmen wollte.

Michael versuchte sich einzureden, dass das alles nicht wirklich geschah. „Janet …"

„Pst." Sie schälte sich aus ihrer Jacke und ließ sie achtlos zu Boden fallen. „Du brauchst nichts zu sagen. Ich weiß, dass dies etwas ist, das wir beide schon seit Langem wollen."

In was für einer Traumwelt lebte sie?

Sie neigte sich über ihn und streckte ihm ihre vollen Brüste entgegen, bevor sie den Reißverschluss ihres Rockes öffnete und auch diesen zu Boden fallen ließ.

Michael riss die Augen auf.

Die Frau war verrückt.

Und sie begann, ihn zu küssen.

Wow! Etwas lief entschieden verkehrt hier. Janet küsste ihn nicht nur, sie klammerte sich an ihn wie eine wild gewordene Frau.

Endlich reagierte Michaels Körper auf die Befehle, die ihm sein Gehirn sandte. Er stieß Janet von sich und rollte gleichzeitig mit dem Stuhl zurück, bis er genügend Platz hatte, um aufstehen zu können. „Janet, was soll das?“

„Ich tue das, was ich schon vor Jahren hätte tun sollen.“ Sie öffnete die Spange in ihrem Nacken, sodass ihr das Haar über die nackten Schultern fiel. „Ich hatte schon immer eine Schwäche für dich, das weißt du doch, Michael, oder?“

Er hob abwehrend die Hände, als sie sich ihm wieder nähern wollte. „Nein, das wusste ich nicht.“

„Sicher wusstest du das.“ Sie griff hinter ihren Rücken, dann lockerte sich der BH über ihren Brüsten. „Du warst nur immer so sehr damit beschäftigt, dich um dieses kleine Flittchen zu kümmern, dass du keine Zeit hattest, auf deine wahren Gefühle zu achten.“

Michael kniff die Augen zusammen. Kleines Flittchen?

„Aber nun, wo sie endlich weg ist, können wir da weitermachen, wo wir aufgehört haben, oder nicht?“

Michael lächelte, aber es war kein freundliches Lächeln. „Brillanter Schachzug, wie du Kyra dazu gebracht hast zu gehen.“

Janet neigte den Kopf und lachte gurrend. „Ja, ich muss

zugeben, dass ich ziemlich kreativ war. Ich wusste, dass du niemals zustimmen würdest, sie zu feuern. Also musste ich einen anderen Weg finden."

Die einzige Stelle an Janets Körper, die Michael berühren wollte, war ihr Hals. Aber es war wohl keine gute Idee, sie jetzt zu erwürgen.

Ihr Lächeln vertiefte sich, während sie sich ihm wieder näherte. Blitzschnell umschloss er ihre Arme und hielt sie auf Abstand.

„Und ich werde kreativ sein, um dich aus der Firma herauszubekommen."

Sie blinzelte, als hätte sie nicht begriffen, wovon er sprach.

„Sofort nachdem du gegenüber Bryce und Harvey zugegeben hast, was du getan hast, und dich bei Kyra entschuldigt hast."

Janet wurde rot, aber Michael vermutete, dass es nichts mit Leidenschaft zu tun hatte. „Was?", flüsterte sie.

Während er weiterhin einen ihrer Arme festhielt, bückte er sich, hob ihren Rock und die Jacke auf und warf ihr beides zu. „Ich schlage vor, du gehst jetzt, bevor du dich noch mehr erniedrigst."

Rache ist nicht süß, dachte Kyra am nächsten Tag und legte den Telefonhörer auf, nachdem sie wieder einmal vergeblich versucht hatte, Michael zu erreichen. Ein Blick auf die Uhr sagte ihr, dass es zehn Uhr vormittags war. Sie wusste, er war bei der Arbeit. Er musste dort sein. Warum wollte er nicht mit ihr reden? War das seine Art, sie wissen zu lassen, wie es ist, wenn man ignoriert wurde?

Gestern Abend war sie von der Bar aus sofort nach Hause

gefahren und hatte darauf gewartet, dass Michael sie anrief und ihr erklärte, warum er sich nicht mit ihr getroffen hatte. Allerdings vergeblich. Also hatte sie kurz Mrs. Kaminsky besucht, um ihr dafür zu danken, dass sie ihr Dampf gemacht hatte, und ihr gleichzeitig mitzuteilen, dass sie einen neuen Job habe.

Nachdenklich strich sie sich über das Haar. Sie musste ihren neuen Job erst um vierzehn Uhr antreten, also blieben ihr noch vier Stunden Zeit. Doch untätiges Herumsitzen war nichts für sie. Also griff sie noch einmal zum Telefon und wählte die Nummer von „Fisher, Palmieri, Romero und Tanner". Aber statt sich mit Michael verbinden zu lassen, verlangte sie einen der anderen Kollegen.

Sie hatte nicht vor, noch länger zu warten.

Eine schwüle Hitze lag über ganz Florida, trotz des Windes, der vom Golf von Mexiko herüberwehte und Michael fast die Zeichnung aus der Hand riss, die er auf seinem Wagendach ausgebreitet hatte.

Er blinzelte gegen die grelle Mittagssonne, als er sich seinem Vorarbeiter, der neben ihm stand, zuwandte. „Neville will, dass die Kücheninsel hierher verschoben wird", informierte er McFarland.

„War sie da nicht schon am Anfang?"

Michael verzog das Gesicht. McFarland hatte recht. Statt die Zeichnungen neu anzufertigen, hätte er einfach das Original herausholen sollen.

„Ja, stimmt."

„Das wird was kosten."

Michael nickte.

Der Polier griff nach der Zeichnung, rollte sie zusammen

und steckte sie in seinen Gürtel, bevor er in dem riesigen Neubau der Nevilles verschwand, der bereits vor einem Monat hätte fertiggestellt sein sollen.

Michael holte tief Luft und ging um seinen Wagen herum. In diesem Moment sah er ein offenes rotes Sportauto auf sich zukommen. Kyra. Und sie winkte ihm zu, als hätte er heute Morgen ihr Bett verlassen, statt ihre Anrufe zu ignorieren.

Der Himmel möge ihm beistehen. Solange er sie nicht sah, hatte er die Sache im Griff, aber so ... Sie parkte ihren Wagen direkt neben seinem, kletterte hinaus und warf die Tür zu. Als sie sich zum Rücksitz beugte, um etwas herauszuholen, erfasste eine Windbö den Rock ihres kurzen Spaghettiträgerkleides, sodass jeder, der wollte, einen hervorragenden Blick auf ihren reizenden Po erhaschen konnte, der in einem roten Stringtanga steckte.

Michael schluckte und zog an seiner plötzlich viel zu engen Krawatte.

Mit einem aufreizenden Lächeln, die Augen hinter einer dunklen Sonnenbrille verborgen, drehte sich Kyra zu ihm um. „Hallo“, sagte sie und winkte mit einer Hand. In der anderen hielt sie einen Korb.

„Du weißt, dass du gerade jedem, der es sehen wollte, die Farbe deiner Unterwäsche verraten hast, oder?“

„Solange das auch dich einschließt, ist mir alles andere egal.“

Michaels Herzschlag beschleunigte sich.

13. KAPITEL

Okay, das lief ja besser, als Kyra gehofft hatte. Michael war anscheinend nicht mehr wütend auf sie, und die Baustelle war der perfekte Ort für das, was sie vorhatte. Zum Grundstück gehörte ein großzügiger Privatstrand, den sie ganz zu ihrem Vergnügen nutzen konnten. Wobei die Betonung auf Vergnügen lag.

„Komm. Ich habe uns ein Picknick mitgebracht." Sie umfasste seine Hand und zog ihn mit sich zur Rückseite des Hauses.

„Du hast etwas zu essen dabei?"

„Jawohl. Ich habe sogar selbst gekocht, obwohl es bestimmt einfacher gewesen wäre, an einem Schnellimbiss anzuhalten." Sie musterte ihn von der Seite.

Na gut, ein bisschen verärgert sah Michael noch aus. Aber damit konnte sie umgehen. Hoffte sie zumindest. Immerhin folgte er ihr willig zum Strand.

„Hier, halt mal", sagte sie und reichte ihm den Korb, nachdem sie ein Stück am Ufer entlanggelaufen und bei einer kleinen Palmengruppe angekommen waren.

Sie wühlte im Korb, bis sie ein großes Strandlaken gefunden hatte, das sie auf dem Sand ausbreitete. Dann sah sie sich zum Haus um und überzeugte sich davon, dass niemand sie von dort aus beobachten konnte. Nein, man würde zwar sehen können, dass sich ein Pärchen am Strand aufhielt, aber was sie genau taten, würde man nicht erkennen können.

„Setz dich", forderte sie Michael auf, ging in die Knie und klopfte einladend auf das Strandlaken. Er blieb stocksteif stehen. „Was ist los?"

Er schnitt eine Grimasse. „Falls du es nicht bemerkt haben solltest, ich bin nicht gerade passend für den Strand angezogen."

Kyra lächelte. „Dem können wir abhelfen."

Sie stand wieder auf, nahm Michael den Korb ab und stellte ihn neben das Laken, bevor sie begann, ihm die Krawatte zu lösen und das Hemd aufzuknöpfen. Widerstandslos ließ er sich von ihr ausziehen, und als sie schließlich auch seine Schuhe neben das Laken gestellt und seine Hosenbeine hochgerollt hatte, betrachtete sie ihn zufrieden. Mit seiner breiten Brust, dem dunklen Haar und den funkelnden schwarzen Augen sah er aus wie der Held auf dem Cover eines Liebesromans, der in der Südsee spielte.

Doch er war echt. Und er gehörte ihr allein.

Sie schlüpfte aus ihren Sandaletten und setzte sich im Schneidersitz auf das Laken. „Nun komm schon. Ich habe hier ein besonderes Plätzchen für dich reserviert."

Langsam setzte er sich mit angezogenen Knien vor sie hin.

Gut, gut. Voller Erwartung leckte sie sich die Lippen und rutschte ihm ein Stück näher.

Auf seinem Gesicht spiegelte sich Unbehagen.

Sie lachte. „Was ist heute nur mit dir los?"

„Dasselbe könnte ich dich fragen."

Sie zuckte mit den Schultern und suchte in ihrem Korb nach etwas Bestimmtem. Nicht nach Essen, das konnte warten. „Ich dachte, da du gestern Abend nicht mit mir feiern wolltest, muss ich zu dir zum Feiern kommen."

„So, so. Herzlichen Glückwunsch."

Sie neigte den Kopf und sah ihn an. „Das klingt ziemlich mürrisch."

„Na ja, ein Mann hat ja wohl das Recht, mürrisch zu sein, wenn seine Freundin zwei Tage lang seine Anrufe ignoriert."

Ihr wurde ganz warm bei dem Wort „Freundin", das auf einmal eine ganz andere Bedeutung als früher hatte. „Ja, vielleicht. Es tut mir leid."

„Ach ja?"

„Und was ist deine Entschuldigung?"

„Was meinst du damit?", wollte er wissen.

„Du hast meine Anrufe seit gestern auch ignoriert."

„Habe ich nicht. Ich bin ein viel beschäftigter Mann."

„Und ein Lügner."

„Vielleicht."

Sie umfasste seine Fußknöchel. „So sitzt du doch überhaupt nicht bequem. Streck mal die Beine aus." Sie zog so lange an seinen Beinen, bis er sie schließlich links und rechts an ihr vorbeischob. „Siehst du, das ist schon besser."

Sie rutschte noch näher an ihn heran und legte ihre Beine über seine. Ihr Rock wehte hoch, sodass sie den Wind an ihren nackten Schenkeln spüren konnte. Und Michaels Gesichtsausdruck nach zu urteilen hatte er einen guten Blick auf ihren Slip. Sie stützte sich auf die Ellenbogen und lehnte sich zurück, um ihm eine noch bessere Sicht zu ermöglichen.

Er schaute sie an. „Kyra? Was machst du da?"

„Na, ich rege deinen Appetit an, was sonst?"

Sie griff in den Korb und reichte ihm ein kleines Päckchen.

Im ersten Moment wusste Michael nicht, was Kyra ihm da gab, dann sah er, dass es ein lila Kondom war.

Sie rutschte ganz dicht an ihn heran. „Ich dachte, das könnte die Vorspeise sein", flüsterte sie und schlang ihm die

Arme um den Hals.

Michael schluckte. Augenblicklich packte ihn die Erregung. Und als Kyra ihren Mund auf seinen presste, stöhnte er auf. Eigentlich sollten sie reden. Er müsste sie fragen, warum sie seine Anrufe nicht erwidert hatte, was sie gestern mit Craig in der Bar getrieben hatte und, und, und.

Doch während die hoch stehende Sonne auf ihn herniederbrannte, das Geräusch der sich brechenden Wellen in seinen Ohren dröhnte und Kyra sich aufreizend an ihm rieb und ihn mit allen Mitteln der Kunst zu verführen versuchte, konnte er an nichts anderes mehr denken, als tief in sie einzudringen und alles um sich herum zu vergessen.

Das war es dann wohl. Das geschah, wenn man nicht aufpasste. Jemand anders übernahm die Kontrolle. Und in diesem Fall bedeutete es, dass alles, was ihm gehörte, jetzt auch Kyra gehörte. Sein Körper. Seine Seele. Sein Herz.

Sie öffnete seinen Gürtel, dann die Hose. Die Sonne traf die empfindliche Haut, bevor Kyra ihre Hand darauflegte. Michael schnappte nach Luft und griff nach ihrer Hand. Verlangend sahen sie sich eine Weile in die Augen, ehe sie ihm das Kondom überstreifte. Dann zog er sie so dicht an sich, dass heiße Haut an heißer Haut klebte.

Hier wollte er sein. Immer. Es machte ihm nichts aus, dass sie im Freien waren und die Bauarbeiter sie vermutlich sehen konnten. Er hob Kyra an und ließ sie dann langsam auf sich nieder, versenkte sich Zentimeter für Zentimeter in sie. Sie keuchte, hielt den Blick aber unverwandt auf ihn gerichtet, sodass er sich an ihrem lustvollen Gesichtsausdruck berauschen konnte.

Er hatte keine Eile. Und auch Kyra anscheinend nicht. Immer tiefer glitt er in sie.

Sie schlang ihm die Beine um die Taille, nahm ihn noch tiefer in sich auf, während er ihr die Träger von den Schultern zog und die entblößten Brüste zu küssen begann. Niemals würde er genug von dieser Frau bekommen. Weder morgen noch in fünfzig Jahren.

Michael hatte nicht gewusst, dass man so intensiv für einen anderen Menschen empfinden konnte. Es war nicht so, dass er anderen nicht geglaubt hatte, wenn sie von der großen Liebe sprachen. Doch er hatte einfach keinen Vergleich gehabt. Bis jetzt.

Kyra begann, sich unruhig zu bewegen, doch er packte sie um die Hüften und hinderte sie daran. „Noch nicht." Dann löste er ihre Arme von seinem Hals und schob ihren Oberkörper etwas nach hinten, damit sie sich auf den Ellenbogen abstützen konnte. Michael nahm die gleiche Stellung ein, sodass sie jetzt beide sehen konnten, wo ihre Körper miteinander verbunden waren.

Michael sah, dass sie schluckte, als sie dieses Bild aufnahm. Jetzt begann er, sich vorsichtig zu bewegen, und Kyra warf keuchend den Kopf in den Nacken.

Immer wieder drang er langsam in sie ein und liebte sie. Und das war genau das, was er tat. Er liebte Kyra. Die ganze Zeit über hatte er gedacht, sie hätten nur Sex miteinander, doch jetzt wusste er, dass er sich geirrt hatte. Wahrscheinlich hatte er Kyra schon vom ersten Moment an geliebt, und dadurch wurde das, was sie miteinander verband, umso wunderbarer.

Kyras Atem kam plötzlich stoßweise, obwohl Michael jetzt verharrte. Schließlich schob er ihr das Kleid noch ein wenig höher, um mehr von ihr zu sehen. Kyra folgte seinem Blick, dann öffnete sie den Mund und stöhnte unkontrolliert auf, als sie den Höhepunkt erreichte. Michael kam im selben Moment.

Kyra ließ sich nach hinten fallen. Er umfasste ihre Schultern, zog sie wieder zu sich hoch und hielt sie fest.

„Willst du mich heiraten, Michael?"

So hatte Kyra eigentlich nicht damit herausplatzen wollen. Sie schluckte und versuchte, wieder zu Atem zu kommen, während ihr Körper noch immer von kleinen Wellen der Lust durchströmt wurde. Sie schloss beschämt die Augen. Ihr Plan war gewesen, Michael zu verführen, ihn mit den Köstlichkeiten zu füttern, die sie vorbereitet hatte, und ihm dann einen Antrag zu machen.

Stattdessen war sie damit herausgeplatzt, ohne zu überlegen.

„Was hast du gesagt?", flüsterte Michael und schob sie ein wenig von sich, damit er ihr besser ins Gesicht schauen konnte.

Sie wich seinem forschenden Blick aus. „Das kam jetzt ein wenig überraschend, was?" Sie kicherte nervös. „Ich meine, ich hatte schon geplant, dich zu fragen. Aber nicht so."

Lange Zeit sagte er gar nichts, sondern starrte sie nur an. „Du meinst es ernst, nicht wahr?"

Sie nickte.

Wieder schwieg er. Dann zog er sich langsam aus ihr zurück und hob sie von seinem Schoß. Kyra zupfte am Saum ihres Kleides und schob die Träger hoch. Auf einmal kam sie sich sehr entblößt vor.

„Du hältst mich jetzt für kindisch, oder? Dass ich dich

frage, ob du mich heiraten willst." Seinem Gesichtsausdruck nach zu schließen hielt er sie für verrückt. „Es ist nur so", erklärte sie hastig, „da wir in den letzten Tagen kaum miteinander geredet haben, hatte ich Zeit zum Nachdenken. Und ..."

Michael stand auf und zog seine Hose hoch.

„Und du hast mir Eiscreme mitgebracht."

Michael schien etwas abgelenkt, denn er vergaß, das Kondom abzustreifen, bevor er die Hose schloss.

„Das wollte ich nicht sagen. Ich meine, ja, du bringst mir Eis mit. Aber ..."

Jetzt bückte er sich nach seinen Schuhen, schüttelte den Sand heraus und zog sie sich an. Danach das Hemd.

„Weißt du", sagte sie und verwünschte den verzweifelten Klang ihrer Stimme, „als es ernst wurde zwischen uns, da habe ich das als Problem angesehen. Meine Schwester hat mir erklärt, ich hätte nur Angst, mich zu binden. Angst vor Zurückweisung. Das liegt wohl an meiner Kindheit. Es fällt mir schwer, mich anderen Menschen zu öffnen, ihnen zu vertrauen ..."

Er knöpfte sich das Hemd zu.

„Und ... und ..." Kyra versuchte, klar zu denken. „Wegen dieser Angst habe ich nur dumme Sachen gemacht. So habe ich zum Beispiel nur deshalb an einem Job festgehalten, weil er mir ermöglichte, meine Rechnungen zu bezahlen. Aus Angst habe ich mir nichts Neues gesucht. Nicht, dass ich unglücklich in deiner Firma war, aber ... Na ja, ich glaube, ich werde meinen neuen Job lieben. Dort bin ich nicht nur Buchhalterin, sondern übernehme auch andere wichtige Aufgaben, was ich in deiner Firma nicht tun konnte. Das einzig Lohnenswerte dort warst eigentlich du." Sie merkte, dass sie schwafelte, doch sie konnte nichts dagegen tun. Die Worte sprudelten einfach aus ihr heraus.

„Und diese Angst“, fuhr sie fort, „hat auch mein Privatleben zerstört. Ich vermute, ich hatte so viel Angst, zurückgestoßen zu werden, dass ich mich nie getraut habe, mich zu binden. Immer, wenn es etwas ernster wurde, habe ich irgendetwas getan, das die Beziehung zwangsläufig zerstören musste.“ Ihre Stimme war jetzt nur noch ein Flüstern, als sie hinzufügte: „So wie ich es fast bei dir getan hätte.“

Inzwischen war er fertig angezogen. Er beugte sich zu ihr hinab und schaute ihr direkt in die Augen. Die Intensität seines Blickes haute sie fast um. „Ich liebe dich, Kyra.“

Ihr stockte der Atem.

„Ich glaube, ich habe dich schon vom ersten Tag an geliebt.“

„Ich dich auch“, hauchte sie.

„Nein, hast du nicht.“

Sie wollte ihm widersprechen, doch er hob eine Hand. „Jetzt bin ich dran.“

Entrüstet stand sie auf. „Aber ...“

„Du schwimmst stets mit dem Strom, Kyra“, unterbrach er sie. „Wenn das Schicksal dir einen Schlag versetzt, dann steckst du ihn ein und machst einfach weiter. Fast so, als glaubtest du, es verdient zu haben.“ Er schüttelte den Kopf. „Du stößt bei der Arbeit auf ein Problem, und statt zu kämpfen, kündigst du. Übrigens, es wird dich freuen zu hören, dass Janet das Ganze eingefädelt hat.“

„Janet?“

„Ja.“ Er holte tief Luft. „Kyra, du weißt gar nicht, was du willst. Nicht wirklich.“ Jetzt sah er sie wieder direkt an, und aus seinen Augen sprach Liebe, aber auch eine gewisse Traurigkeit. Die Traurigkeit war es, die ihr das Herz schwer machte.

„Craig, mit dem ich dich übrigens gestern Abend gesehen habe, verlässt dich, und du veränderst dich seinetwegen. Versuchst, dich zu etwas zu machen, von dem du annimmst, dass es ihm gefällt. Aber im Grunde versteckst du dich hinter deiner neuen Aufmachung."

„Du hast mich mit Craig gesehen?", fragte sie bestürzt. „Es ist nicht so, wie du denkst. Er war nur der Auslöser für meine Veränderung. Und inzwischen habe ich gemerkt, dass Craig mir völlig gleichgültig ist."

Michael fuhr sich seufzend mit der Hand durchs Haar. „Das beweist es mal wieder. Du bist flatterhaft, einfach noch nicht bereit für eine dauerhafte Beziehung. Du bist auch nicht bereit für uns."

„Aber das bin ich", flüsterte sie.

Er betrachtete sie zweifelnd.

„Ich bin bereit!", rief sie verärgert. „Verflixt, wie oft soll ich dir das sagen?" Ärgerlich entfernte sie sich ein paar Schritte von ihm, drehte sich dann jedoch um und kam wieder zurück. „Du behandelst mich wie ein Kind."

Er streckte die Hand nach ihr aus. Am liebsten hätte Kyra sie weggeschlagen, doch dann ließ sie es zu, dass er ihr die Wange tätschelte. „Vielleicht ist ein Teil von dir immer noch ein Kind, Kyra. Vielleicht ist seit dem Tode deiner Eltern dein Herz verhärtet, und du hast dich gegenüber allem und jedem abgeschottet. Und jetzt …"

Ihre Augen füllten sich mit Tränen.

„Und jetzt ist das alles so neu für dich, dass du wirklich

nicht wissen kannst, was du willst. Und ich glaube, dein übereilter Heiratsantrag ist auch ein Beweis dafür."

Vor lauter Frust und Schmerz tat Kyra etwas absolut Kindisches: Sie trat Michael mit aller Kraft auf den Fuß. Was allerdings ziemlich sinnlos war, da sie noch immer barfuß war und er bereits seine Schuhe angezogen hatte.

Er umfasste mit einer Hand ihren Nacken und zog sie an sich. Dann küsste er sie.

Kyra kam es vor wie ein Abschiedskuss.

14. KAPITEL

Zwei Wochen später kam Michael zu einer Einsicht: Er war ein überheblicher, aufgeblasener Idiot. Und dieser Gedanke verfolgte ihn vom Aufwachen bis zum Einschlafen.

Aber noch immer war er der Meinung, dass er recht hatte.

Kyra konnte gar nicht wissen, was sie wollte. Sie hatte sich die braunen Haare blond gefärbt und schien entschlossen, diese Rolle weiterzuspielen. Sie kam ihm vor wie ein Teenager, der den ersten Hauch von Freiheit wittert.

Das einzige Problem war, dass er sich manchmal fragte, ob Kyra wirklich diejenige war, die nicht wusste, was sie wollte. Könnte es vielleicht sein, dass er selbst vor lauter Angst Reißaus genommen hatte?

Dass er ihren Antrag abgelehnt hatte, machte ihm schwer zu schaffen. Sie hatte alles riskiert. Alles, was ihr wichtig war. Und selbst als er zu seiner arroganten Rede anhob und ihre Ernsthaftigkeit infrage stellte, hatte sie nicht aufgegeben. Sie hatte weiter versucht, ihn für sich zu gewinnen. Und er hatte sie abgewiesen.

Verdammt!

Es kam nicht häufig vor, dass Michael über sich und sein Leben nachdachte. Er hatte einfach seine beruflichen Ziele verfolgt, ohne groß an seine privaten zu denken. Ehe und Familie waren für ihn kein Thema gewesen, was vielleicht darin begründet lag, dass er zeit seines Lebens nach seiner eigenen Identität gesucht hatte.

Ein weiteres Problem war sein Hang, alles unter Kontrolle zu haben. Im Beruf war das auch notwendig, aber, wie er jetzt zu wissen glaubte, nicht unbedingt im privaten Bereich.

Er schaltete die Lampe über seinem Zeichentisch aus und seufzte. Es war schon nach achtzehn Uhr, und er war der Einzige, der noch im Büro war, dessen konnte er jetzt ganz sicher sein. Gleich am Tag nach Janets schamloser Verführungsszene hatte er sich mit den beiden anderen Teilhabern getroffen, und sie hatten einstimmig dafür votiert, dass Janet die Firma verlassen musste.

Doch nicht nur Janets Büro stand leer, sondern auch Kyras. Und auch die Sekretärin würde bald ihren Platz räumen, um ihrer Chefin zu folgen.

Kaum jemand war traurig darüber.

Wieder seufzte Michael. Er sollte etwas essen gehen. Irgendwo, wo er und Kyra noch nie gewesen waren. Leider hatten sie fast jedes Restaurant im Umkreis von zwanzig Meilen schon ausprobiert.

Das Telefon klingelte und riss ihn aus seinen Gedanken. In der Hoffnung, dass es Kyra war, nahm er ab.

„Hallo?“

Tom Nevilles Stimme drang dröhnend an sein Ohr. „Michael, bin ich froh, Sie noch erwischt zu haben!“

Michael stützte den Kopf in die Hand und rieb sich die Schläfe.

„Samantha und ich haben unsere Meinung bezüglich des Bades geändert. Wir möchten, dass Sie Folgendes machen …“

Michael starrte auf die Pläne vor sich und hörte nur mit halbem Ohr hin. Das Bad war fertiggestellt, aber das schien Neville nicht zu interessieren. „Reißen Sie alles raus und fangen Sie noch einmal von vorn an“, befahl er. Dann erläuterte er groß und breit, wie sie sich das neue Bad vorstellten. Keine schwarzen Fliesen mehr, sondern weiße, keine rosa Badewanne, sondern eine in Schilfgrün, ebenso das Waschbecken.

„Haben Sie alles?"

Michael konzentrierte sich wieder auf das Telefonat. „Ja. Ja, ich hab alles."

„Sind Sie sicher? Ich will, dass Sie sich das genau aufschreiben. Denn diesmal muss es richtig werden."

Michael umklammerte den Hörer. „Es ist richtig, so wie es ist."

Neville schwieg geschockt.

Michael hatte noch niemals die Worte eines Kunden infrage gestellt. Er war immer ... mit dem Strom geschwommen.

Er erinnerte sich, dass er Kyra das Gleiche vorgeworfen hatte.

„Passen Sie auf, Michael, ich weiß, dass das in letzter Minute kommt und dass das Haus morgen übergeben werden sollte, aber es ist etwas, das Samantha und ich wirklich wollen."

„So, wie die zwanzig anderen Veränderungen." Er rollte die Zeichnung vor sich zusammen. „Es reicht, Tom. Keine Änderungen mehr."

„Oh."

„Wenn Sie möchten, dass noch etwas umgestaltet wird, dann müssen Sie sich an eine andere Firma wenden."

Und damit legte Michael auf.

Er seufzte. Was hatte er getan? Neville hatte einen großen Bekanntenkreis, um „Fisher, Romero und Tanner" für die nächsten fünfzig Jahre volle Auftragsbücher zu bescheren. Und doch hatte er dem Trottel gesagt, er solle sich zum Teufel scheren. Zumindest musste Neville es so aufgefasst haben.

Das Telefon klingelte erneut. Michael starrte es an und überlegte. Wenn es Neville war, dann könnte er sich jetzt bei ihm entschuldigen und tun, was er verlangte. Es war schließlich dessen Geld.

Ja, aber es war Michaels Leben.

Er nahm den Hörer ab. „Passen Sie auf, Tom, nichts, was Sie jetzt sagen, wird meine Meinung ändern …"

„Michael?"

Oh Himmel, es war Kyra!

Michaels Herz begann so laut zu pochen, dass er schon fürchtete, sie könne es hören.

Seit zwei Wochen hatten sie nicht mehr miteinander gesprochen.

„Kyra?", sagte er fassungslos.

„Hallo."

„Hallo."

„Ich wollte nur mal hören, ob du heute Abend schon was vorhast."

Michael zog die Augenbrauen zusammen. Sie tat ja so, als hätten sie erst gestern miteinander telefoniert.

„Eigentlich wollte ich jetzt essen gehen."

„Gut. Ich koche Spaghetti."

Er lächelte und entspannte sich ein wenig. Er hatte sie so vermisst. Nicht nur ihren wunderbaren Körper, sondern auch ihre Freundschaft.

„Mit Knoblauchbrot?"

„Mit Knoblauchbrot."

„Gut." Er verstummte, weil er nicht so recht wusste, was er noch sagen sollte. Schließlich waren sie nicht gerade freundschaftlich auseinandergegangen. Was hatte dieser Anruf wohl zu bedeuten?

„Ich weiß, was du jetzt denkst", sagte Kyra. „Du fragst dich, warum ich dich anrufe."

„Äh, ja."

Eine ganze Weile sagte sie nichts. „Reicht es dir, wenn du hörst, dass mir mein bester Freund fehlt?"

Nein. Er wollte viel mehr hören. Aber es war ein Anfang. „Ja. Mir fehlt nämlich auch meine beste Freundin."

„Gut. Sehe ich dich also in zwanzig Minuten?"

„Ja, bis gleich."

Als Michael sie abgewiesen hatte, hätte die alte Kyra aufgegeben. Und in gewisser Weise hatte sie das wohl auch getan. Eine Zeit lang jedenfalls. Zwei schmerzhafte Wochen lang. Vierzehn Tage lang, in denen sie nur noch wie eine Maschine funktionierte. Was kein Wunder war, schließlich kam es nicht alle Tage vor, dass eine Frau einem Mann einen Heiratsantrag machte und dann gesagt bekam, sie sei zu flatterhaft und wisse nicht, was sie wolle.

Doch heute Morgen war Kyra aufgewacht und hatte eine merkwürdige Unruhe in sich verspürt. Dann hatte sie einen Schrei ausgestoßen, der Mr. Tibbs vom Bett flüchten und Mrs. Kaminsky an ihre Decke hämmern ließ.

Mit diesem Schrei hatte sie sich von der alten Kyra befreit, und die neue Kyra, die Kyra, die sie unter dem blond gefärbten Haar und der neuen Aufmachung entdeckt hatte, gewann jetzt wieder die Oberhand. Sie würde nicht aufgeben, nicht ohne Kampf.

Michael beschuldigte sie also, sie würde sich hinter ihrer neuen Aufmachung verstecken. Nicht sie, sondern er tat es, dieser Heuchler. Er sah blondes Haar und Miniröcke, und sofort erklärte er sie für unzurechnungsfähig. Weil natürlich all das Wasserstoffperoxid ein paar wichtige Gehirnzellen zerstört haben könnte.

Das konnte man als ihre Entschuldigung durchgehen lassen. Aber was war seine Entschuldigung?

Weil er eine Heidenangst hatte.

Einmal zu dieser Erkenntnis gekommen, war auch schnell ein Plan in ihr gereift, wie sie Michael wieder zurückgewinnen konnte. Ob als Freund oder Liebhaber, das vermochte sie noch nicht zu sagen. Aber sie wusste ganz bestimmt, was sie wollte. Und sie würde nicht eher ruhen, bis sie es hatte.

Schwer bepackt stieg Michael auf Zehenspitzen die Treppe zu Kyras Wohnung hinauf. Er wollte es nicht riskieren, von Mrs. Kaminsky mit dem Besen gejagt zu werden. Oben angekommen blieb er erst einmal stehen und holte tief Luft. Er war schon so lange nicht mehr hier gewesen. Und er wusste beim besten Willen nicht, was ihn erwartete. Ein Teil von ihm wollte, dass er und Kyra einfach nur wieder Freunde waren. Aber der Großteil von ihm wollte in die Wohnung stürmen, Kyra packen und aufs Bett werfen.

Er hörte, wie sich unten leise eine Tür öffnete, und schaute sich angstvoll um. Mrs. Kaminsky stand unten am Treppenabsatz und … Lächelte sie wirklich? Tatsächlich.

„Nun?“, fragte sie mit einer Stimme, die ihm gänzlich unbekannt vorkam, da sie einer menschlichen Stimme in normaler Lautstärke glich. „Worauf warten Sie noch, junger Mann? Klopfen Sie schon an.“

Nanu? Irgendetwas war ganz entschieden nicht in Ordnung, wenn Mrs. Kaminsky so nett zu ihm war. Er wandte sich wieder Kyras Tür zu und fragte sich bang, was ihn wohl erwartete.

Er fasste sich ein Herz und klopfte leise. Dann noch einmal.

Endlich wurde die Tür geöffnet.

Und er sah sich der Kyra gegenüber, die er von früher kannte. Die Kyra, die vier Jahre lang seine beste Freundin gewesen war.

Erleichterung durchströmte ihn und ließ ihn lächeln.

Ihr blondes Haar war wieder braun. Ihr langer Rock und die weite Bluse bedeckten den größten Teil ihres Körpers und wirkten auf ihn angenehm beruhigend.

„Hallo“, sagte sie und machte eine einladende Handbewegung.

„Hallo. Du siehst …, du siehst ja wieder so aus wie früher.“

Ein entschieden freches Funkeln trat in ihre Augen. „Stimmt.“

Michael kam herein, und sie schloss lächelnd die Tür hinter ihm. Kyras Äußeres hatte sich zwar wieder verändert, aber die Frau darunter war noch immer dieselbe. Ihr Mund lud mit und ohne Lippenstift zum Küssen ein. Und er merkte, dass seine Handflächen feucht wurden, weil er es kaum erwarten konnte, ihr Rock und Bluse auszuziehen und die Schätze, die sich darunter verbargen, zum Vorschein zu bringen.

Kyras Mundwinkel zuckten amüsiert, als hätte sie seine Gedanken erraten.

Michael räusperte sich und hielt einen Sechserpack Bier und eine Flasche Weißwein hoch. „Ich wusste nicht, was du lieber wolltest, also habe ich beides mitgebracht.“

Sie griff nach dem Bier. „Leg den Wein erst einmal in den Kühlschrank. Vielleicht trinken wir ihn später." Sie ging in die Küche und stellte das Bier auf den kleinen Tisch, den sie schon gedeckt hatte. Er folgte ihr, brachte den Wein in den Kühlschrank und sah dann einen Stapel Videos auf der Arbeitsplatte liegen. Neuerscheinungen, die er noch nicht kannte, hauptsächlich deshalb, weil seine beste Freundin nicht da gewesen war, um die Filme mit ihm anzuschauen.

Er hörte ein Geräusch hinter sich. Es klang wie ein leises Summen. Oder war es ein Schnurren? Er drehte sich suchend nach Mr. Tibbs um.

Kyra räusperte sich. „Setz dich doch. Das Knoblauchbrot ist in wenigen Minuten fertig."

„Okay."

Sie öffnete zwei Bierflaschen und reichte ihm eine. „Und? Wie läuft es im Büro? So wie du dich vorhin am Telefon gemeldet hast, nehme ich an, dass es noch immer Probleme mit Neville gibt."

Er verzog das Gesicht. „Jetzt nicht mehr. Ich habe ihm gesagt, er solle sich zum Teufel scheren."

Kyra riss die Augen auf. „Ehrlich?"

„Ich habe es nicht so drastisch formuliert, aber ich habe ihm gesagt, dass ich keine weiteren Änderungen mehr vornehmen werde."

„Gut für dich." Sie hob die Flasche zu einem Toast. „Darauf, dass man sich nicht immer gängeln lässt."

Michael stieß mit ihr an, doch dann stutzte er. Ihm fiel auf, dass das die blonde Kyra gesagt hätte. Die brünette Kyra hätte ihn gefragt, ob es wirklich gut für die Firma sei, wenn man den Wünschen des Kunden nicht nachkam.

„Ist etwas nicht in Ordnung?“, fragte sie und holte den Salat.

„Was? Nein, nein, alles okay.“

Kyra war wieder zur Vernunft gekommen und wenigstens äußerlich ganz die Alte. Das war doch immerhin schon etwas.

Auch wenn er insgeheim die kurzen Röcke und die eng anliegenden Tops gemocht hatte, hatte er doch die ganze Zeit über die alte Kyra wiederhaben wollen, oder nicht? Bei der blonden Kyra hatte er sich nicht mehr unter Kontrolle gehabt.

Er rutschte unruhig auf seinem Stuhl und merkte, dass seine Reaktion auf sie, unabhängig davon, was für Sachen sie trug, gleich war, denn seine Jeans schien auf einmal merklich enger geworden zu sein. Er begegnete Kyras fragendem Blick, bevor er nach seiner Bierflasche griff und einen großen Schluck nahm.

Verflixt.

Während er die Flasche abstellte, hörte er wieder dieses merkwürdige Summen. Er schaute unter den Tisch. „Ist hier irgendwo der Kater?“

„Mr. Tibbs?“

Es war wieder still, und er winkte ab. „Vergiss es.“

Er lehnte sich mit dem Stuhl weit nach hinten und begutachtete seine Jeans. Er hoffte nur, dass der Beweis seiner Erregung nicht allzu offensichtlich war. Kyra sollte schließlich nichts Falsches denken. Wenn sie ihn einfach nur als Freund haben wollte, dann würde er das respektieren.

Zumindest würde er es versuchen, auch wenn es ihm verdammt schwerfiel.

„Fertig“, sagte Kyra hinter ihm mit einer so sinnlichen

Stimme, dass er um ein Haar mit dem Stuhl umgekippt wäre. Rasch setzte er sich wieder gerade hin.

Sie stellte das Knoblauchbrot auf den Tisch. „Du bist so angespannt. Was ist los?“, fragte sie voller Unschuld.

Michael sah misstrauisch zu ihr hoch. „Nichts. Ich habe nur ein wenig Bier auf meine Jeans verschüttet.“

„Moment, ich hole ein Tuch.“

Als sie sich umdrehte, tröpfelte er sich schnell etwas Bier auf die Hose, damit sie ihn nicht als Lügner entlarvte, und streckte dann die Hand nach dem Tuch aus. Doch Kyra gab es ihm nicht, sondern ging neben ihm in die Hocke und begann selbst den Fleck abzutupfen.

Mit größter Anstrengung unterdrückte er ein Stöhnen.

„Ich glaube, das reicht“, meinte er schließlich. „Ist ja bloß eine Jeans.“

Sie stand auf und lächelte ihn wissend an, ehe sie sagte: „Okay, dann hole ich die Spaghetti.“ Michael merkte, dass ihm trotz der surrenden Klimaanlage schrecklich heiß war.

„Kyra, ich …“, begann er.

Sie stellte die Teller auf den Tisch und setzte sich. „Ja?“

„Ich möchte mich bei dir entschuldigen. Du weißt schon, für das, was ich neulich am Strand gesagt habe.“

„Warum? Du hattest recht. Ich habe mich kindisch benommen.“ Sie stöhnte auf und schüttelte den Kopf. „Ich schäme mich ja so, wenn ich nur daran denke. Dass ich dich gefragt habe … Na ja, du weißt schon, was.“

Sie hatte ihn gefragt, ob er sie heiraten wolle. Wieso tat sie jetzt so, als wäre das nur ein Ausrutscher gewesen?

Er wickelte Spaghetti auf seine Gabel. „Ob ich recht hatte oder nicht, auf jeden Fall war es grausam von mir.“

Sie kaute langsam und ließ ihn dabei nicht aus den Augen.

Er hustete. „Arrogant. Überheblich.“

Ohne darauf zu antworten, aß sie ruhig weiter, und Michael senkte den Blick auf seinen Teller, um sich nicht davon ablenken zu lassen, wie ihr schlanker Hals sich bewegte, wenn sie schluckte. Oder wie sie unbewusst über die Bierflasche strich, als würde sie ihn streicheln.

Wieder ertönte das leise Summen. Er hob den Kopf und sah Kyra verwundert an, die sich gerade die Gabel in den Mund schob. Kyra lächelte.

„Was ist?“

Er zuckte mit den Schultern. Er hätte schwören können, dass das Geräusch aus ihrer Richtung kam. „Hast du vielleicht Mr. Tibbs auf deinem Schoß?“

Sie lachte. „Nein. Wie kommst du darauf?“

Okay, langsam verlor er wohl den Verstand.

„Ist ja auch egal.“

Sie deutete mit der Gabel auf seinen Teller. „Schmeckt es dir?“

„Wunderbar. Danke, dass du mich eingeladen hast.“

Wenn sie ihn jetzt noch in ihr Schlafzimmer einladen würde … Er würde ihr zu gern den langen Rock und die weite Bluse ausziehen.

Er räusperte sich. „Weißt du, ehrlich gesagt … Na ja, ein wenig vermisse ich die blonde Kyra ja schon.“

„Wieso? Sie war eine Nervensäge.“

Sie war das Beste, was ihnen beiden je widerfahren war, erkannte Michael auf einmal. „Nein, das würde ich so nicht sagen.“

„Aber das hast du. Neulich am Strand. Erinnerst du dich?“

„Nein.“ Er rieb sich den Nacken. Redeten sie hier wirklich so, als gäbe es zwei Kyras? Diejenige, die vor ihm saß und höflich und nett war und mit der man gut reden konnte, und diejenige, die ihn schon in Erregung versetzte, wenn er sie nur ansah?

„Was genau vermisst du denn?“

„Was?“ Michael versuchte, sich auf ihre Frage zu konzentrieren. Kaum ein Zentimeter von ihrer Haut war zu sehen, und trotzdem war er aufs Äußerste erregt. „Was ich vermisse?“

„Hm.“

„Na ja, ich vermisse …“ Ja, was vermisste er? Ihre Dreistigkeit? Ihren Mut? Dass sie Entscheidungen für ihn traf, weil er ein zu großer Feigling war, um sie allein zu treffen?

Ja, aus all den Gründen, erkannte er.

„Alles“, sagte er deshalb und schaute sie offen an.

„Alles?“

Er grinste, als er das Funkeln in ihren Augen bemerkte. „Ja, alles. Ich vermisse es, sie zu berühren. Sie zu küssen.“

„So, so.“

Sie hörte jetzt auf zu essen und wischte sich den Mund mit der Serviette ab.

„Ich vermisse es, sie zu streicheln. Sie meinen Namen rufen zu hören, wenn ich sie liebe und …“ Seine Stimme, die immer leiser geworden war, erstarb.

„Was noch?“, flüsterte Kyra.

„Himmel, Kyra, ich vermisse dich einfach.“ Er schluckte. „Denn unabhängig von dem Äußeren reden wir hier schließlich von dir, oder nicht? Braunes Haar oder blondes. Kurze Röcke, lange. Es ist egal. Du bist es, die ich vermisse. Ganz schrecklich.“

Da war es wieder, dieses Geräusch.

Kyra stand auf und kam langsam um den Tisch herum. „Und sie vermisst dich."

Welche sie?

Schließlich wusste er, von wem sie sprach, als sie begann, ihre Bluse auszuziehen, unter der ein eng anliegendes Seidentop mit Leopardenmuster zum Vorschein kam. Als Nächstes folgte der lange Rock, unter dem sie einen kurzen engen Rock aus demselben Material trug. Schließlich sah sie aus wie eine geschmeidige Wildkatze.

Michael stockte der Atem, als er feststellte, dass er ausgetrickst worden war. Kyra hatte sich gar nicht zurückverwandelt. Sie hatte ihn lediglich dazu gebracht, das zu glauben.

Spontan zog er sie auf seinen Schoß.

„Du bist ein böses, böses Mädchen."

Sie lachte sinnlich, fuhr ihm mit der Hand über den Oberschenkel und spürte, wie erregt er war. „Und du bist ein dummer, dummer Junge."

Sie hatte ja so recht.

„Seien wir mal ehrlich. Du hattest überhaupt keine Ahnung, wie du mit der neuen Kyra umgehen solltest." Sie drehte sich auf seinem Schoß herum, sodass sich jetzt ihre wunderbaren Brüste direkt vor seinem Gesicht befanden. „Also habe ich mir gedacht, ich wechsle noch einmal meine Kleidung, damit du ohne Vorurteile herausfinden kannst, was ich schon längst weiß." Sie senkte die Stimme. „Nämlich, dass du mich liebst. So oder so."

Das tat er wirklich.

„Und dass ich dich liebe."

Michael starrte auf ihre Brüste. Kyras Worte drangen in

sein Gehirn, aber eigentlich wollte er gar nicht denken. Also tat er das einzig Natürliche. Er schob ihr das Top hoch, schloss seine Lippen um eine ihrer Knospen und begann genüsslich daran zu saugen. Kyra stöhnte auf.

Wie war er nur darauf gekommen, er könne ohne Kyra leben? Sie war alles, was er sich je erträumt hatte, und noch viel mehr. Und, so schien es zumindest, sie wusste besser als er, was er wollte.

Was nur bedeuten konnte, dass sie auch genau wusste, was sie wollte.

Ihre Trennung, verbunden mit seinem aufgestauten Frust, und seine überwältigenden Gefühle für sie brachten ihn dazu, etwas zu tun, das er nie für möglich gehalten hätte, das ihm im Moment aber als das einzig Richtige erschien.

Er umrahmte ihr Gesicht mit beiden Händen und sah ihr tief in die Augen. „Ich weiß, du hast mich gefragt, und es tut mir leid, dass ich dich nicht ernst genommen habe. Oder vielleicht war ich einfach ein zu großer Feigling, aber …“ Er küsste sie so lange, bis sie beide außer Atem waren, ehe er feierlich sagte: „Heirate mich, Kyra. Bleib für immer bei mir.“

Sie starrte ihn an. Leidenschaft, aber auch Misstrauen malten sich auf ihrem Gesicht ab. „Deshalb habe ich dich heute nicht zu mir eingeladen, Michael.“

„Ich weiß.“ Er zog sie näher an sich. „Aber tu mir trotzdem den Gefallen und sag Ja.“

„Nein“, erwiderte sie, während ihr Mund sich zu einem breiten Lächeln verzog.

Er lächelte ebenfalls. „Nein?“

Sofort schob er seine Hand unter ihren Rock und streichelte sie, bis sie am ganzen Körper erzitterte.

„Probieren wir es noch einmal?"

Sie fuhr sich mit der Zunge über die Lippen. Michael hörte wieder dieses Geräusch, und jetzt merkte er, dass es die ganze Zeit von Kyra gekommen war. Es klang nach einer schnurrenden Katze und gleichzeitig nach einer erregten Frau. Eine Wildkatze, die er irrtümlich versucht hatte zu zähmen.

„Probieren wir es noch einmal?", wiederholte er seine Frage, während er mit einem Finger in ihren Slip glitt. „Heirate mich, Kyra."

Er drang mit dem Finger tief in sie ein, und sie stöhnte auf. „Oh ja, Michael. Ja, ja, ja."

Er stand mit ihr auf und verließ mit großen Schritten die Küche. Jetzt würde er das tun, was er schon gewollt hatte, als er vor ihrer Tür stand. „Das klingt viel besser", murmelte er, bevor er die Schlafzimmertür hinter ihnen zuwarf.

EPILOG

Drei Monate später

Na, das war doch ganz gut gelaufen. Michael schloss die Tür hinter seinen Eltern und Mrs. Kaminsky und drehte sich zu seiner Frau um.

Seine Frau. Während er Kyra dabei zusah, wie sie das Geschirr in die Spülmaschine einräumte, dachte er, dass das Wort völlig unzureichend war. Sie war nicht nur seine Frau. Sie war seine Geliebte. Seine beste Freundin. Seine Familie. Seine Zukunft.

„Meinst du, dass deine Eltern mir inzwischen vergeben haben?", fragte sie.

„Wofür?"

Sie wackelte aufreizend mit den Hüften, sodass der glatte Rock mit dem Leopardenmuster ihr bis zum süßen festen Po hochrutschte. „Na ja, dafür, dass ich dich zum Friedensrichter geschleift und dich dazu gebracht habe, mich zu heiraten, ohne dass jemand etwas davon erfuhr."

„Ach so, das." Michael lächelte vor sich hin, während er die leeren Kaffeetassen einsammelte und sie Kyra reichte. „Soweit ich mich erinnere, musstest du niemanden schleifen."

Er schüttelte den Kopf, als er jetzt daran dachte, wie er sich ängstlich gefragt hatte, was seine Eltern wohl von Kyra halten mochten. Ironischerweise schien sie besser mit ihnen zurechtzukommen als er. Nicht nur das, Kyra hatte ihn dazu gebracht, seine Eltern auf einmal in einem ganz anderen Licht zu sehen. Jetzt hatte er auch nicht länger das Gefühl, die Rolle des braven Sohnes spielen zu müssen. Stattdessen genoss er einfach ihre Gesellschaft und stellte dabei fest, dass er seine

Eltern nicht nur mochte, sondern dass auch sie ihn mochten Ihn. Nicht den braven, gut erzogenen Sohn, der jeden letzten Sonntag im Monat zum Essen kam, sondern den Mann, der endlich erwachsen geworden war und ihnen auch manchmal widersprach. Und indem er das tat, hatte er endlich den Menschen in sich entdeckt, der in ihm verborgen gewesen war.

Sein Lächeln vertiefte sich. Ja, es stimmte. Auch er hatte sich verändert. Und das, ohne sich die Haare färben zu müssen. Er beugte sich spontan zu Kyra hinab und küsste ihren Hals.

„Ich glaube, so nach und nach ist Mrs. Kaminsky aufgetaut", meinte Kyra und räumte die letzte Tasse ein.

Michael lachte. „Ihre Erzählung von dem Radau, den wir hier oben veranstalten, und von unserer Vereinbarung, dass sie ihr Hörgerät abends ab zehn Uhr abschaltet, kann man allerdings als Auftauen bezeichnen."

Kyra schloss die Spülmaschine, drehte sich zu Michael um und schlang ihm die Arme um den Hals. „Oh, Himmel, ich wäre am liebsten im Erdboden versunken, als sie vor deinen Eltern davon anfing."

„Hast du gemerkt, dass mein Vater danach ständig auf die Uhr geschaut hat, um nicht die Zeit zu überziehen?" Er streichelte ihren Rücken. „Natürlich hoffen wahrscheinlich beide, dass unsere lauten Aktivitäten ein Enkelkind hervorbringen werden."

„Nicht nur deine Eltern hoffen das. Gleich nachdem du hier eingezogen bist, hat Mrs. Kaminsky sich Wolle gekauft. Die knallgelbe Babydecke, die sie strickt, ist schon halb fertig."

„Eigentlich kann ich es immer noch nicht fassen, dass du mich überredet hast, zu dir zu ziehen."

Kyra bewegte verführerisch die Hüften. „Ich habe dich zu

überhaupt nichts überredet. Ich habe nur gesagt, da ich hier schon so viel Arbeit hineingesteckt habe und da dir deine Neubauwohnung auch nicht richtig gefällt, wäre es am besten, wenn du deine Wohnung verkaufst und wir erst einmal hier wohnen."

„Bis wir etwas finden, das uns beiden gefällt", ergänzte er.

„Hm." Sie senkte den Kopf und küsste die Stelle, wo sein Hemd offen stand.

Michael legte das Kinn auf ihren Scheitel und schloss die Augen. In diesem Moment wurde von unten zweimal gegen die Decke geklopft. „Unser Zeichen."

Kyra schaute auf die Uhr. „Ist es schon zehn?"

„Wird wohl so sein." Er nahm sie auf die Arme und ging mit ihr in Richtung Schlafzimmer.

Doch statt mit Kyra zum Bett zu gehen, stieß er die Badezimmertür auf und setzte sie dort ab.

„Was hast du vor?", flüsterte sie.

„So heiß, wie du mich während des Essens mit deinen Aktivitäten unter dem Tisch gemacht hast", sagte er und schaute bedeutungsvoll auf ihre Füße, „finde ich, wir könnten vielleicht beide erst einmal eine kalte Dusche gebrauchen."

Er sah ihr amüsiert dabei zu, wie sie sich hastig ihrer Sachen entledigte und dann herrlich nackt vor ihm stand.

„Warum diese Eile? Hast du schon mal was davon gehört, dass man auch die Schüchterne spielen kann?"

Sie lächelte frech. „Machst du Witze? Du sprichst hier von einem wahr gewordenen Traum." Sie schob den Duschvorhang zur Seite. „Treten Sie ein, Mr. Romero."

„Ganz wie Sie wünschen, Mrs. Romero."

– ENDE –

Tori Carrington

Latin Lover verzweifelt gesucht

Roman

Aus dem Amerikanischen von
Gabriele Ramm

MIRA®

1. KAPITEL

Auf die Größe kam es an. Will Sexton, Unfallchirurg, war stets dieser Auffassung gewesen. Da er Brite war, gefiel ihm, dass die Amerikaner das verstanden. Es war Unsinn, dass die Größe eines Schiffes nicht entscheidend war, sondern die Bewegung des Ozeans. Während er nach einer Zwölfstundenschicht im St. Vincent Mercy Medical Center in Toledo, Ohio, in seinem riesigen Geländewagen, in dem locker drei Familien Platz fanden, nach Hause fuhr, munterte ihn die Aussicht auf, dass er sich gleich in seiner riesigen Eigentumswohnung, die auf einem riesigen Stück Land stand, auf sein riesiges Bett werfen konnte. Alles hier war so ungeheuer groß, wie er es von England und dem Arbeiterviertel Southwark in South London nicht kannte.

Will parkte seinen Wagen auf dem großen Parkplatz, der für große Wagen gebaut und auf dem immer ein Platz frei war, und stieg aus. Die Sonne ging gerade auf, als er den langen Weg zu seiner riesigen Wohnung und seinem riesigen Bett ging. Na schön, manchmal vermisste er Würstchen mit Kartoffelbrei. Und heiß wurde es im guten alten England im August auch nur selten. Doch seit er vor neun Jahren für sein Medizinstudium am Medical College of Ohio über den Atlantik geflogen war, war er nie länger als eine Woche in der Heimat gewesen. Ihm gefiel es hier bei den Yankees. Es war nicht nur alles größer, sondern die Leute schienen auch großzügiger in ihrem Denken zu sein. Gut, nicht alle, aber wer entschlossen war, konnte sich hier viel leichter hocharbeiten als in England. Arbeite hart, und du wirst belohnt. Will schien das eine gute, solide Philosophie zu sein.

Und wenn William Charles Sexton, der zweitälteste Sohn von Dorothy, der Hausfrau, und Simon Sexton, dem Arbeiter in einer Fleischfabrik, eines sein Leben lang getan hatte, dann war es hart arbeiten.

Und es hatte sich ausgezahlt.

Will rückte seinen Matchbeutel ein wenig höher auf die Schulter. Trotzdem, dachte er, werde ich mich nie an die heißen Sommer hier im Mittleren Westen der USA gewöhnen. Heiß im doppelten Sinn, wohlgemerkt. Denn heiß war es in letzter Zeit auch in seinem Leben.

Bei der Erinnerung daran verschwand seine gute Stimmung sofort wieder.

Fünf Monate war er jetzt schon ohne Sex ausgekommen. Seit fünf Monaten war er mit der Medizinerin Janet Nealon zusammen, und zu seinem Pech hatte sie in dem Monat, bevor sie sich kennenlernten, beschlossen, bis zur Hochzeitsnacht zu warten, ehe sie wieder Sex hatte.

Wills Miene verfinsterte sich.

Er erinnerte sich an die Worte seines besten Freundes Colin, als er, Will, sich vor ein paar Monaten über sein nicht vorhandenes Liebesleben beklagte: „Ach, eine von diesen wiedergeborenen Jungfrauen. Das sind die Schlimmsten."

Will hatte den Fehler begangen, Colin zu fragen, warum das so sei.

„Tja, weil du weißt, dass sie sich aufsparen – nur nicht unbedingt für dich."

Will betrachtete das Gebäude mit den sechs Wohneinheiten, und sein Blick wanderte unwillkürlich zu der Wohnung im zweiten Stock, die direkt über seiner lag. Natürlich machte es die Sache nicht leichter, dass die Nachbarinnen aus 3B

Hauptrollen in seinen immer intensiver werdenden sexuellen Fantasien hatten. Kaum eine Nacht verging, in denen er nicht an die beiden Lesbierinnen dachte, nackt und schweißnass im Bett. Letzte Woche hatte er sogar nach einem besonders heißen Traum, in dem die beiden Frauen ihn verwöhnt hatten, die Laken wechseln müssen.

Natürlich wusste er, dass diese Fantasien aufhören würden, sobald Janet nachgab. Nun, vielleicht würden sie nicht ganz verschwinden – schließlich war der Traum von einem flotten Dreier mit zwei Frauen bei Männern seines Alters weitverbreitet –, aber er würde nicht mehr länger auf diese Fantasien angewiesen sein. Außerdem hatte er nicht vor, die Dinge „in die eigene Hand" zu nehmen, wie Colin vorgeschlagen hatte.

Das Problem war, dass er mit Janet nicht vorankam. Vorletzte Nacht, bevor sie L.A. für ein zehntägiges Fachseminar verlassen hatte, hatte er bei ihrem leidenschaftlichen Petting sämtliche Register gezogen und sie genüsslich zum Höhepunkt gebracht. Doch noch während er glaubte, dass sie sich revanchieren würde, knöpfte sie sich bereits die Bluse wieder zu, gab ihm einen flüchtigen Kuss und bedankte sich, ehe sie ihn verabschiedete.

Will hatte die Zähne so fest zusammengebissen, dass es wehtat.

Sicher, Janet sah gut aus und war sehr temperamentvoll, aber er wusste nicht, wie lange er ihren Enthaltsamkeitstrip noch durchhalten konnte.

Er öffnete die Tür zu dem Gebäude und erstarrte. So etwas konnte auch nur ihm passieren. Als wäre sein Liebesleben nicht schon traurig genug.

Auf dem Treppenabsatz kam Star Nummer eins seiner Fantasien in Sicht, Renae Truesdale. Und wenn er sich nicht irrte, trug sie etwas, das aussah wie … Er schluckte. Sie trug ein Bauchtanzkostüm. Um acht Uhr morgens.

Ja, er wusste wirklich nicht, wie lange er es ohne Sex noch aushalten würde …

Renae Truesdale wusste zwei Dinge mit Gewissheit: Dass sexy Doktor Will Sexton aus 2B sie scharf fand und dass er sie für lesbisch hielt.

Sie verlangsamte ihre Schritte auf der Treppe, und die goldenen Ziermünzen, mit denen das Top und die Hüftpartie ihres Bauchtanzkostüms besetzt waren, klirrten verlockend. Es verstand sich von selbst, dass sie scharf auf den Doc war, seit er vor sechs Monaten hier eingezogen war. Welche Frau wäre das angesichts seiner welligen, leicht wirren hellbraunen Haare, der blauen Schlafzimmeraugen und des schiefen Grinsens nicht? Und dann waren da noch der unwiderstehliche britische Akzent und sein eigenartiges Zögern, das den Anschein erweckte, als habe er ganz schlimme Gedanken, wenn sie sich trafen.

Dieses Mal war keine Ausnahme.

Natürlich war sie nicht lesbisch. Ihre Mitbewohnerin, Tabitha, stand auf Frauen, aber sie nicht. Doch inzwischen machte es ihr Spaß, Will im Irrtum zu lassen und zu beobachten, wie dieser attraktive Mann darauf reagierte. Auch wenn in den Medien viel darüber geredet wurde, kannten doch verhältnismäßig wenige Menschen tatsächlich jemanden, der schwul oder lesbisch war.

Aus persönlicher Erfahrung wusste Renae außerdem, dass manche Männer die Vorstellung von zwei attraktiven Frauen, die zusammenlebten, erregte, egal, ob sie nun lesbisch waren oder nicht. Will mit seinen glühenden Blicken und seinem ständigen verlegenen Räuspern gehörte eindeutig in diese Kategorie.

„Guten Morgen, Will“, begrüßte sie ihn, stieg mit betontem Hüftschwung die letzten Stufen hinunter und blieb vor ihm stehen. Sie beobachtete, wie sein Adamsapfel hüpfte, als er die Augen auf ihre Brüste richtete und dann tiefer auf den roten Glitzerstein, der ihren Bauchnabel zierte.

„Oh ... klar. Guten Morgen.“

Irgendwann sollte sie den armen Kerl wirklich von seinem Elend erlösen und ihm sagen, dass sie keine Lesbe war. Aber nicht heute Morgen. Ihr Lächeln vertiefte sich. Nicht, wenn er aussah, als würde er sie am liebsten auf der Stelle vernaschen.

Als einzige Tochter einer Stripperin hatte sie vor langer Zeit gelernt, dass es nicht so sehr darauf ankam, was man sagte, sondern eher darauf, wann man es sagte. Niemand brauchte etwas über ihre schwierige Kindheit zu wissen, solange sie nicht darüber reden wollte. Das Gleiche galt für ihre Freundschaft mit Tabitha. Sie und Tabby waren seit der High School beste Freundinnen, lange vor Tabithas Coming-out. Und als Tabby ihr vor sechs Monaten gestand, dass sie nach ihrer Entlassung die Raten für ihre Eigentumswohnung nicht mehr allein bezahlen konnte, hatte Renae nicht gezögert und war bei ihr eingezogen, ohne sich darum zu kümmern, was die Leute dachten.

Auch was der gut aussehende Doc Sexton glaubte, war ihr egal.

Er räusperte sich erneut und deutete auf ihre Kleidung, wobei sein Handrücken fast ihre Brustspitzen streifte. „Sind wir auf dem Weg zur Arbeit?“

Renae musste lachen. Er schien sich so unbehaglich zu fühlen und sah dabei so sexy aus. „Ja, ich bin tatsächlich auf dem Weg zur Arbeit.“

Ihr war durchaus klar, dass er keine Ahnung hatte, welcher Arbeit sie nachging. Angesichts der Kleidung, die sie um acht Uhr an einem Samstagmorgen trug, konnte sie nur ahnen, was er vermutete. Ganz sicher würde er nicht darauf kommen, dass sie im „Women Only“-Shop als Verkäuferin arbeitete und gleichzeitig Bauchtanzkurse gab. Normalerweise trug sie ihr Kostüm auch nicht auf dem Weg zur Arbeit, aber sie war spät dran und hatte feststellen müssen, dass sie keine akzeptablen sauberen Sachen mehr hatte. Daher hatte sie improvisiert.

Außerdem war sie davon ausgegangen, dass sie so früh am Samstagmorgen niemand sehen würde. Nur leider hatte sie dabei ganz vergessen, dass Will gewöhnlich um diese Uhrzeit nach Hause kam.

Sie saugte an ihrer Unterlippe. Vielleicht hatte sie es aber auch gar nicht richtig vergessen.

„Geben Sie auch Privatvorstellungen?“, wollte er wissen.

Renae runzelte die Stirn. Normalerweise machte es ihr Spaß, Will zu necken, aber jetzt wurde er zum ersten Mal direkt und sagte etwas Anzügliches zu ihr. Sie vermutete, es hatte damit zu tun, dass ihn seine heißen Fantasien nicht losließen. Seine Anmache markierte eine Veränderung. Und sie hatte nichts dagegen, ihn weiter zu ermutigen.

„Hm“, meinte sie ausweichend, und ein Schauer lief ihr über ihre nackte Haut, da sie deutlich sein Interesse an ihr und ihrem Kostüm spürte. „Es kommt ganz darauf an, wer die Vorstellung wünscht."

Er sah aus, als würde er gleich seine Brieftasche zücken, um ihr jeden Betrag anzubieten, damit sie für ihn tanzte. Er konnte ja nicht ahnen, dass sie es ganz umsonst machen würde.

„Ich verstehe", sagte er und räusperte sich schon wieder.

Renae machte eine aufreizende Tanzbewegung. „Gefällt Ihnen das Kostüm?"

„Und wie! Ich finde es faszinierend." Er gestikulierte erneut, und diesmal berührte er wirklich kurz ihre Brüste, ehe er die Hand rasch wieder zurückzog. „Allerdings scheinen ein paar Teile zu fehlen."

„Meinen Sie?" Sie bewegte die Hüften, sodass die goldenen Ziermünzen klirrten.

Renae hielt sich nicht für die perfekte Frau, aber sie wusste sehr wohl, dass sie attraktiv war, obwohl sie klein war und ausgeprägte Rundungen besaß. Allein die üppige Größe ihrer Brüste zog Blicke auf sich. Und die Bauchtanzkurse in den letzten vier Monaten hatten ihre Bauchmuskeln fest und geschmeidig gemacht. Ihre Haut war goldbraun, weil sie jeden Morgen und jeden Nachmittag im Gemeinschaftspool schwamm.

Wills leises Lachen überraschte sie.

„Sie wollen mich bloß scharf machen, nicht wahr, Miss Truesdale?"

Sie musterte ihn vielsagend. „Wie kommen Sie denn darauf, Dr. Sexton?"

Seine blauen Augen verdunkelten sich, während er sie eindringlich betrachtete und sich mit ihr weiter auf unbekanntes Terrain vorwagte.

Renae stutzte, verblüfft von dem Hormonschub, den sie verspürte. Was als harmloses Flirten begonnen hatte, entwickelte sich zu etwas Sinnlicherem, Ernsterem. Sie hätte gern herausgefunden, wohin das führen würde.

Und Will schien es ebenso zu gehen. „Wie würden Sie es denn sonst nennen, was Sie jedes Mal tun, wenn wir uns über den Weg laufen?"

„Oh, ich weiß nicht", erwiderte sie. „Sie auffordern?"

„Mich auffordern?", wiederholte er.

„Genau." Sie trat näher und strich den Kragen seines weißen Hemdes glatt, aus dessen hochgekrempelten Ärmeln seine muskulösen behaarten Unterarme hervorschauten. Es war ihre Absicht gewesen, ihn zu reizen, doch stattdessen verspürte sie ein sinnliches Kribbeln, als ihre Hand über die ägyptische feine Baumwolle strich, durch die sie seine Körperwärme spürte.

„Eine Aufforderung zu was, wenn ich fragen darf?"

Sie trat noch näher und war sich zunehmend bewusst, dass sie nicht nur Will erregte, sondern auch sich selbst. Ihre Brustspitzen richteten sich in süßer Erwartung auf, in ihrem Bauch kribbelte es, und ihre Knie wurden weich. „Was glauben Sie?"

Ihre Hüften streiften seine, und sofort registrierte sie seine körperliche Reaktion auf ihre Anmache. Du liebe Zeit. Plötzlich fiel ihr das Schlucken ebenso schwer wie ihm.

Wer hätte das gedacht? Zwar hatte es ihr immer Spaß gemacht, mit Will zu flirten, aber sie hatte nie ernsthaft daran gedacht, etwas mit ihm anzufangen. Doch als sie jetzt vor ihm stand und sich der Signale, die er ihr sandte, sehr wohl bewusst war, wurde ihr klar, dass sie sich an einer Weggabelung befanden. Sie hatte zwei Möglichkeiten: Entweder tat sie das erotische Knistern zwischen ihnen mit einem Lachen ab und ging, oder sie küsste ihn und ließ den Dingen ihren Lauf.

Seltsamerweise hatte sie es nicht eilig, eine Entscheidung zu treffen. Stattdessen betrachtete sie in Ruhe seinen Mund. Seine Lippen waren so sinnlich und sexy. Und sie hatte keinen Zweifel, dass er sie auch entsprechend einzusetzen wusste.

Ein prickelnder Schauer überlief sie. Wie lange war es her, seit sie zuletzt Sex gehabt hatte? Oder wenigstens ein Date? Zu lange, antwortete ihr Körper prompt. Mindestens acht Monate. Und selbst davor hatte es nichts Erinnernswertes gegeben.

„Sie müssen wahrscheinlich los", bemerkte er.

Doch Renae hatte das Gefühl, er wollte gar nicht, dass sie irgendwohin ging, es sei denn in seine Wohnung.

„Sonst kommen Sie noch zu spät", fügte er hinzu.

Es gefiel ihr, dass er sie so offenkundig begehrte und dennoch seine Gründe zu haben schien, weshalb er nicht den ersten Schritt unternahm. Gründe, die über seine irrige Annahme, sie sei lesbisch, hinausgingen.

„Stimmt", sagte sie. „Ich sollte mich besser auf den Weg machen."

Sie sprach diese Worte aus, obwohl sie genau wusste, dass sie nirgendwohin gehen würde.

Verdammt, er würde sie küssen.

Will sah in Renaes Gesicht und verspürte ein so heftiges Verlangen wie noch nie zuvor. Sicher, er war ein normaler Mann mit normalen Bedürfnissen. Doch in Anbetracht dessen, was er über diese Frau wusste, die ihn wie ein wahr gewordener erotischer Traum ansah, sollte er schleunigst verschwinden.

Stattdessen sagte er: „Was würden Sie tun, wenn ich Sie küsse?"

Ihre vollen sinnlichen Lippen verzogen sich zu einem Lächeln. „Ich weiß nicht. Den Kuss erwidern?"

Diese Antwort genügte. Er legte ihr die Hände auf den nackten Rücken, zog sie an sich und presste seine Lippen auf ihren Mund.

Grundgütiger! Er hatte gehofft, ihre Lippen wären trocken oder sie könnte nicht gut küssen. Aber Renae Truesdale zu küssen war himmlisch. Und verführerisch. Denn auf eine Verführung lief es ja wohl hinaus, wenn er außer Janet eine Frau küsste. Eine Frau, die ein anderes Leben führte als der Großteil der Bevölkerung.

Eine Frau, die schuld daran war, dass ihn das alles nicht im Geringsten interessierte, solange sie mit ihrer Zunge so aufregende Dinge anstellte wie jetzt.

Will fühlte ihre sanfte Haut und ihre geschmeidigen Muskeln unter seinen Händen. Schweres Atmen drang an seine Ohren, und erschrocken registrierte er, dass es von ihm kam.

Er stöhnte, umfasste ihren wohlgerundeten Po und drückte sie noch fester an seine beinah schmerzhafte Erektion. Wie einfach wäre es, sie hinauf in seine Wohnung zu tragen, sie auf sein Bett zu legen und sämtliche Fantasien mit ihr auszuleben, die er seit ihrem Einzug vor sechs Monaten gehabt hatte.

Aber damit würde er nur das Schicksal herausfordern. Dummerweise war das seinem Körper egal.

Renae zog ihm das Hemd aus der Hose und fuhr mit den Händen über seinen flachen Bauch und von dort zu seiner pulsierenden Härte. Will erschauerte so heftig, dass er fürchtete, er würde sie hier und sofort lieben, wenn sie den Vorschlag machte.

Die Hand verschwand von seiner Hose, und gleichzeitig löste Renae ihre Lippen von seinen. Benommen starrte Will sie an.

„Tja, ich gehe dann lieber", verkündete sie mit heiserer Stimme.

Er nickte bloß töricht. „Klar, mach das."

Sie lächelte und streifte ihn mit ihren üppigen Kurven auf dem Weg zur Eingangstür. Will hatte Mühe, nicht gegen die Briefkästen zu sinken. Zum Glück stand er noch aufrecht da, als sie sich umdrehte.

„Das war sehr interessant", meinte sie, als sei sie erstaunt und zufrieden über die letzten Augenblicke.

„Interessant … ja, das war es", stimmte er zu.

Und Will hatte den Verdacht, dass es von jetzt an noch viel interessanter werden würde.

2. KAPITEL

Renae liebte es, bei Women Only zu arbeiten. Der Laden an der Grenze zwischen Michigan und Ohio bedeutete ihr mehr als nur ein wöchentliches Einkommen. Seit die Besitzerin Ginger Wasserman ihn eröffnet und Renae vor fünf Jahren vom Fleck weg eingestellt hatte, fühlte sie sich für den Erfolg des Ladens mit verantwortlich. Sie ließ sich nicht nur neue Service-Ideen und Angebote einfallen, an denen Frauen interessiert sein könnten, sondern verwirklichte ihre Ideen auch.

Deshalb kam es ihr auch sehr seltsam vor, dass sie gar nicht an den Laden dachte, als sie dort ankam – fünfzehn Minuten nach ihrer Begegnung mit Will Sexton im Hausflur neben den Briefkästen.

„Du meine Güte, du scheinst dich ja wirklich auf den neuen Kurs zu freuen."

Renae stutzte und sah in Lucky Clayborns hübsches Gesicht. Lucky war nicht bloß eine Kollegin. Sie und Renae verband eine gemeinsame Vergangenheit, die dazu beigetragen hatte, dass sie in den letzten zwei Monaten zu Freundinnen geworden waren. Und jetzt, wo Lucky eine Filiale von Women Only in der Innenstadt aufmachte, sah Renae sie noch öfter, wodurch ihr die Arbeit doppelt so viel Spaß machte.

„Ich meine das Kostüm", bemerkte Lucky statt einer Erklärung.

Renae schaute an sich herunter und war beinah überrascht, dass sie ihr Bauchtanzkostüm noch anhatte.

Es war lange her, dass ein Mann sie so durcheinandergebracht hatte. Sehr interessant.

„Dein Kurs wartet“, informierte Lucky sie und deutete zu einem durch einen Vorhang abgetrennten Raum zur Rechten.

Was einst als kleiner Laden mit einem Verkaufsraum begonnen hatte, hatte sich nach und nach auf vier Einheiten im Einkaufszentrum ausgebreitet. Zwei Strip-Clubs waren noch geblieben, doch Women Only breitete sich immer mehr aus und würde sie bald verdrängen. Dann würde die Gegend nur noch dafür bekannt sein, für die positiven Bedürfnisse der Frauen da zu sein, statt für die niederen Instinkte der Männer.

Zur Linken des Verkaufsraumes befanden sich die gemütlichen Massageräume und eine behagliche Unterrichtszone, die wie ein einladendes Wohnzimmer gestaltet war und in der von der gekonnten oralen Stimulierung des Mannes bis zum G-Punkt alles diskutiert wurde. Zur Rechten lag das offene Studio mit den Spiegelwänden, in dem Renae und andere Bauchtanz und die Kunst des Strippens unterrichteten. Aber die Frauen sollten nicht strippen lernen, um damit Geld zu verdienen, sondern um ihre Partner daheim zu erfreuen.

„Renae?“ Lucky bewegte die Hand vor ihren Augen. „Ist alles in Ordnung mit dir?“

Renae dachte an das Kribbeln in ihrem Bauch und lächelte. Oh ja, es war alles mehr als in Ordnung. Es war großartig.

„Bestens. Es geht mir prächtig. Hast du Ginger gesehen?“

Lucky schrieb etwas auf einen Block und schien selbst ein wenig abgelenkt zu sein. Was normal war, wie Renae fand. Wenn sie einen Mann wie Colin McKenna zu Hause hätte, würde sie den Rest ihres Lebens mit dem Kopf in den Wolken herumlaufen.

„Sie war schon hier und ist gleich wieder verschwunden.

Sie meinte, dass sie nach dem Mittagessen wieder zurück ist." Lucky sah sie an. „Willst du etwas von ihr? Du kannst sie auf dem Handy anrufen."

Renae verzog das Gesicht und zupfte ihr Top zurecht. Was sie mit Ginger zu besprechen hatte, konnte sie nicht am Telefon klären. Verabreden wollte sie sich aber auch nicht, denn wenn sie es tat, würde sie damit andeuten, dass etwas sie beschäftigte. Nein, sie wollte Ginger in einem ruhigen Moment erwischen.

„Ich wollte sie bloß nach einer neuen Lieferung fragen, das ist alles", erklärte sie.

„Hm." Lucky schien ihr nicht zu glauben.

Renae hörte Musik aus dem angrenzenden Raum und schaute in die Richtung. „Die Eingeborenen werden unruhig. Ich gehe mal lieber hinein." Vor dem Vorhang blieb sie noch einmal stehen und drehte sich um. „Übrigens, was weißt du eigentlich über Colins Freund Will?"

Lucky hielt mit dem Stift über ihrem Klemmbrett inne. „Nur, dass er Arzt ist."

„Sehr witzig. Ich meinte es eigentlich etwas genauer."

„Zum Beispiel, was seine Lieblingsfarbe ist?"

Renae verdrehte die Augen. „Ob er mit jemandem zusammen ist."

Lucky stutzte. „Oh." Sie legte das Klemmbrett auf den Tresen. Die orientalischen Klänge aus dem anderen Raum wurden lauter. „Ich glaube, er ist mit einer Assistenzärztin aus dem Krankenhaus zusammen."

Verdammt! Ausgerechnet jetzt, wo der Doc und sie sich nähergekommen waren, musste sich herausstellen, dass er schon mit jemandem zusammen war. Andererseits war sie ja nicht auf eine Beziehung mit ihm aus. Sie wollte bloß Sex. Aber die Vorstellung, die „andere" zu sein, und sei es auch nur für kurze Zeit, gefiel ihr nicht. Nun, eins nach dem anderen. Sie musste entscheiden, ob sie wirklich mehr von diesem Feuerwerk wollte, das heute Morgen zwischen ihnen explodiert war.

Lucky starrte sie noch immer an. „Was ist passiert?"

Renae grinste nur. „Nichts. Und alles. Erinnere mich daran, es dir später zu erzählen."

Sie betrat den Nebenraum, zog den Vorhang hinter sich zu und ignorierte Luckys „Verlass dich drauf!"

„Du siehst übel aus."

Genau das brauchte Will jetzt. Er sah Colin McKenna an, der ihm gegenübersaß, und nahm einen großen Schluck von seinem eiskalten Bier. „Harry's Bar" war in letzter Zeit ihre Lieblingskneipe. Wenn er sich richtig erinnerte, hatte er hier Colins Freundin Lucky Clayborn kennengelernt. Kurz zuvor war sie als Kellnerin in einer Bar gefeuert worden und war Patientin eines von Colins Kollegen geworden. Und so hatte Colin seine große Liebe gefunden.

„Danke für die scharfsinnige Bemerkung", erwiderte Will trocken.

Colin lachte und schob die Speisekarte beiseite, die keiner von beiden brauchte. „Darf ich fragen, was sich hinter deiner finsteren Miene verbirgt? Oder geht es um den Kampf, der seit fünf Monaten andauert?"

„Der immer gleiche Kampf", bestätigte Will, leerte sein Glas zur Hälfte und streckte sich.

„Läuft immer noch nichts mit deiner neuen Freundin?"

Will winkte ab und machte Platz für die Kellnerin, damit sie ihm *fish 'n' chips* servieren konnte. Harry's war die einzige Kneipe, die etwas anbot, womit er aufgewachsen war, nämlich britisches Fast Food. „Nein, das ist es nicht."

Colin runzelte die Stirn. „Sie lässt dich also ran?"

Wills Miene verfinsterte sich wieder. „Nein, leider nicht."

„Was ist denn dann los?"

Will versuchte sich ein Stück Fisch zu nehmen, stellte fest, dass es zu heiß war, und wedelte mit den Fingern, um sie abzukühlen. „Na ja, da mein Sexleben in letzter Zeit kaum stattfindet, arbeitet meine Fantasie umso mehr."

„Ah, die Lesben vom Stockwerk über dir." Colin nickte.

„Um genau zu sein, es geht nicht um beide, sondern, wie der Zufall es will, nur um die eine." Er kaute nachdenklich auf einer Fritte. „Ich hatte heute Morgen eine sehr aufregende Begegnung mit Miss Renae Truesdale im Flur neben den Briefkästen."

Colin, der gerade in seinen Chicken Burger beißen wollte, hielt inne. „Definiere ‚Begegnung'."

„Ach, nichts Ungewöhnliches, nur harmloses Flirten." Der Fisch war endlich abgekühlt, und Will fing an zu essen. „Oh, und der phänomenalste Kuss."

„Du hast sie geküsst? Von wem ging die Initiative aus?"

Will überlegte einen Moment. „Ich weiß es nicht. Ich schätze, es beruhte auf Gegenseitigkeit."

Colin grinste selbstzufrieden. „Ich dachte, Lesben interessieren sich nicht für Männer."

Will verzog das Gesicht und wischte sich mit der Serviette das Kinn ab. „Vielleicht gehört sie zu diesen neumodischen Lesben, die bisexuell sind statt homosexuell."

Er hatte die Tatsache, dass Renae ihn geküsst hatte, selbst ein wenig seltsam gefunden. Zwar spielte sie in seinen erotischen Fantasien eine Hauptrolle, aber er hatte bis jetzt keine Ahnung gehabt, dass sie an ihm interessiert sein könnte, trotz ihres ständigen Flirtens. „Was soll ich deiner Meinung nach tun?“, fragte er.

„Was meinst du?“

Die Kellnerin brachte ihnen frisch gezapftes Bier und verschwand mit den leeren Gläsern. „Was ich wegen der faszinierenden Renae Truesdale unternehmen soll, natürlich.“

„Oh nein.“ Colin legte seinen Burger hin. „Da mische ich mich auf keinen Fall ein. Lucky arbeitet mit Renae zusammen.“

Will zuckte mit den Schultern. „Möglicherweise hat sich die Sache ohnehin schon erledigt, weil sie ihren Fehler inzwischen erkannt hat.“

„Klar, sie hat dich irrtümlich für eine Frau gehalten.“

Will erinnerte sich daran, wie sie ihn berührt hatte. „Nein, es war wohl eher ein Ausrutscher oder so.“ Er trank einen weiteren Schluck Bier. „Wie dem auch sei, es dürfte ziemlich leicht sein, ihr aus dem Weg zu gehen.“

„Wenn es das ist, was du willst.“

„Willst du damit andeuten, dass es nicht das ist, was ich wollen sollte?“

„Ich habe nichts dergleichen angedeutet.“ Colin öffnete die Ketchupflasche und goss eine rote Lache neben seine Pommes frites. „Aber es wird langsam öde, ständig das Gejammer über dein leeres Bett zu hören.“

Will kniff die Augen zusammen. „Du meinst also, ich sollte die Sache mit Janet vorantreiben?“

Colin lachte leise. „Ich finde, du solltest tun, was immer du tun musst."

„Du bist mir eine schöne Hilfe."

Ja, dachte er. Er würde Renae aus dem Weg gehen. Das müsste leicht sein. Wenn er morgens von der Arbeit nach Hause kam, ging sie normalerweise zur Arbeit. Also würde er den Wagen in einer entfernten Ecke des Parkplatzes abstellen und warten, bis sie weg war, bevor er das Haus betrat.

Klar, das würde funktionieren.

Es musste ja auch nicht für lange sein. Schließlich würde Janet in etwas mehr als einer Woche zurückkommen.

„Was hältst du davon, wenn wir unsere Tennismatchs wieder aufnehmen?", schlug er Colin vor.

Der schüttelte nur den Kopf.

3. KAPITEL

Na schön, dachte Renae nach Feierabend, ich werde Will einfach aus dem Weg gehen. Sie konnte auf dem angrenzenden Parkplatz parken, um ihm nicht über den Weg zu laufen, wenn er zur Arbeit ging oder nach Hause kam.

Die Wahrheit war, dass sie heute Morgen nicht damit gerechnet hatte, sich so sehr zu Dr. Will Sexton hingezogen zu fühlen. Sie hatte auch nicht damit gerechnet, dass ihre Begegnung über das übliche Flirten hinausgehen würde. Der Kuss hatte sie selbst völlig überrascht, da sie momentan eigentlich nichts mit Männern im Sinn hatte, auch wenn ihr Körper ihr etwas anderes erzählte. Sie war nicht gegen Männer eingestellt, nur musste sie sich im Augenblick voll und ganz auf ihre Karriere konzentrieren. Um genau zu sein, sie musste Ginger Wasserman davon überzeugen, sie zur Partnerin von Women Only zu machen.

Nicht, dass sie für ihre Arbeit nicht gut genug bezahlt würde. Sie rutschte auf dem brüchigen weißen Ledersitz ihres pinkfarbenen 1971er Cadillac Eldorado Cabriolets herum. Sie wollte nur dem Unternehmen mehr verbunden sein – und ein größeres Stück vom Kuchen haben.

Ihr war durchaus klar, dass sie vermutlich nicht so empfinden würde, wenn Leah Westwood keine Filiale von Women Only im Westteil der Stadt aufmachen würde und Lucky in der Innenstadt. Wäre keine dieser Frauen in ihr und Gingers Leben getreten, würde sie sehr wahrscheinlich noch genauso zufrieden arbeiten wie in den letzten fünf Jahren.

Aber jetzt sah sie die Sache anders. Jetzt wollte sie mehr,

denn es ging auch um ihre Zukunft.

Sie wünschte sich endlich ein eigenes Zuhause. Sicher, sie konnte eine kleine Eigentumswohnung finden oder sogar ein Haus, aber sie wollte etwas Größeres, Hübscheres. Zwar wohnte sie gern mit Tabitha zusammen, doch hatte Nina, Tabithas Freundin, ihr deutlich zu verstehen gegeben, dass ihr dieses Arrangement nicht passte. Nina wollte, dass Renae auszog, obwohl Nina selbst erst vor drei Monaten eingezogen war, während Renae schon sechs Monate dort wohnte.

Sie zupfte ihr T-Shirt von ihrem feuchten Rücken und fragte sich, ob es so klug war, bei diesen heißen August-Temperaturen mit offenem Verdeck zu fahren. Tabitha übrigens hatte keine Ahnung von der Feindseligkeit zwischen ihr und Nina. Mann-Frau, Frau-Frau, das Geschlecht spielte bei den Beteiligten keine Rolle; was zählte, war die Bedrohung von außen durch einen Freund oder Nachbarn.

Renae nahm rasant eine Kurve, sodass die Ziermünzen an ihrem Bauchtanzkostüm, das sie in einer Plastiktüte auf dem Rücksitz verstaut hatte, leise klirrten. Bei der Arbeit im Verkauf hatte sie Jeans, T-Shirt und Flip-Flops angezogen, die sie im Laden deponiert hatte. Sie schaute auf das Kostüm und lächelte. Es erinnerte sie an Will, seinen sinnlichen Mund und seinen muskulösen Körper …

Vielleicht war die Hitze schuld, jedenfalls konnte sie sich nicht erinnern, jemals einen Mann so heftig begehrt zu haben wie heute Morgen Will. Dabei war sie dazu erzogen worden, Männern und Beziehungen eher skeptisch gegenüberzustehen und lieber die Finger davon zu lassen. Das hatte ihr zum Beispiel an Ginger sofort gefallen. Ginger verstand sie auf eine Art, wie irgendeine normale brave Hausfrau es nie könnte.

Und deshalb hatte sie auch gleich gewusst, was dieser verlorene Ausdruck in Lucky Clayborns Augen zu bedeuten hatte, als sie vor Monaten in den Laden kam.

Renae schob ihre riesige dunkle Sonnenbrille höher und stellte das Radio lauter, um ihre ernsten Gedanken mit Rockmusik zu vertreiben. „Crazy on You“ von der Gruppe Heart dröhnte aus den Lautsprechern, und sie drehte die Lautstärke noch ein wenig mehr auf. Dabei vergaß sie glatt ihren ursprünglichen Plan und bog auf den regulären Parkplatz vor ihrem Gebäude ein. Im letzten Moment riss sie das Steuer herum, was ihr wütendes Hupen der hinter ihr Fahrenden einbrachte. Sie winkte entschuldigend und fuhr weiter auf den hinteren Parkplatz, wo sie den letzten freien Platz erwischte. Sie wandte den Blick zu dem Geländewagen rechts von ihr und fand, er sah Wills Wagen sehr ähnlich …

Und dann stieg Will aus.

Na schön, irgendeine höhere Macht hatte es auf ihn abgesehen.

Zu diesem Schluss kam Will, als er neben seinem Geländewagen stand und Renae anstarrte. Sein Blick wanderte über ihre langen dunkelblonden Haare mit den sonnengebleichten Strähnen, ihr enges weißes T-Shirt, unter dem sich ihr Spitzen-BH abzeichnete, und dann zu ihrem Gesicht. Sexy sah sie aus mit der großen dunklen Sonnenbrille.

Sie stellte ihr Radio ab, sodass peinliche Stille eintrat.

„Du kommst öfter her, was?“, fragte er und sah ein, dass er ihr jetzt nicht mehr aus dem Weg gehen konnte.

Sie schob die Sonnenbrille auf ihre Stirn und lächelte mutwillig. „Komisch, ich habe hier geparkt, um dir aus dem Weg zu gehen.“

Er lachte über ihre erfrischende Aufrichtigkeit. „Ironischerweise hatte ich das Gleiche vor."

„Ich weiß, weshalb ich dir nicht begegnen wollte", meinte sie, als sie zusammen den Pfad entlanggingen, der zu ihrem Gebäude führte. „Aber wieso wolltest du mir aus dem Weg gehen?"

Will war verblüfft von dem Durcheinander an Emotionen, das allein dadurch hervorgerufen wurde, dass er neben dieser Frau ging. Er konnte kaum den Blick von ihrem hübschen gebräunten Gesicht losreißen, obwohl es ganz ungeschminkt war. Und so, wie er ihr T-Shirt und ihre Jeans betrachtete, könnte man meinen, er habe noch nie eine Frau in diesem Aufzug gesehen. Besonders fasziniert war er von ihren Füßen in den pinkfarbenen Flip-Flops, und das bereitete ihm die größte Sorge.

„Sind deine Füße tatsächlich gebräunt?", hörte er sich fragen.

Renae schaute nach unten und schien von seiner idiotischen Frage ebenso überrascht zu sein wie er. Das Problem war, dass er nie vorher auf die Füße einer Frau geachtet hatte, ob gebräunt oder nicht. Und es lag auch nicht nur an ihren pinkfarben lackierten Fußnägeln. Ihre Füße hatten etwas Erotisches, das ihn davon fantasieren ließ, wie sie aus einer Badewanne voll Schaum ragten, während Renae nackt auf ihm saß.

„Ja, es sieht so aus", antwortete sie schließlich und schenkte ihm ein aufreizendes Lächeln. „Aber du weichst meiner Frage aus."

Will wurde nervös. „Ich weiche deiner Frage nicht aus. Es ist nur ..." Er musste grinsen. „Ich habe sie vergessen."

„Wieso gehst du mir aus dem Weg?"

„Tja, also da ist diese Frau, mit der ich zusammen bin ..."

„Die Assistenzärztin."

„Du weißt von ihr?"

„Lucky hat mir von ihr erzählt."

„Colins Lucky, nehme ich an?"

„Genau die", bestätigte Renae, den Blick auf seinen Mund geheftet.

„Und sie erzählte dir von ihr, weil …"

„… ich sie danach gefragt habe."

„Ich verstehe." Er räusperte sich. „Und weshalb wolltest du mir aus dem Weg gehen?"

„Oh, aus so ziemlich dem gleichen Grund. Wegen der Assistenzärztin."

Er lachte. „Du gehst mir aus dem Weg, weil ich mit einer anderen zusammen bin?"

„Ja. Wieso überrascht dich das?"

„Weil du mir nicht wie jemand vorkommst, der so etwas tut."

„Und wieso?"

Er zuckte mit den Schultern. „Keine Ahnung. Du kommst mir vor wie jemand, der sich nimmt, was er will."

„Komisch", bemerkte sie zum zweiten Mal innerhalb genau so vieler Minuten. „Das Gleiche dachte ich von dir."

Er sah sie an und las die provozierende Einladung in ihren grünen Augen. „Zu dir oder zu mir?", fragte er.

Ohne mit der Wimper zu zucken antwortete sie: „Eindeutig zu dir."

Kaum hatte Will die Tür hinter sich geschlossen, fielen Renae und er übereinander her wie zwei sexhungrige Teenager. Renae ließ die Plastiktüte mit ihrem Kostüm und ihre Handtasche fallen, während Will bereits ihr T-Shirt hochschob und ihre Brüste umfasste.

„Autsch“, beschwerte sie sich, als er ein wenig zu fest zupackte.

„Entschuldige.“

Sofort umfasste er sie zarter. Renae zerrte sein Hemd aus der Jeans und legte die Hände auf seinen Waschbrettbauch. Abrupt bewegte sie den Kopf nach rechts und stieß gegen seine Nase.

„Autsch“, sagte er.

„Entschuldige.“

Hastig zerrten sie an Reißverschlüssen. Nähte rissen. Renae schien nicht genug von ihm bekommen zu können. In fieberhafter Eile ließ sie ihre Hände über seinen Körper gleiten, von seinem Hals bis zu seiner Erektion.

Will berührte ihre intimste Stelle. Renae erschauerte und war zu ihrem Erstaunen kurz vor dem Höhepunkt. Sie biss sich auf die Unterlippe, als Will behutsam mit einem Finger in sie eindrang und ihn wieder zurückzog. Sie begann so heftig zu zittern, dass sie kaum noch stehen konnte.

Oh ja. Das war noch besser, als sie es sich mit dem sexy Doc vorgestellt hatte.

„Das Schlafzimmer ist hier entlang“, sagte er unnötigerweise, während er sie in die Richtung drehte, ohne den Kuss zu unterbrechen, sodass er gegen ihre Nase stieß, wie sie kurz zuvor gegen seine. Renae ging rückwärts, wobei sie gegen die Couch stieß – weißes Leder – und beinah über einen weißen Pflanzenkübel stolperte, bevor sie mit dem Rücken gegen den Türrahmen zum Schlafzimmer stieß. Eng umschlungen ließen sie sich auf das Bett fallen.

Renae schmiegte sich an Will und genoss es, seine Hände auf ihren Brüsten zu spüren. Es war lange her, seit sie ein so starkes Verlangen verspürt hatte wie bei Will. Sie küsste ihn und löste sich von ihm, um den Blick nach unten zu richten, wo sich seine Erektion gegen ihren Bauch drückte.

„Hast du ein Kondom?", flüsterte sie, umschloss sein Glied und begann es zu reiben.

Er erschauerte. „In der Schublade rechts von dir. Ja, genau da."

Renae fand ein Streichholzheft von einer nahe gelegenen Bar, einen Stift und endlich die Kondome. Rasch riss sie ein Päckchen mit den Zähnen auf und streifte Will den hauchdünnen Schutz vorsichtig über. Dann spreizte sie die Beine so, dass er ihren intimsten Punkt berührte.

Will küsste sie, während sie sich unter ihm wand, um ihn zu ermutigen, endlich in sie einzudringen. Sie rieb ihre Brüste an seinem Oberkörper und glaubte, es vor Begierde nicht länger aushalten zu können. Will saugte an ihrer rechten Brustspitze, und Renae stöhnte auf. Sie warf den Kopf in den Nacken und bog sich ihm begierig entgegen.

„Bitte", flehte sie.

Endlich drang er tief in sie ein. Es war besser als in ihrer kühnsten Fantasie.

Und vorbei, noch ehe es richtig begonnen hatte.

4. KAPITEL

G*rundgütiger* … Als das Pulsieren nachließ, hielt Will über Renae gebeugt inne und fühlte sich gedemütigt wie noch nie in seinem Leben. Es gab nichts zu beschönigen an dem, was gerade passiert war. Es hatte keinen Sinn, so zu tun, als sei er nicht so schnell zum Höhepunkt gelangt wie ein Dreizehnjähriger, der für das Vergnügen bezahlt hatte. Obwohl er alle Willenskraft aufgeboten hatte, war nichts mehr zu machen.

Und Renae signalisierte ihm, er solle von ihr herunterrollen.

Er tat ihr den Gefallen, lag auf dem Rücken und starrte zur Decke. „Das war ein bisschen unglücklich, nicht wahr?"

Er betrachtete es als gutes Zeichen, dass sie nicht sofort aufgestanden und wortlos verschwunden war.

„Ich würde es eher enttäuschend nennen", sagte sie.

Er drehte ihr das Gesicht zu. „Jedenfalls für einen von uns."

Sie wollte sich aufsetzen, doch er hielt sie am Arm fest.

„Tut mir leid, das war ein schwacher Versuch, es mit Humor zu nehmen." Er atmete tief durch. „Gib mir einen Moment Zeit, ja? Ich kann dich nach der schwächsten Vorstellung meines Lebens unmöglich gehen lassen." Er schluckte hart. „Du liebe Zeit, ich war nicht mehr so schnell, seit …, eigentlich noch nie. Jedenfalls nicht, seit ich mit sechs Jahren entdeckte, wie viel Spaß man mit sich selbst haben kann."

„Mit sechs?" Sie runzelte skeptisch die Stirn.

„Ich war ein Frühstarter."

Renae drehte sich auf die Seite und stützte den Kopf auf

den Ellbogen. „Und ein schneller Sprinter."

„Sehr witzig."

„Solange du mir nicht das Gegenteil beweist, ist das meine Version."

„Deine Version?"

„Du wirst in meine persönliche sexuelle Geschichte als der schnelle Will eingehen."

„Autsch."

Trotz allem fand er ihr Geplänkel entspannend. „Was wäre die weibliche Entsprechung zu dem, was gerade passiert ist?"

„Oh, keine Ahnung. Vielleicht, wenn ich eine Zeitung dabei lese."

„Nein, das wäre ziemlich rüde."

„Siehst du hier irgendwo eine Zeitung?"

Will betrachtete die Schatten an der Decke. Er hatte die Jalousien nicht hochgezogen, sodass das Zimmer kühl und dämmrig war.

Und die Frau neben ihm war aufregend und verlockend.

„Sei so lieb und gib mir noch ein Kondom", bat er.

Sie stutzte. Dann fiel ihr Blick auf seine größer werdende Erektion. Renae lehnte sich zurück und nahm ein weiteres Päckchen aus der Nachttischschublade. „Bist du dir sicher, dass du es noch mal probieren willst?"

Er nahm das Kondom von ihr. „Die Frage ist eher, ob du bereit bist für eine weitere Runde?"

„Da ich mich an die erste kaum erinnern … Oh!"

Will legte sich wieder auf sie, drückte ihre Arme über dem Kopf auf die Matratze und betrachtete ihren aufregenden Körper. Dann spreizte er ihre Beine mit seinem Knie und drang erneut in sie ein. Diesmal ließ er sich Zeit und genoss jeden

Schauer, der sie durchlief.

Als er ganz in sie eingedrungen war, stöhnte Renae leise auf. Er küsste sie und drückte seine Nase an ihre. „Was wolltest du sagen?"

Sie befeuchtete ihre Lippen. Ihr Herz pochte heftig, und ihre Muskeln zogen sich zusammen, als stünde sie bereits kurz vor dem Gipfel. Es war unglaublich. Will begann sich auf eine Weise zu bewegen, wie nur wenige Männer es fertigbrachten. Immer wieder reizte er ihren G-Punkt, indem er tief in sie eindrang und sich wieder zurückzog. Renae packte seinen festen Po und bog sich ihm jedes Mal entgegen.

Oh ja, das kam ihren Erwartungen schon viel näher. Erneut stöhnte sie. Wenn sie ehrlich war, übertraf es ihre Erwartungen sogar um einiges.

Plötzlich hielt er inne, und sie öffnete die Augen, in der Befürchtung, er könne schon wieder vor ihr fertig sein. Doch das war dieses Mal nicht der Fall. Stattdessen umfasste er ihre rechte Brust und fuhr langsam mit der Zunge über die hoch aufgerichtete Knospe. Fasziniert beobachtete Renae ihn, wie er ihre Brustspitze zuerst umspielte, ehe er daran zu saugen begann und irgendeine unsichtbare Verbindung zwischen ihren Brüsten und ihrem intimsten Punkt herstellte. Ohne dass er sich bewegte, hatte Renae das Gefühl, kurz vor dem Höhepunkt zu stehen.

Sie warf den Kopf in den Nacken, schloss die Augen und versuchte sich zu beherrschen. Sie wollte, dass es andauerte und er sein Versprechen, dass es beim zweiten Mal besser sein würde, erfüllen konnte. Sie wollte, dass sich das Risiko auszahlte, das sie eingegangen war, indem sie mit in seine Wohnung gekommen war.

Er zog sich halb zurück, um gleich darauf wieder kraftvoll, so tief es ging, einzudringen. Renae bog den Rücken durch und keuchte.

Ehe sie wusste, wie ihr geschah, rollte er sich mit ihr herum, sodass sie oben lag.

Da sie kurz vor dem Gipfel gewesen war, wusste sie nicht recht, ob ihr diese neue Stellung gefiel. Zumindest bis er sich bewegte und dadurch jeden Zweifel auslöschte.

Sie stützte sich auf seine Schultern und passte sich seinem Rhythmus an. Es war wundervoll. Will war so gebaut, dass er einer Frau garantiert Lust bereitete. Vorausgesetzt natürlich, er blieb erregt. Denn was nützte es, wenn ein Mann gut gebaut war, aber kein Stehvermögen hatte? Trotz des enttäuschenden Anfangs übertraf der sexy Notaufnahmearzt ihre Fantasien, die sie den ganzen Tag beschäftigt hatten.

Ein Kribbeln breitete sich in ihrem Magen aus. Sie krallte die Finger in Wills Schultern und warf den Kopf in den Nacken. Selbst sie war nicht vorbereitet auf die unfassbare Intensität ihres Höhepunkts. Als sie wieder ein klein wenig ruhiger atmete, wusste sie nicht, was sie sagen sollte.

„Und?“, fragte Will und liebkoste ihre Brüste.

Ein weiterer Schauer durchlief ihren Körper, und sie sah Will lächelnd an. „Dir eine zweite Chance zu geben, hat sich definitiv gelohnt.“

Verdammt, war er sexy. Seine Haare waren zerwühlt, was ihm zusammen mit seinem schiefen Grinsen etwas Verwegenes verlieh.

Renae wollte von ihm herunterrollen, doch er hielt sie fest, indem er die Hände auf ihre Oberschenkel legte.

„Wohin willst du?“

Sie sah ihn verständnislos an. Es war drei Uhr nachmittags, und sie war noch nicht in ihrer Wohnung gewesen.

„Oh, Miss Truesdale, ich bin noch lange nicht fertig mit Ihnen."

Zum Spaß machte sie große Augen. Sie war so überwältigt gewesen, dass sie gar nicht bemerkt hatte, ob er schon zum Höhepunkt gelangt war. „Nein?"

„Nein." Er schüttelte den Kopf und schob seine Hände von ihren Schenkeln nach innen, sodass er mit den Daumen ihren intimsten Punkt berühren konnte.

Renae stöhnte.

„Das war erst die Vorspeise. Ich bin fest entschlossen, das hier zu einem Fünf-Gänge-Menü zu machen."

Renae sog scharf die Luft ein, als er sie anhob und in die andere Richtung drehte, sodass sie zwar immer noch rittlings auf ihm saß, aber zu seinen Füßen blickte.

„Sei so lieb und gib mir noch ein Kondom, ja?"

Renae lehnte sich zurück und nahm eine Hand voll Kondome, die sie ihm auf die Brust regnen ließ. „Na dann los."

5. KAPITEL

Am nächsten Tag stand Renae in der Küche der Wohnung, die sie sich mit Tabitha teilte, und machte summend den Abwasch. Überrascht stellte sie fest, dass ihr ein bestimmter Song nicht mehr aus dem Sinn ging: „Crazy on You" – Verrückt nach dir.

Lächelnd erinnerte sie sich an Wills beinah panischen Gesichtsausdruck, als er nach ihrem letzten Liebesakt auf die Uhr gesehen hatte. Sie hatten praktisch vierundzwanzig Stunden im Bett verbracht. Will schien darüber nicht besonders erfreut zu sein. Im Gegenteil, er sah aus, als würde er ihr am liebsten ihre Sachen in die Hand drücken und sie vor die Tür setzen. Auch wenn ein gewisser Teil seines Körpers da anderer Ansicht war.

Gegangen war sie letztlich, weil sie keine Kondome mehr hatten, weder in seiner Schublade noch in ihrer Handtasche.

Und selbst jetzt überlegte sie, ob sie vielleicht noch in einer anderen Handtasche eines hatte.

Sie lachte bei der Vorstellung, wie Will wohl reagieren würde, wenn sie jetzt mit ein oder zwei neuen Päckchen vor seiner Tür stünde. Er war schon erstaunt genug gewesen, dass sie, eine angebliche Lesbe, Kondome bei sich hatte. Wahrscheinlich würde er sie zuerst schockiert ansehen und sie dann wieder in seine Wohnung zerren.

„Diesen Ausdruck habe ich schon lange nicht mehr auf deinem Gesicht gesehen."

Renae sah über die Schulter zu Tabitha, die eine Einkaufstüte auf den Glastisch stellte.

„Welchen Ausdruck? Den einer Frau, die endlich mal wieder leidenschaftlich geliebt wurde?“

Tabitha fing an, die Tüte auszupacken. „Genau den.“

Renae versuchte vergeblich, nicht zu grinsen. Sie beendete den Abwasch und trocknete sich die Hände ab.

„Ist es jemand, den ich kenne?“, wollte Tabitha wissen. Sie faltete die leere Tüte zusammen und warf sie in die Recyclingtonne.

„Ja.“

Tabitha musterte sie skeptisch, während Renae ihr half, die Lebensmittel in den Kühlschrank und die Regale zu räumen. „Darf ich fragen, wer?“ Tabitha nahm zwei Dosen Eistee aus dem Kühlschrank und gab Renae eine. Sie setzten sich einander gegenüber auf die schmiedeeisernen Stühle, die um den Glastisch standen.

„Klar.“ Renae deutete mit dem Daumen auf das Stockwerk unter ihnen.

„Es war enttäuschend?“

Renae begriff, dass die Geste auch als gesenkter Daumen gedeutet werden konnte, und lachte. „Quatsch, ich meinte unseren Nachbarn unter uns.“

„Du meine Güte! Sag, dass das nicht wahr ist!“

Renae genoss die Reaktion ihrer Freundin.

Es hatte ihnen beiden Spaß gemacht, Doc Sexton den ganzen Sommer über zu provozieren. Sie waren extra in ihren knappen Bikinis zum Pool gelaufen und hatten darauf geachtet, ihn in seinem Glauben, sie seien lesbisch, zu bestärken.

So etwas hatten sie nicht zum ersten Mal gemacht. Sie waren im ersten Jahr auf der Highschool Freundinnen geworden und hatten Tabithas zögerndes Coming-out im zweiten Jahr überstanden. Lange bevor Tabitha ihrer Freundin ihre sexuelle Veranlagung gestand, hatte Renae gewusst, was mit ihr los war. Wenn sie Footballspiele besuchten, machte Renae stets Bemerkungen über die knackigen Pos der Spieler, während Tabitha sich mehr für die Cheerleader interessierte.

Seit der Pubertät wussten sie, dass Männer erotische Fantasien hatten, sobald sie zwei attraktive Frauen zusammen sahen, und sie hatten gelernt, das geschickt einzusetzen. Angefangen vom Abschlussball auf der Highschool, den sie als Paar besucht hatten, bis zu Will.

„Du hast ihm natürlich erklärt, dass wir nicht zusammen sind“, meinte Tabitha und riss Renae aus ihren Gedanken.

„Natürlich nicht.“

„Und er hat trotzdem mit dir geschlafen?“

„Und wie.“

Tabithas missbilligende Miene konnte ihrer Schönheit nichts anhaben. Sie war immer die Attraktivere von ihnen beiden gewesen und diejenige, hinter der die Männer her waren, allerdings erfolglos.

„Hat er …“

„Was?“ Renae wusste genau, was ihre Freundin meinte. „Ob er mich gebeten hat, dich anzurufen und einzuladen?“ Sie schüttelte den Kopf. „Interessanterweise nicht.“

„Aber du hast damit gerechnet, dass er es tun könnte.“

Renae überlegte einen Moment. „Ja, schon möglich. Aber nach den ersten fünf Minuten habe ich überhaupt nicht mehr daran gedacht, und ich glaube, ihm ging es genauso. Zumindest bis heute Morgen, als er mich fragte, ob du eifersüchtig wärst.“

„Eines Tages handelst du dir noch Ärger ein“, meinte Tabitha tadelnd.

„Ach wo. Dafür bin ich zu schlau." Renae spähte ins Wohnzimmer. „Apropos eifersüchtige Partner, wo steckt Nina?"

„Nina ist nicht eifersüchtig."

Renae lachte. „Wer handelt sich hier Ärger ein? Nina ist von Natur aus eifersüchtig."

„Ist sie nicht." Tabitha winkte ab. „Egal, erzähl mir lieber noch mehr von Doc Will. Wirst du ihn wiedersehen?"

Renae drehte ihre Getränkedose wieder und wieder auf dem Tisch und wischte die Kondensflüssigkeit weg. „Ich weiß nicht. Vielleicht."

„Dann ging es letzte Nacht nur um Sex."

„Und wie."

„Hast du keine Absichten darüber hinaus?"

„Ich glaube nicht. Außerdem hat er ja eine Freundin."

„Ach, das ist interessant." Tabitha griff über den Tisch und stoppte Renaes nervöses Hin- und Hergeschiebe der Getränkedose. „Sei vorsichtig, hörst du? Du wärst nicht die erste Frau, die großartigen Sex mit einer Beziehung verwechselt."

„Kann sein", räumte Renae ein. „Aber du solltest deinen eigenen Rat auch beherzigen." Sie zwinkerte ihrer Freundin zu.

„Was soll das denn …?"

„Tabby, ich habe draußen auf dich gewartet. Ich kann nicht glauben …" Nina verstummte, als sie Renae und Tabitha Hand in Hand am Tisch sitzen sah. „Oh. Hallo, Renae."

Sie sagte die Worte mit etwa so viel Freundlichkeit, wie eine Schlange sie einer Maus entgegenbringen möchte.

Renae erwiderte die Begrüßung nicht viel freundlicher und tätschelte Tabithas Hand, ehe sie sie losließ. „Genau das meinte ich."

„Du hast mit ihr geschlafen."

Colins Worte erschreckten Will so sehr, dass er prompt seinen Aufschlag verpatzte. Als er versuchte, den hüpfenden Ball einzufangen, entglitt ihm der Schläger.

„Was?"

Colin zeigte mit seinem Schläger auf ihn. Er hatte darauf bestanden, in diesem Privatclub zu spielen, obwohl zu der Wohnanlage, in der Will lebte, sehr gute Tennisplätze gehörten. „Du weißt genau, wovon ich rede. Von dieser lesbischen Bauchtänzerin, die über dir wohnt. Du hast mit ihr geschlafen, oder nicht?"

Will verzog das Gesicht und fragte sich, ob jeder ihn durchschaute. Falls ja, hatte er nämlich ein gewaltiges Problem, wenn Janet nächste Woche aus Kalifornien zurückkam. „Du könntest nicht weiter danebenliegen", log er und konzentrierte sich ganz auf seinen Aufschlag.

Der Ball ging ins Aus, und Will schnappte sich einen neuen Ball.

Colin musterte ihn mit zusammengekniffenen Augen. „Komm schon, Will. Dein Gesichtsausdruck rührt nicht daher, dass du die Dinge selbst in die Hand genommen hast."

„Sozusagen."

„Sozusagen."

„Und wieso nicht?" Will probierte es erneut und war froh, dass der Ball diesmal wenigstens im Spielfeld blieb.

Colin machte locker seinen Return. „Weil du dann nicht so aussehen würdest, als hättest du tollen Sex gehabt. Du wärst nicht so entspannt und würdest nicht die ganze Zeit grinsen. Und ich schwöre, du hast gepfiffen. Man pfeift nicht, wenn man bloß Sex mit sich selbst hatte."

Das Geräusch eines zu Boden fallenden Schlägers war zu hören. Will schlug den Volley zurück und schaute zum Platz nebenan, auf dem zwei attraktive junge Frauen spielten. Eine musste Colins Bemerkung gehört und mitten im Return ihren Schläger fallen gelassen haben. Die beiden Frauen sahen sich an und lachten.

„Na klasse“, meinte Will, schlug den nächsten Ball mit besonders viel Wucht und registrierte zufrieden, dass Colin einige Mühe damit hatte. „Ich glaube, ich kenne eine der beiden Frauen neben uns aus dem Krankenhaus. Das fehlt mir noch, dass solche Gerüchte die Runde machen. ‚Der bereitwillige Will, der keine Angst hat, die Dinge selbst in die Hand zu nehmen.‘“

Colin lachte und versuchte nicht einmal, den nächsten Volley zu kriegen, den Will über das Netz feuerte.

„Punkt, Satz und Sieg.“

„Gut.“ Colin sammelte die Tennisbälle ein und ging ans Netz, um Will die Hand zu schütteln. „Ein weiteres Spiel mit solchen Aufschlägen hätte ich auch nicht ausgehalten. Ich glaube, du gefällst mir besser, wenn du frustriert bist.“

Vom Platz nebenan war erneutes Gekicher zu hören.

„Würdest du bitte aufhören“, zischte Will. „Überleg nur mal, wie Janet reagieren wird, wenn ihr solche Gerüchte zu Ohren kommen.“

„Du solltest dir lieber größere Sorgen darüber machen, was sie wohl denkt, wenn sie herausfindet, dass du es mit deiner Nachbarin getrieben hast.“ Colin sah ihn forschend an. „Du hast doch nicht etwa mit beiden geschlafen, oder?“

Will winkte ab. „Nein, nein. Nur mit der einen.“

Colin stieß ihm mit dem Schläger gegen die Brust. „Aha!

Ich wusste es!“

Will zuckte zusammen, als er begriff, dass er sich verraten hatte.

„Und wie war es?“, wollte Colin sofort wissen.

„Frag ich dich etwa, was zwischen dir und Lucky passiert, sobald die Sonne untergegangen ist?“

„Ständig.“

„Und verrätst du es mir?“

„Nie.“

„Na bitte.“

„Mag ja sein, aber Lucky und ich sind ein Paar. Du und …“

„Ja“, bestätigte Will und weigerte sich, Renaes Namen preiszugeben.

„Bei dir war es ein One-Night-Stand. Es ging nur um Sex. Das zählt nicht.“

„Mit welcher Begründung?“

Colin betrachtete ihn eine Spur zu prüfend. „Es sei denn, es war nicht nur Sex.“

Sie erreichten den Parkplatz. Will öffnete die Heckklappe seines Geländewagens und warf seinen Schläger und die Sporttasche hinein. „Natürlich war es bloß Sex, Mann. Bist du verrückt?“

Colin hatte neben Wills Wagen geparkt und lud ebenfalls seine Sportsachen ein. „Na, dann kannst du mir auch erzählen, wie es war.“ Er schloss die Hecktür seines Geländewagens. „Also?“

Will starrte ihn an, dann grinste er. „Großartig.“

„Ich wusste es!“

„Mehr als großartig – es war unglaublich. Ich weiß nicht,

ob es daran liegt, dass es so lange her ist, aber wir waren fast zwanzig Stunden im Bett. Klar, zwischendurch haben wir mal kurz geschlafen und geduscht."

Colins Amüsiertheit verschwand. „Zwanzig Stunden?"

Will nickte und musste grinsen. „Ja, zwanzig Stunden. Und aufgehört haben wir nur, weil uns die verdammten Gummis ausgingen."

Colin sagte nichts mehr.

Will gefiel die nachdenkliche Miene seines Freundes nicht. „Was? He, was denkst du jetzt?"

„Oh, keine Ahnung. Ich denke, letzte Nacht ging es möglicherweise doch nicht nur um Sex."

„Bist du verrückt? Natürlich ging es nur darum. Was denn sonst?"

Colin sah ihn weiter nachdenklich an und ging auf die Fahrerseite seines Geländewagens. „Du vergisst, dass ich Eheberater bin."

„Jetzt kommt's." Will wischte sich das Gesicht mit einem Handtuch aus seiner Tasche ab, warf es wieder in den Wagen und schloss die Tür. „Ich wusste, ich würde es irgendwann bereuen, dass ich dich während des Medizinstudiums durchgeschleppt habe."

Colin lachte. „Meiner beruflichen Ansicht nach dauern sexuelle Begegnungen nie länger als eine halbe, höchstens eine Stunde, wenn es nur um Sex geht."

Will hob den Zeigefinger über der Motorhaube. „Deiner Meinung nach. Das ist das Schlüsselwort."

„Meiner Expertenmeinung nach."

Mit finsterer Miene öffnete Will seine Fahrertür. „Meinetwegen, aber wer hat dich eigentlich um deine Meinung gebeten? Ich kann mich nicht daran erinnern."

Colin grinste nur und fragte: „Zu Harry's?"

„Okay." Will startete den Motor und lenkte seinen Wagen in Richtung der ganz in der Nähe liegenden Bar.

Von wegen, es war mehr als Sex, dachte er. Lächerlich.

Am nächsten Morgen lächelte Renae immer noch.

Sie war noch immer nicht dazu gekommen, ihre Wäsche zu waschen.

Sie schloss ihre Wohnungstür ab und lief die Treppe hinunter, wobei sie darauf achtete, sich in ihrem Bauchtanzkostüm möglichst leise zu bewegen.

Wenigstens hatte sie etwas Schlaf gefunden. Nachdem Tabitha und Nina gestern Abend gegen sechs ins Kino gegangen waren, hatte sie es sich mit dem letzten Buch aus der Stephanie-Plum-Reihe von Janet Evanovich im Bett gemütlich gemacht und war sofort eingeschlafen. Erst als ihr Wecker um sechs klingelte, war sie wieder aufgewacht. Wahrscheinlich hatte sie den Schlaf nach der langen Nacht bei Will nötig gehabt. Trotzdem, es war lange her, dass sie mehr als acht Stunden Schlaf gebraucht hatte.

Sie ging die Treppe hinunter, wobei ihr Blick automatisch zur Tür von 2B ging. Ein breites Grinsen erschien auf ihrem Gesicht. Allein daran zu denken, was sie und Will getan hatten …

Wow.

Selbstverständlich hatte sie nicht die Absicht, ihn wiederzusehen. Außer sie liefen sich im Hausflur über den Weg. Aber eine Wiederholung dessen, was gewesen war, kam nicht infrage.

Eine leise Stimme in ihr fragte: Wieso?

Und Renae antwortete. Erstens konnte es nie und nimmer besser werden als das, was sie miteinander erlebt hatten. In dieser Nacht hatte sie den besten Sex ihres Lebens gehabt. Ihr wurde heiß und kalt, wenn sie daran dachte.

Zweitens war da Wills Freundin. Es gab keinen Zweifel daran, dass er eine feste Beziehung hatte, sonst hätte er sie gar nicht erwähnt, bevor er mit ihr, Renae, in seine Wohnung gegangen war. Und wenn es eines gab, woran sie kein Interesse hatte, dann war es, die Rolle der „anderen Frau" zu spielen. Sie war nie so dumm gewesen und würde ganz bestimmt nicht jetzt mit so etwas anfangen, ganz gleich, wie gut der Sex gewesen war.

Und der Sex war gut gewesen, oder?

Genau wie vor zwei Tagen blieb sie kurz vor der Haustür stehen, durch die in diesem Augenblick Will kam. Er sah Renae genauso perplex an wie sie ihn.

„Hallo", sagte sie und zwang sich trotz ihrer weichen Knie, die letzten Treppenstufen hinunterzugehen.

Er reagierte nicht gleich, und Renae befürchtete schon, dies würde einer jener peinlichen Morgen danach werden, wo man sich nur so rasch wie möglich aus dem Weg gehen wollte.

„Selber hallo", sagte Will schließlich.

Renae verzog das Gesicht. Eindeutig das Das-Morgen-danach-Syndrom. Und Will war derjenige, dem die Sache unangenehm war.

Na schön. Das war in Ordnung. Sie würde damit fertig werden. Schließlich war sie keineswegs darauf aus zu wiederholen, was neulich Nacht zwischen ihnen passiert war.

Sie wollte an Will vorbeigehen und versuchte, sich eine zwanglose Bemerkung einfallen zu lassen, bevor sie zur Tür stürmte. Doch dann hob er endlich den Blick und meinte mit einem umwerfenden Grinsen: „Was würdest du sagen, wenn ich dir eine Wiederholung unserer gemeinsamen Nacht vorschlage, inklusive Kostüm?"

Renae musste schlucken. „Ich würde dich fragen, wann und wo."

Will starrte auf ihren Mund. „Wie wäre es mit hier und jetzt?"

Renae lächelte. „Und was ist mit Kondomen?"

Er hielt eine Tüte hoch. „Hab ich."

„Dann würde ich sagen, geh voran."

6. KAPITEL

Will wollte nicht auf seine innere Stimme hören, die ihm sagte, dass das, was er vorhatte, möglicherweise nicht so gut war. Als er auf dem Heimweg vom Krankenhaus heute Morgen bei der Apotheke angehalten hatte, um neue Kondome zu kaufen, hatte er sich eingeredet, er tue es nur, weil er und Janet vielleicht endlich Sex haben würden, wenn sie Ende der Woche aus Kalifornien zurückkam.

Doch eine andere, bösartige leise Stimme behauptete, er habe ein ganz anderes Ziel verfolgt. Sonst wäre er wohl kaum so eilig nach Hause gefahren, in der Hoffnung, Renae noch zu sehen, bevor sie zur Arbeit fuhr.

Er schloss seine Wohnungstür auf und schob Renae hinein. Er mochte es, wenn die goldenen Ziermünzen an ihrem Kostüm bei jeder Bewegung klirrten. Und er mochte es, dass sie so sexy in ihrer orientalischen Kleidung aussah. Aber am besten gefiel ihm, dass er sie so schnell wie möglich von ihren Sachen befreien würde.

Falls er Zweifel gehabt hatte, ob sie das Gleiche empfand, so verschwanden sie in dem Moment, als sie sich in seine Arme warf und ihn mit glühender Leidenschaft küsste.

Ihre nackte Haut am Rücken war herrlich weich. Vergeblich suchte er den Verschluss ihres Oberteils.

Lachend befreite sie sich aus seiner Umarmung. „Warte. Ich muss im Shop anrufen und Bescheid sagen, dass ich ein bisschen später komme."

Will runzelte die Stirn. „Ein bisschen?"

Er nahm ihre Hand und legte sie auf seine dünne OP-

Hose, damit sie seine Erregung spürte.

Renae machte große Augen. „Na schön“, meinte sie langsam, „viel später.“

Er schob einen Finger in ihr Top. „Sag ihnen, dass du den ganzen Tag ausfällst.“

Sie schluckte. „Den ganzen Tag?“ Ein sinnliches Lächeln erschien auf ihrem Gesicht. „Dann hast du tatsächlich vor, unsere Nacht von neulich zu wiederholen.“

Er nickte. „Mindestens.“

Renaes Finger zitterten so heftig, dass sie drei Versuche brauchte, bis sie ihr Handy aus der Handtasche herausbekam. Inzwischen hatte Will eine ihrer Brüste aus dem Oberteil des Kostüms befreit und umspielte die Knospe mit der Zunge.

Renae unterdrückte ein Stöhnen und stieß ihn an. „Gib mir eine Minute.“

Er schaute demonstrativ auf seine Uhr. „Ich gebe dir zwanzig Sekunden.“

Renae drückte die Taste für ihr Telefonverzeichnis und erhielt die Nachricht, dass es keine Einträge gab. Sie starrte auf das farbige Display, drückte erneut die Taste und erhielt das gleiche Ergebnis.

Das war seltsam. In ihrem Telefonverzeichnis befanden sich nicht weniger als fünfzig Nummern, von denen die für den Shop die wichtigste war.

Will begann auf sie zuzugehen, und sie wich lachend zurück. „Benimm dich lieber, sonst zeige ich dir keine Show.“

„Eine Show?“

Sie fragte sich, ob alle Briten so sexy waren wie Will. Falls ja, musste sie schnell London besuchen. „Genau.“

Sie schaltete ihr Handy aus, schaltete es wieder an und bekam wieder die gleiche Meldung, dass in ihrem Telefonbuch keine Einträge waren.

Das war äußerst merkwürdig ...

Will zog sein grünes OP-Hemd aus, unter dem seine muskulösen Arme und Bauchmuskeln zum Vorschein kamen. Renae lief das Wasser im Mund zusammen, und sie konnte sich beim besten Willen nicht mehr an die Nummer von Women Only erinnern.

Irgendwann gelang es ihr, die Nummer einzugeben. Danach schaltete sie das Handy aus und fuhr Will mit ihren Fingern durch die Haare. Er kniete vor ihr, das Gesicht an ihren nackten Bauch geschmiegt.

„Ich mag Nabelringe", gestand er und ließ die Zungenspitze erst in ihren Nabel und dann über den Nabelring gleiten, der mit einem roten Edelstein besetzt war.

Renae durchlief ein Schauer, für den der Ventilator über ihr nur zur Hälfte verantwortlich war. „Möchtest du eine Privatvorführung oder nicht?", flüsterte sie.

„Klar."

„Hast du Musik?"

Er machte ein Gesicht, als hätte sie sich erkundigt, ob er Hummer im Kühlschrank habe.

„Etwas Griechisches wäre doch gut. Oder orientalische Musik."

Will schien auf Knien vor ihr festgewachsen zu sein.

Renae hätte am liebsten ihren Bauchtanzrock ausgezogen und ihn mit dem fortfahren lassen, was er da tat.

Endlich schien er zu begreifen. „Sting."

Renae war skeptisch. Der Popsänger Sting machte ja nicht

gerade das, was man unter Bauchtanzmusik verstand. Doch Will stand bereits vor seiner Stereoanlage und durchsuchte seine umfangreiche CD-Sammlung, ehe er eine CD einlegte.

Sofort erklang orientalische Musik und die Stimme eines arabischen Sängers. „‚Desert Rose' von Sting", erklärte Will.

Zwar war es nicht ganz der Bauchtanzrhythmus, den sie sich gewünscht hatte, aber es konnte trotzdem funktionieren. So wie Will sie ansah, hätte sie ihre Hüften wahrscheinlich auch zu einem Barbra-Streisand-Song schwingen können, und er wäre zufrieden gewesen.

Sie schüttelte die Arme und hob sie über den Kopf, um die richtige Position zu finden, die es ihr ermöglichte, ihre Muskeln zu lockern und in die richtige Stimmung zu kommen. Dann schob sie langsam die linke Hüfte vor und ließ sie kreisen, sodass die Ziermünzen leise klirrten.

Will beobachtete ihren Tanz gebannt. Ein heißes Gefühl durchströmte sie, während sie ihre Erfahrung aus den Kursen ausspielte – auch wenn sie eher selten dazu kam, den Bauchtanz privat auszuprobieren. Ihre Bewegungen wurden immer geschmeidiger und sinnlicher, während sie sich in den Rhythmus hineinsteigerte.

„Heiliger Bimbam."

Renae musste grinsen, als Will sich praktisch auf sie stürzte und sie aufs Sofa warf.

„Warte!", rief sie atemlos nach etlichen Küssen und dem Versuch, seine Hände von ihrem Kostüm abzuwehren. „Hast du eine Ahnung, was das kostet? Ginger reißt mir den Kopf ab, wenn ich es ruiniere."

„Ich kaufe dir zehn davon."

Sie lachte und biss ihn in die Unterlippe.

„Au! Warum hast du das getan?"

„Gib mir eine Minute Zeit."

„Noch eine? Ich habe dir doch vorhin erst eine gegeben."

„Das waren zwanzig Sekunden."

Widerstrebend löste er sich von ihr. „Na gut. Ich gebe dir weitere vierzig Sekunden. Aber nur, wenn du versprichst, sie nicht alle in Anspruch zu nehmen."

Renae stand auf und zog sich schnell das Kostüm aus. Noch ehe sie das Top über eine Sessellehne legen konnte, zerrte Will sie wieder zurück aufs Sofa. Auf allen vieren kniete sie darauf, während er sich hinter ihr befand.

Ehe sie noch einen Scherz über seine Ungeduld machen konnte, lagen seine Hände plötzlich auf ihren Hüften und glitten zwischen ihre Beine. Sie sog scharf die Luft ein, als er geschickt ihren intimsten Punkt zu streicheln begann.

„Oh, du bist gut", flüsterte sie und erschauerte am ganzen Körper.

„Du hast ja keine Vorstellung."

Renae streckte sich ihm entgegen. „Oh, das habe ich schon. Aber falls es dir nichts ausmacht, kann ich auf den gleichen Beginn wie beim letzten Mal verzichten."

Er lachte leise und drang behutsam mit zwei Fingern in sie ein. Renae schnappte nach Luft, berauscht vor Verlangen. Ihre Lider sanken herab, und pulsierende Hitze durchströmte sie.

„Du bist wundervoll", flüsterte er mit vor Erregung heiserer Stimme.

Es war acht Uhr an einem Montagmorgen, und Renae hatte Sex mit Will auf seiner Couch. Diese sündige Vorstellung erregte sie heftig und ließ sie das Leben mit ganz neuen Augen sehen. Normalerweise war sie verantwortungsbewusst und fleißig. Doch ein verwegenes Lächeln von Will, und schon meldete sie sich krank, um vor ihm zu strippen und mit ihm Sex zu haben.

Sie entschied, dass sie genug Vorspiel gehabt hatte. Sie wollte ihn jetzt in sich spüren, sofort.

Als sie nach hinten griff, um ihn zu sich zu führen, stellte sie zu ihrer Überraschung fest, dass er sich bereits ein Kondom übergestreift hatte. Er zog seine Finger zurück und drang stattdessen mit seinem Glied so tief in sie ein, dass sie beinah sofort zum Höhepunkt gelangte.

Oh ja, das war eindeutig besser als arbeiten. Besser als der verantwortungsbewusste Erwachsene zu sein, der ein verantwortungsbewusstes Leben führte. Die Verwegenheit ihres Tuns gab ihr das Gefühl, stark und anders zu sein … und lebendig – zum ersten Mal seit langer, langer Zeit, dass sie sich wünschte, es würde nie mehr enden.

Will schien sich genau auf ihre Bedürfnisse einzustimmen und zog ihr Liebesspiel so in die Länge, dass sie alles ganz intensiv erlebte. Er legte ihr eine Hand auf den Rücken, die andere auf ihre Hüfte und hielt sie fest. Dann drang er erneut so quälend langsam in sie ein, dass sie glaubte, verrückt vor Lust zu werden.

Sie hörte ein lang gezogenes Stöhnen und merkte, dass es von ihr selbst stammte, weil sich tief in ihr eine wundervolle Spannung aufbaute, die sich mit jedem Stoß steigerte. Das weiße Ledersofa fühlte sich weich an unter ihren Knien und Handflächen, und sie spürte Wills heiße Haut an ihrem Rücken. Sie wollte, dass er das Tempo beschleunigte. Einerseits glaubte sie, es vor Verlangen nicht mehr länger aushalten zu können, andererseits wollte sie nicht, dass diese berauschenden Empfindungen, die sie jedes Gefühl für Raum verlieren ließen, jemals endeten.

Will stellte den rechten Fuß auf den Boden und schob die Hand von ihrem Rücken zu ihrer Hüfte, wo er seinen Griff gerade so weit verstärkte, dass sie es spürte. Kaum hatte sie die Veränderung bemerkt, drang er noch tiefer ein. Er steigerte sein Tempo, bewegte sich immer heftiger, fordernder. Renae bog den Rücken durch und streckte sich ihm entgegen, ihre Brüste schwangen hin und her. Er hielt sie gepackt, während er wieder und wieder in sie eindrang und sie in eine Welt entführte, die aus purer Empfindung und Begierde bestand.

„Renae, was machst du nur mit mir!", stieß Will kurz vor dem Höhepunkt aus.

Sie stöhnte auf. Alles um sie herum schien in einer Wolke aus purer Lust zu versinken, während sie gemeinsam den Gipfel erreichten. Es war so unbeschreiblich schön, dass Renae sich wünschte, Will möge nie mehr aufhören, sie zu lieben.

Drei Stunden später lag Will auf dem Rücken, sein Kopf ragte über das Fußende des Bettes hinaus, während Renae quer auf der Matratze lag, ihre Beine mit seinen verschlungen. Er hatte seit fast zwanzig Stunden kaum Schlaf bekommen, dann hatte er eine zermürbende Zwölfstundenschicht im Krankenhaus gearbeitet, während der er nicht weniger als sieben Teenager behandelt hatte, die offenbar in einen Kampf verfeindeter Gangs verwickelt gewesen waren, außerdem vier Opfer eines Autounfalls, von denen eines mit dem Rettungshubschrauber gebracht worden war.

Dennoch war er nicht müde. Erschöpft vielleicht und ganz sicher lüstern. Aber nicht müde.

Zwar grinste er zufrieden übers ganze Gesicht, doch ahnte er bereits, dass hier etwas nicht stimmte. Sex war ihm stets wichtig gewesen, aber er hatte nie ein so unersättliches Verlangen nach einer Frau gehabt. Selbst nach drei Stunden ohne Pause hatte er noch nicht genug von Renae.

Er hob den Kopf und betrachtete ihren sexy Po. Sofort erwachte seine Lust von Neuem.

Sie schaute über die Schulter zu ihm, und ihr gerötetes Gesicht und ihr Lächeln spiegelten seine Gefühle wider.

„Wow", sagte sie.

Will ließ den Kopf wieder sinken. „Tja, wow."

Renae wollte ihr rechtes Bein unter seinem hervorziehen, doch es gelang ihr nicht. Sie drehte sich auf die andere Seite, sodass sie ihm das Gesicht zuwandte, und setzte sich auf.

„Du weißt, dass ich keine Lesbe bin, nicht wahr?"

Will sah sie an. „Wie bitte?"

Sie strich sich die Haare aus dem Gesicht. „Tabitha und ich wohnen zusammen. Wir sind kein Liebespaar. Vermutlich ist es dir nicht klar, aber Tabitha hat eine Freundin namens Nina, die ebenfalls bei uns wohnt."

Will verzog das Gesicht. „Schade, da zerplatzt gerade meine Lieblingsfantasie."

Renae lächelte, sagte aber nichts.

„Übrigens habe ich schon vermutet, dass du nicht auf Frauen stehst. Ich meine, wenn du eine echte Lesbe wärst, hättest du wohl kaum mit mir geschlafen oder wärst sofort verschwunden nach unserem etwas unglücklichen Beginn."

Die Matratze bewegte sich leicht, und Will begriff, dass Renae lachte. „Was willst du damit schon wieder sagen?"

„Oh, ich weiß nicht. Ich nehme an, dass selbst Homosexuelle mal Abwechslung beim Sex brauchen. Aber wenn du wirklich homosexuell wärst, hättest du dich nach meinem Frühstart vermutlich kopfschüttelnd abgewendet und deinen Glauben an die erotische Unfähigkeit des anderen Geschlechts bestätigt gefunden."

Renae warf sich lachend aufs Bett. Sie berührten sich nicht, doch aus irgendeinem Grund fühlte Will sich der Frau neben ihm näher als sonst irgendeinem Menschen seit langer Zeit. Aber warum das so war, darüber wollte er jetzt lieber nicht nachdenken.

„Hat dir schon mal jemand gesagt, dass du ein bisschen engstirnig bist?", meinte sie, hob ein Kissen vom Boden auf und legte es sich unter den Kopf.

Will versuchte, ihr das Kissen wegzunehmen. „Ich bin nicht engstirnig, sondern denke eben wie der Durchschnittsmann."

Renae schob seine Hand von ihrem Kissen. „Und das bedeutet?"

Er gab den Kampf um das Kissen auf und schnappte sich selbst eines von der anderen Seite des Bettes. „Das bedeutet, dass ich die Dinge so sehe, wie ich sie sehen will. Wenn ich mich dazu entschließe, die Dinge aus deiner Sicht zu betrachten, tja, dann verpufft meine Fantasie von dem lesbischen Pärchen, oder? Denn eine echte Lesbe würde sich nicht zum anderen Geschlecht hingezogen fühlen, ganz gleich, wie sexy der betreffende Mann ist." Er zwinkerte ihr zu. „Was mich zurückbringt zu meinem Eindruck, dass du keine echte Lesbe bist."

„Du hast ziemlich gewundene Gedankengänge, aber immerhin haben sie dich zu dem richtigen Ergebnis geführt. Tabitha ist allerdings tatsächlich lesbisch."

Will rollte sich auf die Seite und stützte sich auf den Ellbogen. „Erzähl. Vielleicht muss meine Lesben-Fantasie doch keinen langsamen und qualvollen Tod sterben."

Renae zog das Kissen unter ihrem Kopf hervor und schlug ihn damit. Nachdem sie es sich wieder bequem gemacht hatte, schwieg sie eine Weile und schaute zur Decke. Dann sagte sie schließlich: „So, und nun erzähl mir mal von deiner Freundin, der Assistenzärztin."

7. KAPITEL

Will starrte Renae entgeistert an. Gerade eben noch war er auf einer warmen Woge der Zufriedenheit dahingetrieben, und jetzt kam ein großer weißer Hai aus dem Nichts, um sich auf sein Privatleben zu stürzen.

„Oh. Falsche Frage?"

„Nein ... nein. Weniger die falsche Frage als der falsche Zeitpunkt."

Renae drehte sich auf die Seite, um ihn anzusehen. „Na ja, da wir ständig im Bett landen, wenn wir uns begegnen, wann wäre dann der richtige Zeitpunkt?"

Will brachte es nicht fertig, ihr ins Gesicht zu schauen. „Keine Ahnung. Vielleicht nie?" Ihn hatte plötzlich jeder Sinn für Humor verlassen.

„Versteht ihr euch gut im Bett, du und deine Assistenzärztin?", wollte Renae wissen.

Was für eine Frage, dachte er. „Um ehrlich zu sein, wir haben noch nie richtig miteinander geschlafen."

Renae runzelte die Stirn. „Noch nie?"

Er schüttelte den Kopf.

Ihr Lächeln wurde breiter, und er hatte den Verdacht, er würde es noch bereuen, dass er die Katze aus dem Sack gelassen hatte. „Na, dann gibt es auch keinen Grund, so schuldbewusst dreinzublicken, wie du es gerade jetzt tust."

Ihre Worte ließen ihn stutzen. „Wie bitte?"

Renae bewegte sich in ihrer Nacktheit mit wundervoller Selbstverständlichkeit. „Möchtest du, dass ich dir erkläre, wie ich die Sache sehe?"

Es gab eine ganze Menge anderer Dinge, die er lieber gewollt hätte, aber er wusste nicht, wie er diesem Gespräch ausweichen sollte. „Ja, gern."

„Nun, du fühlst dich schlecht, weil du mit mir im Bett liegst, während wir über deine Freundin reden."

„Weiter."

„Was ich sagen will, ist, wenn du nicht mit ihr schläfst, dann betrügst du sie auch nicht."

„Ein interessanter Standpunkt." Allerdings trug es nicht das Geringste dazu bei, seine Schuldgefühle zu mildern.

„Im Ernst. Denk mal drüber nach. Solange ihr zwei keine körperliche Beziehung habt, kannst du unmöglich körperlich untreu sein."

„Folgt man deiner Argumentation, kann ein Mann, der heiraten will, alles tun, bis er die Worte ‚Ja, ich will' ausspricht."

Sie lachte. „Nein, Dummkopf. Das setzt ja eine Übereinkunft voraus. Eine Verlobung." Ihre Augen weiteten sich. „Ihr seid doch nicht verlobt, du und die Assistenzärztin, oder?"

„Nein."

„Dem Himmel sei Dank. Einen Moment lang hast du mir ganz schön Angst gemacht."

„Na, überleg mal, was du mit mir machst."

Sie stützte sich auf den Ellbogen. „Das setzt dir ganz schön zu, nicht wahr?"

„Nein", log er. „Die Tatsache, dass ich mit dir darüber rede, bereitet mir viel mehr Sorge."

Ihre Augen leuchteten. „Weil ich die andere Frau bin."

„Weil du nackt in meinem Bett liegst."

„Ach so." Renae zog einen Schmollmund, womit sie die

Sinnlichkeit ihrer Lippen noch unterstrich. „Möchtest du, dass ich gehe?"

Die Unterhaltung hatte seine Lust vorübergehend gedämpft. Doch als er jetzt Renaes Brustspitzen betrachtete, ihre zarte Haut und das kleine Haardreieck zwischen ihren Beinen, erwachte sein Verlangen von Neuem. „Nein."

„Dann willst du also, dass ich bleibe?"

„Nein", antwortete er schnell.

Sie lachte. „Da ich nicht vorhabe, mich in deinem Schrank zu verstecken, bis du dich entschieden hast, sollte ich wohl doch lieber gehen."

„Nein", sagte er noch einmal und hielt sie am Arm fest, als sie aufstehen wollte. Er sah ihr ins Gesicht und dachte, dass er sie unwiderstehlich fand. Sie war kein Vergleich zu den Frauen, mit denen er früher Abenteuer gehabt hatte, die nie länger als ein paar Stunden dauerten. Mit Renae hingegen war es schon die vierte Stunde ihres zweiten Treffens, und er war ihrer Gesellschaft nicht nur noch nicht überdrüssig, sondern wollte sogar noch mehr von ihr. „Ich habe eine interessante Frage an dich", sagte er leise.

„Ach ja?"

„Findest du es nicht ein bisschen seltsam, dass du auf die Assistenzärztin kein bisschen eifersüchtig bist?" Betroffen registrierte er, dass er Janet schon genau wie Renae „die Assistenzärztin" nannte, statt ihren Namen zu benutzen. Aber Janet war im Augenblick nicht das Thema der Unterhaltung. Renae und ihr eigenartiges Verhalten interessierten ihn viel mehr.

„Eifersüchtig?"

„Ja. Ich meine, immerhin bin ich im Grunde mit jemand anderem zusammen. Auch wenn wir noch keinen Sex hatten ..., noch nicht“, zwang er sich hinzuzufügen, „so wollte ich doch welchen.“

„Und deshalb sollte ich eifersüchtig sein?“

„Na ja ..., wäre das nicht die normale menschliche Reaktion in einer solchen Situation?“

„Das hängt davon ab, wie du ‚normal‘ definierst.“

Er dachte über ihr Argument nach. „Dann weicht deine Definition von der der meisten Menschen ab?“

„Möglicherweise nicht so sehr die Definition, sondern eher die Umstände. Und die Umstände sind diesem Fall ...“

„Unserem Fall ...“

„Also es ist so, dass ich von deiner Beziehung zu einer anderen Frau wusste, bevor wir uns miteinander einließen.“

„Hm. Aber das erklärt nicht, weshalb du nicht eifersüchtig bist, jetzt, wo wir über den Status eines One-Night-Stands hinaus sind.“

Ihr Lachen, das sonst lustvolle Gedanken in ihm auslöste, ärgerte ihn diesmal. „Ich würde das, was zwischen uns ist, nicht unbedingt als dauerhafte Beziehung bezeichnen, Will.“

„Nein, das würdest du wohl nicht.“

Sie schwieg eine Weile, und das Lächeln verschwand von ihrem Gesicht, während sie ihn nachdenklich betrachtete. „Du etwa? Würdest du dies als Beziehung bezeichnen?“

„Tja, genau darin liegt das Problem, nicht wahr?“

„Ich kann dir nicht ganz folgen.“

Er seufzte schwer und rieb sich das Gesicht. Er musste duschen und sich rasieren, brachte jedoch weder für das eine noch für das andere die nötige Kraft auf. Sein Blick fiel auf Renaes glitzernden Piercingschmuck im Nabel und ihre zarte Haut. „Natürlich kannst du mir nicht ganz folgen, ganz einfach deshalb, weil ich selbst nicht weiß, worauf ich eigentlich hinauswill.“

Das unangenehme Gefühl in der Magengrube bereitete ihm Sorge. Er nahm an, dass es ganz normal war, angesichts der Situation, in die er sich gebracht hatte. Was er da empfand, war schlicht und einfach Schuld.

Er sah zu der Frau neben sich und begriff, dass es auch etwas völlig anderes sein konnte.

„Triffst du dich eigentlich mit jemandem?“, fragte er.

Renae musste grinsen. Will und sein offensichtlicher moralischer Zwiespalt waren einfach zu süß. „Wie bitte?“

Er winkte ab. „Ich weiß, wir haben schon geklärt, dass du nicht mit deiner Mitbewohnerin zusammen bist. Aber gibt es ..., gibt es da einen Mann in deinem Leben?“

„Hm, einen Mann“, wiederholte sie. Das machte ihm anscheinend schwer zu schaffen. Sie stützte den Kopf in die Hand. Als sie sich zum Blaumachen bereit erklärt hatte, was ihr früher nie in den Sinn gekommen wäre, war sie nicht auf ein solches Gespräch gefasst gewesen. „Wenn du wissen willst, ob ich mit jemandem zusammen bin, lautet meine Antwort nein.“

„Vielleicht hast du eine harmlose Affäre?“

Sie lachte. „Nein.“

„Oder telefonierst mit einer alten Liebe?“

„Nein.“

„Oder du hast jemanden im Visier?“

„Nein.“

Er wirkte seltsam erleichtert und zugleich enttäuscht über diese neuen Informationen.

„Momentan gibt es keinen Mann in meinem Leben.“ Sie

strich ihm die Haare aus der Stirn. „Anwesende natürlich ausgeschlossen."

„Natürlich", murmelte er. „Und du bist wirklich nicht eifersüchtig? Nicht im Mindesten?"

Renae lächelte, streichelte seine Wange und küsste ihn. „Nicht im Mindesten." Hätte er jedoch mit der Assistenzärztin geschlafen … Sie versuchte diesen unerwünschten Gedanken zu stoppen. Aber die Wahrheit war, sie empfand Genugtuung darüber, dass sie einen Gutteil der letzten drei Tage mit Will in seinem Bett verbracht hatte, das er mit der Assistenzärztin noch nicht geteilt hatte. Nicht, dass sie Will das jemals gestehen würde. Das würde sein enormes Ego nur noch mehr stärken.

Apropos enorm, ihr Blick fiel auf seine Männlichkeit, die selbst im Ruhezustand beeindruckend war. Und es gefiel ihr, dass sie die Hand danach ausstrecken und beobachten konnte, wie sein Glied sich aufrichtete.

„Erzähl mir mehr von deinen Fantasien, die du über mich und Tabitha hattest", neckte sie ihn und verspürte erneut heftiges Verlangen nach ihm.

Will stöhnte, als sie ihn mit den Händen umschloss und seine pulsierende Härte sanft rieb. „‚Hatte' ist das Schlüsselwort", brachte er mühsam hervor. „Mit deinem Geständnis, dass du gar nicht lesbisch, ja nicht einmal bisexuell bist, hast du diese Fantasie natürlich zerstört. Bi wäre nett gewesen, denn dann hättest du …"

Renae rutschte näher und begann ihn mit der Zunge zu verwöhnen, während sie gleichzeitig zu ihm aufsah. „Hat dir schon mal jemand gesagt, dass du zu viel redest?"

„Nein, nie. Vielleicht liegt es an meiner Nervosität. Oder

an meinem schlechten Gewissen. Ein schlechtes Gewissen hat manchmal die seltsamsten Auswirkungen ..."

Renae nahm ihn in den Mund und begann ein aufregendes Spiel mit ihrer Zunge. Zufrieden registrierte sie Wills heiseres Stöhnen. Sie verstärkte ihre atemberaubenden Zärtlichkeiten noch, hielt dann jedoch kurz inne. „Was wolltest du sagen?"

„Ich wollte etwas sagen?" Seine Augen hatten einen verträumten Ausdruck. „Zur Hölle mit dem, was ich sagen wollte. Mach einfach weiter."

Sie lachte leise und tat, worum er sie gebeten hatte.

8. KAPITEL

Am darauf folgenden Abend wusste Will noch immer nicht so recht, was in ihm vorging – weder während Renae ihn mit ihrem sinnlichen Mund verwöhnte, noch wenn sie es nicht tat.

Er lief durch den Wartebereich im St. Vincent Mercy Medical Center und wünschte, es wäre etwas mehr los, damit seine Gedanken nicht ständig um sein Dilemma kreisten. Nicht, dass er den Menschen etwas Schlechtes oder gar Krankheiten wünschte. Aber er war erst seit einer Stunde im Dienst, und es kam ihm vor wie zehn.

Fast stieß er mit Evan Hadley zusammen, Assistenzarzt im ersten Jahr, der aus einem der Untersuchungszimmer kam. „He", begrüßte Will ihn. „Gibt's irgendetwas Interessantes?"

Evan hatte alle Vorzüge, die man sich wünschen konnte: gutes Aussehen, Intelligenz, das verwegene Lächeln eines typisch amerikanischen Footballhelden, bei dem die Krankenschwestern schwach wurden. Will hätte ihn auf den ersten Blick gehasst, wenn er ihn nicht selbst an Bord geholt hätte, um einem seiner College-Professoren einen Gefallen zu tun.

Außerdem waren die Krankenschwestern bei Will zu Anfang auch schwach geworden. Aber sobald einer aus der Belegschaft das erste Jahr hinter sich hatte und frisches Blut hereinkam, schenkten die Schwestern ihm keine Beachtung mehr.

Evan schüttelte den Kopf. „Nein, nur Nasenbluten."

Will verzog das Gesicht. „Aufregender wird es wohl heute Nacht nicht."

Evan deutete auf die Krankenkarte in seiner Hand. „Da wünsche ich mir glatt, ich wäre wieder in L.A. Selbst ein langweiliges Fachseminar ist aufregender als das hier."

„Das stimmt", meinte Will. „Du warst am ersten Wochenende dort, oder? Bist du Janet begegnet?"

„Ein- oder zweimal auf dem Flur." Evan zuckte mit den Schultern. „Wie sieht's denn bei dir aus?"

„Bei uns ist noch weniger los als bei euch."

Evan machte sich auf den Weg zur Krankenstation. „Wir sollten wohl hoffen, dass es so bleibt."

„Ja, vermutlich."

Will schaute auf seine Uhr, besprach mit zwei Krankenschwestern einige Fälle und ging zurück zum Umkleideraum. Seine Gedanken kreisten weiter um Renae. Er versuchte sich einzureden, dass er nur deshalb etwas mit ihr angefangen hatte, weil ihm etwas gefehlt hatte. Doch die Wahrheit ließ sich nicht so leicht verleugnen.

Trotz seiner seltsamen Unterhaltung mit ihr gestern und ihren Fragen nach Janet hatten sie nicht nur den restlichen Vormittag, sondern den restlichen Tag im Bett verbracht und phänomenalen Sex gehabt. Zwischendurch waren sie nur aufgestanden, um den Kühlschrank zu plündern oder chinesisches Essen zu bestellen. Und sie bestellten viel, nicht nur, weil man nach chinesischem Essen eine halbe Stunde später schon wieder Hunger bekam, sondern auch, weil sie so viele Kalorien verbrannten, dass sie dringend eine Stärkung brauchten.

Komisch, er hätte nie gedacht, mal aus purer Erschöpfung mitten im schönsten Sex eine Pause einzulegen.

Irgendwann gegen vier war er in einen komaähnlichen Schlaf gefallen und erst um halb acht vom Klingeln des Weckers wieder aufgewacht – allein. Ohne Nachricht. Ohne Slip auf seiner Nachttischlampe. Ohne das geringste Zeichen von Renae.

Geblieben waren ihm nur die Erinnerungen, seine müden Muskeln und ihr Duft, der allerdings überall zu sein schien. Diese Frau würde ihn noch in den Wahnsinn treiben, das spürte er.

Und die Vorstellung, dass es ihr nur um Sex ging, machte ihm zu schaffen, auch wenn er das lieber nicht genauer analysieren wollte.

„Verdammt!"

Es ergab doch überhaupt keinen Sinn, dass er sich mit der Frage beschäftigte, ob sie wirklich bloß an Sex mit ihm interessiert war. Ihm ging es schließlich auch um nichts anderes. Wieso sollte Renae dann anders empfinden? Ihr Verhalten für fragwürdig zu halten, war geradezu sexistisch, denn warum sollten Frauen nicht die gleichen Rechte haben? Ging es einem Mann nur um Sex, war er ein toller Hengst, während eine Frau gleich als Schlampe galt.

Er knallte das Krankenblatt, das er mit sich herumtrug, auf den runden Tisch und setzte sich auf einen der fünf freien Stühle. Zu Beginn der Schicht war der Umkleideraum angenehm leer. In etwa einer Stunde, wenn die Nachtschicht kam, würde hier große Unruhe herrschen.

Aber Will wurde von seiner eigenen Unruhe verfolgt.

Diese Unruhe und seine sexuelle Frustration hatten ihn in Renaes Arme getrieben – und jetzt war er beunruhigt und besorgt, weil er diese Affäre begonnen hatte und Renae nicht mehr vergessen konnte.

Colin tat gut daran, sich aus der Sache herauszuhalten. Wenn er, Will, noch die Möglichkeit hätte, würde er sich selbst auch heraushalten. Leider war es dafür ein bisschen zu spät.

Er wünschte, Renae wäre wenigstens etwas anhänglicher

oder hätte ihn gebeten, mit Janet Schluss zu machen. Wenn sie nur einen Hauch Eifersucht gezeigt hätte, dann wäre vielleicht alles anders.

Genau das war das Dilemma.

Will hatte sich nie für oberflächlich gehalten. Dennoch fragte er sich jetzt, ob er es nicht doch war und ob Männer es nicht ganz allgemein waren. Wenn ja, dann lag es seiner Meinung nach an den Frauen, mit denen sie sich abgaben. Er hatte Affären gehabt mit Frauen, die gern sein Bett mit ihm für eine Nacht teilten, in dem Wissen, dass es nur diese eine Nacht sein würde. Und dann waren sie trotzdem wütend gewesen, wenn er sie am nächsten Tag nicht angerufen hatte.

War es mit Renae anders, weil sie nach dem ersten Mal keinen Anruf erwartet hatte? Weil sie gar nichts von ihm erwartet hatte?

Will stützte den Kopf auf die Hand und kratzte sich an der Schläfe. Wenn das der Fall war, dann war doch etwas dran an den Dating-Regeln und der Mars-Venus-Theorie, über die er vor Kurzem noch gespottet hatte. Konnte es sein, dass Frauen bloß so zu tun brauchten, als sei schwer an sie heranzukommen? Brauchten sie dem Mann nur das Gefühl zu geben, er müsse sich anstrengen, um ihre Aufmerksamkeit zu erlangen, und – zack! – war er verloren?

Eine weitere Frage drängte sich auf: Wäre er überhaupt noch mit Janet zusammen, wenn sie gleich zu Beginn ihrer Beziehung mit ihm geschlafen hätte?

Er schaute erneut auf seine Uhr. Du meine Güte, diese Grübelei führte zu nichts.

Natürlich musste die Entschlossenheit der Frau echt sein. Janet wollte wirklich bis zur Hochzeitsnacht warten. Renae ging es wirklich nur um Sex. Vermutlich hätte er sich über beide Frauen keine weiteren Gedanken gemacht, wenn er gemerkt hätte, dass sie nur Spielchen trieben. Zum Beispiel, wenn er bei Renae gespürt hätte, dass sie nur so tat, als sei es ihr egal, sich in Wahrheit aber nach einem Anruf von ihm sehnte. Oder wenn er bei Janet das Gefühl gehabt hätte, dass sie nur deshalb vor der Ehe keinen Sex mit ihm wollte, weil sie ihn dazu bringen wollte, ihr die teuerste Hochzeit diesseits des Atlantiks auszurichten.

Aber da war noch eine andere Frage: War es möglich, zwei Frauen gleichzeitig zu begehren, aus zwei völlig unterschiedlichen Gründen?

Er schaute aus dem Fenster in die dunkle Nacht hinaus. Und er fragte sich, ob es eigentlich noch schlimmer werden konnte.

Jemand klopfte kurz an die Tür, dann kam Dr. Stuart Nealon, Janets Vater, herein, der außerdem zufällig der Chefarzt des Krankenhauses war.

Will gab sich einen Ruck und stand auf.

„Will, da sind Sie ja", begrüßte Stuart ihn mit ernster Miene. „Ich hatte gehofft, wir können uns mal von Mann zu Mann unterhalten."

Oh ja, dachte Will mit wachsendem Grausen, es ist durchaus möglich, dass alles noch schlimmer wird.

Renae legte dicke Frotteebademäntel zusammen und stapelte sie in der Schaufensterauslage von Women Only, doch mit ihren Gedanken war sie ganz woanders. Ohne es zu merken, nahm sie einen Versandkarton und stand da, als wisse sie nicht genau, was damit zu tun sei.

„Die Bademäntel sind hübsch, aber so hübsch nun auch wieder nicht."

Sie sah auf und entdeckte Lucky, die aus dem Tanzraum in den Verkaufsraum kam. In letzter Zeit kam sie oft nach Feierabend vorbei, um ein paar Dehnübungen zu machen. Sie behauptete, sie müsse sich entspannen nach einem langen Tag in der Filiale in der Innenstadt … und bevor sie nach Hause zu Colin fuhr.

Renae schüttelte lächelnd den Kopf. „Entschuldige, was hast du gesagt? Ich kann mich in letzter Zeit anscheinend nur schwer konzentrieren."

Lucky lehnte sich gegen den Verkaufstresen und musterte Renae. „Ich habe gerade eine Bemerkung über deine Geistesabwesenheit gemacht." Sie nahm ihr den Karton ab und trat ihn platt, damit er in den Altpapiercontainer draußen passte.

„Ich hatte gehofft, Ginger würde heute Abend noch hereinschauen. Sie hat sich die ganze Woche über kaum im Laden blicken lassen und …" Renae hatte gehofft, mit ihr reden zu können.

Lucky kniff die Augen zusammen. „Offenbar geht hier etwas vor sich, von dem ich nichts weiß und über das du nicht sprechen willst."

War es so offensichtlich? Renae hob etwas von dem Verpackungsmaterial vom Fußboden auf.

„Ich wollte dich nur wissen lassen, dass ich für dich da bin, wenn du jemanden zum Reden brauchst."

Renae richtete sich auf und erkannte, wie aufrichtig Luckys Angebot gemeint war. „Ich weiß", sagte sie leise.

Und das war der Moment, in dem sie sich entschloss, alles zu erzählen.

Aber nicht von Will und ihren erotischen Begegnungen, auch wenn diese sie immer mehr beschäftigten. Stattdessen schüttete sie Lucky zum ersten Mal, seit die Idee in ihr keimte, ihr Herz über ihre beruflichen Hoffnungen und Träume aus.

„Ich weiß nicht, wo ich anfangen soll“, begann sie. „Als Ginger mich vor fünf Jahren einstellte, dachte ich nicht über die nächste Minute hinaus. Du weißt schon, man war damit beschäftigt, Regale einzuräumen, sich neue Sachen einfallen zu lassen, die Frauen interessieren könnten ...“

„... Massagen zu verabreichen und Bauchtanzkurse zu geben“, ergänzte Lucky mit einem verständnisvollen Lächeln.

„Genau. Alles lief bestens, und ich war zufrieden mit meinem Job. Ich arbeite gern mit Ginger zusammen.“

„Aber ...“

Renae hatte gar nicht gemerkt, dass sie verstummt war, bis Lucky sie sanft drängte. „Kein Aber. Ich arbeite immer noch gern hier. Ich kann mir nichts Besseres vorstellen. Nur haben sich meine Interessen weiterentwickelt.“

„Du meinst in Richtung eines eigenen Ladens?“

Renae nickte und sah auf das Verpackungsmaterial, das sie nach wie vor in den Händen hielt. Sie ging hinter den Tresen, um es wegzuwerfen. „Zuerst kündigt Leah Westwood an, dass sie eine Filiale in der Nähe von Sylvania aufmachen will. Ich wusste ja, dass sie Teilhaberin ist, aber ...“

„Dann hast du mich eingestellt ...“, half Lucky ihr weiter.

Renae lächelte. „Du weißt, worauf ich hinauswill, nicht wahr?“

Lucky grinste. „Was hältst du davon, wenn wir ins Büro gehen und uns bei einer Tasse Ginseng-Tee darüber unterhalten?“

Trotz des zusätzlichen Gewichts auf ihren Schultern durch Luckys Arm fühlte sich Renae, als sei eine schwere Last von ihr abgefallen. Jetzt, wo sie es laut ausgesprochen hatte, kamen ihre Träume und Hoffnungen ihr nicht mehr nebulös vor, sondern mehr wie eine solide Leiter, die sie in unbekannte Höhen führen würde. Und als Renae Lucky in den anderen Raum folgte, wurde sie sich ihrer Sehnsucht bewusst, diese Leiter so hoch wie möglich zu erklimmen.

„Wie stehen die Dinge zwischen Ihnen und meiner Tochter?"

Will starrte Dr. Nealon an. Nachdem er Will im Umkleideraum aufgespürt hatte, hatte er vorgeschlagen, auf einen Kaffee und einen Doughnut in die Cafeteria zu gehen. Will hatte auf den Doughnut verzichtet und wünschte nun, er hätte sich für entkoffeinierten Kaffee entschieden, weil seine Nerven schon angespannt genug waren. Seine Hand zitterte leicht, als er den Pappbecher an die Lippen hob.

„Wie bitte?", fragte er, und seine Stimme klang eine Spur heiser.

Stuart grinste. „Haben Sie geglaubt, Sie könnten Ihre Beziehung mit Janet so lange vor mir geheim halten?"

Will stellte den Pappbecher ab und versuchte es mit einem lässigen Lächeln. „Nein, Sir, das habe ich nicht. Ich dachte nur, dass Sie es nicht so schnell herausfinden."

Um ganz ehrlich zu sein, er hatte sich bei Janets verwandtschaftlicher Verbindung zum Chefarzt des Krankenhauses überhaupt nichts gedacht. Sie waren schon seit zwei Wochen miteinander ausgegangen, als er von dieser Verwandtschaft erfahren hatte. Und da hatte er sich längst fest vorgenommen, die hübsche Assistenzärztin zu verführen.

„Nun ja, ich weiß es schon seit geraumer Zeit. Von Anfang an, um genau zu sein. Sehen Sie, meine Tochter und ich haben nicht viele Geheimnisse voreinander."

Will war froh, dass er in diesem Augenblick keinen Kaffee trank, weil er vermutlich sonst sein Gegenüber vor Schreck damit bespuckt hätte.

„Trotzdem nahm sie mir das Versprechen ab, Ihnen nichts zu sagen", fügte Dr. Nealon hinzu.

Wieso erzählte er es ihm dann? Will rieb sich gedankenverloren das Kinn. „Na ja, ich ..., also ..., ich mag Ihre Tochter sehr, Sir."

Stuart winkte ab. „Hören Sie auf mit dem ewigen ‚Sir', Sexton. Sie arbeiten jetzt wie lange hier?"

„Fast sechs Jahre, Sir." Und vor zwei Jahren war Stuart Nealon zum Chefarzt ernannt worden.

Stuarts Grinsen wurde breiter. „Ich finde, das ist lange genug für eine persönlichere Anrede zwischen uns. Bitte nennen Sie mich Stuart."

Will nickte. „Stuart. Na schön, Stuart."

Wieso bekam er immer mehr den Eindruck, dass Stuart sich nach Wills Absichten im Hinblick auf seine Tochter erkundigen wollte? Und was meinte er damit, dass seine Tochter und er keine Geheimnisse voreinander hatten? Wusste sein Boss, dass er noch keinen Sex mit seiner Tochter gehabt hatte? Oder dachte er, sie würden es bei jeder Gelegenheit miteinander treiben?

Stuarts Miene verriet nichts. Will war klar, dass man nicht in die Position eines Chefarztes aufstieg, wenn man nicht über ein gewisses Maß an Selbstbeherrschung verfügte – und ein sehr gutes Pokerface.

„Wie dem auch sei, Janet ist nicht der Grund, weswegen ich mit Ihnen sprechen wollte."

Will gab sich Mühe, nicht völlig perplex zu wirken. „Nein?"

„Nein. Sehen Sie, ich habe schon seit einiger Zeit meinen Blick auf Sie geworfen, Sexton." Er hob den Zeigefinger. „Sie haben mich und alle, mit denen Sie arbeiten, ziemlich beeindruckt."

Wills Ego blähte sich bei diesem Lob auf. Gleichzeitig schrillte eine Alarmglocke in seinem Kopf.

„Ich meine mich daran erinnern zu können, dass Sie an einer Stelle im Trauma-Zentrum interessiert waren, und zwar für die Tagesschicht."

„Das ist richtig, Sir – ich meine, Stuart. Ich bin immer noch daran interessiert."

Stuart lächelte. „Gut. Bleiben Sie sauber, mein Junge, vielleicht bekommen Sie dann, was Sie wollen."

Der Chefarzt stand auf, und Will folgte seinem Beispiel, obwohl er plötzlich weiche Knie hatte.

Das war's? Darüber hatte Stuart mit ihm sprechen wollen? Dass man in Betracht zog, ihm einen Platz in der Tagesschicht zu geben? Oder hatte er damit andeuten wollen, dass er seine Tochter glücklich machen sollte, um im Gegenzug berufliches Glück zu finden? Was für ein Durcheinander!

„Wie bitte?", fragte Stuart beim Hinausgehen.

Will stutzte. „Sir? Ich habe nichts gesagt."

Zumindest hoffte er, dass er nichts gesagt hatte. Denn alles, worauf er in den letzten sechs Jahren hingearbeitet hatte, stand auf Messers Schneide.

9. *KAPITEL*

Der nächste Tag war Renaes regulärer freier Tag, und sie beschloss, Luckys Rat anzunehmen und Ginger einen schriftlich formulierten Plan zu präsentieren. Einen Plan, der ihr die Möglichkeit bot, nach und nach Teilhaberin des Shops zu werden. Einen Plan, der sie in die Zukunft führte.

Die Zukunft ...

Früher hatte sie nicht viele Gedanken daran verschwendet. Selbst jetzt, wo sie auf Wills Bett lag, erschöpft und zufrieden, mit einem seiner Beine auf ihrem, schien das Morgen noch sehr weit weg zu sein, unbekannt und geheimnisvoll.

„Ich habe mich immer gefragt, was der Song ‚Afternoon Delight' – Vergnügen am Nachmittag – bedeutet."

Renae lachte leise über Wills Scherz und stieß mit ihrem Fußknöchel gegen seinen. „Wir hatten Sex am Nachmittag."

„Ja, aber vorher fing es immer zu einer anderen Tageszeit an, morgens, abends ..."

Renae grinste. Der Letzte, den sie vor einer Stunde vor ihrer Tür erwartet hatte, war Will gewesen. Sie hatte gedacht, er würde schlafen, da er in der Nacht gearbeitet hatte. Stattdessen stand er vor ihrer Tür, sah einfach unwiderstehlich aus und lud sie kurzerhand zu einem Quickie in seine Wohnung ein – er hatte es mit einem Augenzwinkern gesagt, das verriet, dass er alles andere als etwas Schnelles im Sinn hatte. Da sie schon viel von dem, was sie Ginger hoffte präsentieren zu können, notiert hatte, beschloss sie, eine kleine Pause zu machen. Mit Betonung auf „klein". Sie hatte vorgehabt, um fünf wieder in ihrer Wohnung zu sein, um ihrem schriftlichen Entwurf den letzten Schliff zu geben.

Sie fühlte eine warme Hand auf der Innenseite ihres Schenkels und drehte den Kopf, um zu sehen, wie Will sich ihrem intimsten Punkt näherte.

„Du bist unglaublich. Bist du gar nicht müde? Du hast mir doch erzählt, dass du seit dem Feierabend heute Morgen nicht geschlafen hast." Sie schaute auf ihre schmale Armbanduhr, die sie noch am Handgelenk trug – als einziges Teil von den Sachen, die sie vor einer Stunde angehabt hatte. „Und da du in vier Stunden schon wieder bei der Arbeit sein musst ..."

„Soll das etwa heißen, du willst lieber schlafen?"

Seine Finger erreichten ihr Ziel und begannen mit einer äußerst erotischen Liebkosung. Ein sinnlicher Schauer überlief Renae. „Ich will damit nur sagen, dass du vielleicht auch daran denken solltest, noch ein wenig Schlaf zu bekommen." Sie schluckte, als er mit den Fingern in sie eindrang. „Ich meine, wenn ich beim Job patze, kriegt jemand einen Bademantel in der falschen Größe. Wenn du patzt, ist am nächsten Tag ein Skalpell im Röntgenbild zu sehen."

„Sehr witzig."

Renae lachte leise und entzog sich ihm, da sie plötzlich eher den Wunsch hatte, mit ihm zu reden. Sie stützte den Kopf auf die Hand und gab ihm ein Kissen, das er sich unter den Kopf schob. „Ist etwas geschehen, worüber du mit mir sprechen möchtest?"

Er runzelte die Stirn, was ihre Aufmerksamkeit auf seine sexy zerzausten Haare und den lüsternen Ausdruck in seinen Augen lenkte. „Wieso fragst du das?"

Sie zuckte mit den Schultern. „Ich weiß nicht. Du kommst mir heute ein wenig abwesend vor, das ist alles."

Er stützte sich auf die Ellbogen. „Willst du damit andeuten, ich wäre meinen sexuellen Pflichten nicht nachgekommen?"

„Nein. Das meinte ich ganz und gar nicht."

Er gab einen Laut der Zufriedenheit von sich. „So sehe ich das aber auch."

Renae lehnte sich zurück und sah an die Decke. „Arroganter Kerl."

„Nein, nur selbstbewusst. Das ist ein Unterschied."

Erneut streckte er die Hand nach ihr aus, und Renae rückte außer Reichweite. „Du kannst unmöglich schon wieder Sex wollen."

„Wieso nicht?"

„Na ja, erstens haben wir, glaube ich, gestern irgendwann auch noch das letzte Kapitel des *Kamasutra* durchgeackert."

„Und was willst du mir damit sagen?"

„Damit will ich dir sagen ..."Ja, was? Einen Moment lang hatte Renae ihn irrtümlich für jemanden gehalten, der mehr als Sex von ihr wollte. Und einen Moment lang hatte sie irrtümlich geglaubt, sie wolle mehr als Sex von ihm.

Er rollte sich auf die Seite. „Oh-oh. Was geht in deinem hübschen Kopf vor?"

Zu ihrer eigenen Überraschung stellte sie fest, dass sie ihm um ein Haar von ihren Plänen für Women Only erzählt hätte und davon, wie frustrierend es gewesen war, dass sie Ginger noch immer nicht gesehen hatte. Wie Lucky ihr gestern Mut zugesprochen hatte und sie deshalb vorhatte, Ginger im Lauf des Tages anzurufen, um sich mit ihr zum Essen zu verabreden und ihr bei der Gelegenheit ihren Plan zu präsentieren. Sie wollte ihm von ihren Notizen in der Küche erzählen, die nur noch in eine vernünftige Ordnung gebracht werden mussten.

„Du hast recht“, gestand sie. „Ich will gar nichts damit sagen.“

Sie wollte aufstehen, doch er hielt sie am Fußknöchel fest. „Wohin gehst du?“

„Zurück in meine Wohnung. Du brauchst Schlaf.“

„Oh nein, du wirst nicht gehen.“

Er zog sie an sich und drückte sie mit sanfter Gewalt aufs Bett. Sie versuchte, nicht zu grinsen, doch vergeblich.

„Geh von mir herunter, sofort. Du erdrückst mich“, beschwerte sie sich.

Er zwinkerte. „Bisher hast du dich auch nicht beklagt, wenn ich auf dir lag.“

„Weil ich es wollte.“

„Und jetzt nicht mehr?“

Renae biss sich auf die Unterlippe. Seine Haut an ihrer zu spüren erinnerte sie daran, wie sehr sie es liebte, mit ihm zu schlafen. „Nein.“

Seine Miene wurde plötzlich ernst. „Nein?“ Er ließ sie langsam los.

Renae nutzte die Gelegenheit, die Positionen zu tauschen und stattdessen ihn aufs Bett zu drücken.

„Und das alles nur, damit du oben sein kannst?“, meinte er, als sie sich rittlings auf seine Hüften setzte, sodass ihr intimster Punkt sein Glied berührte. „Das war völlig überflüssig. Du hättest bloß zu fragen brauchen.“

Renae beugte sich vor und küsste ihn auf den Mund.

„Das ist schon besser“, meinte er.

Das Telefon auf dem Nachtschränkchen klingelte. Sie ignorierten es.

Renae nahm aus der Schublade des Nachtschränkchens auf

der anderen Seite des Bettes ein neues Kondom. Sie riss die Packung auf und hielt es Will wie einen Köder vor die Nase. „Bist du dir sicher, dass es das ist, was du willst?"

„Gib mir den Gummi."

Das Telefon hörte nicht auf zu klingeln, als Will ihr das Kondom aus den Fingern nahm.

„Ganz schön hartnäckig", bemerkte Renae und schnappte nach Luft, als Will an einer ihrer hoch aufgerichteten Brustspitzen zu saugen begann.

„Der wird schon aufgeben."

Das Telefon verstummte. Renae lehnte sich zurück, damit Will sich das Kondom überstreifen konnte.

„So, wo waren wir stehen geblieben?"

Wie auf Kommando fing das Telefon wieder an zu klingeln.

„Verdammt!", fluchte Will.

Renae rollte sich von ihm herunter, und er deutete es als Aufforderung, den Anruf entgegenzunehmen.

„Vielleicht wirst du im Krankenhaus gebraucht", meinte sie.

„Dafür habe ich einen Pieper."

„Ach so."

Verärgert setzte Will sich auf die Bettkante und nahm den Hörer ab. „Ich kann nur hoffen, es gibt einen guten Grund für diesen Anruf", meldete er sich.

„Will? Entschuldige, habe ich dich geweckt?"

Er sprang so abrupt auf, als wäre er aus dem Bett katapultiert worden.

Es war Janet.

„Ich dachte, du müsstest inzwischen wach sein, und ich

hatte gerade eine Pause zwischen den Seminaren, da wollte ich nur mal kurz anrufen, um zu sehen, wie es dir geht."

Er lauschte, wie Janet sich dafür entschuldigte, dass sie ihn geweckt hatte, wo er doch in Wirklichkeit den ganzen Nachmittag Sex mit seiner Nachbarin gehabt hatte. Will sah zu Renae, die verlockend auf seinem Bett lag und auf ihn wartete. Rasch wandte er sich von ihr und dem Bett ab und lief ins angrenzende Badezimmer.

Mist, Mist, Mist!

Er hörte, wie das Telefon zu Boden krachte, weil er es aus Versehen vom Nachtschränkchen gerissen hatte.

„Was war das, Will?"

Er hob den Apparat auf und zog an der Schnur, damit sie bis ins Badezimmer reichte. „Ich habe das Telefon heruntergeworfen."

„Hattest du eine schlimme Nacht?"

Will kniff die Augen fest zu und dachte daran, dass Renae ihn vor wenigen Minuten so ziemlich das Gleiche gefragt hatte. „Nein, es war nicht viel los. Ich bin nur spät eingeschlafen nach Schichtende heute Morgen, das ist alles."

„Weil ich dir gefehlt habe?"

Will registrierte Renaes neugierigen Blick, als hätte sie Janets Frage gehört. „Ja, das muss der Grund gewesen sein."

„Wie süß. Du fehlst mir auch."

Wie sehr? Diese Worte lagen ihm auf der Zunge, doch er sprach sie glücklicherweise nicht aus.

„Wirst du mich wie besprochen am Sonntag vom Flughafen abholen?", wollte Janet wissen.

Sonntag. Das war ihm noch so weit weg vorgekommen, aber jetzt schien es schon sehr bald zu sein. „Klar, natürlich."

Es entstand eine lange Pause, in der Will durch die Tür zu lauschen versuchte, was Renae nebenan machte.

„Will, ist alles in Ordnung bei dir?“, fragte Janet.

Es war alles andere als in Ordnung. „Bestens. Ich muss nur dringend zur Toilette und duschen.“

„Na schön, dann werde ich dich nicht länger aufhalten. Mein Seminar fängt ohnehin in wenigen Minuten an, und ich will einen guten Platz vorne erwischen.“

Typisch Janet; sie war weit weg in Kalifornien und hatte keine ernsteren Sorgen, als einen Platz in der vordersten Reihe zu ergattern.

Er war wirklich ein übler Kerl.

„Tja, dann wünsch ich dir viel Spaß bei deinem Seminar.“

„Den werde ich haben. Leb wohl.“

„Leb wohl.“

Will legte den Hörer auf. Na großartig! Normalerweise dachte er daran, seine Anrufe auf die Mailbox leiten zu lassen, wenn Renae da war. Und jetzt wusste er auch wieder, weshalb er das machte, denn genau diese Situation hatte er vermeiden wollen.

Heute hatte er es vergessen und war prompt mit heruntergelassener Hose ertappt worden.

Er starrte automatisch nach unten. Von wegen Hose, er hatte ja nicht mal eine an, wie meistens in den letzten fünf Tagen.

Er hörte ein leises Klopfen an der Badezimmertür. Er trat zurück und machte auf. Renae stand da in den Sachen, die sie vor einer Stunde angehabt hatte, als er zu ihr nach oben gegangen war, um sie in seine Wohnung zu locken. Die Caprihose mit Streifen in Weiß und Pink und das weiße Trägerhemd hätten eigentlich nicht so sexy aussehen dürfen, aber sie taten es.

„Habe ich etwas Falsches gesagt?", fragte er und presste das Telefon an sich.

Renae lächelte. „Ich muss zurück in meine Wohnung."

„Na klar. Ich verstehe." Aber verstand er es wirklich? Nein, musste er sich eingestehen.

Ein Mann mit festem Bezug zur Realität war nicht mit der einen Frau zusammen, ohne Sex mit ihr zu haben, während er mit einer anderen, mit der er nicht zusammen war, den heißesten Sex seines Lebens hatte.

„Soll ich dich noch zur Tür bringen?"

Renae schüttelte den Kopf, während sie ihre zweite Sandalette anzog und dadurch Wills Aufmerksamkeit auf ihren gebräunten Fuß mit den pinkfarbenen Fußnägeln lenkte. „Nein, ich kenne den Weg."

„Wegen morgen früh ..."

Sie gab ihm einen Kuss und legte ihm den Zeigefinger auf die Lippen, damit er seinen Satz nicht beenden konnte. „Morgen früh ist morgen früh. Warten wir einfach ab und sehen, was passiert."

„Gut. Einverstanden."

Er schien diese albernen Worte in letzter Zeit häufig zu gebrauchen, doch war er viel zu verwirrt, um auf etwas anderes zu kommen. Und irgendwie hatte er den Eindruck, dass es nicht besser werden würde. Er hatte sich da eine Sache eingebrockt, auf die er sich entweder konsequent einlassen oder von der er die Finger lassen musste.

10. KAPITEL

Renae schloss ihre Wohnung auf und war erstaunt darüber, dass sie trotz des überwältigenden Höhepunktes, den sie erst vor wenigen Minuten erlebt hatte, eine innere Unruhe empfand. Ihre Gedanken kreisten unablässig um Will und um das, was eben passiert war.

Einen Moment lang war sie eifersüchtig gewesen.

Einen Moment lang? Als Will vom Bett aufgesprungen und in seiner ganzen nackten Pracht mit dem Telefon im Badezimmer verschwunden war, um ungestört mit der Assistenzärztin sprechen zu können, hatte sie eine solche Eifersucht verspürt, dass es ihr fast den Atem raubte.

Das war nicht gut. Das war ganz und gar nicht gut.

Renae schloss die Tür hinter sich, warf die Schlüssel auf den Flurtisch und suchte einen gewissen Trost in der Vertrautheit der Wohnung, die sie seit sechs Monaten mit Tabitha bewohnte. Seltsamerweise funktionierte es diesmal nicht. Ein Grund dafür mochte sein, dass Nina die ganze Wohnung umdekoriert hatte. Die beruhigenden Erdtöne waren „aufgepeppt" worden, wie Nina es nannte, und zwar mit orangefarbenen und gelben Überwürfen, bei deren Anblick Renae jedes Mal erbleichte, wenn sie sich in der Wohnung umsah. Aber da Tabitha sich an den Veränderungen nicht zu stören schien und die Wohnung schließlich ihr gehörte, hatte Renae sich jeden Kommentar verkniffen.

„Tabby?"

Zwar gab es keinen Grund, davon auszugehen, dass ihre Freundin schon von der Arbeit zu Hause war, aber sie hatte es sich zur Angewohnheit gemacht, sich bemerkbar zu machen.

Da Nina vor einem Monat entlassen worden war, war sie normalerweise zu Hause, doch hatte Renae sich nie mit dem Gedanken anfreunden können, ihren Namen zu rufen. Es hatte keinen Sinn, so zu tun, als würde sie die andere Frau mögen. Schließlich war sie nicht diejenige, die mit Nina schlief.

Andererseits war ihr eigenes Urteilsvermögen, was ihre Bettpartner anging, möglicherweise ebenfalls ein wenig gestört.

Sie schlug den Weg zur Küche ein. Zumindest würde ihr Plan für Women Only sie von allem anderen ablenken. Von Will, Nina, Tabitha und der Tatsache, dass, wenn es so weiterging, sie sich bald eine eigene Wohnung würde suchen müssen, ob Tabby nun finanzielle Hilfe brauchte oder nicht. Es war nun einmal so, dass sie sich in dieser Wohnung wie eine Fremde fühlte, und das war nicht gut, ganz gleich, von welchem Standpunkt aus man es betrachtete.

Da die Nachmittagssonne auf die andere Seite des Gebäudes gewandert war, musste sie das Deckenlicht in der Küche einschalten. In dem Moment, als sie es tat, entdeckte sie, dass etwas fehlte.

Der Küchentisch war leer bis auf eine Schale mit Früchten, die dort stand, wo vorher ihre Notizen gelegen hatten.

Renaes Herz pochte.

Sie lief zum Tisch, sah auf den Stühlen nach und zog die Schublade auf, aus der sie den Block und den Stift genommen hatte. Block und Stift waren da, ordentlich weggeräumt, als hätte sie sie nie benutzt. Auf dem Block war nicht einmal die Schrift ihrer Notizen durchgedrückt.

„Nina?", rief sie.

Während sie im Mülleimer nachsah, in dem sich die leere Orangensaftpackung von heute Morgen und Butterpapier befand, lauschte sie auf die Stille in der Wohnung.

Sie schloss die Schublade wieder. Das konnte doch einfach nicht wahr sein.

Nachdem sie auch alle anderen Räume abgesucht hatte, blieb sie vor Tabithas und Ninas Tür stehen. Bisher war sie nie in Tabithas Privatbereich eingedrungen. Wenn die Tür abends offen stand und Tabitha sie einlud, ging sie natürlich hinein. Dann lagen sie zusammen auf dem Bett und sahen sich irgendwelche Fernsehserien an. Allerdings war das gewesen, bevor Nina eingezogen war.

Danach hatte Renae es kaum noch gewagt, ins Zimmer zu schauen, aus Furcht vor dem, was sie vorfinden könnte. Eine berechtigte Furcht, da Nina eine Vorliebe dafür hatte, nackt durch die Wohnung zu laufen. Sich mit seinem Körper wohl zu fühlen, war eine Sache. Ein Exhibitionist zu sein, eine andere. Und Nina fiel eindeutig in die zweite Kategorie.

Jetzt konnte Renae den vielen Bezeichnungen, die sie für Nina hatte, noch eine weitere hinzufügen: Diebin.

Sie ging an Tabithas Zimmer vorbei und wieder zurück in die Küche, wo sie Stift und Block aus der Schublade nahm. Dann ging sie in ihr Zimmer, schloss die Tür hinter sich und nahm sich vor, von jetzt an sorgsamer darauf zu achten, wo sie ihre Sachen hinlegte.

Zwei Tage später saß Renae Lucky im Coney Island Hot Dog on North Superior gegenüber – dem ältesten Lokal in der Innenstadt von Toledo, wenn man den Worten auf dem Fenster glauben wollte – und stocherte in ihrem Essen herum, während sie in Gedanken weit weg war. Seit dem Telefonzwischenfall in seiner Wohnung hatte sie Will nicht mehr gesehen. Was höchstwahrscheinlich sehr viel damit zu tun hatte, dass sie sich alle Mühe gab, ihm nicht zu begegnen. Und er verhielt sich genauso. Denn solange sie sich nicht über den Weg liefen, würde es auch keine peinlichen Momente geben. Das war eben der Nachteil, wenn man sich mit jemandem aus dem gleichen Haus einließ.

„Du bist sehr still heute“, bemerkte Lucky, deren Appetit offensichtlich so gesund wie eh und je war, als sie mit Genuss in ihren Hot Dog biss.

Renae hatte vor einer Stunde etwas an Luckys erblühendes Geschäft geliefert, und nachdem sie eine Weile ihre Bestände durchgegangen waren, hatte Lucky vorgeschlagen, in dem beliebten Imbiss, der sich interessanterweise direkt neben dem vornehmsten Restaurant von Toledo befand, zusammen zu Mittag zu essen.

„Er ist Georgio's, und ich bin Coney Island.“

Lucky stutzte und fragte mit vollem Mund: „Was?“

Renae hatte gar nicht gemerkt, dass sie die Worte laut ausgesprochen hatte. Sie winkte ab, nahm ihren eigenen Hot Dog und biss davon ab. „Will und ich“, erklärte sie kauend. „Er ist Georgio's, und ich bin diese Imbissbude.“

Lucky verschluckte sich fast vor Lachen und griff nach ihrem Mineralwasser. „Du bist doch keine Imbissbude.“

„Doch. Ich bin eine Schulabbrecherin, die nicht mal einen Gedanken daran verschwendet hat, ihren Abschluss zu machen, geschweige denn aufs College zu gehen.“

„Und deswegen glaubst du, dein Niveau entspräche einer Imbissbude?“

„Allerdings.“ Renae deutete mit dem Daumen zu der Wand, die die beiden Lokale voneinander trennte. „Und Will ist das Gourmet-Restaurant nebenan."

„Wie kommst du auf so etwas?"

Renae verdrehte die Augen. „Komm schon, Lucky. Das brauche ich dir doch wohl nicht zu erklären."

„Sei nachsichtig mit mir."

„Na schön. Will ist ein vornehmes Restaurant, weil er die Highschool und ein Medizinstudium absolviert hat und weil er jetzt ein verdammter Arzt ist, ein Chirurg sogar!"

Lucky aß unbeirrt ihren Hot Dog weiter, als würden sie über das Wetter reden, das im Augenblick sehr heiß war. Das klimatisierte Restaurant war ein Anziehungspunkt für alle, die der Augusthitze entkommen wollten.

„Ich kann diesem Vergleich immer noch nicht ganz folgen."

Renae legte ihren Hot Dog hin und verschränkte die Arme auf dem Tisch. „Sieh mal, um einen Hot Dog zuzubereiten, braucht man keine besonderen Fertigkeiten. Was ist schon groß dabei? Man macht Würstchen heiß, packt sie zwischen zwei Brötchenhälften, bietet Ketchup, Senf, Gurkenscheiben, geröstete Zwiebeln und eine Tüte Fritten dazu, und fertig ist das Billigmenü. Will hingegen … nun, er ist ein Gourmet-Mahl, zubereitet aus teuren Zutaten, mit Zeit, Aufwand und Wissen."

„Hm, köstlich", meinte Lucky.

„Was ist an einem Hot Dog auszusetzen?" Zum Beweis nahm Renae ihren Hot Dog und biss erneut ab.

Lucky lächelte und räusperte sich, als sie merkte, dass Renae keineswegs amüsiert war. „Genau das wollte ich fragen. Was ist an einem Hot Dog auszusetzen? Vorausgesetzt, ich akzeptiere deinen Vergleich zwischen dir und einem Hot Dog."

Renae brauchte eine Minute, um zu kauen und herunterzuschlucken, bevor sie sprechen konnte. „Zum Beispiel, dass man sich nicht von ihnen allein ernähren kann."

Lucky hob den Finger. „Mag sein, aber Filet Mignon ist kein amerikanischer Klassiker."

„Will ist kein Amerikaner."

Lucky lachte schallend.

Renae verzog nur noch mehr das Gesicht. „Das ist nicht witzig."

„Das sehe ich aber anders. Ich finde diese ganze Unterhaltung äußerst amüsant." Lucky machte sich über ihren zweiten Hot Dog her. „Wenn ich deiner Meinung wäre, dann müsste ich nach Hause fahren und Colin aus meiner Wohnung werfen."

„Ihr zwei wohnt zusammen?"

„Na ja, wir haben keine Nacht getrennt verbracht, seit wir vor zwei Monaten zusammenkamen. Aber jeder hat noch eine eigene Adresse." Lucky wedelte mit der Hand. „Zurück zu dem, was ich dir klarzumachen versuche. Wenn du behauptest, Hot Dogs und Filet Mignon passen nicht zusammen, tja, dann habe ich selbst ein Problem."

„Du bist alles andere als ein Hot Dog."

„Aber du bist einer?"

Renae spürte den Anflug eines Lächelns auf ihrem Gesicht. „Ja, ein wirklich guter sogar."

Schon nach einigen Minuten mit ihrer Freundin fühlte sie sich besser als in den letzten paar Tagen. Sie hatte so viel zu tun gehabt mit dem Laden und damit, Lucky bei den Vorbereitungen zu ihrer großen Eröffnung in einigen Wochen zu helfen. Außerdem musste sie ständig darauf achten, Will und Nina aus dem Weg zu gehen. Daher hatte sie seit Längerem kein ehrliches Gespräch mehr geführt. Zwar änderte das nichts an ihren Problemen, aber sie hatte wenigstens einmal Luft holen können.

„Hast du Ginger schon angerufen, um sie zum Essen einzuladen?“, erkundigte sich Lucky.

Renae schüttelte den Kopf, fasziniert davon, wie Lucky die Frage formuliert hatte. Sie wusste, dass es um Renaes Plan ging, weil Lucky angeboten hatte, einen Blick darauf zu werfen, als sie ihr davon erzählt hatte. „Ich muss dem Ganzen noch den letzten Schliff geben.“

Lucky sah sie nachdenklich an.

Renae überlegte, ob sie ihr von der anderen lästigen Person in ihrem Leben erzählen sollte, entschied jedoch, dass es zu viel Gejammer wäre.

„Vielleicht benutzt du das Hot-Dog-gegen-Filet-Mignon-Argument nur als Ausrede, um die Beziehung zu Will nicht zu vertiefen.“

Renae starrte sie verständnislos an. „Wie bitte?“

„Ich kenne das Problem aus eigener Erfahrung. Es ist ein Dauerthema zwischen mir und Colin.“ Lucky legte ihren zur Hälfte gegessenen Hot Dog hin und wischte sich die Hände an einer Papierserviette ab. „Manchmal habe ich das Gefühl, so verliebt zu sein, dass ich schreien möchte.“

Renae wurde klar, dass sie sich nie Gedanken über die seltsame Verbindung zwischen dem Psychologen Colin und der ehemaligen Kellnerin Lucky gemacht hatte. Ihre Argumentation bröckelte zusehends.

„Vor zwei Wochen hat Colin mich mit in die Oper genommen. Ich hatte nicht die leiseste Ahnung, was ich anziehen sollte. Und was ich sagen sollte, wenn er mich irgendwelchen Leuten vorstellte, die er schon seit Jahren kennt ..." Man merkte ihr an, dass sie diese Erfahrung noch immer nicht ganz verarbeitet hatte. „Der Besuch einer solchen Veranstaltung ist für Colin etwas ganz Selbstverständliches. Für mich hingegen ..."

„Du bist lieber in einer verräucherten Bar."

Lucky grinste. „Ja, so ähnlich. Nur sind sie nicht mehr verräuchert, wegen der neuen Antirauchergesetze."

„Konnte Colin deine Bedenken nachvollziehen?"

„Natürlich. Was für ein Psychologe und Liebhaber wäre er denn sonst?"

„Ich nehme an, er hat dich dazu gebracht, darüber zu reden, bis du es nicht mehr hören konntest." Renae schüttelte den Kopf. „Ich kann mir nicht vorstellen, wie es ist, mit einem Seelenklempner zusammen zu sein. Hat er einen Schalter, mit dem er auf privat umschalten kann, oder arbeitet er ständig?"

Lucky lächelte. „Wir arbeiten an dem Schalter."

Renae saß eine Weile da und genoss einfach Luckys Gegenwart. Zwar waren die Einzelheiten ihrer jeweiligen Geschichten unterschiedlich, doch fühlte sie eine Verbindung zu Lucky wie bei keinem anderen. Sicher, Tabitha stand ihr nahe, doch hatte es Jahre und viele gemeinsame Erinnerungen gebraucht, um eine Freundschaft entstehen zu lassen. Dagegen hatten sie und Lucky sich auf Anhieb verstanden, als Lucky damals auf der Suche nach einem Job bei Women Only aufgetaucht war.

Auf jeden Fall verband sie eine ähnliche Herkunft und die Schwierigkeit, über die eigenen Gefühle zu sprechen. Und diese Tatsache erleichterte es ihnen, genau das zu tun, wenn sie zusammen waren.

„Na ja, es wäre sicher auch nicht leicht, mit einem Unfallchirurgen zusammenzuleben." Renae musterte Lucky, die sich mit verdächtiger Konzentration ihren Kartoffelchips und dem Chili-Dip widmete.

„Da sind diese ständigen Bereitschaftsdienste und die vielen Überstunden."

„Du scheinst ja eine Menge über Unfallärzte zu wissen", erwiderte Renae vorsichtig.

Luckys Grinsen war ansteckend. „Weil ich Colin viele Fragen darüber gestellt habe, für den Fall, dass diese Informationen mal nützlich sind."

„Hm. Weiß er von mir und Will?"

„Anscheinend hat Will es ihm erzählt", meinte Lucky.

„Was hat Colin denn noch gesagt?" Renae kam sich vor, als sei sie in der Grundschule und würde sich über den Jungen unterhalten, in den sie verknallt war.

Lucky zuckte mit den Schultern. „Ich habe keine Ahnung."

„Was soll das heißen, du hast keine Ahnung?"

Der Besitzer des Lokals kam an ihren Tisch. Lucky begrüßte ihn.

„Das ganze Fast Food ist nicht gut für euch", meinte der Zypriot mit einem freundlichen Lächeln. „Nächstes Mal serviere ich euch was anderes. Vielleicht etwas Griechisches."

„Mal sehen."

„Na gut. Einen schönen Tag noch, Mädchen."

„Danke", sagte Lucky.

„Was hat er noch gesagt?", wiederholte Renae, als der Lokalbesitzer wieder fort war.

„Das habe ich dir schon gesagt. Ich weiß es nicht. Colin

hob die Hände und weigerte sich, mir noch mehr zu erzählen. Dabei hatte er diesen Gesichtsausdruck, als hätte er schon viel zu viel erzählt."

Renae dachte darüber nach, während eine Kellnerin ihre Teller abräumte und jedem von ihnen ein Stück Kuchen servierte, mit den besten Empfehlungen von Frixos Stylianides.

Renae begann mit ihrer Gabel an der Blätterteigkruste herumzuspielen und sagte: „Will und ich sind genau wie dieses Stück Ku..."

Lucky hielt eine Gabel voll Schlagsahne hoch. „Fang nicht schon wieder an!"

11. KAPITEL

Will stand hinter den halb geschlossenen Jalousien im Wohnzimmer und beobachtete, wie Renae ihr Cabrio auf dem Parkplatz abstellte. Trotz der Hitze war das Verdeck geöffnet. Sie hatte eine Sonnenbrille auf der Nase, und die dunkelblonden Haare waren vom Wind zerzaust. Ihre Haut schimmerte honigfarben in der Nachmittagssonne.

Will sah zu, wie Renae Einkaufstüten aus dem Kofferraum nahm und auf das Gebäude zuging, ohne sich um das Verdeck ihres Wagens zu kümmern. Sie trug ein schwarzes Trägerhemd, das ihre Bräune noch hervorzuheben schien, und eine weiße Hose, bei der er sich unwillkürlich fragte, was sie darunter trug. Sie sah zum Anbeißen gut aus, und Will verspürte plötzlich Heißhunger.

Sie schob die Sonnenbrille auf den Kopf und sah zu seinem Fenster hoch. Will wich einen Schritt zurück, ohne dass er hätte sagen können, warum er das tat. Er verzog das Gesicht, als sie aus seinem Blickfeld verschwand, weil sie den Eingang erreicht hatte. Augenblicke später hörte er ihre Schritte im Treppenhaus und das Rascheln ihrer Einkaufstüten, als sie vor seiner Tür stehen blieb. Will wartete. Würde sie klopfen?

Erneut hörte er das Rascheln und kurz darauf ihre Wohnungstür im Stockwerk über ihm.

Verdammt!

Hinter ihm klingelte das Telefon. Eine ganze Weile stand er einfach nur da und ignorierte es, da er keine Lust hatte auf ein Gespräch mit Janet, falls sie es zufällig war. Doch der Anrufer war beharrlich, und irgendwo um das zwanzigste Klingeln herum ging er ins Esszimmer und nahm den Hörer des Nebenanschlusses ab.

„Willem?“

Mit Erleichterung erkannte er die Stimme seiner Mutter. Obwohl sein Name William war, ließ sie stets einen Vokal aus und änderte den anderen.

„Hallo, Mom“, begrüßte er sie und verfiel sofort wieder in seinen angeborenen Akzent. Normalerweise passte er sich den Sprachmustern seiner Umgebung an, wenn er in den Staaten war. „Wie geht es dir?“

„Bestens. Und dir?“

Will zögerte. Und bereute es augenblicklich. „Auch gut. Es könnte nicht besser sein.“ Verflixt, mit dieser Übertreibung machte er alles nur noch schlimmer.

„Das ist interessant. Denn deinem Ton nach zu urteilen, geht es dir alles andere als gut. Komm schon. Sei lieb und erzähl deiner alten Mom, was in deinem Leben so alles passiert.“

Dorothy Sexton hatte fünf Kinder, von denen er das einzige war, das England verlassen hatte. Seine Geschwister waren nicht nur in der Nähe ihres Elternhauses geblieben, sie hatten inzwischen auch eigene Familien, selbst seine jüngste Schwester Nancy, die letztes Jahr geheiratet hatte und jetzt ihr erstes Kind erwartete.

„Nicht viel. Immer das Gleiche, um ehrlich zu sein. Hat Nancy schon ihr Kind bekommen?“

„Nancy ist so dick wie ein Sofa und fühlt sich auch genauso. Und versuch nicht, das Thema zu wechseln.“

Will setzte sich lächelnd an den Küchentisch. Obwohl ein Ozean sie trennte und es auf seiner Uhr zwei Uhr nachmittags war, während es in London schon sieben sein musste, klang ihre Stimme so deutlich, als wäre sie nebenan. „Es ist nichts, wirklich. Es sind nur ein paar Sachen bei der Arbeit passiert."

„Der Doktor in der Familie hat Probleme, oder?"

Zwei seiner Geschwister hatten ebenfalls studiert, aber er war der Einzige, der es so weit gebracht hatte, hauptsächlich dank Stipendien und eines enormen Studiendarlehens, das er gerade erst vor einem Jahr abbezahlt hatte. Normalerweise war er stolz auf das, was er erreicht hatte, doch brauchte es nur ein paar Worte seiner Mutter, um ihn an seine Herkunft und seine Familie zu erinnern, und daran, dass er für sie immer der Junge aus Southwark sein würde.

„Ich habe es schon so lange auf diese Beförderung abgesehen, und ich habe einfach Angst, dass ich sie nie bekomme."

Er würde nicht weiter ausführen, wieso. Die ganze Janet-Renae-Angelegenheit würde seine Mutter nur durcheinanderbringen, und halb fürchtete er, dass sie sich in das nächste Flugzeug setzen würde, sollte sie der Ansicht sein, eine der Frauen tauge zur Ehefrau. Was höchst seltsam wäre, weil noch keiner aus seiner Familie ihn besucht hatte. Für seine Geschwister befand er sich auf der anderen Seite der Welt, nicht bloß eine fünfstündige Flugreise entfernt.

Andererseits flog er auch nur einmal im Jahr für ein oder zwei Wochen nach Hause. Aus irgendeinem Grund machte ihn dieser Gedanke plötzlich traurig.

„Kopf hoch, mein Junge. Wenn es eines gibt, was ich auf dieser Welt mit Sicherheit weiß, dann dass mein Willem kriegt, was er will."

Er grinste über diesen vertrauten Spruch, der manchmal in Wut, oft aber mit Stolz gesagt wurde.

„Danke, Mom. Ich glaube, das musste ich mal hören. Und

jetzt verrate mir, was es bei dir heute zum Abendessen gibt."

„Es ist Freitag, also essen wir natürlich Shepherds Pie. Das Lieblingsgericht deines Dads."

Will schloss die Augen und stellte sich die kleine Küche der Sextons vor, mit dem Resopaltisch und den Stühlen mit den roten Kunststoffbezügen, in der es nach Lamm und Kartoffelbrei duftete. Jetzt wären natürlich nur seine Mom und sein Dad da, weil die Kinder alle längst aus dem Haus waren. Aber an zwei Sonntagen im Monat kam die ganze Familie in der engen Wohnung zusammen, um Roastbeef, Yorkshire Pudding und Kartoffeln und Gemüse zu essen.

Zum ersten Mal in seinen Jahren in Amerika hatte er echtes Heimweh.

„Wenn ich mich recht erinnere, war Shepherds Pie auch dein Lieblingsessen", meinte seine Mutter. „Aber wahrscheinlich hat sich das geändert, und du isst jetzt lieber Hamburger."

„Im Gegenteil, ich esse fast jeden zweiten Tag *fish 'n' chips*", versicherte er prompt. „Außerdem mache ich mir hin und wieder einen Eintopf."

In diesem Stil ging es weiter – seine Mutter zog ihn mit angeblich vergessenen Traditionen auf, und er verteidigte sich. Für eine kleine Weile gelang es Will, Renae, Janet und die Arbeit zu vergessen und sich stattdessen ganz auf seine Mutter und alles, was er an England und ihr liebte, zu konzentrieren.

Renae stand hinter ihrer Wohnungstür und atmete tief durch. Schon das Nachhausekommen war unangenehm. Sie wusste, dass Will in seiner Wohnung war, weil sie seinen Geländewagen auf dem Parkplatz gesehen hatte. Allein zu wissen, dass er sich im selben Gebäude befand, nur durch zwei Türen von ihr getrennt, ließ ihre Hormone verrückt spielen.

„Da ist ja jemand, den ich in letzter Zeit kaum gesehen habe." Renae lächelte Tabitha an, die auf der Wohnzimmercouch saß und den Hals reckte.

„Hallo."

„Selber hallo. Pack deine Sachen weg und setz dich zu mir. Ich weiß ja nicht, was du vorhast, aber ich mache es mir vor dem Fernseher bequem."

Renae brauchte ganze zwei Minuten, um die paar Sachen wegzuräumen, die sie unterwegs gekauft hatte – Milch, Saft, Eier, ein Brot. Sie warf die Plastiktüten in die Recyclingtonne, nahm Mineralwasser aus dem Kühlschrank und ging zurück ins Wohnzimmer. Tabitha hatte die scheußlichen Kissen und Überwürfe zur Seite geräumt, sodass es richtig gemütlich aussah. Renae ließ sich neben ihre Freundin auf die Couch aus Wildlederimitat fallen und reichte ihr ein Mineralwasser. Zum Glück war Nina nirgendwo in Sicht.

Tabby dankte ihr und sagte: „Erzähl mir, was bei dir alles so passiert ist."

Renae kam es selbst eigenartig vor, dass in so kurzer Zeit so viel passiert war. Vielleicht war aber auch gar nicht so viel passiert, und sie machte nur viel Aufhebens darum.

Sie dachte an ihren Plan für Women Only, den sie versteckt hatte. Es kam ihr merkwürdig vor, dass ihre beste Freundin und die Frau, mit der sie sich eine Wohnung teilte, nichts davon wusste.

„Hast du noch immer Sex mit dem Doc vom Stockwerk unter uns?"

Renae schmiegte sich tiefer in die Polster und schlug die Beine übereinander. „Nein, das hat vor ein paar Tagen aufgehört."

Nach ihrer Unterhaltung mit Lucky heute Mittag hatte sie darüber nachgedacht, wie ihre Mutter wohl auf die Neuigkeit reagieren würde, dass sie mit einem Chirurgen schlief. Zweifellos wäre Daisy Truesdale überglücklich, dass ihre Tochter sich einen Arzt geangelt hatte. Andererseits war es ebenso gut möglich, dass sie deswegen nicht einmal mit der Wimper zuckte. Schließlich wussten die Truesdale-Frauen, wie man sich einen Mann mit Geld schnappte. Sie erschauerte.

„Wow, das muss ja ein Gedanke gewesen sein."

Renae sah Tabitha an. „Entschuldige. Ich bin wohl keine gute Gesellschaft heute."

„Wer sagt denn, dass du zu irgendeiner anderen Zeit eine gute Gesellschaft bist?"

Renae grinste. „Unsere lange Freundschaft beweist es, oder?"

„Ja, das stimmt wohl."

Eine Weile saßen sie schweigend da, und Renae dachte über die vielen Jahre nach, die sie Tabitha nun kannte. Und darüber, wie sie ihr von ihrem Verdacht gegen Nina erzählen sollte, ohne die Freundin zu verstören und ihre Freundschaft zu gefährden.

Tabitha spielte mit der Fernbedienung, stellte den Ton leiser und entschied sich für eine Soap Opera. Der attraktive Mann und die wunderschöne Frau auf der Mattscheibe kamen Renae ziemlich unwirklich vor.

„Ich habe dir schon immer gesagt, dass Männer nichts als Ärger machen", meinte Tabitha tadelnd.

Renae lachte. „Meine Stimmung hat mit Dr. Will gar nichts zu tun."

„Nein, natürlich nicht."

„Da wir gerade von Leuten sprechen, die nichts als Ärger machen – wo steckt Nina?“

Tabitha zeigte mit dem Daumen zum Flur. „Im Schlafzimmer.“

„Oh. Ich dachte, sie sei nicht hier.“

Ihre Freundin runzelte die Stirn. „Du magst sie nicht besonders, oder?“

Renae überlegte, ob sie ihr von den verschwundenen Notizen und ihrer vom Handy gelöschten Telefonliste erzählen sollte, verzichtete jedoch darauf. Es stimmte, sie hatte Nina von Anfang an nicht gemocht, aber es würde wohl doch zu boshaft klingen, wenn sie Nina ohne den geringsten Beweis laut verdächtigte.

Sie legte Tabitha den Arm um die Schultern. „Wichtig ist doch nur, dass du sie magst.“

„Und das tue ich.“

Sie lehnten sich beide zurück. Renae hatte weiter den Arm um ihre Freundin gelegt, und diese körperliche Nähe spiegelte die emotionale wider.

„Sie lobt dich übrigens in den höchsten Tönen“, berichtete Tabitha.

Renae verschluckte sich fast an ihrem Mineralwasser. „Wie bitte?“

„Sie spricht immer davon, wie nett du bist, wie gut du aussiehst und wie glücklich ich mich schätzen kann, dich als Freundin zu haben.“

„Bist du sicher, dass wir von der gleichen Person sprechen?“

„Allerdings.“

„Seltsam, denn sobald ich mit ihr im gleichen Zimmer bin, ist die Klimaanlage überflüssig.“

Tabitha lachte. „Das bildest du dir nur ein."

„Nein, tue ich nicht. Es ist eine Tatsache. Sie mag mich nicht, sie hat etwas gegen unsere Freundschaft, und ich habe den Verdacht, dass sie mir glatt beim Packen helfen würde, wenn ich ihr sagte, dass ich ausziehe."

„Du bist paranoid."

War sie das? Nein, Renae war sicher, dass sie nicht unter Verfolgungswahn litt.

„Wieso sollte sie sonst mir gegenüber so nette Sachen über dich sagen?", gab Tabitha zu bedenken.

„Höchstwahrscheinlich, weil sie weiß, wie du für mich empfindest. Denn wie würdest du wohl reagieren, wenn sie schlecht von mir redete?"

Tabitha dachte einen Augenblick darüber nach. „Ich weiß nicht. Vor einem Monat hätte ich sie vermutlich noch gebeten zu gehen."

Renae sah sie prüfend an. „Und jetzt?"

Ihre Freundin schwieg unangenehm lange. Renae registrierte schon seit geraumer Zeit eine Veränderung der Atmosphäre. Die Beziehung zwischen Nina und Tabitha war immer enger geworden, bis Renae sich schließlich wie das fünfte Rad am Wagen vorkam.

Jetzt erhielt sie gerade den Beweis dafür, dass sie es tatsächlich war.

„Wie findest du mein Outfit?"

Renae und Tabitha sahen auf. Nina hatte das Zimmer in einem pink und weiß gestreiften Kleid betreten, in dem sie ein bisschen bieder aussah.

„Oh, hallo, Renae. Ich habe dich gar nicht gehört, als du reingekommen bist."

„Hallo." Renae erschauerte und trank ihr Mineralwasser. Dabei spürte sie Tabithas Blick auf sich.

„Du hast meine Frage nicht beantwortet", sagte Nina mit weinerlicher Stimme, bei der Renae eine Gänsehaut bekam. „Ist das besser als das andere?"

Tabitha klopfte sich mit dem Finger an die Lippen, während sie ihre Geliebte betrachtete, und bat sie, sich umzudrehen, damit sie das Kleid von hinten sehen konnte. „Ich glaube, ich finde das andere Kleid besser."

Nina stieß die Luft aus. „Mir gefällt dieses."

„Dann zieh eben das an."

„Du bist mir überhaupt keine Hilfe." Nina machte auf dem Absatz kehrt und marschierte zurück ins Schlafzimmer.

„Habt ihr eine Verabredung heute Abend?", erkundigte sich Renae.

„Ja, ein befreundetes Paar heiratet. Du erinnerst dich sicher an Marty und Jo."

Die eigentlich Martha und Joann hießen. „Klar erinnere ich mich. Gratuliere ihnen von mir, ja?"

Sie hörten, wie im Zimmer nebenan Schubladen und Schranktüren geknallt wurden. Renae beschloss, die Gesellschaft ihrer Freundin zu genießen, solange sie sie hatte.

„Tja, apropos Leute, die nur Ärger machen", murmelte sie leise.

Zu ihrer Erleichterung musste Tabitha darüber lachen, und sie stimmte in das Lachen ihrer Freundin ein.

An diesem Sonntagabend lief Will vor dem Toledo Express Airport auf und ab und wünschte, er wäre irgendwo anders, statt hier darauf zu warten, dass Janet aus ihrem Flugzeug stieg.

Er entdeckte zwei Raucher neben einem Aschenbecher und wünschte, er hätte auch diese Gewohnheit, denn dann hätte er wenigstens etwas mit seinen Händen anzufangen gewusst.

Sein Leben in letzter Zeit war die reine Hölle. Und es sah nicht danach aus, als würde sich daran so bald etwas ändern. Nicht, wenn die Frau, mit der er zusammen war und die keine Ahnung von Renaes Existenz hatte, ganz zu schweigen davon, dass er mit Renae schlief, jeden Moment vor ihm stehen würde.

Sah er anders aus? Sah man ihm seine Untreue am Gesicht an?

Du kannst ihr nicht untreu sein, wenn du keinen Sex mit ihr hast.

Renaes Worte verfolgten ihn. Oh, ja, das klang gut, nicht wahr?

„Will!"

Er wirbelte herum. Janet ließ ihre Taschen fallen und warf sich ihm in die Arme.

Grundgütiger, er würde für seine Sünden büßen müssen.

Er konzentrierte sich mehr darauf, die Fassung zu wahren als die Umarmung zu erwidern. War er jemals zuvor von jemandem so begeistert begrüßt worden? Selbst seine Mutter begnügte sich mit einem Kuss auf die Wange und einem Schultertätscheln.

„Du weißt nicht, wie gut es ist, dich wiederzusehen", sagte Janet.

Er wünschte, er könnte das Gleiche sagen, doch die Wahrheit war, dass er sich so lange vor diesem Moment gefürchtet hatte, dass er jetzt am liebsten davongelaufen wäre. Endlich lockerte sie ihre Umarmung und sah ihn lächelnd an.

Janet war sehr hübsch. Ihr weiches braunes Haar war zu einem praktischen Pferdeschwanz zusammengebunden, ihr Make-up schlicht, und ihr Poloshirt und die Cargopants sahen sehr kalifornisch aus.

„Du siehst zum Anbeißen aus", stellte sie fest.

Will erschrak und versuchte, nicht daran zu denken, dass er genau diese Worte erst vor fünf Tagen gesagt hatte – aber er hatte nicht Janet gemeint, sondern Renae.

„Wie war dein Flug?", erkundigte er sich und nahm ihre Taschen.

„Danke, gut. Lang, aber ganz in Ordnung. Es gab keinen freien Platz im Flugzeug, was immer unangenehm ist, aber jetzt ist es ja überstanden."

Will spürte, wie brüchig und gezwungen sein Lächeln war. „Ich habe dort drüben geparkt." Er ging los, und sie blieb an seiner Seite.

Ihr Lachen ließ ihn innehalten. „Wo brennt's denn?"

Will merkte, wie schnell er ging, und zwang sich, seine Schritte zu verlangsamen.

„Junge, du musst dich ja mächtig freuen, mich zu sehen."

Janet legte ihm die Hand auf den Arm, und Will zuckte fast zusammen.

Sie betrachtete ihn neugierig.

„Entschuldige", sagte er. „Ich habe in letzter Zeit nicht viel Schlaf bekommen."

Sie nahm ihre Hand fort. „Ich glaube, ich weiß, warum."

12. KAPITEL

Will starrte Janet schockiert an. „Was?“, krächzte er leise.

Sie schaute auf den Gehsteig vor ihnen. „Ich sagte, ich glaube, ich weiß, weshalb du in letzter Zeit so wenig Schlaf bekommen hast. Daddy hat es mir erzählt.“

Wie bitte? Ihr Vater wusste von ihm und Renae?

„Er bat mich, nichts zu sagen, aber ich konnte nicht anders.“ Janet lächelte strahlend. „Herzlichen Glückwunsch, dass du für eine Beförderung in Betracht kommst.“

Wills Erleichterung war so groß, dass er fast laut aufgestöhnt hätte. „Ach das.“ Erneut wurde er sich seines Dilemmas bewusst. Als er merkte, dass sie auf eine weitere Reaktion von ihm wartete, sagte er rasch: „Ganz schön aufregend, nicht wahr? Dass man mich endlich für eine Beförderung vorsieht, meine ich.“

Sie lachte. „Was hast du denn gedacht, was ich meinte?“

Er zuckte mit den Schultern. Sie erreichten seinen Geländewagen, der in der Kurzparkerzone des Flughafens abgestellt war. Ein Schritt nach dem anderen, sagte er sich. Genau so würde er es machen.

Der nächste Schritt ermöglichte es ihm, Janet nicht anzusehen, denn er öffnete die Heckklappe des Wagens und warf die Taschen hinein. „Ich hatte nicht die leiseste Ahnung, wovon du gesprochen hast.“ Er stieg in den Wagen und ließ den Motor an. „Wie war das Seminar?“, erkundigte er sich, um das Gespräch von sich auf sie zu lenken.

„Toll. Ich habe viel über neue Techniken und Medikamente erfahren. Ich habe das Gefühl, mein Kopf ist bis zum Platzen mit all diesen neuen Informationen gefüllt …"

Will lehnte sich entspannt zurück und hörte zu, wie Janet ihm von den neuesten medizinischen Forschungen berichtete und von anderen Medizinern, die sie kennengelernt hatte, und wie sehr sie sich schon auf das nächste Seminar freute.

Seine Gedanken schweiften ab. Wieso war ihm früher eigentlich nie aufgefallen, wie sehr sie dazu neigte, wie ein Wasserfall zu reden?

Er fädelte sich in den Verkehr auf dem Airport Highway ein und ärgerte sich, dass der Flughafen so weit außerhalb der Stadt lag. Eine halbe Stunde Fahrt in dem heißen Wagen lag vor ihm, ehe er Janet zu Hause absetzen konnte.

Eine halbe Stunde, die die reinste Hölle ist.

Plötzlich registrierte er, dass Janet neben ihm verstummt war und aus dem Fenster schaute. Fast sah es so aus, als hätte sie den gleichen Gedanken gehabt wie er. Was natürlich Unfug war. Er projizierte lediglich seine Gefühle auf sie.

Will räusperte sich. „Wie ist L.A. so? Ich bin noch nie da gewesen."

Sie wandte ihm wieder das Gesicht zu. „Ich habe nicht viel von der Stadt mitbekommen. An einem Tag haben wir eine Bustour nach Anaheim gemacht, aber ich hatte diese wundervolle Assistenzärztin aus Minnesota kennengelernt, und wir unterhielten uns die ganze Fahrt über. Ich kann mich nicht einmal mehr an die Farbe des Busses erinnern."

Sie war in L.A. gewesen und hatte nichts von der Stadt gesehen. Weder den Rodeo Drive noch das Grauman's Chinese Theatre? Wie langweilig!

Will umklammerte das Lenkrad fester.

„Es kam mir ganz schön vor. Anders. Wir hatten Smog.

Um ehrlich zu sein ..."

Und wieder legte sie los, aber das war immer noch besser als ihr Schweigen vor wenigen Minuten. Solange sie redete, war alles in Ordnung. Er sah sie lieber nicht an. Zum Glück war sie viel zu sehr mit sich beschäftigt, um das zu bemerken.

Endlich, als Janet mitten in einer Beschreibung des Hotels war, in dem sie gewohnt hatte, hielt er vor ihrem Apartmentkomplex in Sylvania, am westlichen Rand von Toledo. Die neuen Gebäude kamen ihm vor wie das gelobte Land.

„Tja, da wären wir", verkündete er unnötigerweise.

Janet sah sich um. „Oh! Ich habe gar nicht mitbekommen, dass wir schon da sind."

Will dagegen war in Gedanken schon seit dreißig Minuten hier. Er stellte den Motor aus und traf sich mit Janet an der Heckklappe des Wagens. Als Janet sich auf dem Weg zum Eingang bei ihm unterhakte, erschrak er.

„Ich hatte übrigens viel Zeit zum Nachdenken, während ich weg war", verkündete sie.

„Ach ja?" Will war damit beschäftigt, die Schritte bis zur Tür zu zählen.

„Ja."

Ihr Ton ließ ihn aufhorchen. Gleichzeitig beschleunigte er sein Tempo.

„Ich habe mir überlegt ..."

Will riss die Eingangstür so heftig auf, dass Janet sie fast vor den Kopf bekommen hätte.

„Oh!"

„Entschuldige", sagte er. „Ist alles in Ordnung?"

Sie legte eine Hand auf ihre Brust, dann überprüfte sie den Sitz ihres Pferdeschwanzes, der mit einem pinkfarbenen Band zusammengehalten wurde.

Im Stillen verdammte er seine Besessenheit von Mädchen mit Haarbändern. Besonders von solchen mit einer Vorliebe für glänzenden pinkfarbenen Satin. „Gib mir deine Schlüssel“, bat er, als sie ihre Wohnung im ersten Stock erreichten.

Janet reichte ihm den Schlüsselbund, der an einem Band mit einem Pompon in Blau und Gold befestigt war – eine Erinnerung an ihre Zeit als Cheerleader.

„Bitte sehr“, sagte Will und stieß die Tür zu ihrem Apartment auf. Zum Glück ging sie nach innen auf, sodass diesmal keine Verletzungsgefahr bestand. Er stellte ihre Taschen in den Flur. „Jetzt bist du heil und gesund wieder zu Hause.“

Ihm wurde klar, dass er sie seit einer ganzen Weile nicht mehr angesehen hatte. Das holte er jetzt nach.

„Du hast mich noch gar nicht geküsst“, beschwerte sie sich in vorwurfsvollem Ton, den er einst für sinnlich gehalten hatte.

Sie hakte ihren Zeigefinger zwischen zwei Knöpfe seines Oxfordhemdes.

Oh, Junge!

„Na klar habe ich dich geküsst“, entgegnete er. Oder etwa nicht?

Janet schüttelte den Kopf. „Was mich auf das bringt, worüber ich in L.A. nachgedacht habe.“

Grundgütiger. Sie hatte diesen Ausdruck auf dem Gesicht. Keinen, den er bei ihr schon gesehen hatte, aber dafür auf den Gesichtern anderer Frauen – auf Renaes unzählige Male –, unmittelbar bevor sie einen unanständigen Vorschlag machten.

„All das Warten bis zur Hochzeitsnacht …“ Janet kam näher, doch statt ihn zu erregen, erwachte in ihm der Wunsch, einfach zurückzuweichen. „Na ja, ich habe entschieden, dass das altmodisch ist.“

Will schluckte, unfähig zu einer Erwiderung, und überlegte fieberhaft, wie er am schnellsten fliehen konnte.

„Ich will dich“, flüsterte Janet, küsste ihn flüchtig auf den Mund und sah ihm in die Augen. „Ich will dich jetzt. Heute Nacht.“

„Sex?“, platzte er heraus.

Sie kicherte. „Ja, Sex.“

Du liebe Zeit!

Sie zog den Finger aus seinem Hemd und legte die Hand auf seine Taille, um sie von dort langsam zu seinem Po hinunterzuschieben.

Will war fassungslos. War das noch die gleiche Frau, die vor fünf Monaten darauf gewartet hatte, dass er den ersten Schritt machte? Und die ihn seither so oft zurückgewiesen hatte, dass er schon gedacht hatte, er müsste sie tatsächlich heiraten, um mit ihr schlafen zu können?

Vor etwas über einer Woche hatte er sich von einem braven Lämmchen verabschiedet. Jetzt stand er einem Vamp gegenüber, der die Absicht hatte zu bekommen, was er wollte.

Janet rieb sich provozierend an ihm.

Seltsamerweise regte sich bei ihm nichts.

„Schlaf mit mir“, hauchte sie und schmiegte sich noch enger an ihn, um ihn wieder zu küssen.

Entsetzt packte er sie an den Schultern und schob sie von sich fort. Sie verlor beinah das Gleichgewicht, doch er hielt sie fest. Nicht um sie vor dem Fallen zu bewahren, sondern um sie auf Abstand zu halten.

„Ehrlich gesagt, ich habe auch nachgedacht, während du

fort warst“, meinte er hastig. Ein Schweißtropfen rann ihm über die Stirn. „Und zufällig finde ich es gar nicht so altmodisch, bis zur Hochzeitsnacht zu warten.“ Er versuchte zu lächeln, fürchtete jedoch, das Gesicht nur zu einer Grimasse zu verziehen. „Gerade erst habe ich Colin erzählt, dass es deine beeindruckende Selbstbeherrschung und dein Traditionsbewusstsein waren, die ich so anziehend fand.“

Noch während er redete, wich er weiter zurück und hielt sie gleichzeitig auf Abstand.

„Und das finde ich nach wie vor so anziehend an dir …“

Nur noch zwei Schritte, aber die würde er nur schaffen, wenn er sie vorher losließ.

„Ja, ich finde, ich sollte gehen, bevor wir etwas tun, das wir beide möglicherweise bereuen.“

„Will!“

Er wollte sie loslassen, stattdessen hielt er sie fest. „Was?“

„Du hast mich noch immer nicht geküsst.“

„Ach ja. Natürlich.“

Schon halb draußen, beugte er sich noch einmal vor, zögerte jedoch beim Anblick des hingebungsvollen Ausdrucks auf ihrem Gesicht, und gab ihr den kürzesten Kuss in der Geschichte der Menschheit.

„Tja dann … Gute Nacht!“

Und damit rannte er wie der Blitz die Treppe hinunter und aus dem Gebäude.

13. KAPITEL

Renae saß vor ihrer Wohnungstür und lauschte einer der berüchtigten Auseinandersetzungen zwischen Nina und Tabitha. Eigentlich war es eher ein fanatisches Toben. Hauptsächlich versuchte Tabitha Nina zu beruhigen, während ihre aufgebrachte Geliebte stundenlang tobte, zumindest kam es Renae so vor.

Sie sah sehnsüchtig auf den großen Eisbecher, den sie sich gekauft hatte.

Als sie bei Tabitha eingezogen war, hatten sie sich darauf geeinigt, dass sich der jeweils andere aus der Wohnung zurückziehen würde, falls einer von ihnen Streit mit einem Partner haben sollte.

In diesem Fall bedeutete es, dass Renae auf den Treppenhausstufen mit einem Becher schmelzendem Eis saß und nicht hineingehen mochte, um sich einen Löffel zu holen. Irgendwie schien ihr diese ganze Situation sehr bezeichnend für den derzeitigen Zustand ihres Lebens.

Sie stützte die Ellbogen auf die Knie und den Kopf auf die Hände. Plötzlich vibrierte ihr Handy. Seufzend zog sie es hervor und schaute auf das beleuchtete Display. Ihre Mutter. Na fabelhaft. Genau das, was sie jetzt brauchte.

„Hallo, Mom."

„Du meine Güte, ich hasse diese Rufnummernanzeige", sagte Daisy Truesdale mit einem dramatischen Seufzer. „Man kann niemanden mehr überraschen."

„Du überraschst mich sowieso nie." Weil es das Lebensziel ihrer Mutter war, ständig für Überraschungen zu sorgen, rechnete Renae damit. „Was ist los?"

„Warum muss irgendetwas los sein, wenn ich meine Tochter anrufe, mein einziges Kind?"

Falls es so etwas wie Gerechtigkeit auf dieser Welt gab, dann hatte sie sich darin gezeigt, dass Daisy nur ein Kind bekommen hatte, das sie vermurksen konnte. „Weil immer etwas los ist."

Renae merkte selbst, dass sie zynischer war als sonst. Wahrscheinlich hatte es damit zu tun, dass sie aus ihrer eigenen Wohnung ausgeschlossen war und im Treppenhaus sitzend mit ansehen musste, wie ihr Lieblingseis schmolz.

„Na schön, in diesem Fall hast du recht."

Renae schloss die Augen und wappnete sich innerlich.

„Ich ziehe nach Las Vegas, um Showgirl zu werden."

Renae verzog das Gesicht. Ihre Mom, ein dreiundvierzigjähriges Showgirl in Las Vegas? Zumindest passte es ins Leben von Daisy Truesdale, die als minderjährige Stripperin mit siebzehn von einem Kunden schwanger geworden war, der schwor, sich immer um sie zu kümmern, jedoch Reißaus genommen hatte, als er von ihrer Schwangerschaft erfuhr. Renae war in den Hinterzimmern von Stripclubs aufgewachsen, umgeben von winzigen Büstenhaltern, G-Strings und Silikonbrüsten. Sobald sie alt genug gewesen war, war sie in die Fußstapfen ihrer Mutter getreten und hatte nie ein anderes Leben kennengelernt.

Bis sie Ginger traf.

„Und?", meinte ihre Mutter nach einem langen Moment des Schweigens. „Wirst du nichts dazu sagen?"

„Was gibt es da zu sagen?"

„Ich weiß nicht. Viel Glück?"

„Viel Glück."

„Na, das klang vielleicht aufrichtig."

Renae ließ die Schultern hängen. Sie hatte nicht grob ihrer Mutter gegenüber sein wollen. Nur lief in ihrem eigenen Leben momentan so vieles schief, dass sie für Daisys jüngste Eskapade nicht viel Begeisterung aufbringen konnte. Nach Daisys Engagements als Tänzerin auf Kreuzfahrtschiffen und einem Versuch am New Yorker Broadway konnten diese Neuigkeiten sie einfach nicht richtig begeistern.

„Reist du heute schon ab, Mom?"

„Nein, erst in einer Woche."

„Gut, dann bleibt uns ja noch ein bisschen Zeit. Ich muss nämlich jetzt dringend los."

Renae versprach Daisy, dass sie am nächsten Tag wieder anrufen würde, und beendete das Gespräch. Sie schaltete ihr Handy aus und widerstand dem Impuls, sich in einer Geste der Kapitulation im Treppenhaus auf den Rücken zu legen. Sie wusste nicht, ob es im Augenblick eine höhere Macht gab, die ihr Leben kontrollierte, doch wenn es so war, würde sie gern einen langen, detaillierten Beschwerdebrief schreiben.

Sie hörte, wie unten die Tür aufging, und setzte sich sofort ein wenig aufrechter hin. Sie hoffte inständig, dass es niemand aus dem zweiten Stock war, der sie hier im Treppenhaus vorfinden würde. Nachdem sie den Eisbecher mit dem Fuß zur Seite geschoben hatte, beugte sie sich über das Geländer und spähte nach unten. Vor Schreck gab sie einen erstickten Laut von sich, denn Will sah ihr direkt in die Augen.

Auch das noch. Vermutlich war das die Strafe für ihr Hadern mit der höheren Macht, die ihr Leben lenkte.

Rasch wich sie zurück und kniff die Augen zu. Na klasse. Das hatte ihr noch gefehlt, dass Will dachte, sie würde im Treppenhaus sitzen und auf ihn warten. Ihr Herz pochte, während sie auf seine Schritte lauschte. Aber da war nichts. Ein gutes Zeichen, oder? Denn es bedeutete doch, dass er gar nicht nach oben kam.

Etwas berührte ihren Arm. Sie kreischte erschrocken.

„Beruhige dich. Ich weiß ja, dass ich eine gewisse Wirkung auf Frauen habe, aber ich hätte nicht gedacht, dass sie so heftig ist."

Renae starrte Wills attraktives Gesicht an, bei dessen Anblick sie nach wie vor weiche Knie bekam. „Hallo", sagte sie. „Falls du dich wunderst, ich sitze hier nicht, weil ich auf dich warte."

Wie aufs Stichwort krachte etwas gegen ihre Wohnungstür und ließ sie beide zusammenzucken. Der Streit hinter der Tür ging offenbar nicht nur unvermindert weiter, sondern nahm an Schärfe noch zu.

Will sah von der Tür wieder zu Renae. „Eigentlich wollte ich dich fragen, ob du deinen Schlüssel vergessen hast."

Sie hielt den Schlüssel hoch, und Will betrachtete eingehend das schlichte silberne Symbol ihres Sternzeichens Löwe.

Renae steckte den Schlüssel wieder in die Tasche und hob den Eisbecher hoch.

Was wollte Will? Er erwartete doch nicht ernsthaft, dass sie ihm glaubte, er habe sich Sorgen gemacht, dass sie sich aus ihrer Wohnung ausgesperrt hatte, oder? Schließlich hatte er ihr in den vergangenen fünf Tagen den Eindruck vermittelt, dass er glatt über sie hinweggestiegen und in seine Wohnung gegangen wäre, selbst wenn sie halb tot dagelegen und eine Herzmassage gebraucht hätte.

Sie betrachtete ihn erneut und registrierte, wie gut er in

dem schlichten weißen Oxfordhemd und den braunen Halbschuhen aussah. Vom vielen Tennisspielen war er tief gebräunt, und seine stets leicht zerzausten Haare waren von der Sonne gebleicht. Und wenn er lächelte …

Sie schluckte hart, als er genau das tat. Ihr Verstand setzte aus, nur ihr Körper reagierte.

„Dein Eis schmilzt."

Das war nicht das Einzige, was schmolz, aber sie hatte nicht vor, ihm das zu verraten. Schon gar nicht, während sie Erfrierungen an den Fingern bekam, weil sie den Eisbecher hielt.

„Möchtest du einen Löffel?", fragte er.

Sie wollte viel mehr als nur einen Löffel von ihm. Sie wollte mit ihm in seine Wohnung, die Klimaanlage ausschalten, die Fenster aufreißen und herausfinden, wie erfindungsreich sie dabei waren, sich mit Eiscreme Kühlung zu verschaffen.

Ihr Gesicht musste ihm verraten haben, in welche Richtung ihre Gedanken gingen, denn er seufzte und wandte den Blick ab. „He, das soll kein Annäherungsversuch sein. Glaub mir, nichts liegt mir momentan ferner." Er fuhr sich durch die Haare. „Ich dachte nur, vielleicht möchtest du solange bei mir warten, bis du wieder in deine Wohnung kannst. Du bist jedenfalls herzlich willkommen."

Renae musterte ihn mit zusammengekniffenen Augen. „Warten. In deiner Wohnung. Sonst nichts?"

Er nickte. „Es sei denn, du willst reden oder sonst was tun, während du wartest."

„Reden", wiederholte sie gedehnt.

„Ach ja, eine blöde Idee."

Erneut flog etwas gegen die Tür. Renae starrte sie an. „Das

wird eine Kerbe hinterlassen." Sie sah wieder zu Will. „Ich glaube, ich nehme dein Angebot an."

Fünfzehn Minuten später war Will so weit, sich in die nächste Irrenanstalt einweisen zu lassen. Renae saß im Schneidersitz auf seinem Ledersofa, den Becher Eiscreme auf dem Schoß und einen Löffel in der einen Hand, während sie in der anderen Hand die Fernbedienung des Fernsehgeräts hielt. Sie trug einen weiten weißen Jogginganzug, auf dessen Brust in dunkelblauen Buchstaben Women Only stand. Sie sah nicht geschminkt aus, und ihre Haare waren nachlässig zu einem Pferdeschwanz zusammengebunden, aus dem dunkelblonde Strähnen auf ihren gebräunten Nacken fielen. Es war ganz eindeutig nicht die Art von Pferdeschwanz, die Will normalerweise anziehend fand. Und ein pinkfarbenes oder sonst wie buntes Band hatte sie auch nicht darum gebunden.

Sie fand einen Sender, der ihr gefiel, und legte die Fernbedienung wieder auf den Couchtisch.

„Macht es dir wirklich nichts aus, dass ich hier warte?", fragte sie und sah zum Durchgang zwischen Wohn- und Esszimmer, wo er stand.

„Nein, es macht mir nichts aus."

„Es könnte aber eine Weile dauern."

Verdammt, dachte er. Laut sagte er: „Das macht doch gar nichts."

„Magst du ‚Sex in the City'?"

Fast hätte Will sich verschluckt.

Renae schien seine Reaktion nicht zu entgehen, da sie ihn still beobachtete. Sie zeigte zum Fernseher, und Will begriff, dass sie die Serie meinte.

Nicht, dass es darauf noch ankam. Die Vorstellung, diese provokante Serie mit ihr im gleichen Zimmer anzusehen, war äußerst beunruhigend.

Offenbar empfand sie das genauso, da sie mit zitternder Hand die Fernbedienung nahm und auf einen Nachrichtenkanal umschaltete.

Das war besser, wenn auch nur geringfügig.

Will deutete zur Küche. „Ich mache mir etwas zu essen. Möchtest du auch etwas?"

Sie hob den Becher Eiscreme, ohne Will anzusehen.

„Ach ja, richtig."

Sie hatte ihm etwas davon angeboten, als er ihr einen Löffel gab, aber er hatte lieber abgelehnt, hauptsächlich wegen der Art, wie sie sich den Löffel zuerst in den Mund geschoben hatte, um ihn anzufeuchten, ehe sie ihn ins Eis grub. Und zusehen, wie Renae Eis aß, sollte er jetzt lieber auch nicht.

Er stand eine ganze Weile vor der offenen Kühlschranktür und konnte es nicht fassen. Vor nicht einmal einer halben Stunde hatte sich ihm eine schöne Frau an den Hals geworfen, die er in den letzten fünf Monaten begehrt hatte, und er war vor ihr unförmlich geflohen. Und jetzt …

Er begann Sachen aus dem Kühlschrank zu nehmen, ohne hinzusehen, und stellte sie auf die Arbeitsfläche. Es war ihm egal, was, Hauptsache, es lenkte ihn von dieser aufregenden Frau nebenan ab. Sie lachte gerade über etwas, sodass Will eine grüne Paprikaschote fallen ließ.

Sein ursprünglicher Plan war gewesen, Janet vom Flughafen abzuholen, mit ihr essen zu gehen und sie anschließend nach Hause zu fahren. Daher hatte er auch nichts mehr gegessen seit der Brezel zum späten Frühstück, das gleichzeitig auch sein Mittagessen war. Das Problem war nur, dass sein Appetit sich nicht auf irgendetwas Essbares richtete.

Na fabelhaft. Er musste etwas tun, solange Renae in seinem Apartment war, etwas, um sich abzulenken und zu beschäftigen. Nur leider hatte er nicht die leiseste Ahnung, was.

Er nahm die aufgereihten Lebensmittel und verstaute sie alle wieder im Kühlschrank.

Na schön, damit hatte er schon mal ganze dreißig Sekunden herumgebracht. Er drehte sich um und entdeckte Renae im Türrahmen.

Oh, verdammt!

Aus dieser Nähe und trotz des wenig schmeichelhaften Lichts der Küchenbeleuchtung sah sie noch besser aus. Ihre grünen Augen hatten die Farbe von Jade und waren noch faszinierender. Ihre Haut war zart und einladend, ihr Körper weich und verlockend, trotz der dicken Kleidungsschicht, die sie verhüllte.

„Ist dir nicht heiß?“, erkundigte er sich und deutete auf den Jogginganzug.

Entweder interpretierte sie seine Worte falsch oder ignorierte deren eigentliche Bedeutung absichtlich. „Sehr.“

Seine Willenskraft schwand zusehends. Er sehnte sich danach, ihre Haut zu spüren.

„Das hier hilft“, sagte sie und hielt ihm den geschlossenen Eisbecher hin.

„Ich bin kein großer Eisfan.“

„Probier es. Vielleicht magst du es.“

Will hatte genug davon, Dinge zu probieren, die er besser nicht mögen sollte.

„Könntest du es in deinem Kühlschrank für mich aufbewahren, bis ich in meine Wohnung zurück kann?“

„Na klar.“ Er nahm den Eisbecher und verstaute ihn. Als er sich wieder umdrehte, war Renae an seiner Seite. Nicht nur das, sie beugte sich auch noch herunter, sodass er einen Blick auf ihren wohlgeformten Po erhielt, während sie die Spülmaschine öffnete. Als sie die Tür wieder schließen wollte, wich sie ein Stück zurück und berührte ihn dabei. Die heftige Reaktion seines Körpers ließ darauf schließen, dass er es sich anders überlegt hatte, seit er Janet zu Hause abgesetzt hatte.

„Oh!“ Renae wirbelte herum. Ihre Wangen waren leicht gerötet, ein paar Strähnen klebten an ihrer Wange. Will packte sie an den Schultern, damit sie nicht nach hinten fiel. „Ich …, ich wollte den Löffel in die Spülmaschine legen.“

„Das sehe ich.“

„Natürlich.“

Will empfand es als Ironie, dass er Renae jetzt genau so festhielt, wie vor Kurzem erst Janet. Doch statt sie auf diese Weise von sich fernzuhalten, wie er es bei Janet getan hatte, kämpfte er diesmal mit dem Verlangen, sie an sich zu drücken.

Er betrachtete ihr Gesicht, ihre bemerkenswerten Augen, die sanft geschwungenen Brauen, die hohe Stirn und die markanten Wangenknochen sowie ihren sinnlichen Mund. Ihre Zunge schaute hervor, als sie sich die Lippen befeuchtete, und heiße Begierde stieg in ihm auf.

Gleichzeitig wurde er immer verwirrter.

Wie war das möglich? Was hatte diese Frau denn an sich, dass er nicht aufhören konnte, sie zu begehren? Dass er nicht aufhören konnte, an sie zu denken? Das Einzige, was sie miteinander verband, war Sex. Sie redeten über nichts anderes und taten nichts anderes.

Wieso wollte er dann, seit Dr. Stuart Nealon ihm eine mögliche Beförderung in Aussicht gestellt hatte, Renae diese Neuigkeit erzählen? Nicht nur, dass er gar nicht daran gedacht hatte, es Janet zu erzählen, er hatte außerdem auch keine Lust gehabt, mit ihr darüber zu reden, als sie es selbst zur Sprache brachte. Wieso war Renae das Erste, woran er morgens beim Aufwachen dachte, und das Letzte, wenn er abends ins Bett ging?

Wieso begehrte er diese Frau mit einer solchen Intensität, dass es ihm Angst machte?

„Pass auf", sagte sie mit heiserer Stimme, „ich werde es dir leichter machen."

Und dann küsste sie ihn, und er ließ es nicht nur geschehen, sondern erwiderte den Kuss. Im nächsten Moment schon konnte er keinen zusammenhängenden Gedanken mehr fassen und überließ sich ganz seinen Empfindungen.

14. KAPITEL

Renae hatte das Gefühl, als sei sie in den letzten vier Tagen in einem luftleeren Raum gefangen gewesen und dürfe jetzt endlich wieder tief einatmen.

Wills Mund auf ihrem fühlte sich wundervoll an, so gut und richtig.

Die Hände, die eben noch auf ihren Schultern gelegen hatten, umfassten nun zärtlich ihr Gesicht, während er sich zu ihr herunterbeugte, um seine Lippen auf ihre zu pressen. Renae schmolz dahin, und sie versuchte, sich an ihn zu klammern, um Halt zu finden. War sie jemals so liebevoll geküsst worden? So zärtlich? So gefühlvoll? Sie konnte sich nicht erinnern. Doch was sie wusste, war, dass sie von Will noch nie so geküsst worden war. Und sie hatte keine Ahnung, wie sie mit dieser Veränderung in ihm umgehen sollte.

Er ließ die Finger von ihren Wangen zu ihrem Hals hinuntergleiten, von dort zu ihren Schultern und weiter nach unten bis zu ihrem Po. Renae schnappte nach Luft, als er sie packte und auf die Arbeitsfläche setzte, ohne den Kuss zu unterbrechen.

Sie setzte sich in eine bequemere Position auf dem harten Granit und schlang Will die Beine um die Taille. Sie zog ihn an sich, bis sie ihn groß und hart durch ihre Kleidung spürte. Ein prickelnder Schauer überlief sie, und Hitze breitete sich in ihrem ganzen Körper aus. Will zog ihr Sweatshirt hoch und schmiegte sich an ihren Bauch.

Will unterbrach kurz den Kuss und sah ihr in die Augen. Renae konnte nichts anderes tun, als seinen Blick zu erwidern.

Er schien verwirrt zu sein, als versuche er etwas herauszufinden. Im Stillen sagte sie ihm, er solle sich keine Sorgen machen, weil es ihr ganz genauso ergangen war, seit sie der Versuchung zum ersten Mal erlegen war, und dass sie sich ihre Gefühle für ihn nicht erklären konnte. Sie waren einfach da.

Dann küsste er sie wieder.

Renae stöhnte leise, als er ihren BH-Verschluss öffnete und ihre Brüste unter dem hauchdünnen Stoff streichelte. Jede seiner Bewegungen war so langsam und bedeutungsvoll, dass sie nicht wusste, wie sie darauf reagieren sollte. Er zog ihr das Sweatshirt über den Kopf, streifte ihr den BH ab und warf beide Kleidungsstücke auf den Fußboden.

„Dir ist tatsächlich heiß."

Wills leise Worte schienen sie zu liebkosen wie sein Atem. Er strich mit dem Zeigefinger über die weiche Haut zwischen ihren Brüsten und ließ seine Finger unter den Gummizug ihrer Jogginghose gleiten. Renae stützte sich auf der Arbeitsfläche ab, damit er sie von der Baumwollhose befreien konnte. Nun trug sie nur noch einen weißen Spitzenslip. Will entfernte sich von ihr, und sie stieß einen unmutigen Laut aus.

Augenblicke später öffnete er den Deckel der Eispackung und nahm einen Löffel aus einer Schublade. Einen Moment lang fürchtete sie, er würde sie schwer atmend und fast nackt auf der Arbeitsfläche zurücklassen, um Eis zu essen.

Doch stattdessen nahm er einen Löffel voll und hielt das tropfende Eis über ihre rechte Brustspitze.

Renae sog scharf die Luft ein, einerseits aus Überraschung über das, was er da tat, andererseits wegen der plötzlichen Kälte der weißen Eiskugel, die von ihrer Brust rutschte. Will beugte sich herunter, fing das Eis mit dem Mund auf und leckte langsam die hoch aufgerichtete Knospe ab.

Renae schloss die Augen und genoss diese aufregende Mischung aus heiß und kalt auf ihrer nackten Haut. Will hatte das Eis abgeleckt und begann nun an ihrer Brustspitze zu saugen. Ein Schauer der Lust durchströmte Renae.

Wieder trat er zurück, und sie glaubte, es vor Begierde nicht länger aushalten zu können. Fasziniert beobachtete sie, wie er das gleiche Spiel mit ihrer linken Brust veranstaltete. Diesmal rutschte die Eiskugel in ihren Bauchnabel. Als Will mit der Zunge ihr Bauchnabelpiercing liebkoste, zitterten ihre Arme so heftig, dass sie sich nicht mehr länger aufstützen konnte.

„Ich dachte, du magst Eis nicht so gern“, flüsterte sie.

Er sah ihr ins Gesicht. „In letzter Zeit entdecke ich lauter neue Eigenschaften an mir, die ich nicht verstehe.“

Dem konnte Renae sich nur anschließen. Seit sie vom Flirten zu leidenschaftlichem Sex übergegangen waren, war ihr Leben nicht mehr wie vorher. Plötzlich reichte es ihr nicht mehr, jede Woche einen Gehaltsscheck von Women Only nach Hause zu bringen. Sie konnte nicht länger die Dinge ignorieren, die sich in ihrer Wohnung abspielten. Und was Will betraf …

Er presste seinen Mund auf ihren weißen Spitzenslip und blies sacht. Sie spürte den warmen Atem an ihrem intimsten Punkt und stöhnte vor Lust auf.

Vorher war es beim Sex zwischen ihnen um sofortige Lustbefriedigung gegangen. Sie hatten sich nicht die Zeit genommen, einander in Ruhe zu erkunden. In den Pausen zwischen dem Sex hatten sie geschlafen. Es hatte so gut wie kein Vorspiel gegeben – sie waren jedes Mal gleich zur Sache gekommen.

Doch jetzt ließ Will sich viel Zeit, was ganz neue Empfindungen in ihr auslöste. Diesmal war das Liebesspiel gefühlvoller und verursachte ihr ein Herzklopfen, das ihr beängstigend vorgekommen wäre, hätte sie klar denken können. Unwillkürlich bog sie sich ihm entgegen, als er seine Lippen auf ihren empfindlichsten Punkt presste. Aber wie sollte sie klar denken können, wenn er sein Bestes tat, um jeden vernünftigen Gedanken aus ihrem Kopf zu vertreiben?

Will liebkoste sie mit seiner Zunge mit einer Hingabe, wie sie sie noch nie zuvor erlebt hatte. Ein Beben durchlief ihren Körper, sie atmete stoßweise. Unwillkürlich krallte sie die Finger in seine Haare und hielt ihn fest. Sie wollte nicht, dass es jemals aufhörte. Gleichzeitig sehnte sie sich danach, ganz mit ihm eins zu werden.

Als ihr Höhepunkt langsam abebbte, zog sie ihn an den Haaren zu sich hoch und küsste ihn. Hastig zerrte sie ihm das Hemd aus der Hose und stellte erst jetzt erstaunt fest, dass er noch vollkommen bekleidet war. Statt Zeit mit den vielen Hemdknöpfen zu vergeuden, öffnete sie nur die oberen und zog ihm das Hemd dann über den Kopf. Sie warf es auf den Fußboden und machte sich am Reißverschluss seiner Hose zu schaffen.

Will hielt ihre Hände fest und unterbrach den Kuss.

Panik stieg in Renae auf. Vielleicht gab es einen Grund dafür, dass er noch angezogen war. Vielleicht wollte er gar nicht mit ihr schlafen.

Er legte seine Stirn an ihre und sah ihr lange in die Augen. Sie hörte ihre eigenen tiefen Atemzüge und war nicht imstande zu sprechen. Und dann grinste er.

„Wo brennt's denn, Renae?“

Sie wollte ihm sagen, dass es überall brannte – auf ihrer Haut und in ihren Adern. Doch sie kam nicht dazu, denn er streifte ihr den Slip ab und zog seine Hose auf. Der Küchenfußboden war mit ihren Kleidungsstücken übersät.

Endlich stand Will nackt vor ihr.

Renae erschauerte beim Anblick seines nackten Körpers. Er hatte genau die richtige Menge Muskeln, war dabei jedoch schlank und gut gebaut, sodass es ihr den Atem raubte. Seine Haut war goldbraun vom Schwimmen im Pool. Dieser Mann und sie waren in so vieler Hinsicht verschieden, dass sie sich manchmal fragte, wie es möglich war, dass sie zusammengekommen waren. Er trainierte, sie lag in der Sonne. Er war schrecklich diszipliniert und zielstrebig, während sie sich bisher durchs Leben hatte treiben lassen, wobei ihr mal Gutes, mal Schlechtes widerfuhr – meistens auch noch unverhofft –, worüber sie dann grübelte.

Sie waren so verschieden ... Doch in diesem Augenblick waren sie eins.

Sie schlang ihm ihre Beine um die Hüften und stöhnte auf, als er mit der Spitze seines aufgerichteten Gliedes ihren intimsten Punkt berührte. Dann wich er ein Stück zurück, um sich ein Kondom überzustreifen, das er aus der Gesäßtasche seiner Hose genommen hatte. Fasziniert beobachtete Renae ihn dabei und rutschte näher an den Rand der Arbeitsfläche, damit er leichter in sie eindringen konnte.

Behutsam drängte Will sich zwischen ihre Beine und hielt inne. Renae wollte ihn aus lauter Ungeduld antreiben, doch noch ehe sie es tun konnte, drang er ein bisschen in sie ein, nur um sich gleich darauf wieder zurückzuziehen. Jetzt stöhnte sie doch laut. Das war zu wenig ... und zu schnell.

Brennende Ungeduld quälte sie, und ihre hilflose Lage machte sie verrückt. Wären sie im Bett gewesen, hätte sie ihn kurzerhand auf die Matratze geworfen und sich rittlings auf ihn gesetzt.

Erneut glitt er in sie hinein, aber wieder füllte er sie nicht ganz aus. Renae versuchte, ihn jetzt anzutreiben, doch er packte ihre Hüften, hielt sie fest und zog sich wieder zurück.

Renae keuchte. Sie sehnte sich so sehr danach, ihn ganz tief in sich zu spüren, dass sie am ganzen Körper zitterte, überwältigt vor Verlangen. Sie gab sich ihm völlig hin, er sollte mit ihr tun, was ihm gefiel.

Verzweifelt sah sie ihm ins Gesicht. Seine Miene verriet Entschlossenheit, als er erneut in sie eindrang, zweifellos mit der Absicht, sein Spielchen fortzusetzen. Doch diesmal schien auch er überwältigt zu werden von purer Lust, denn statt sich zurückzuziehen, glitt er so tief es ging in sie hinein.

Einen Moment lang hatte Renae Angst, überhaupt nicht mehr Atem holen oder sich rühren zu können. Dann begann Will sich in einem langsamen Tempo zu bewegen, das er allmählich steigerte und mit dem er sie zu neuen Höhen der Lust trug. Die kühle Arbeitsfläche unter ihr war nicht länger hart. Die Küche selbst existierte nicht mehr. Es gab nur noch diesen Augenblick und diesen Mann. Und irgendwo tief in ihrem Innern wusste sie, dass das alles war, was sie wirklich brauchte.

Sie stand kurz vor ihrem nächsten Gipfel und schloss verzückt die Augen. Will schien es zu registrieren, denn er steigerte sein Tempo behutsam jedes Mal ein bisschen mehr. Renae bäumte sich auf und klammerte sich an seine Schultern, während sie sich diesen einzigartigen, überwältigenden Empfindungen überließ.

Durch den sinnlichen Nebel ihres eigenen Höhepunkts hörte sie Will stöhnen und spürte, wie sein Körper sich in Ekstase verkrampfte.

Kurz darauf hielten sie sich atemlos in den Armen. Schweiß glänzte auf ihren Körpern, und das Eis schmolz neben ihnen auf der Arbeitsfläche. Renae sah Will an, als würde sie ihn tatsächlich kein bisschen kennen.

Das Telefon klingelte schrill, was sie an jenen Anruf vor einigen Tagen erinnerte, der nicht nur den Augenblick zerstört, sondern sie und Will für eine Weile auseinandergebracht hatte. Würde das schon wieder passieren?

Will wollte sich nicht um das klingelnde Telefon kümmern, wollte sich nicht von Renaes warmem Körper lösen. Er wollte dem Gefühl auf den Grund gehen, das von ihm Besitz ergriffen hatte, seit er losgelassen und sich geöffnet hatte.

Er betrachtete ihr Gesicht. Wenn er sie vor diesem Abend angesehen hatte, dann hatte er eine sexy Frau gesehen, mit der er unbedingt schlafen wollte. Aber jetzt …

Das Telefon klingelte unaufhörlich weiter.

„Ich glaube, ich gehe lieber ran."

Renae wich seinem Blick aus, als er sich von ihr löste. Mit zwei Schritten war er bei dem Apparat im Esszimmer. „Sexton."

„Will? Sind Sie es?"

Er versuchte die weibliche Stimme zu erkennen, aber es gelang ihm nicht. „Ja, ich bin es."

Ein Seufzen war zu hören, dann: „Gut. Hier spricht Tabitha, Renaes Mitbewohnerin aus dem Stockwerk über Ihnen.

Sie ist nicht zufällig bei Ihnen, oder? Ich habe sie auf dem Handy angerufen, aber sie meldet sich nicht."

Will sah zu Renae, die ihm den Rücken zugekehrt hatte. Sie hatte bereits ihren Slip und die Hose wieder angezogen und war dabei, sich das Sweatshirt über den Kopf zu ziehen, obwohl sie in den dicken Baumwollsachen schwitzen musste.

„Es ist für dich", sagte er und hielt ihr den Hörer hin.

Renae drehte sich um, und ihre entsetzte Miene rührte etwas tief in ihm.

„Es ist Tabitha", erklärte er.

Sofort schien sie sich zu entspannen. Sie nahm den Hörer und ging ins Esszimmer. Will nutzte die Zeit, um aufzuräumen und sich ebenfalls anzuziehen. Als Renae sich wieder umdrehte, lehnte er an der Arbeitsfläche und beobachtete sie.

„Die Luft ist rein", berichtete sie und legte den Hörer auf.

Will nickte und hatte das Gefühl, etwas sagen zu müssen, ohne genau zu wissen, was. Er spürte jedoch, dass dies nicht der richtige Moment war, ihr zu gestehen, dass er nicht länger mit Janet zusammen sein wollte.

Denn was bedeutete das für seine Beziehung zu Renae?

„Tja, danke, dass ich hier warten durfte", sagte sie und wandte sich ab.

Er folgte ihr durch das Wohnzimmer, wo sie ihr Handy und ihre Schlüssel vom Couchtisch nahm. Dann ging sie zur Tür, zögerte jedoch noch einen Augenblick, ehe sie sie hinter sich zumachte.

Will lehnte sich dagegen und fuhr sich über das Gesicht, während er schlau zu werden versuchte aus dem, was in der letzten Stunde geschehen war. Es war eindeutig mehr als nur

Sex gewesen. Was hatte ihn dazu veranlasst, zu Renae zu gehen, als er sie auf der Treppe hatte sitzen sehen? Was hatte sie dazu gebracht, sich damit einverstanden zu erklären, in seiner Wohnung zu warten?

Was hatte ihn dazu getrieben, sie so zu küssen?

Er hatte ein ziemlich geradliniges Leben geführt. Er war in Southwark aufgewachsen, der Arbeitergegend von South London. Er hatte weder die beste Kleidung noch das beste Fahrrad oder die beste Bildung bekommen, aber er hatte das Beste aus seinen Möglichkeiten gemacht. Seine Eltern, deren Arbeitsmoral unerschütterlich war, hatten ihn unterstützt. Dann war er in die Staaten gekommen, um Medizin zu studieren. Er hatte geglaubt zu wissen, was er vom Leben wollte.

Jetzt lag alles in einem dichten undurchdringlichen Nebel, und seine Zukunft schien beängstigend unklar zu sein. Er hatte sich noch nie so gefühlt, daher konnte er es auch mit nichts vergleichen, geschweige denn die Situation einschätzen, um wenigstens eine Ahnung davon zu bekommen, wie es weitergehen würde.

Stattdessen hatte er das Gefühl, in ein riesiges Meer geworfen worden zu sein und ohne Kompass darauf umherzuirren, ohne rettendes Ufer in Sicht. Die Frage war, ob er sich von der Strömung treiben lassen sollte. Oder sollte er sich ein Paddel schnappen und versuchen, das Ufer zu erreichen?

15. KAPITEL

Normalerweise bereitete der Montagmorgen Renae keine Schwierigkeiten. Doch dieser Montagmorgen würde vermutlich als ihr schlimmster in die Geschichte eingehen. Dabei war es erst elf Uhr. Nicht einmal die Erinnerung an letzte Nacht mit Will half. Im Gegenteil, wenn sie daran dachte, was seither passiert war, schmerzte es sogar.

Nicht genug damit, dass ihr Wecker nicht geklingelt hatte und sie daher zu spät aufgestanden war. Sie hatte außerdem auch ihren Korb mit der sauberen Wäsche nicht finden können, den sie gestern Abend in ihr Zimmer gestellt hatte, und deswegen hatte sie nach ihrem Bauchtanzkostüm suchen müssen. Doch als sie es anzog, gab eine Naht über ihren Brüsten nach, und die Pailletten sprangen ab wie Knöpfe, die von einem Hemd abgerissen wurden. Renae hegte kaum Zweifel daran, wer hinter diesen Pannen steckte, doch fehlte ihr die Zeit, Nina damit zu konfrontieren, da sie eilig die Wohnung verlassen musste, in einem Bikini-Oberteil und Bauchtanzrock. Als sie bei Women Only ankam, war der Kurs, den sie leiten sollte, fast schon zu Ende.

Zum Glück war Lucky als Erste da gewesen und hatte nicht nur aufgeschlossen, sondern auch den Kurs in Jeans und T-Shirt geleitet. Renae hatte ihr Handy überprüft und festgestellt, dass es ausgeschaltet war. Sie konnte sich nicht daran erinnern, das getan zu haben. Nachdem Tabitha gezwungen gewesen war, bei Will anzurufen, hatte sie extra darauf geachtet, dass es eingeschaltet war, bevor sie in ihre Wohnung zurückkehrte.

Und jetzt, zwei Stunden später, befand sie sich mitten in ihrem sechsten Bewerbungsgespräch für die Stelle, die durch Luckys Weggang frei wurde.

„Ich weiß nicht, was meine Mom dazu sagen würde, dass ich solche Sachen verkaufe ... wie diesen Dildo, zum Beispiel", sagte die Neunzehnjährige mit dem frechen Gesicht. Sie nahm einen elektrischen Massagestab und betrachtete ihn.

Renae hätte der jungen Frau am liebsten vorgeschlagen, erwachsen zu werden und bei ihren Eltern auszuziehen. „Das verstehe ich vollkommen. Ich würde auch nicht wollen, dass Sie etwas verkaufen, von dem Sie keine Ahnung haben. Dies", sagte sie und nahm ihr die Packung ab, „ist ein Massagestab, kein Dildo. Im Übrigen gehört zu den Anforderungen an den Job auch, dass Sie eine Expertin auf dem Gebiet der weiblichen Anatomie sind, für den Fall, dass Sie einmal im beliebten Klit-101-Kurs einspringen müssen."

Das Mädchen starrte sie an, rot wie der Vorhang zu dem Raum, in dem besagter Kurs abgehalten wurde, ehe sie, eine Entschuldigung murmelnd, hinauseilte.

Lucky, die hinter dem Verkaufstresen Inventarlisten verglich, lachte. „Findest du nicht, dass du ein bisschen hart zu ihr warst?"

Renae verdrehte die Augen. „Du meine Güte, das Mädchen wusste vermutlich nicht einmal, wo sich die Klitoris befindet."

„Mag sein, aber seit wann ist das eine der Voraussetzungen für den Job? Eine Verkäuferin muss doch keine Expertin der weiblichen Anatomie sein."

Renae winkte mit dem Massagestab. „Das nicht, aber sie sollte schon einen Massagestab nicht mit einem Dildo verwechseln.“ Kopfschüttelnd verstaute sie das Gerät wieder. „Ich sehe die Schlagzeile schon vor mir: ‚Stromschlagopfer wurde von Mitarbeiterin bei Women Only ein Mega-Orgasmus versprochen.‘ Von den Klagen ganz zu schweigen.“

Lucky runzelte die Stirn. „Da ist wohl heute Morgen jemand mit dem falschen Bein aus dem Bett gestiegen.“ Sie legte die Inventarlisten beiseite. „Ehrlich gesagt, habe ich mich in letzter Zeit schon gefragt, ob du deine Matratze an die Wand geschoben hast, sodass du jeden Morgen mit dem falschen Bein aufstehst.“

Renae verzog das Gesicht und atmete tief durch. „Du hast recht. Ich war in letzter Zeit unausstehlich, nicht wahr?“

Lucky kam hinter dem Verkaufstresen hervor und stellte sich vor sie. „Hast du schon mit Ginger gesprochen?“

„Ja. Sie kann erst Ende der Woche mit mir essen gehen.“

„Na, das ist doch gut, oder? Dann kannst du ihr wenigstens deinen Plan unterbreiten.“

„Ja, schon. Trotzdem werde ich das Gefühl nicht los, dass sie mir eine Abfuhr erteilen wird. Und glaub mir, normalerweise habe ich solche Gefühle nicht bei Ginger.“

„Ich glaube, sie hat zu viele andere Sachen im Kopf.“

„Hm.“ Das hatte Renae auch. Namentlich die Person, die sie heute Morgen aus Wills Apartment hatte kommen sehen.

Lucky musterte sie. „Bist du sicher, dass es das Einzige ist, was dir zu schaffen macht?“

„Ja“, antwortete Renae rasch. Dann lehnte sie sich gegen den Verkaufstresen und meinte seufzend: „Nein.“

„Aha. Das habe ich auch nicht angenommen.“

„Was soll das denn heißen?“

„Das soll heißen, Colin hat mir erzählt, dass die Assistenzärztin gestern aus Kalifornien zurückgekommen ist."

„Als müsste mir das jemand erzählen. Ich habe sie heute Morgen um neun aus Wills Apartment kommen sehen", rutschte es Renae unwillkürlich heraus. Sie drehte sich zum Tresen um. Sie sah einen kleinen Stapel Coupons durch, dann richtete sie sich wieder auf und legte die Coupons zurück neben die Registrierkasse, damit die Kunden sie mitnehmen konnten.

Nach dem gestrigen Abend hatte sie selbst nicht recht gewusst, was sie erwartete. Sie hatte deutlich gespürt, dass sich bei Will etwas geändert hatte. Und dass sich in ihrer seltsamen Beziehung etwas geändert hatte. Doch als sie in ihre Wohnung zurückgekehrt war, nachdem zwischen Tabitha und Nina wieder Friede herrschte, war sie entschlossen, den Dingen vorerst einfach ihren Lauf zu lassen. Schließlich hatte sie ohnehin keine Kontrolle darüber. Je mehr sie versuchte, es zu verstehen, desto mehr Fragen taten sich auf. Sie hoffte, die Dinge klarer zu sehen, wenn sie weiter alles auf sich zukommen ließ.

Nachdem sie zu diesem Schluss gekommen war, hatte sie sich erleichtert gefühlt und in der Nacht zum ersten Mal wieder besser geschlafen. Sie war sogar mit einem Lächeln aufgestanden, obwohl ihr Wecker nicht geklingelt und sie deshalb verschlafen hatte. Nicht einmal ihre fehlenden Kleidungsstücke und das Missgeschick mit dem Kostüm hatten sie erschüttern können.

Und so war sie trotz ihrer Verspätung in ihrem Bikini-Oberteil und dem Bauchtanzrock mit zwei belegten Brötchen zu Will gegangen, als plötzlich seine Wohnungstür aufging und die Assistenzärztin herauskam.

Renae hätte kaum geschockter sein können, wenn jemand sie in einen Pool mit eiskaltem Wasser geworfen hätte.

Und als wäre das alles noch nicht genug gewesen, hatte die Assistenzärztin sie direkt angesehen, ihren schrägen Aufzug gemustert, gelächelt und ihr einen guten Morgen gewünscht.

Und so wurde dieser Morgen der schlimmste Morgen in Renaes Leben.

Sie riskierte einen Blick über die Schulter zu Lucky, deren skeptische Miene festgefroren schien. „Oh."

Renae strich sich die Haare aus dem Gesicht und schaute auf den Jogginganzug aus dem Shop herunter, den sie sich inzwischen angezogen hatte. „Genau."

„Hast du dir schon mal überlegt, Will zu sagen, was du empfindest?"

Sie hatte nicht geglaubt, dass es nach gestern Abend noch nötig war, etwas zu sagen. „Was? Dass ich eifersüchtig bin?"

Lucky lächelte. „Nein, dass du an mehr mit ihm interessiert bist."

„Nachdem die Assistenzärztin die Nacht bei ihm verbracht hat?" Renae schüttelte den Kopf. „Nein."

„Wieso nicht?"

„Wieso nicht?", platzte Renae heraus. „Weil er mit ihr geschlafen hat, deswegen."

„Na und?"

Renae starrte Lucky an, als wäre sie nicht mehr ganz bei Verstand.

Lucky verschränkte herausfordernd die Arme vor der Brust. „Ach, dann ist es also vollkommen in Ordnung, wenn er mit dir schläft, während er noch mit Janet zusammen ist. Aber sobald er mit Janet schläft, ist es vorbei."

Renae unterdrückte den lächerlichen Drang zu weinen. Tränen brannten ihr in den Augen, und ihre Wangen waren heiß. „Nein, denn gestern Abend, bevor die Assistenzärztin aufgetaucht sein muss …“

„Hattet ihr beide Sex?“

Renae nickte. „Aber das ist es nicht. Was zwischen mir und Will passiert ist …“

„Was ist passiert?“

„Ich weiß es nicht. Es war nur irgendwie anders. Es war nicht nur Sex. Jedenfalls nicht für mich.“

Sie fühlte Luckys Hand auf ihrer Schulter und verspürte das überwältigende Bedürfnis, sich bei ihrer Freundin anzulehnen und ihren Trost anzunehmen. Doch das konnte sie nicht, einfach aus dem Grund, weil sie wusste, dass sie eine Närrin war. Sie hatte nicht nur zugelassen, dass etwas Schreckliches geschah, sondern es auch noch mit offenen Armen willkommen geheißen.

Sie hatte sich schlicht und einfach in Will Sexton verliebt.

Will marschierte in seinem Apartment auf und ab, in Gedanken bei allem anderen außer dem Teppich, den er gerade abnutzte.

Das Letzte, womit er heute Morgen um neun gerechnet hatte, als er nur mit einem Handtuch bekleidet aus der Dusche gekommen war, war Janet, die ihm ein selbst gemachtes Frühstück in einem Weidenkorb mit pinkfarbenen Bändern brachte. Wie dem auch sei, sie stand jedenfalls da und lächelte ihn an, als wäre er nicht am Abend zuvor praktisch vor ihr geflohen.

Ihm war keine andere Wahl geblieben, als sie hereinzulassen. Nach fünf Monaten stand ihr wenigstens eine Erklärung zu.

Unglücklicherweise war es nicht unbedingt der geeignete Zeitpunkt für eine solche Unterhaltung, wenn er verdutzt und nur mit einem Handtuch bekleidet vor ihr stand.

Während er beobachtete, wie sie seinen Tisch deckte, befürchtete er, sie könne das Gleiche wie am Abend zuvor versuchen und sich ihm in die Arme werfen. Zu seiner grenzenlosen Erleichterung stellte er jedoch fest, dass sie den Tisch nur für eine Person deckte. Nachdem er sich gesetzt hatte, gab sie ihm einen Kuss auf den Kopf und verkündete, sie habe einen Termin im Krankenhaus. Dann war sie wieder gegangen.

Selbstverständlich aß er das Frühstück. Zugleich tadelte er sich weiterhin dafür, ihr gegenüber nicht ehrlich gewesen zu sein. Denn das bedeutete, er würde sie noch mindestens einmal wiedersehen müssen.

Bei diesem Gedanken krampfte sich sein Magen zusammen.

„Sieh mal, Janet, ich liebe dich nicht", übte er laut und verzog das Gesicht beim Klang der Worte und der Art, wie er sie sagte.

Vielleicht war Direktheit nicht die beste Strategie. Vielleicht sollte er ihr lieber erklären, er brauche eine Pause und sie sollten sich auch mit anderen treffen.

Nein, das würde auch nicht funktionieren, denn es war noch immer zu vage. Und dass es eine Lüge war, würde die Sache nicht leichter machen.

Er blieb stehen und schickte einen Fluch zur Zimmerdecke. Tja, er konnte Janet schlecht erklären, dass eine Beziehung mit ihr nicht mehr länger möglich war, weil er während ihrer Abwesenheit praktisch ununterbrochen mit seiner Nachbarin geschlafen hatte. Und zwar mit der Nachbarin, die er direkt nach Janet das Gebäude verlassen sah.

Er erinnerte sich noch ganz genau an den Ausdruck auf ihrem Gesicht, als sie heute Morgen zu seinem Fenster hinaufgesehen hatte. Sie hatte wütend und traurig ausgesehen, als fühle sie sich betrogen.

Und Janet war förmlich über den Parkplatz gehüpft.

Verdammt, was sollte er bloß tun?

Sein Telefon klingelte, und er meldete sich.

„Du hast angerufen?“, fragte Colin.

Sofort entspannte Will sich. „Treffen wir uns bei Harry's? Jetzt.“

„Ich habe einen Klienten.“

„Verschreib ihm Glückspillen und komm zu Harry's.“

Colin lachte. „Wir treffen uns in fünfzehn Minuten, wenn die Sitzung beendet ist.“

„Gut.“

Will hoffte nur, dass sein Freund einen lebensrettenden Rat für ihn hatte. Denn so, wie die Dinge standen, würde *er* noch um Glückspillen bitten, und sei es nur, um den endlosen Grübeleien ein Ende zu machen.

„Was hat das alles zu bedeuten?“, wollte Will eine Stunde, zwei Cheeseburger und drei Gläser Fassbier später von Colin wissen.

Colin war die meiste Zeit während Wills Bericht still gewesen und hatte nur hin und wieder nachgefragt, welches Ereignis mit welcher Frau stattgefunden hatte. Will hatte gehofft, dass es ihm helfen würde, wenn er seinem Freund sein

Herz ausschüttete. Stattdessen fühlte er sich noch elender als vorher.

„Es bedeutet, dass du dringend eine Therapie brauchst", meinte Colin grinsend.

Will starrte ihn an, als hätte er ihm ein winziges Pflaster angeboten, nachdem ihn ein Hai attackiert hatte. Der Vergleich traf die Sache ziemlich genau. „Du bist mir ja eine schöne Hilfe."

Colin lehnte sich zurück, dachte einen Moment nach und sagte dann: „Du hast doch nicht wirklich angenommen, ich könnte dieses Problem für dich mit einem Fingerschnippen lösen, oder?"

„Wieso nicht? Du bist doch hier der Psychologe, oder etwa nicht? Du warst es, der beim Medizinstudium beim Anblick von Blut ohnmächtig wurde und deshalb beschloss, lieber an der Psyche herumzudoktern."

„Das wirst du mir wohl ewig unter die Nase reiben, wie?"

„Nur solange du mir so blöde Antworten wie gerade eben gibst."

Sein Freund seufzte. „Sieh mal, Will, ich habe dir von Anfang an gesagt, dass ich mit dem, worauf du dich da einlässt, nichts zu tun haben will. Erinnerst du dich?"

Will fluchte leise vor sich hin.

„Hast du dir jemals überlegt, mich nach dem Grund für diese Entscheidung zu fragen?"

Er musterte seinen Freund mit zusammengekniffenen Augen. „Ich finde, du solltest aufhören, andere zu therapieren, weil ihre Macken nämlich allmählich auf dich abfärben."

Colin lachte erneut. „Im Ernst, hast du dich jemals gefragt, weshalb ich mit deinen Problemen nichts zu tun haben wollte?“

„Nein, das kann ich ehrlich gesagt nicht behaupten.“

„Überleg mal. Welchen Rat hast du mir gegeben, als Lucky in mein Leben trat?“

Will verzog das Gesicht. Was hatte das denn alles mit dem zu tun, was er Colin erzählt hatte? „Ich habe dir zu bedenken gegeben, dass es möglicherweise nicht gut für dich ist, dich mit ihr einzulassen.“

„Und damit hast du mir den schlechtesten Rat gegeben, den ich je bekommen habe.“

Will sank auf dem Lederpolster der Tischnische in sich zusammen. „Du rächst dich jetzt also, indem du mir einen Rat verweigerst.“

„Nein, ich tue dir den größten Gefallen überhaupt, indem ich dich dieses Problem selbst lösen lasse.“

16. KAPITEL

Renaes Nerven waren zum Zerreißen gespannt. Es gab schließlich Grenzen für das, was eine Frau ertragen konnte. Noch immer hatte sie keinen Ersatz für Lucky, was bedeutete, dass sie bei Women Only doppelt so viel arbeiten musste. Ihre Verabredung zum Mittagessen war am nächsten Tag, und sie war so nervös, dass sie schon seit gestern nichts mehr essen konnte.

Und dann war da noch Will ...

Drei Tage waren seit ihrer Eiscreme-Spiele auf der Küchenarbeitsfläche jetzt vergangen. Zwei Tage war es her, seit sie die Assistenzärztin aus seiner Wohnung hatte kommen sehen. Und einen Tag war es nun her, seit sie beschlossen hatte, ihn zu vergessen, auch wenn das alles andere als leicht werden würde.

„Rede mit ihm", hatte Luckys Rat gelautet.

Da er keinen Versuch unternahm, mit ihr zu reden, glaubte Renae nicht, dass es etwas zu bereden gab.

Während die Sonne unterging und den Horizont im Westen in leuchtende Pink- und Orangetöne tauchte, parkte Renae ihr Cabriolet auf dem Parkplatz ihres Wohngebäudes und stellte den Motor aus. Dabei schaltete sich automatisch das Radio aus, das zuletzt einen alten Fleetwood-Mac-Song gespielt hatte. Die plötzliche Stille lastete so sehr auf ihr wie die drückende Luft, die sie daran erinnerte, dass der Sommer noch in vollem Gang war. Irgendwie hatte sie das vergessen. Den Juni und Juli über hatte sie viel Zeit am Pool des Apartmentkomplexes verbracht, doch seit fast zwei Wochen hatte sie nicht einmal ans Schwimmen gedacht. Stattdessen waren ihre Gedanken mit anderen Dingen beschäftigt. Und so war sie überrascht, dass der August schon bald vorüber war und der Herbst nahte.

Sie schob die Sonnenbrille auf die Stirn, nahm das reparierte Bauchtanzkostüm und eine kleine Tüte mit Besorgungen aus der Drogerie und stieg aus dem Wagen. Nach einem prüfenden Blick zum Himmel, ob es Regen geben würde, beschloss sie, das Verdeck offen zu lassen. Sorge, dass jemand etwas stehlen könnte, hatte sie keine. Das Radio war einfach und gehörte zur Ausstattung, und die einzigen Sachen, die im Handschuhfach lagen, waren die alten Handbücher für den Wagen.

Sie schlug den Weg zu ihrem Apartmentgebäude ein und sah unwillkürlich zu Wills geschlossenen Jalousien hinauf. Ihr Herz zog sich zusammen. Sobald sie das Gespräch mit Ginger hinter sich hatte, sollte sie sich eine eigene Wohnung suchen. Auch wenn Tabitha weiterhin auf ihren Beitrag zur Miete angewiesen war, Renae konnte auf den mit dem Arrangement verbundenen Stress gut verzichten. Besonders, was Nina betraf.

Falls Will etwas mit ihrem Umzugswunsch zu tun hatte, gestand sie es sich zumindest nicht ein. Es gab auch ohne ihn genug Gründe für einen Auszug.

Sie schloss die Haustür auf und stieg die Treppen hinauf, ohne kurz vor Wills Tür stehen zu bleiben, wie sie es sonst auf ihrem Weg in den zweiten Stock immer getan hatte. Sie schüttelte ihren Schlüsselbund heraus, fand ihren Wohnungsschlüssel und schob ihn ins Schloss.

Er ließ sich nicht drehen.

Sie stutzte und probierte es erneut, mit demselben Ergebnis: Er ließ sich nicht drehen!

Eigenartig …

Sie zog den Schlüssel heraus, um sicherzugehen, dass es der richtige war, und schob ihn wieder hinein. Nichts.

Was ging hier vor?

Sie wechselte die Drogerietüte von der linken in die rechte Hand und klopfte gegen die Metalltür. Es war neun Uhr abends, also musste mit ziemlicher Sicherheit jemand zu Hause sein.

Nichts geschah.

Renae legte die Stirn an das kühle Metall und schloss die Augen. Das durfte doch einfach nicht wahr sein!

Die Tür gegenüber ging auf. „Heute Vormittag war ein Schlüsseldienst hier und hat das Schloss ausgewechselt."

Renae drehte sich zu der alten Dame um, die hier wohnte, seit die Gebäude errichtet worden waren. Sie kannte sie nur flüchtig, und bisher hatten sie sich höchstens mal einen guten Tag oder frohe Feiertage gewünscht. Umso erstaunter war Renae, jetzt von ihr angesprochen zu werden.

„Ich habe ihr gesagt, dass die Hausverwaltung aus Sicherheitsgründen eine Kopie des Schlüssels braucht, aber sie hat mir einfach die Tür vor der Nase zugeschlagen."

Es wäre außerdem auch keine schlechte Idee, wenn die Mitbewohner einen Schlüssel erhielten, dachte Renae, nur für den Fall, dass sie zufällig auch mal in ihre Wohnung wollen.

Sie versuchte schlau zu werden aus dem, was passiert war. Wieso sollte Tabitha die Schlösser austauschen lassen? Hoffnung stieg in ihr auf. Hatte Tabitha Nina endlich gebeten, auszuziehen?

„Ich habe diese Nina nie leiden können. Sie ist grob und

unhöflich. Sie hat etwas an sich, dem ich misstraue."

Genau das waren auch Renaes Gedanken.

„Deshalb fand ich es auch sehr merkwürdig, dass sie es war, die die Schlösser auswechseln ließ."

Renae stutzte. „Nina hat die Schlösser austauschen lassen?"

„Ja, Mädchen, das hat sie. Und ich fühle mich verpflichtet, Sie darüber zu informieren, dass ich diesen Vorfall bereits der Hausverwaltung gemeldet habe."

Renae ließ die Tüte fallen. Sie fragte sich, wem sie es melden sollte, dass sie aus ihrer eigenen Wohnung ausgeschlossen worden war.

Das war er, der Augenblick der Wahrheit.

Nun, er wäre es zumindest gewesen, hätte Will mal für zwei Sekunden Janets Aufmerksamkeit bekommen.

Er rutschte nervös auf seinem Platz in dem eleganten italienischen Restaurant am Stadtrand von Toledo, in der Nähe von Sylvania, hin und her und dachte über die Frau nach, die ihm mit der Speisekarte in der Hand gegenübersaß und irgendetwas bestellte. Will zupfte an seiner Krawatte. Nicht, weil er sich dieses zweifellos kostspielige Essen nicht leisten könnte, sondern weil er gehofft hatte, sie würden gar nicht so lange hier sein, dass Janet zum Essen kam.

„Möchten Sie jetzt auch schon das Dessert bestellen?", erkundigte sich der äußerst höfliche Kellner.

Will schloss kurz die Augen und sandte ein stummes Gebet zum Himmel, dass Janet darauf verzichten möge.

Sie reichte dem Kellner die Karte. „Ich werde mich später entscheiden."

Will atmete auf. Endlich hatte er Janets Aufmerksamkeit.

„Das war eine nette Überraschung", sagte Janet mit einem sanften Lächeln. „Ich dachte schon, du gehst mir aus dem Weg."

Fast hätte Will sich verschluckt. „Dir aus dem Weg gehen? Wieso sollte ich das tun?" Er zuckte innerlich zusammen. Sag ihr die Wahrheit, ermahnte er sich. Du bist ihr tatsächlich aus dem Weg gegangen.

„Ich habe heute mit Daddy zu Mittag gegessen", berichtete Janet und nippte an dem exzellenten Chianti, den Will auch genossen hätte, wäre er nur in der Lage gewesen, ihn hinunterzubekommen.

„Ach ja?" Will verspürte das überwältigende Bedürfnis, aus schierer Verzweiflung mit der Stirn auf die Tischplatte zu schlagen. Stattdessen musterte er die hübsche Brünette ihm gegenüber. War es möglich, dass Janet unbewusst ahnte, dass ihr Vater und sein Posten als Chefarzt des Krankenhauses der Schlüssel zu ihrer Zukunft waren?

Inzwischen neigte er dazu, seine eigene Situation mit einem gewissen Zynismus zu betrachten und sich nach wie vor mit heftigen Schuldgefühlen zu plagen.

„Was das Aus-dem-Weg-Gehen betrifft, Janet, finde ich, dass du sehr gut mit der Situation umgehst", begann er.

Zwei Kellner servierten genau in diesem Moment den Salat. Will erschrak, denn er hatte sie nicht kommen sehen.

Feierlich breitete Janet die Serviette auf ihrem Schoß aus. „Das hört sich ja an, als wäre das, was du mir zu sagen hast, sehr ernst", meinte sie lächelnd. „Wollen wir damit nicht bis später warten und zuerst das Essen genießen? Ich komme um vor Hunger."

Und Will würde umkommen, wenn er nicht endlich reinen

Tisch machte. Aber er nickte nur, starrte auf den Salat auf seinem Teller, der wie Unkraut aussah, und nahm sein Weinglas. Kurz bevor er es geleert hatte, hielt er inne, da ihm einfiel, dass es sicher keine gute Idee war, bei der Unterhaltung mit Janet betrunken zu sein.

Und er würde diese Unterhaltung um jeden Preis führen.

Er konnte einfach nicht mehr länger so weitermachen. Er konnte nicht die eine Frau begehren und gleichzeitig mit einer anderen zusammen sein. Schon gar nicht, wenn die, mit der er offiziell zusammen war, anscheinend ihre Meinung geändert hatte und ihm nun nicht nur ihr Herz, sondern auch ihren Körper geben wollte.

Der Kellner schenkte Wein nach, dann kam die Vorspeise und schließlich das Hauptgericht. Irgendwie gelang es Will, lächelnd zuzuhören, während Janet über die Küche sprach und von ihrem Tag erzählte, doch wie er das schaffte, war ihm selbst ein Rätsel.

Vielleicht hätte er sie in ein Restaurant ausführen sollen, das nicht so bekannt für sein Essen war. Ein Fast-Food-Restaurant, zum Beispiel. Da hätte er wenigstens nicht drei Gänge lang warten müssen, bis er endlich loslegen konnte.

Ihre Teller wurden abgeräumt, und Janet faltete die Hände auf dem Tisch. Ihr Lächeln verriet, dass sie nun bereit für ein Gespräch war. „Soll ich das Dessert jetzt bestellen, oder wollen wir noch warten?"

Will setzte sich aufrecht und dachte mit Schrecken daran, sie einen weiteren Gang beim Essen beobachten zu müssen. Das wäre die reinste Qual, daher sagte er schnell: „Ich glaube, du solltest besser warten, bis du gehört hast, was ich dir zu sagen habe."

Ihre Wangen röteten sich leicht, ihre Augen leuchteten im Kerzenschein.

Will musterte sie argwöhnisch. Er hatte das Gefühl, dass sie nicht die leiseste Ahnung hatte, was in ihm vorging.

Aber wie sollte sie auch? Sie war nach Kalifornien gefahren, in der Erwartung, anschließend zu ihrem treuen und liebenden Freund zurückzukehren. Bei dem Wort „Freund" zuckte er zusammen, aber darauf lief es schließlich hinaus, oder? Den Rang eines Liebhabers hatte er ja nie einnehmen dürfen. Wie dem auch sei, Janet hatte keinen Grund zu der Annahme, dass er nicht der treue Freund gewesen war, der ungeduldig ihre Rückkehr erwartete.

Was er in Wahrheit jedoch voller Ungeduld erwartete, war, die ganze Geschichte endlich zu beenden.

„Hör mal, Janet, was ich dir zu sagen versuche, ist …" Er verlor den Faden. Es gab keine andere Möglichkeit, als es rundheraus auszusprechen. Nur schaffte er es einfach nicht, die Worte herauszubringen.

„Will, ich glaube, ich weiß, was du sagen willst", meinte Janet mit sanfter Stimme.

„Wirklich?" Er sah sie hoffnungsvoll an. Doch bevor er über die Wahrscheinlichkeit nachdenken konnte, dass das, was er sagen wollte, tatsächlich auch nur im Entferntesten dem nahe kam, was sie vermutete, sprach sie es aus.

„Du möchtest mich heiraten."

Will kippte beinah vom Stuhl, so geschockt war er von ihren Worten.

Panisch schaute er sich im Restaurant um. Die meisten Gäste waren junge Paare wie er und Janet. Die Atmosphäre war ruhig und romantisch, das Licht angenehm gedämpft. Es war genau die Sorte von vornehmem Restaurant, in der ein Mann einer Frau einen Heiratsantrag machen würde.

Will hatte es ausgewählt, weil es sowohl seiner als auch Janets Wohnung am nächsten lag.

„Du warst so liebenswert nervös, dass ich es nicht länger ertragen konnte, wie du stammelst", erklärte sie.

Er starrte sie völlig perplex an. Wie hatte sie seine Absichten bloß so falsch deuten können? Weil sie natürlich absolut keine Ahnung hat, was du vorhast, erwiderte eine kleine Stimme in seinem Kopf.

Schweigend saß er eine Weile da und überlegte. Sicher, seine Aufgeregtheit konnte durchaus als typische Nervosität vor dem Heiratsantrag interpretiert werden. Aber da diese Nervosität direkt nach ihrer Heimkehr aufgetreten war und er sich Janets Annäherungsversuchen entzogen hatte ... Na ja, irgendetwas musste sie doch gemerkt haben, schließlich war sie nicht blöd!

Ein bisschen naiv vielleicht. Vertrauensselig ja, aber nicht blöd. Denn er war es ja gewesen, der all die Monate hindurch ihren untadeligen Freund gespielt hatte, auch wenn er die ganze Zeit darauf gehofft hatte, sie endlich ins Bett zu bekommen.

„Janet, ich ..."

„Will, bitte. Sag nichts mehr", unterbrach sie ihn, senkte den Blick und legte die Hände in den Schoß. „Ich weiß diese Geste zu schätzen, und ich hätte sehr gern den Ring gesehen."

Will riss die Augen auf. Sie glaubte, er hätte einen Ring dabei?

„Aber meine Antwort lautet nein."

Er war fassungslos. Er hatte das Gefühl, als habe ihm jemand einen Kübel Eiswasser über den Kopf gegossen. „Nein?“

Na schön, er hatte ihr ja auch nie einen Antrag machen wollen, aber das vergaß er in diesem Moment und konzentrierte sich nur auf ihre Antwort, allein deshalb, weil sie so schockierend war. Tja, und weil ihm allmählich dämmerte, dass tatsächlich nicht Janet naiv war, sondern er.

„Die Wahrheit ist, dass ich mich zu jemand anderem hingezogen fühle.“

Will hätte kaum überraschter sein können.

„Ehrlich gesagt, es geht schon eine ganze Weile so.“

„Du hast mit jemand anderem geschlafen, seit wir zusammen sind?“

Oh, was für ein Frauenkenner er doch war. Ihm war es nicht gelungen, sie ins Bett zu bekommen – dabei hatte die ganze Zeit ein anderer Erfolg bei ihr gehabt.

„Nein. Jedenfalls nicht bis vor ungefähr einer Woche oder so.“

„In L.A.?“

Sie nickte und vermied es nach wie vor, ihm ins Gesicht zu sehen. Er konnte es ihr nicht einmal verdenken. Als er davorstand, ihr seine Untreue zu beichten, hatte er ihr auch nicht ins Gesicht sehen können.

„Aber wieso hast du neulich abends versucht, mich zu verführen?“, wollte er wissen, obwohl die Antwort längst keine Rolle mehr spielte. Die Frage beschäftigte ihn trotzdem.

„Ich weiß es nicht.“ Endlich sah sie ihn an. „Ich wollte gar nicht mit dem anderen schlafen. Es passierte einfach. Und ich dachte, wenn wir beide … vielleicht …“

Er konnte ihr nicht weiterhelfen, da ihm selbst gerade die Worte fehlten.

Janet seufzte dramatisch. „Du und ich, wir sind schon seit fünf Monaten zusammen, und ich dachte, dass, wenn wir miteinander schlafen, plötzlich alles wieder ins Lot käme."

Will nickte, dann schüttelte er den Kopf, da ihr Argument einerseits eine gewisse Logik hatte, ihm andererseits aber völlig absurd erschien.

„Du verstehst also, dass es nicht fair wäre von mir, deinen Heiratsantrag anzunehmen."

Fair. Das war mal ein Wort. Eines, das bei den jüngsten Ereignissen keine große Rolle gespielt hatte. War es fair gewesen, als er sich so unwiderstehlich zu Renae hingezogen gefühlt hatte, dass er mit ihr schlief, bevor die Beziehung zu Janet offiziell beendet war? War es fair gewesen, dass er Renae wiederum in dem Glauben gelassen hatte, es ginge ihm nur um Sex, obwohl er längst festgestellt hatte, dass er für sie viel mehr empfand?

Und war es fair, dass Janet sich heimlich zu jemand anderem hingezogen fühlte und dieser Anziehung in dem Moment nachgab, als sie und Will voneinander getrennt waren?

Er wollte ihr gerade erklären, dass sie beide gleichermaßen schuldig waren, als sie ihm in einer beinahe mütterlichen Geste die Hand tätschelte, sodass er fast zusammengezuckt wäre.

„Es tut mir leid, dass ich die Beziehung beende. Wahrscheinlich hätte ich gar nichts gesagt, aber leider kennst du den Betreffenden."

Wie konnte er den Mann kennen, wenn sie mit ihm bei dem Seminar in L.A. eine Affäre gehabt hatte? Dann dämmerte es ihm. Der andere Mann war niemand anderes als der Assistenzarzt Evan Hadley. Fast hätte Will sich mit der Hand vor die

Stirn geschlagen. Wie hatte ihm das entgehen können?

Nein, da brauchte er nicht lange zu grübeln. Er war so mit seinem eigenen wilden Treiben beschäftigt gewesen, dass er gar nicht auf die Idee gekommen war, jemand in seiner Umgebung könnte ebenso niederträchtig sein. Er begriff, dass ihm jegliche Anzeichen für eine Affäre völlig entgangen waren.

„Was wäre passiert, wenn ich mich dir neulich abends nicht verweigert hätte?“, fragte er. „Wenn ich dein großzügiges Angebot angenommen und mit dir geschlafen hätte?“

Janet verzog das Gesicht. „Ich habe keine Ahnung. Ich redete mir ein, dass ich noch rechtzeitig zur Vernunft gekommen wäre …“

Tja, selbst schuld, dachte er. Wieso war er auch so dumm gewesen, eine solche Frage zu stellen?

„Trotzdem muss ich daran denken, was für ein Chaos wir angerichtet hätten, wenn wir es getan hätten.“

Von ihrem Gesicht las er ein Gefühl ab, das ihm in den letzten zwei Wochen sehr vertraut geworden war. „Also, Janet, da ist noch etwas, das ich dir sagen muss …“

Er berichtete ihr, dass er nach ihrer Abreise die volle Absicht gehabt hatte, ihr treu zu bleiben. Dass sie bis zu diesem Punkt die Frau gewesen war, von der er geglaubt hatte, dass sie die Richtige sei. Er erzählte ihr von Renae und wie der One-Night-Stand sich auf die ganze Woche ausgedehnt hatte. Am Ende gestand er Janet, dass er sie nicht in dieses Restaurant ausgeführt hatte, um ihr einen Heiratsantrag zu machen, sondern um ihr die Wahrheit zu sagen.

Und während der ganzen Zeit, in der er erzählte, beobachtete er, wie ihr Gesicht roter und roter wurde.

Er beendete seine schäbige Geschichte und hoffte, dass sie

Janet ein wenig die Schuldgefühle nahm.

Stattdessen nahm sie ihr Rotweinglas, schüttete ihm den Wein ins Gesicht, stand auf und marschierte hinaus.

Will konnte einfach nichts anderes tun, als ihr benommen hinterherzusehen.

17. KAPITEL

Renae kam zu spät zu der wahrscheinlich wichtigsten Lunch-Verabredung ihres Lebens. Sie öffnete die Tür des Grillrestaurants, in dem sie sich mit Ginger treffen wollte, und fühlte, wie ihr ein Schweißtropfen den Nacken hinunterrann. In letzter Zeit schien sie nicht mehr zur Ruhe zu kommen.

Zwei Stunden lang hatte sie gestern Abend vor ihrer verschlossenen Wohnungstür gestanden, ohne dass es etwas genützt hätte. Weder Tabitha noch Nina waren aufgetaucht. Wiederholte Anrufe auf Tabithas Handy und in der Wohnung waren ebenfalls erfolglos geblieben. Also hatte sie bei Lucky übernachtet, wo sie bis in die frühen Morgenstunden daran gearbeitet hatte, ihr Angebot für Ginger neu zu schreiben, da ihr ursprünglicher Text in ihrem Kleiderschrank in der verschlossenen Wohnung lag.

Ginger saß in einer der hinteren Tischnischen und telefonierte. Renae setzte sich ihr gegenüber und lächelte entschuldigend. Sie nahm eine Speisekarte und tat, als würde sie lesen, während sie verstohlen die Frau beobachtete, die in den letzten fünf Jahren für sie mehr eine Freundin als eine Chefin gewesen war.

Ginger Wasserman scherzte manchmal, ihre Mutter hätte ihr bei der Geburt den passenden Namen für eine Stripperin gegeben. Doch hatte sie sich als Teenager nicht auf einer Bühne wiedergefunden, sondern an einer Straßenecke, weil sie, wie sie sagte, stets jünger ausgesehen hätte, als sie war – was schlecht war für jemanden, der eigentlich älter auszusehen versuchte.

Jetzt, in ihren Fünfzigern, ging die attraktive Brünette leicht als Vierzigjährige durch. Ihre helle Haut war glatt, die dunklen Augen klar und freundlich, trotz der harten Jahre, die sie hinter sich hatte.

Renae wusste, es war kein Zufall, dass beinah jeder, der bei Women Only landete, eine schwere Kindheit hinter sich und die Schattenseiten des Lebens am eigenen Leib erfahren hatte. Es gab eine Art von Narben, die das Leben einem zufügte, die nur von jemandem gesehen werden konnten, der die gleiche Erfahrung gemacht hatte. Da war eine Verbundenheit, die automatisch die Frauen zusammenführte, die das gleiche Schicksal teilten. Bei Lucky hatte Renae es sofort gesehen, als sie sich vor einigen Monaten kennenlernten. Und Ginger hatte es bei Renae erkannt.

Und das unterschied sie von den anderen, die mit Verwundungen lebten. Als Ginger Renae die Hand gereicht hatte, hatte sie damit etwas in Gang gesetzt, das sich immer weiter ausbreitete. Man musste sich nur staunend Luckys Arbeit in einem Frauenhaus anschauen, um das zu verstehen.

Ginger beendete das Telefongespräch und klappte ihr Handy zu.

Renae legte die Speisekarte hin, die sie ohnehin nicht gelesen hatte, und sah Ginger lächelnd an. „Tut mir leid, dass ich zu spät komme. Das letzte Bewerbungsgespräch dauerte länger als geplant."

Ginger winkte ab. „Hast du sie eingestellt?"

„Leider nein." Renae dankte der Kellnerin, die ihr ein Glas Wasser brachte. „Sie konnte nicht zu den Zeiten arbeiten, wenn wir sie benötigen."

„Tut mir leid, das zu hören."

Renae war dankbar, dass Ginger ihre Entscheidungen niemals infrage stellte. Ginger mochte zwar ihre Zweifel haben – so wie vermutlich jetzt, weil Renae so lange brauchte, um die Stelle neu zu besetzen –, trotzdem lächelte sie, zum Zeichen, dass sie Vertrauen in Renae hatte.

„Was wolltest du mit mir besprechen?“, fragte Ginger.

Renaes Zunge schien ihr plötzlich am Gaumen zu kleben. Fast hätte sie vor Erleichterung aufgeatmet, als die Kellnerin an ihren Tisch kam, um die Bestellung aufzunehmen. Sie bestellten beide Salate, und ehe Renae sich versah, waren sie wieder allein.

„Ich habe auf den richtigen Zeitpunkt gewartet, um mit dir darüber zu sprechen, aber der schien irgendwie nie zu kommen.“ Renae wusste, dass sie plapperte, aber sie konnte nichts dagegen tun, denn es bedeutete ihr so viel. Wenn Ginger ihr Vorschlag nicht gefiel und sie ihn ablehnte, wusste sie nicht, was sie tun sollte.

„Du willst Women Only doch nicht verlassen, oder?“, fragte Ginger rundheraus, und die Besorgnis war ihr deutlich anzusehen.

Renae lachte so laut, dass ihr beinah die Tränen kamen. Die verwirrte Miene ihrer Freundin ließ sie abrupt innehalten. „Wohl kaum.“

„Gut. Denn ohne dich könnte ich Women Only nicht leiten.“

Renae sah Ginger an. Das war gut, oder? Falls Ginger sie wirklich für einen so wichtigen Teil des Unternehmens hielt, sollte sie nichts gegen eine Partnerschaft haben.

„Ich weiß nicht, ob du es bemerkt hast, aber ich war in letzter Zeit nicht ganz bei der Sache“, gestand Ginger.

Renae war überrascht von diesem Geständnis.

„Na ja, ich habe da jemanden kennengelernt."

Renae horchte auf. „Tatsächlich? Wen, wann, wo?"

Ginger lächelte und wedelte mit der Hand, wodurch die dünnen Goldreifen, die sie stets trug, ihren schmalen Unterarm hinaufrutschten. „Das ist doch egal."

„Ist es nicht! Wenn es etwas Ernstes ist mit diesem Mann, dann ist es ganz und gar nicht egal."

Ginger räusperte sich. „Eigentlich wollte ich damit sagen, es spielt keine Rolle, dass er nicht von hier, aus Toledo, ist. Er lebt in Arizona, und dort habe ich in den letzten Wochen viel Zeit verbracht."

Renae fand es sehr eigenartig, dass sie erst jetzt mitbekam, dass Ginger nicht nur mit anderen Dingen fernab von Women Only beschäftigt gewesen war, sondern sich gar nicht in der Stadt aufgehalten hatte. Wenn man sich ständig in einem weit entfernten Bundesstaat aufhielt, war es natürlich schwierig, in den Filialen vorbeizuschauen.

Die Salate wurden gebracht, und Renae ergriff die Gelegenheit, über das nachzudenken, was Ginger ihr gerade erzählt hatte. Sie hatte einen Mann kennengelernt, und er lebte in Arizona, und offenbar war es nicht leicht für ihn, nach Toledo zu kommen, weshalb Ginger zu ihm fuhr.

Ginger seufzte dramatisch. „Du machst dir keine Vorstellung davon, wie gut es tut, endlich mit jemandem darüber reden zu können."

„Ich bin froh, dass ich es bin, der du es erzählst."

„Ich auch."

Und plötzlich traf Renae eine Erkenntnis wie aus heiterem Himmel. Das Schicksal hatte die Karten vor ihr auf dem

Tisch ausgebreitet!

Sie zwang sich, wenigstens ein bisschen von ihrem Salat zu essen, aber dann schob sie den Teller beiseite, nahm ihren Plan aus der Handtasche und legte ihn auf den Tisch. „Tja, also, Ginger, da habe ich genau den richtigen Vorschlag für dich …“

Nach ihrem Mittagessen mit Ginger fühlte Renae sich zehnmal besser und zehnmal schlechter. Bis auf noch auszuarbeitende letzte Details war Ginger von ihrer Idee sehr angetan gewesen. Erstens fand sie, dass Renae die Chance, sich in das Unternehmen einzukaufen, verdient hatte. Und zweitens würde dieses Arrangement es Ginger ermöglichen, noch mehr Zeit mit ihrer neuen Liebe in Arizona zu verbringen.

Jetzt, nachdem Renae Ginger die Idee unterbreitet hatte und die Weichen für ihren neuen Karriereschritt gestellt waren, war sie nervös und überwältigt zugleich, aber auf eine positive Art.

In dieser Stimmung war sie noch immer gewesen, als sie Tabitha erneut auf ihrem Handy zu erreichen versuchte, um ihr zu sagen, dass sie aus ihrer Wohnung ausgeschlossen war.

Endlich hatte ihre Freundin sich gemeldet und war aufrichtig geschockt gewesen von dieser Neuigkeit. Sie hatte keine Ahnung gehabt, dass Nina die Schlösser ausgetauscht hatte. Sie verabredeten, sich später am Tag in der Wohnung zu treffen.

Im Lauf des Nachmittags bei Women Only bekam Renae ihre Aufgeregtheit in den Griff, doch in dem Moment, als sie auf den Parkplatz vor ihrem Apartmentkomplex einbog, begann ihr Herz zu pochen. Wills Geländewagen stand dort, was bedeutete, dass er zu Hause war. Doch er war nicht der Grund, weshalb sie hier war. Sie musste herausfinden, was mit ihrem Zimmer passiert war. Wohnte sie noch in Tabithas Wohnung? Oder war es längst überfällig, dass sie auszog?

Sie stieg die Treppe in den zweiten Stock hinauf und fragte sich, was sie tun würde, wenn Will seine Tür öffnete und sie ansprach. Diese Frage blieb unbeantwortet, da sie ohne Zwischenfall an seiner Wohnung vorbeikam. Enttäuscht, doch mit hoch erhobenem Kopf, ging sie weiter bis zu ihrem Apartment.

Renae klopfte und stand kurz darauf Nina von Angesicht zu Angesicht gegenüber. Ninas Miene war hart.

„Was willst du hier?“, fragte sie kühl.

Renae runzelte die Stirn. „Soweit ich mich erinnern kann, wohne ich hier“, meinte sie, schob sich vorsichtig an Nina vorbei, damit sie nicht einfach die Tür wieder zuschlagen konnte, und rief: „Tabitha?“

Ihre seit über zehn Jahren beste Freundin kam aus der Küche. „Ich bin froh, dass wir alle drei zusammen sind. Vielleicht können wir dieses Durcheinander klären.“

Durcheinander? Nina hatte die Schlösser ausgewechselt, ohne ihr einen Schlüssel auszuhändigen, und ihr stattdessen deutlich zu verstehen gegeben, dass sie Renae nicht mehr in der Wohnung haben wollte. Klarer ging es wohl kaum.

Doch statt das auszusprechen, folgte sie ihrer Freundin zusammen mit Nina in die Küche. Renae setzte sich ihrer Freundin gegenüber, wahrend Nina sich natürlich näher zu Tabitha setzte.

Tabitha sah müde aus. Renae hatte sie selten so erschöpft gesehen. „Anscheinend hat es hier ein Missverständnis gegeben, für das eine Entschuldigung angebracht ist“, sagte sie. „Offenbar hat Nina vorgestern Nacht ihren Schlüssel verloren. Sie befürchtete, jemand könnte sich Zugang zur Wohnung verschaffen. Deshalb rief sie einen Schlüsseldienst an. Bevor sie dir einen Schlüssel nachmachen lassen konnte, mussten wir noch zwei Freunde besuchen, mit denen wir uns verabredet hatten.“

Renae warf Tabitha einen kritischen Blick zu. Sie wollte diese Geschichte doch wohl nicht einfach wegdiskutieren, oder? Selbst wenn Renae die Entschuldigung annahm und den Grund für ihre Aussperrung akzeptierte, wieso war dann gestern Abend Tabithas Handy nicht eingeschaltet gewesen? Und wieso war gestern niemand hier in der Wohnung ans Telefon gegangen?

Was aber noch wichtiger war – wieso bot man ihr nicht mal jetzt einen Schlüssel an?

Zum ersten Mal, seit sie die Küche betreten hatte, wandte sie sich an Nina. „Warum hast du mich dann gerade eben gefragt, was ich hier will, als wäre ich die letzte Person, mit der du hier gerechnet hast?“

Tabitha seufzte. „Vielleicht, weil du normalerweise erst nach neun nach Hause kommst.“

„Vielleicht ist das aber auch alles so eingefädelt, seit Nina hier eingezogen ist“, konterte Renae und dachte an ihre verschwundenen Notizen, ihr sabotiertes Handy, ihre fehlenden Kleider. Sie empfand eine so tiefe Enttäuschung, dass sie lediglich mit den Schultern zucken konnte. „Weißt du was? Ich habe keine Lust mehr, mich damit auseinanderzusetzen. Ich werde ein paar Sachen zusammenpacken und den Rest abholen, sobald ich eine Wohnung gefunden habe."

Tabitha machte ein fassungsloses Gesicht, während Nina aussah, als würde sie gleich vor Freude in die Luft springen.

„Aber damit wir uns nicht in die Quere kommen, wäre es sicher besser, du würdest mir jetzt einen Schlüssel geben. Sobald ich alles abgeholt habe, bekommst du ihn zurück", wandte Renae sich an Tabitha, die daraufhin Nina ansah.

„Was ist? Ich hatte keine Zeit, einen weiteren Schlüssel anfertigen zu lassen."

Renae warf Tabitha einen langen enttäuschten Blick zu. „Das habe ich mir gedacht."

Als sie aufstand, um ihre Sachen aus ihrem Zimmer zusammenzusuchen, hörte sie den Beginn eines Streits in der Küche. Wenigstens würde sie diesmal nicht draußen im Treppenflur sitzen, während die beiden unglückseligen Liebenden mal wieder aufeinander losgingen.

„Es tut mir wirklich leid, dass du tatsächlich Ernst gemacht hast." Lucky legte das Kissen und die Decke, die Renae letzte Nacht benutzt hatte, auf die Couch und setzte sich neben sie.

Renae konnte nur nicken. Sie war nicht nur benommen von den Ereignissen dieses Tages, sondern geradezu überwältigt von dem, was in den letzten zwölf Tagen passiert war. Will, Tabitha, Nina, Ginger.

Lucky lehnte sich leicht an sie, zog sich jedoch sofort wieder zurück. „Das war ein ziemliches Auf und Ab in letzter Zeit, was?"

Renae war die zögerliche Annäherung ihrer Freundin nicht entgangen. Sie sah Lucky lächelnd an und legte den Arm um sie. „Ich danke dem Himmel, dass es dich gibt."

Zuerst schien Lucky nicht recht zu wissen, wie sie darauf reagieren sollte. Dann lachte sie und lehnte sich an Renae. „Du weißt, dass du hier immer eine Couch zum Schlafen findest."

„Ich falle dir nicht zur Last?"

Luckys Augen funkelten. „Um ehrlich zu sein, ich schlafe heute bei Colin. Das heißt, falls du mich entbehren kannst."

Renae war so gerührt vor Dankbarkeit, dass sie kaum ein Wort herausbrachte. „Danke."

„Du brauchst mir nicht zu danken, Renae. Ich helfe dir gern." Sie hielt ihr den Schlüssel hin.

Renae nahm ihn langsam und betrachtete ihn nachdenklich.

„Es ist schon seltsam, welche Wege das Leben so geht, was?", meinte sie leise und sah zur gegenüberliegenden Wand der alten Wohnung mit den hohen Räumen und original Holzfußböden. „Es ist wie beim Baseball. Wenn man glaubt, man hat alles ganz gut im Griff, zack, wirft das Leben dir einen Ball zu, den du unmöglich treffen kannst."

„Wem sagst du das." Lucky machte es sich noch ein bisschen bequemer. „Hast du etwas dagegen, wenn ich dir einen Rat gebe?"

Renae sah sie an. „Ich bitte dich darum."

Lucky räusperte sich. „Es gibt immer mehrere Würfe, und anders als beim Baseball darfst du im Leben so oft nach dem Ball schlagen, wie du kannst. Und irgendwann triffst du ihn auch."

Renae lächelte. „Das hast du schön gesagt."

Lucky zuckte mit den Schultern. „Zwar habe ich andere Worte benutzt, aber im Wesentlichen ist es derselbe Ratschlag, den ich vor nicht allzu langer Zeit von einer sehr weisen Frau erhalten habe. Ein Rat, der mir in einer der schwersten Zeit meines Lebens geholfen hat.“

Heiße Tränen stiegen Renae in die Augen, und sie drückte Lucky an sich. Denn sie wusste auch ohne eine weitere Erklärung ihrer Freundin, dass die weise Frau, auf die Lucky anspielte, sie, Renae, war.

18. KAPITEL

Am folgenden Tag marschierte Will in seinem Apartment auf und ab – wieder einmal. Doch diesmal aus einem völlig anderen Grund als beim letzten Mal. Er sah auf seine Uhr. Halb eins. Renae würde bei der Arbeit sein …

Er rieb sich die Stirn und begriff, dass er nicht einmal wusste, wo sie arbeitete. Als er sich noch erotischen Fantasien von ihr und ihrer Mitbewohnerin hingegeben hatte, hatte er sich wegen ihres sexy Bauchtanzkostüms vorgestellt, dass sie in irgendeinem verruchten Laden arbeitete.

Wie kam es, dass er sie während der ganzen Zeit, in der sie miteinander schliefen, nie danach gefragt hatte?

Wo auch immer sie arbeitete, sie hatte erst nach neun Feierabend. Und er war nicht in der Verfassung, so lange zu warten. Sein Kopf schwirrte von all den Dingen, die er ihr sagen wollte. Und von den Dingen, die er über sie wissen wollte. Diese Fragen waren schon die ganze Zeit da gewesen, aber irgendwie von dem verdrängt worden, was er als die größeren Probleme in seinem Leben betrachtet hatte. Wozu nicht zuletzt das Kündigungsschreiben gehörte, das hinter ihm auf dem Esstisch lag.

Nach dem katastrophalen Abendessen gestern war ihm klar, dass er im Krankenhaus keine Zukunft mehr hatte. Das Medical College of Ohio wollte ihn schon seit Jahren. Zwar würde man ihm dort nicht annähernd so viel bezahlen wie in der Privatklinik, in der er die letzten sechs Jahre gearbeitet hatte, aber dafür würde er auch nicht mit der Tochter des Chefarztes schlafen müssen, um befördert zu werden.

Natürlich hatten derartige Absichten nicht hinter seiner Beziehung zu Janet gestanden. Dass es sich in diese Richtung entwickelt hatte und er nur deshalb Dr. Nealon auf sich aufmerksam gemacht hatte, weil er mit Janet zusammen war, gehörte einfach zur unglücklichen Entwicklung der Dinge.

Ohne die Beförderung blieb ihm noch auf unbestimmte Zeit die Nachtschicht. Und gerade jetzt gab es etwas, womit er seine Nächte viel lieber verbringen würde, nämlich mit leidenschaftlichem, wunderbarem Sex mit Renae Truesdale.

Die bloße Vorstellung, sie wiederzusehen und sie in seinem Bett zu haben, trieb ihn dazu, sofort zu handeln. Er lief durch den Flur, riss die Wohnungstür auf, rannte die Treppe in den nächsten Stock hinauf und klopfte an die Tür von 3B. Er wollte gerade erneut klopfen, als die neue Mitbewohnerin – Nina, wie Renae erzählt hatte – öffnete und ihn finster anstarrte.

„Was wollen Sie?"

Nach allem, was Will durchgemacht hatte, war ihr Benehmen nur ein geringes Ärgernis. „Ich möchte zu Renae."

„Die wohnt hier nicht mehr."

Moment mal. Was war denn jetzt los? „Ich verstehe. Und wann ist sie ausgezogen?"

„Gestern."

Sie wollte die Tür zumachen, doch Will stemmte die Hand dagegen. Nina machte ein Gesicht, als hätte sie liebend gern seine Finger eingeklemmt, wenn sie die Kraft dazu besessen hätte. „Wie lautet ihre neue Adresse?"

„Sie hat keine."

Will drückte fester gegen die Tür, damit sie ihm nicht vor der Nase zugeschlagen wurde. „Können Sie mir vielleicht sagen, wo sie arbeitet?"

„Ich habe keine Ahnung. Und wenn Sie jetzt nicht sofort die Tür loslassen, rufe ich die Polizei."

„Na, das wollen wir doch nicht, oder? Denn dann müssten Sie ja deren Fragen beantworten."

Nina funkelte ihn zornig an.

Plötzlich dämmerte es ihm. Er wusste, wo Renae arbeitete. Lucky war ihre Kollegin. So hatten die beiden Frauen sich kennengelernt. Wie hatte er das vergessen können? Colin hatte doch ständig davon erzählt, dass Lucky eine Filiale aufmachte. Eine Filiale des Ladens, in dem Renae arbeitete.

Er ließ die Tür los und sagte: „Ich wünsche Ihnen noch einen schönen Tag."

Die Tür wurde so heftig zugeknallt, dass die Scharniere wackelten.

Will schüttelte den Kopf, zog sein Handy aus der Tasche und tippte Colins Nummer ein, während er zurück in seine Wohnung lief.

„Wo arbeitet Lucky?", fragte er seinen Freund ohne Einleitung.

„Oh, ich habe mich schon gefragt, wann ich von dir hören werde."

„Was soll das heißen?"

„Oh, ich weiß nicht. Nur dass eine gewisse Person die letzten Nächte auf der Couch meiner Freundin verbracht hat. Jetzt sag nicht, du hast so lange gebraucht, um zu merken, dass sie fort ist?"

„Schon gut, schon gut."

Colin lachte. „Der Laden heißt Women Only. Aber welche Adresse willst du? Die von dem Laden, den Lucky in der

Innenstadt eröffnet? Oder die der Hauptstelle?", fragte er in gespielt naivem Ton.

Will verkniff sich die grobe Bemerkung, die ihm auf der Zunge lag.

Sein Freund verriet ihm schließlich die Adresse des Hauptgeschäfts.

„Allerdings würde ich nichts überstürzen, mein Freund. Sie macht gerade ..."

Will beendete das Gespräch und bedankte sich nicht einmal. Er wusste, wo der Laden war – weil er und seine College-Freunde, einschließlich Colin, früher die umliegenden Striplokale besucht hatten. Es kam ihm wie Ironie des Schicksals vor, dass er jetzt in der gleichen Gegend die Frau suchte, die er heiraten wollte.

Heiraten ...

„He, nicht so schnell", ermahnte er sich, als er Brieftasche und Schlüssel einsteckte und die Wohnung verließ. „Lern die Frau doch erst mal ein bisschen besser kennen. Vielleicht will sie dich auch gar nicht wiedersehen und schon gar nicht heiraten."

Heiraten ...

Selbst in den fünf Monaten mit Janet und ihrem ständigen „Ich warte bis zur Hochzeitsnacht" hatte er nie einen ernsthaften Gedanken daran verschwendet, sie zu heiraten. Sicher, er hatte sich vage ausgemalt, dass sie bestimmt eine gute Ehefrau abgeben würde. Aber zu keinem Zeitpunkt hatte er das Gefühl gehabt, ohne sie nicht leben zu können. Zu keinem Zeitpunkt hatte ihn der Gedanke, sie nicht sehen zu können, verrückt gemacht.

Bei Renae hingegen ...

Die Härchen auf seinem Arm richteten sich auf. Wieso hatte er nicht schon vorher erkannt, was sie ihm bedeutete? Wieso hatte er nicht begriffen, dass sie all das hatte, was er von einer Lebensgefährtin erwartete? Hatte der Sex ihn geblendet? Oder dumme Vorurteile? War er zu sehr mit anderen Dingen in seinem Leben beschäftigt gewesen?

Er stieg in seinen Geländewagen und musste sich zusammenreißen, um nicht einfach das Gaspedal durchzutreten. Trotzdem verging die Fahrt rasch, und im nächsten Moment bog er auf den Parkplatz vor dem Laden ein. Renaes pinkfarbener Cadillac stand dort wie ein Neonzeichen. Will nahm den ersten freien Parkplatz, den er fand, stellte den Motor aus und … erstarrte. Denn jetzt erst wurde ihm klar, was Colin gesagt hatte.

„Ich würde jetzt nichts überstürzen, mein Freund. Sie macht …"

Was?

Will hatte einfach aufgelegt und Colin nicht aussprechen lassen.

Er nahm eine Bewegung vor dem Laden wahr und beobachtete, wie eine junge Frau sich der Tür näherte. Sie hielt ihre Handtasche ängstlich umklammert. Renae persönlich begrüßte die neue Besucherin mit einem freundlichen Lächeln.

Wills Herz zog sich zusammen. Er zog sein Handy aus der Tasche und wählte erneut Colins Nummer. „Was wolltest du sagen?"

„Dir ist klar, dass ich auch etwas zu tun habe, oder? Um genau zu sein, ich habe einen Beruf, um den ich mich kümmern muss und zu dem Patienten gehören, die solche Unterbrechungen überhaupt nicht schätzen."

Will gestikulierte ungeduldig mit der freien Hand. „Also?"

„Also, was ich sagen wollte, bevor du das Gespräch so rüde unterbrochen hast, war, dass ich nicht glaube, dass Renaes derzeitiger Gemütszustand dem förderlich ist, was immer ..., na ja, was immer du vorhast."

„Sprich weiter."

„Sie hat gerade einen wichtigen Karriereschritt gemacht, der ihr sehr viel Arbeit beschert. Außerdem hat sie ihre Wohnung verloren und schläft auf Luckys Couch."

„Dann dürfte meine Bitte, dass sie bei mir einzieht, ja sämtliche ihrer Probleme auf einen Schlag lösen."

Am anderen Ende der Leitung herrschte Schweigen.

„Großartig. Danke."

„Will?"

Er widerstand dem Impuls, das Gespräch erneut zu unterbrechen, hatte die Hand aber schon auf dem Türgriff. „Was?"

„Mein Rat an dich lautet weiterhin, behutsam vorzugehen."

„So wie du bei Lucky?"

„Lucky und ich sind immer noch nicht verheiratet, nicht einmal verlobt, obwohl ich mir beides sehr wünsche."

Will hatte Mühe, diese Pille zu schlucken.

„Verstehst du, was ich meine?"

„Und wie", knurrte Will.

„Geh es behutsam an. Wenn du mit gezückter Waffe in den Laden marschierst und sie überfällst, schießt sie womöglich mit einer Munition zurück, mit der du nicht gerechnet hast."

Will rieb sich murrend den Nacken. „Redest du so auch mit deinen Patienten? Dann wundert es mich, dass du überhaupt eine Praxis hast."

Colin lachte leise. „Das heißt also, du hast begriffen, was ich meine. Gut."

„Ist das alles?"

„Ja, ich denke, im Wesentlichen schon."

Will wollte die Verbindung beenden.

„Ach, eines noch."

Will schloss die Augen und fluchte leise.

„Viel Glück, Kumpel."

„Glück hat überhaupt nichts damit zu tun. Es hängt alles vom Geschick ab."

Und von Geduld.

Dummerweise hatte er schon hinreichend bewiesen, dass er davon nicht allzu viel besaß.

„Ist das Will?"

Renae unterbrach ihr Vorstellungsgespräch mitten im Satz und erstarrte bei Luckys Worten. Sie sah zu ihrer Freundin und folgte ihrem Blick zum Schaufenster. Tatsächlich stand draußen, am anderen Ende des Parkplatzes, ein Geländewagen, der genauso aussah wie Wills.

Ihr Magen zog sich zusammen. Erst recht, als der Geländewagen zurücksetzte, vom Parkplatz fuhr und sich in den dichten Verkehr einfädelte.

„Tut mir leid."

Renae warf Lucky einen wütenden Blick zu.

„Ehrlich, es war ein Versehen. Der Wagen sah genauso aus wie seiner."

„Und wie fünf Prozent der Autos in Toledo."

Lucky versuchte, nicht zu grinsen und fuhr fort, etwas für

eine Kundin einzuwickeln. „Ich habe doch gesagt, dass es mir leid tut."

„Miss Truesdale, ist alles in Ordnung?"

Renae hatte die junge Bewerberin beinah vergessen.

Jenny Naxos war einundzwanzig und mit ihrer Erfahrung im Einzelhandel mehr als qualifiziert für den Job. Sie arbeitete derzeit in einem Laden im Einkaufszentrum, der Modeschmuck verkaufte. Doch es war der sanfte Ausdruck in ihren dunklen Augen und weniger ihre Bewerbung, der Renaes Sympathie gewann.

„Alles bestens", versicherte sie ihr. „Sehr gut sogar. Sie haben den Job."

Sie hatte kaum mehr als fünf Minuten mit der jungen Frau gesprochen, aber das war egal. Als Renae vor Monaten Lucky eingestellt hatte, hatte sie auch auf ihren Instinkt gehört. Und es nie bereut.

Renae fand, dass es am wichtigsten war, welches Gefühl man bei einem Menschen hatte.

„Wie bitte?", flüsterte Jenny und starrte sie an.

„Ich sagte, Sie haben den Job. Natürlich nur, wenn Sie ihn noch wollen."

„Ob ich ihn noch will? Du meine Güte!"

Sie überraschte Renae, indem sie sie kurz, aber heftig drückte.

Na schön, dachte Renae perplex, am Auftreten müssen wir vielleicht noch ein wenig arbeiten. Andererseits, überlegte sie lächelnd, war es vielleicht gar nicht verkehrt, wenn hier jemand arbeitete, der keine Angst hatte, seine Gefühle zu zeigen.

„Willkommen in der Familie", sagte Lucky zu Jenny, nachdem die Kundin, die sie bedient hatte, gegangen war.

Während Lucky und die neue Angestellte sich unterhielten, schaute Renae aus dem Schaufenster zu dem Platz, auf dem der Geländewagen gestanden hatte.

Wenn das, was sie gerade gedacht hatte, stimmte, was sagte ihr Instinkt ihr dann zu Will Sexton?

Tja, das war ein Thema, über das sie ein wenig nachdenken musste.

Okay, sehr viel.

Das Trauma-Zentrum des Krankenhauses war ruhiger, als es den Rest der Woche über gewesen war.

Und Will war kurz davor, aus der Haut zu fahren.

Es hatte nicht nur damit zu tun, dass er bei Renae langsam und geduldig vorgehen musste. Er hatte seine Kündigung vor Dienstbeginn persönlich im Büro des Personalchefs abgegeben, und jetzt lag es nur noch bei Nealon, die Kündigung offiziell zu akzeptieren und ihn von seinen Pflichten im Krankenhaus zu entbinden.

Er trat vor der Krankenstation von einem Bein auf das andere und unterschrieb den Bericht eines Assistenzarztes. Dabei stellte er fest, dass es sich um Evan Hadleys Bericht handelte.

Interessant, nur konnte er sich nicht daran erinnern, den Mann in den letzten zwei Stunden gesehen zu haben. Oder am Abend zuvor. Dabei waren sie sich sonst beim Kommen und Gehen ständig über den Weg gelaufen.

Er gab die Patientenkarte der diensthabenden Schwester und machte sich auf den Weg, um sich umzuschauen. Zum Glück brauchte er sich keine Sorgen zu machen, Janet zu begegnen. Zwar hatte er sie während der Nachtschicht kennengelernt, doch war sie vor einigen Monaten in die Tagesschicht versetzt worden. Evan jedoch …

Er schaute in ein paar Untersuchungsräume und fand Evan schließlich im vierten, wo er sich Notizen auf einem Block machte. Er war allein.

Will stieß die Tür ganz auf. „Da bist du ja." Bildete er es sich nur ein, oder erschrak Evan?

Nein, es war keine Einbildung. Der junge Assistenzarzt sah aus, als würde er gleich selbst medizinische Hilfe benötigen. „Will!", krächzte er.

Will verzog das Gesicht und warf einen Blick in den Flur hinter sich. „Hast du jemand anderen erwartet?"

„N… nein. Ja!"

Angesichts des Gestammels hatte Will keinen Zweifel mehr daran, dass Evan ihm wegen Janet aus dem Weg gegangen war. Er wollte dem Kollegen gerade versichern, dass er sich keine Sorgen machen musste, da er und Janet sich freundschaftlich getrennt hatten – freundschaftlich zumindest von Wills Seite –, als ihn das boshafte Verlangen überkam, die Sache noch ein bisschen in die Länge zu ziehen.

„Janet hat mir erzählt, dass ihr zwei euch in L.A. begegnet seid."

Evan sah ihn mit großen Augen an. „Äh, ja, das stimmt."

Evan selbst hatte es ihm erzählt, aber er schien in einem Zustand zu sein, in dem er sich an solche Details nicht mehr erinnern konnte.

„Und? Habt ihr euch gut verstanden?"

Evan gab einen erstickten Laut von sich.

Will lachte in sich hinein und brachte es nicht über sich,

den armen Kerl noch länger leiden zu lassen. „Ach, vergiss es, Mann. Janet hat mir erzählt, was passiert ist."

Der Assistenzarzt starrte ihn erschrocken an. „Und du bist nicht wütend?"

„Nein, eigenartigerweise nicht. Im Gegenteil, ich gratuliere dir zu deinem guten Geschmack, was Frauen angeht." Er bot Evan die Hand, aber der sah aus, als misstraue er Wills Absichten.

„Dr. Sexton, bitte melden Sie sich auf der Krankenstation. Dr. Sexton, bitte melden Sie sich auf der Krankenstation."

Während Will ausgerufen wurde, rang Evan sich schließlich dazu durch, ihm die Hand zu schütteln. Dabei machte er ein Gesicht, als sei er eben begnadigt worden. „Ich kann dir gar nicht sagen, wie froh ich bin, dass es dir nichts ausmacht."

„Vergiss es." Will seufzte. „Na ja, die Pflicht ruft. Grüß Janet von mir."

„Mach ich."

Kopfschüttelnd verließ Will den Untersuchungsraum. Was hatte Evan denn erwartet? Dass er ihn wegen einer Frau verprügelte?

Wäre diese Frau allerdings Renae gewesen …

In diesem Moment entdeckte er den Grund dafür, dass man ihn ausgerufen hatte, und er blieb abrupt stehen. In der Krankenstation stand niemand anderes plaudernd bei einer der Schwestern als Stuart Nealon, Janets Vater.

Verdammt!

Will fragte sich, ob der Chefarzt es wohl bemerken würde, wenn er schnell in die andere Richtung davonlief.

„Will!", rief Stuart auch schon.

Zu spät. Jetzt musste er ihm gegenübertreten, ob er es nun wollte oder nicht.

„Ich bin froh, dass ich Sie in einer ruhigen Minute erwische", begrüßte Stuart ihn. Er kam ihm entgegen und klopfte ihm herzhaft auf den Rücken. „Gehen wir in die Cafeteria."

„Eigentlich wollte ich …", begann Will.

Stuart betrachtete ihn mit undurchdringlicher Miene.

„Ach, was soll's. Ein paar Minuten kann ich wohl erübrigen." Will musste zugeben, dass er sich ganz genau so fühlte, wie Evan noch vor wenigen Minuten ausgesehen hatte. Und immer noch aussah, als sie an ihm vorbeigingen. Sofort senkte der Assistenzarzt den Blick und eilte in die andere Richtung davon.

Will nahm an, dass er selbst es jetzt nicht besser verdiente, nachdem er den armen Kerl so lange hatte zappeln lassen.

Die bittere Wahrheit lautete, dass Nealon Wills Kündigung blockieren konnte, wenn er wollte. Sein Vertrag lief noch acht Monate, also konnte Nealon darauf bestehen, dass er die restliche Zeit blieb. Außerdem enthielt der Vertrag eine Option des Krankenhauses, ihn über die Vertragszeit hinaus zu behalten.

Nealon öffnete die Tür zum Aufenthaltsraum und ließ Will vorgehen. Die drei Angestellten, die dort waren, murmelten eine Begrüßung und verzogen sich rasch.

„Also", begann Nealon.

Will wollte sich gerade an einen der Tische setzen, als er bemerkte, dass der Chefarzt mit vor der Brust verschränkten Armen stehen blieb.

Will schluckte.

„Ich hörte, dass das Verhältnis zwischen Ihnen und meiner Tochter momentan ein wenig abgekühlt ist."

Oh, Junge. Das war kein verheißungsvoller Anfang. „Ja, Sir, das ist richtig." In Gedanken sah er Evans rotes Gesicht vor sich und fragte sich, ob er jetzt genauso lächerlich aussah. „Um ehrlich zu sein, Sir, Ihre Tochter und ich sind nicht mehr zusammen."

Nealon schwieg eine ganze Weile und sah aus, als erwarte er, dass Will fortfuhr.

Was Will nicht tat. Stattdessen straffte er die Schultern und hielt dem Blick des Chefarztes stand.

Zu seinem Erstaunen lachte der. „Sie sind nicht so leicht zu erschüttern, was, Sexton?"

Will schaffte es, keine Miene zu verziehen. „Überrascht Sie das?"

„Eigentlich nicht." Nealon zog ein Stück Papier aus der Tasche seines weißen Arztkittels und hielt es hoch. „Kommt Ihnen das bekannt vor?"

„Ja, allerdings. Das muss meine Kündigung sein."

Stuart legte sie auf den Tisch zwischen ihnen. „Ich fürchte, die kann ich nicht akzeptieren."

Verdammt! Er würde Will zwingen, seinen Vertrag zu erfüllen.

„Weil ich beschlossen habe, Sie zu befördern."

Will stutzte. „Wie bitte?"

Nealon lachte leise. „Sie scheinen überrascht zu sein. Wieso? Haben Sie etwa geglaubt, ich mache Ihnen das Leben schwer, nur weil zwischen Ihnen und meiner Tochter Schluss ist? Die Beförderung verdanken Sie Ihrer Leistung. Wie ich bereits sagte, ich beobachte Sie schon länger."

Wills Grinsen war so breit, dass es fast wehtat. Begeistert schüttelte er Nealon die Hand. „Danke, Sir. Sie haben keine

Ahnung, wie glücklich Sie mich gerade gemacht haben."

Stuart lachte erneut. „Na ja, ich weiß nicht", entgegnete er und verlor durch Wills begeistertes Händeschütteln fast das Gleichgewicht. „Ich glaube, ich ahne es."

„Oh, Verzeihung, Sir." Will ließ ihn los.

Stuart wandte sich zur Tür, und gemeinsam traten er und Will hinaus auf den Flur. „Und jetzt zu dieser Geschichte mit meiner Tochter …"

Die beiden Männer lachten, während das übrige Personal verwirrt und neugierig dreinblickte.

19. KAPITEL

Es war schwer zu glauben, dass es bereits Mitte September war. Renae öffnete die Tür zu Women Only um kurz vor acht an einem frischen Samstagmorgen und lief leicht fröstelnd in den Laden, wobei die kleinen Ziermünzen an ihrem Kostüm klirrten. Zu ihrem Erstaunen hatte Lucky den Laden bereits aufgemacht. Die Lichter waren an, und der Kaffee kochte. Es war nur noch eine Woche, bis Lucky in der Innenstadt ihre eigene Filiale aufmachte, was bedeutete, dass Renae schon bald nicht mehr in den Genuss ihrer Hilfe kam.

Sie zog die Jacke aus, die sie über ihr Bauchtanzkostüm hatte ziehen müssen, und wünschte, sie hätte ihre Wäsche gestern noch aus dem Wäschetrockner im Keller geholt. Stattdessen war sie über dem Studium der Verträge, die Ginger aufgesetzt hatte, eingeschlafen. Einer sicherte ihr einen fünfprozentigen Anfangsanteil am Geschäft zu, ein anderer erlaubte es ihr, innerhalb der nächsten fünf Jahre einen Mehrheitsanteil durch zusätzliche sechsundvierzig Prozent zu erwerben. Sie war so in die Verträge vertieft gewesen – nicht, weil sie fürchtete, sie könnten rechtlich nicht in Ordnung sein, sondern weil durch diese Verträge viele von ihren Träumen in Erfüllung gingen.

Sie war so darin vertieft gewesen, dass sie heute Morgen mit der Wange auf der obersten Heftklammer liegend, die die Verträge zusammenhielt, aufgewacht war, wovon sie noch immer eine kleine Delle hatte. Gedankenverloren rieb sie sie und erinnerte sich daran, dass ihre Sachen, als sie sie heute Morgen aus dem Trockner geholt hatte, völlig verknittert gewesen waren. Sie hatte die Absicht, sie noch einmal zu waschen, statt sie nur zu bügeln.

So war ihr an diesem Morgen wieder einmal nichts anderes übrig geblieben, als in ihrem Bauchtanzkostüm zur Arbeit zu fahren.

Ihre Schritte verlangsamten sich, als ihr wieder einfiel, dass es eine ähnliche Situation gewesen war, als der Flirt zwischen ihr und Will ernster und intensiver geworden war.

Will …

Keine Minute verging, ohne dass sie an ihn dachte, trotz der Tatsache, dass es fast drei Wochen her war, seit sie ihn zuletzt gesehen hatte. Bei allem, was in dieser Zeit passiert war – die Umsetzung ihrer Pläne für Women Only, die Suche nach einer Wohnung und dem anschließenden Einzug in das neue Apartment, vorher der Auszug aus Tabithas Wohnung, obwohl Tabitha die Beziehung mit Nina beendet hatte, nachdem sich herausgestellt hatte, dass Nina genauso manipulierend und gestört war, wie Renae prophezeit hatte –, war Will unauslöschlich in ihrem Herzen gewesen. Er war mehr für sie als nur ein Abenteuer, denn er hatte sie sehr viel über ihre Gefühle gelehrt – für eine kurze kostbare Zeitspanne hatte er ihr gezeigt, wie es war zu lieben.

Manche würden sie sicher für verrückt erklären, schließlich hatte ihre Beziehung hauptsächlich im Bett stattgefunden. Doch sie kannte ihr Innerstes. Und sie wusste aus tiefstem Herzen, dass sie sich in einem unachtsamen Augenblick in diesen unglaublich gut aussehenden englischen Chirurgen verliebt hatte.

Renae verstaute ihre Jacke hinter dem Verkaufstresen und fragte sich, wo er gewesen war, als sie ihre Sachen aus der Wohnung geholt hatte. Sie hatte sich einzureden versucht, dass sie ihren Besuch in dem Apartmentkomplex nicht absichtlich so gelegt hatte, dass er in die Zeit fiel, in der sie und Will sich immer über den Weg gelaufen waren. Aber natürlich hatte sie sich spätestens dann die Wahrheit eingestehen müssen, als sie die Enttäuschung verspürte, nachdem sie die letzten Sachen in ihrem Cabrio verstaut hatte und nach wie vor nichts von Will oder seinem Geländewagen zu sehen gewesen war.

„Oh! Ich habe dich gar nicht hereinkommen hören."

Renae lächelte dem jüngsten Mitglied der Women-Only-Familie zu, das gerade aus dem Tanzraum kam. „Du bist früh hier", sagte sie, „vor allem, wenn man bedenkt, dass du laut Plan heute eigentlich gar nicht arbeiten solltest."

Lucky kam hinter Jenny aus dem Raum. „Ich habe sie angerufen."

Renae war verblüfft, stellte die Entscheidung jedoch nicht infrage. „Sind die Kursteilnehmer bereit?"

Lucky und Jenny tauschten einen Blick und grinsten. „Alles bereit."

„Na schön, dann gehe ich jetzt mal lieber rein und fange mit dem Unterricht an."

Lucky räusperte sich. „Tja, das solltest du wohl tun."

Als Renae an ihnen vorbeiging, zog ihre Freundin Jenny rasch von der Tür fort.

Was ging hier vor? Man konnte ja fast meinen, die beiden führten irgendetwas im Schilde …

Kaum hatte sie den Raum mit den Spiegeln und dem glänzenden Holzfußboden betreten, blieb sie abrupt stehen und begriff, weshalb die beiden Frauen sich so seltsam benommen hatten. Sie hatten nämlich tatsächlich etwas ausgeheckt. Denn statt der üblichen fünfzehn Kursteilnehmer stand nur eine einzige Person da.

Und Dr. Will Sexton hatte noch nie so gut ausgesehen.

Renae wich langsam zum Türvorhang zurück.

„Oh nein, das tust du nicht“, meldete sich Luckys Stimme hinter ihr und schloss die Tür, die neu eingebaut worden war, damit die Kunden im Laden sich nicht durch die Musik der Tanzkurse belästigt fühlten.

Renaes Kehle zog sich zusammen, ihr Blick wanderte unruhig durch den Raum. Zu den unzähligen roten Rosen, die überall aufgestellt waren. Zu den großen roten Fußbodenkissen, die Lucky und Jenny aus dem Nebenraum geholt haben mussten. Und ihr Blick ging zu der Stereoanlage, die jene Sting-CD spielte, die Will vor Kurzem erst zu Hause bei sich aufgelegt hatte, damit Renae für ihn tanzte. Allerdings hatte sie nicht besonders lange getanzt, wenn sie sich recht erinnerte.

Schließlich, nachdem sie alles betrachtet hatte und den Blick nicht mehr umherwandern lassen konnte, sah sie Will an.

Er war ja so sexy. In seiner dunklen Hose und dem braunen Poloshirt sah er noch besser aus als in ihrer Erinnerung. Sein hellbraunes Haar war ordentlich gekämmt, doch es sah trotzdem auf diese Art zerwühlt aus, die Renae verrückt machte. Besonders in Kombination mit dem verwegenen Lächeln, das er ihr in diesem Moment schenkte und das ein sinnliches Prickeln in ihr auslöste.

„Hallo“, sagte er und räusperte sich.

Hallo? Sie hatte ihn drei lange Wochen nicht gesehen, und jetzt stand er da in diesem geschmückten Raum und sagte bloß „Hallo“?

Renae fühlte sich plötzlich benommen, und ihr wurde schwindlig.

„He, Moment!“ Er trat auf sie zu und blieb direkt vor ihr stehen. „Ich glaube, wir haben meine unglaubliche Wirkung auf Frauen schon einmal besprochen, aber du brauchst es mir nicht zu demonstrieren.“

Renae lächelte unsicher. „Tut mir leid. Ich habe heute Morgen noch nichts gegessen und …“ Das fehlende Essen hatte absolut nichts mit ihrem Schwindelgefühl zu tun. „Was machst du hier?“

Will straffte die Schultern und tat ein wenig beleidigt. „Na, ich will selbstverständlich Bauchtanzunterricht nehmen.“

Renae ließ ihren Blick über seine breiten Schultern, die schmalen Hüften und die Ausbuchtung in seiner Hose wandern. „Dafür bist du ganz falsch angezogen.“

„Wäre es dir lieber, ich würde mich ausziehen?“

Er wollte sein Hemd ausziehen, doch Renae hielt hastig seinen Arm fest. „Nein, nein.“

Sie schluckte, da sie das Gefühl hatte, dem nicht gewachsen zu sein. Was geschah hier? Was wollte er wirklich hier? Was war aus der Assistenzärztin geworden? Und wieso begehrte Renae ihn noch immer so, dass sie innerlich zitterte?

„Na schön, dann bleibe ich eben für das, was ich sagen will, angezogen. Das ist in Ordnung. Wahrscheinlich ist es sogar besser so, sonst sage ich am Ende doch nichts von dem, wofür ich wochenlang geübt habe.“

Renae erstarrte. „Wochenlang?“

Er grinste. „Allerdings.“

Er hatte in den letzten Wochen nicht nur an sie gedacht, sondern sich auch noch etwas überlegt, was er ihr sagen wollte.

Auf der anderen Seite der Tür hörte Renae Geräusche und fragte sich, ob Lucky es wohl jetzt bereute, dass sie die Tür zugemacht hatte, weil sie nicht mehr hören konnte, was gesagt wurde.

Aber was wurde denn gesagt? Was versuchte Will ihr mitzuteilen? Renae wunderte sich schon darüber, dass er überhaupt da war, und es war ihr ein völliges Rätsel, was er überhaupt von ihr wollte.

„Tja“, meinte er und räusperte sich erneut. „Da die Frauen sich so viel Mühe gemacht haben, sollten wir das wirklich richtig hinbekommen.“

Renae runzelte die Stirn und sah ihn an, als hätte er den Verstand verloren. „Was richtig hinbekommen?“

„Komm, ich zeige es dir.“

Er nahm ihre Hand, und Renae blieb nichts anderes übrig, als ihm misstrauisch zu den Kissen mitten im Raum zu folgen. Dort kniete Will sich auf die Kissen ... und vor sie!

Renae stieß vor Schreck einen kleinen Schrei aus, und ihr Herz pochte so heftig in ihrer Brust, dass sie fürchtete, es könne zerspringen.

„Warte, sag jetzt nichts“, bat Will sie und klopfte hastig seine Taschen ab, bevor ihm etwas einzufallen schien und er stattdessen eines der Kissen anhob. Renae starrte das quadratische Kästchen an und atmete schwer aus.

Langsam wich sie zurück.

„Oh nein, du gehst nicht“, meinte Will und zog sie wieder zu sich heran. „Du bleibst hier, bis ich gesagt habe, weswegen ich hergekommen bin.“

„Will, ich ...“

„Pscht. Du weißt doch noch gar nicht, worum es geht.“

Nein, aber sie hatte einen Verdacht, was es sein könnte. Und sie war nicht annähernd darauf vorbereit.

Will ließ das Kästchen aufschnappen und hielt es ihr hin. Renae kniff die Augen fest zu, um nicht zu sehen, was sich darin befand.

Du liebe Güte!

„Renae Elizabeth Truesdale, würdest du mir die große Ehre erweisen, mich nach Hause zu begleiten, um meine Eltern kennenzulernen?“

Renae machte die Augen wieder auf. „Was hast du gerade gesagt?“ Erst jetzt erkannte sie, was das Kästchen enthielt. Statt auf einen Diamantring starrte sie auf einen Bauchnabelring mit einem Diamanten. Das unerwartete Geschenk löste eine Welle des Glücks in ihr aus.

„Darf ich?“, fragte Will und nahm den Ring aus dem Kästchen.

Renae betrachtete den roten Kristall, der jetzt ihren Nabel schmückte. „Gern.“

Nach einigen unbeholfenen Versuchen beschloss sie, Will zu erlösen. „Vielleicht ist es doch besser, ich versuche es selbst.“

Problemlos entfernte sie den alten Schmuck und ersetzte ihn durch den neuen. Der kostbare Stein glitzerte im sanften Licht der Deckenbeleuchtung.

„Hm“, meinte Will und küsste den Ring und ihren Bauch. Ein prickelnder Schauer überlief sie, und sie kniete sich ebenfalls hin, damit sie einander wieder ins Gesicht sehen konnten.

„Wo leben deine Eltern?“, flüsterte sie und empfand so unendlich viel Liebe für diesen Mann.

Er betrachtete zärtlich ihr Gesicht, als könne er noch nicht ganz glauben, dass sie tatsächlich da war. „In London. In South London, um genau zu sein, in einem Stadtteil namens Southwark.“

„Und ich soll dich dorthin begleiten, weil …“

„Weil ich möchte, dass du meine Familie kennenlernst. Meine Eltern und meine vier Brüder und Schwestern. Die ganze Bande.“

Renae war so überwältigt von seiner Nähe, dass sie sich kaum auf seine Worte konzentrieren konnte. „Und wieso soll ich sie alle kennenlernen?“

Er machte ein Gesicht, als sei diese Frage eine Beleidigung. „Na, weil ich dich liebe, natürlich.“

Um ein Haar hätte sie über die beiläufige Art, mit der er das sagte – als müsste sie sich längst über seine Gefühle im Klaren sein –, laut losgelacht. Dabei stimmte es – auf eine verdrehte seltsame Art hatte sie tatsächlich gewusst, dass er sie liebte.

In ihrem ganzen Leben war sie noch nie so leidenschaftlich von einem Mann begehrt worden. Während ihrer kurzen Zeit zusammen hatte er ihr das Gefühl gegeben, begehrt und gebraucht zu werden. Anfangs hatte sie es mit purem Verlangen verwechselt. Doch Verlangen war nicht von Dauer.

Jetzt aber sah sie die Liebe in seinem Blick, nicht nur die körperliche Begierde, und das ließ sie vor Freude erschauern.

Und dann küsste er sie, und Renae erwiderte den Kuss.

Innerhalb von Sekunden lagen sie auf den Kissen und umarmten sich so stürmisch, dass die Ziermünzen an ihrem Kostüm klirrten. Will traf sie mit dem Ellbogen im Magen, als er nach ihrer Brust griff.

„Autsch!“

„Entschuldige.“

Sie wiederum verfing sich aus Versehen mit den Fingern in seinen Haaren und versuchte, sie wieder freizubekommen.

„Vorsichtig."

„Tut mir leid."

Sie küssten sich, und ihre Hände glitten in fieberhafter Eile über den Körper des anderen, als würde nichts anderes mehr auf dieser Welt existieren. Und in diesem Moment war es auch wirklich so.

Endlich löste Will sich wieder von ihr. Er war ein wenig außer Atem, und in seinen blauen Augen spiegelte sich das Verlangen wider.

„Was ist mit der Assistenzärztin?", wollte Renae wissen, ebenfalls außer Atem.

„Die Assistenzärztin? Ach, du meinst Janet. Die ist Geschichte, seit du in mein Leben getreten bist. Nur wurde es mir erst klar, als sie aus L.A. zurückkam." Er fuhr mit dem Finger ihren Ausschnitt entlang und tippte ein paar Ziermünzen an, sodass sie klimperten. „Du scheinst überrascht zu sein, dass du in dem Kästchen einen Bauchring vorgefunden hast", bemerkte er. „Hast du etwas anderes erwartet?"

Renae hatte die allergrößte Mühe zu schlucken, so stark war ihr Verlangen nach ihm. „Keine Ahnung. Bestand die Möglichkeit, dass es etwas anderes sein würde?"

Sein verwegenes Lächeln, das sie so sehr liebte, erschien. Er ignorierte ihre Frage und meinte stattdessen: „Mal angenommen, es wäre etwas anderes gewesen. Was dann?"

Sie hielt seinem Blick stand. „Dann hätte ich dir wohl die einzige Antwort gegeben, die ich dir in diesem Fall geben könnte: Ja."

Er zog sie so heftig an sich, dass sie beinah von den Kissen gefallen wären.

Renae schnappte nach Luft.

„Dann müssen wir wohl in London einen Ring kaufen. Am besten bei Harrods." Er löste sich wieder von ihr, um ihr ins Gesicht zu sehen. „Würde es dir etwas ausmachen, wenn die Trauung in Southwark stattfindet? Meine Mutter würde es glücklich machen."

Renae fragte sich, wann sie je so überglücklich und erregt zugleich gewesen war. „Oh, ich weiß nicht. Das kommt wohl darauf an."

„Worauf?"

„Darauf, ob du mich noch immer zur Frau willst, sobald du herausgefunden hast, dass ich mal als Stripperin gearbeitet habe."

Er sah sie lange schweigend an. Dann grinste er. „Eine Stripperin, ja?"

„Ja. Es war so eine Art Familientradition."

Er küsste sie voller Leidenschaft. „Ist dir klar, dass du gerade eine tolle Fantasie in mir geweckt hast?"

Sie nahm seine Hand und legte sie zwischen ihre Beine. „Von mir bekommst du das ganze Angebot."

„Oh, meine süße kleine verruchte Wilde."

– ENDE –

Sandra Brown
Sommerträume 6
Band-Nr. 25296
7,95 € (D)
ISBN: 978-3-89941-481-3
400 Seiten

Pia Engström
Mittsommerglück
Band-Nr. 25294
7,95 € (D)
ISBN: 978-3-89941-479-0
464 Seiten

Alison Kent
Weiber after Work
Band-Nr. 25225
6,95 € (D)
ISBN: 978-3-89941-342-7
496 Seiten

Alison Kent
Weiber on the Rocks
Band-Nr. 25295
7,95 € (D)
ISBN: 978-3-89941-480-6
400 Seiten

Carly Phillips
Hochzeit auf griechisch
Band-Nr. 25226
6,95 € (D)
ISBN: 978-3-89941-343-4
336 Seiten

Carly Phillips
Verliebt, skandalös und sexy
Band-Nr. 25137
6,95 € (D)
ISBN: 978-3-89941-176-8
480 Seiten

Harten / Faber / Rudolph
Ausgerechnet Paul!
Band-Nr. 25263
7,95 € (D)
ISBN: 978-3-89941-430-1
496 Seiten

Jennifer Greene
Alle lieben Merry
Band-Nr. 25272
7,95 € (D)
ISBN: 978-3-89941-425-7
432 Seiten

Linda Howard
Das Land der Mackenzies
Band-Nr. 25260
7,95 € (D)
ISBN: 978-3-89941-426-4
320 Seiten

Linda Howard
Das Geheimnis der Mackenzies
Band-Nr. 25269
7,95 € (D)
ISBN: 978-3-89941-437-0
304 Seiten

Susan Mallery
Suche: Köchin
Biete: Liebe
Band-Nr. 95005
7,95 € (D)
ISBN: 978-3-89941-369-4
400 Seiten

Jane Sigaloff
Wie die Mutter, so die Tochter
Band-Nr. 25277
7,95 € (D)
ISBN: 978-3-89941-457-8
384 Seiten

Nora Roberts
Liebesmärchen in New York
Band-Nr. 25248
7,95 € (D)
ISBN: 978-3-89941-407-3
304 Seiten

Nora Roberts
Fänger des Glücks
Band-Nr. 25238
6,95 € (D)
ISBN: 978-3-89941-388-5
304 Seiten

Nora Roberts
Die Sehnsucht der Pianistin
Band-Nr. 25227
6,95 € (D)
ISBN: 978-3-89941-344-1
304 Seiten

Nora Roberts
Geheimrezept
zum Glücklichsein
Band-Nr. 25286
7,95 € (D)
ISBN: 978-3-89941-467-7
304 Seiten